2020. 10월
감사합니다.
이 수연

비밀의 숲 2

하

이수연 대본집
비밀의 숲 2 —— 하

초판 1쇄 인쇄 2020년 10월 20일
초판 1쇄 발행 2020년 10월 27일

지은이 | 이수연
펴낸이 | 金禎珉
펴낸곳 | 북로그컴퍼니
주소 | 서울시 마포구 월드컵북로1길 60(서교동), 5층
전화 | 02-738-0214
팩스 | 02-738-1030
등록 | 제2010-000174호

ISBN 979-11-90224-57-4 04810
ISBN 979-11-90224-55-0 04810(세트)

침묵을
원하는 건
모두가
공범이던

비밀의 숲2

이수연 대본집 ──────────── 하

북로그컴퍼니

작가의 말

이 시간이 또 돌아왔네요. 방송이 다 끝나고 대본집에 인사말을 올리는 때가.
시즌2를 하게 되고 또 이렇게 대본집도 낼 수 있다는 게 생각해보면 일견 신기합니다.
이 모든 게 가능했던 건 숲1에 함께했던 배우님들의 뜻이 한데 모여져서겠지요.

황시목 역의 **조승우** 배우님은 저한텐 그때의 표정이 제일 깊게 각인됐습니다.
구치소 정보국장 앞에서 여진한테 향해지던 옆얼굴이요.
사실 조승우 배우님이야 나오는 모든 장면이 명연기인지라 하나만 꼽는 게 말이 안 되지만
여기서는 좀 각별했어요.
시목이는 누군가를 취조하거나 조사할 때 굉장히 면밀히 관찰하는 사람이라서
상대에게서 조금도 시선을 떼지 않는데 여기선 중요한 흑막이 드러나는 부분임에도
불구하고 여진이가 상처받겠구나, 깨닫는 순간 여진이만 보잖아요.
실체적 진실을 최우선으로 해온 사람인데 그것보다 더 중요한 게 생겼다는 것,
사람으로서 시목이가 여진을 쳐다보고 있다는 게 느껴지는 매우 소중한 순간이었습니다.

한여진 역의 **배두나** 배우님은 최빛하고의 마지막 대화라든가,
16부 장건 형사 전화에 나도? 하면서 눈물을 뚝뚝 흘리는 장면이라든가,
좋았던 장면이 셀 수 없지만 어떻게 저런 연기가 되지? 하면서 봤던 씬은 역시 또,
구치소 정보국장과의 씬이었습니다.
우리 단장님이요? 이 대사 이후에 무너지는 표정.
그 큰 눈만 봐도 여진이가 지금 속부터 무너지고 있구나가 너무 전해져서
어떻게 저렇게 할 수가 있을까 싶었어요.
누구나 있는 눈 코 입 뺨 이마인데 대체 어떻게 하는 것입니까, 배두나님?

최빛 역의 **전혜진** 배우님은 원래는 더 잘못을 비판받았어야 하는 캐릭터인데
최빛이 아니라 전혜진님이 너무 멋있어서 도저히 더는 타락시킬 수가 없었습니다.
원래는 16부 기자회견 전에 수사국장하고 좀 더 말을 맞추는 장면을 썼었거든요,

최빛이야 능히 그러고도 남았겠지만 전혜진님이 이럴 리가 없어! 하면서 지워버렸습니다.
최빛이 우태하랑 처음으로 단둘이 만나는 장면에서의 표정이 제일 기억에 남아요.
"둘 중 하나만 엮어도 같이 물려 들어갈 건데. 사람들은 다 알게 되고 우린 망할 건데."
라고 말하는 부분이 있었는데, 우린 망할 건데, 이 대사를 칠 때 한 템포 쉬고 나오던
표정이 압권이었습니다. 망한다는 말을 그런 얼굴로 할 수 있는 분은 전혜진님밖에
없을 거예요.

우태하 역의 **최무성** 배우님은 모니터 할 때마다 보조작가님하고 저하고 계속
"왜지? 너무 귀여워."를 반복했어요. 원래 제가 쓴 우태하는 귀여운 구석이라곤 없는
인물인데 최무성님은 나오실 때마다 귀여웠어요. 왭니까??
배우가 호감형이란 게 이렇게 중요하구나, 다시 한 번 깨달았습니다.
그런데 그런 것과는 별도로 표정 연기가 기가 막히시다, 느낀 부분이 여러 군데 있습니다.
예를 들어 대검에서 시목을 처음 만난 우태하가, 시목이 나간 후 혼자서 짓는 표정의
지문을 〈저놈 괜찮을까? 하는 표정〉이라고 썼는데요, 사실 글로는 가능해도 표정만 보고
지금 저 사람이 반신반의하고 있다, 란 걸 알아차리기는 어렵잖아요.
그런데 거기서 태하가 약간 혀를 차는 듯하면서 갸웃하는데 저 지문이 구현이 되네?
와.. 하면서 봤습니다.

서동재 역의 **이준혁** 배우님, 이분이 아니셨다면 시즌2의 구성 자체가 엄청 힘들었을
겁니다. 사실 서동재 캐릭터가 줄거리를 짜기 훨씬 전부터 가장 고민이었거든요.
시목이나 여진이는 원래 캐릭터대로 밀고 나가도 되지만 동재는 1에서의 행태를 고스란히
반복했다간 마이너스가 될 거란 게 보였습니다. 비호감에서 호감캐가 됐지만 시즌2 16부
내내 시즌1처럼 했다간 자칫 도로 비호감이 되거나 존재감이 옅어질 우려가 있었어요.
그렇다고 갑자기 철이 들어도 매력이 사라지고.
드라마 자체로도, 캐릭터로도, 아니함만 못한 결과가 되지요.
그래서 동재가 납치되는 걸로 하면 어떨까, 주요인물 중에 누구 하난 시련을 겪어야 하는데

그러기엔 동재가 딱인데, 문제는 그렇게 되면 분량이 확 줄어든다는 거였습니다.
그런데 사석에서 우연히 만난 이준혁 배우님께서 동재의 활용도를 먼저 고민해
주셨습니다. 동재는 이미 시즌1에서 보여줄 걸 거의 다 보여준 캐릭터이니 2에서는
다른 식으로 쓰이는 게 나을 수도 있다, 분량은 상관없다, 라고요.
마치 동재를 확 납치해버릴까 하던 제 고민을 읽기라도 하신 듯했습니다.
독심술이 있어서가 아니라 그만큼 자신의 캐릭터에 대해 많이 생각하고 끊임없이
고민하신 결과겠지요. 그래서 됐네, 됐어, 하면서 동재가 초반에 막 약을 팔다가
납치되는 걸로 썼는데 아니... 이준혁 배우님이 〈지정생존자〉를 거치면서 미모가 폭발하여
이 외모라면 16부 내내 시즌1의 행태를 반복했어도 아무 상관 없었겠다 싶은 것이....

이연재 역의 **윤세아** 배우님은 여전히 우아하고 부티 활활인 재벌인 동시에,
해결할 문제가 산적한 회사 대표로서 고군분투하는 면까지 다 표현됐어야 했는데
서로 충돌할 수도 있는 양가감정을 정말 완벽하게 보여주셨습니다.
화장 지우는 씬도 공력이 느껴졌지만 연재의 심정이 가장 진하게 밀려왔던 씬으로는,
강원철과 만난 후의 장면이 생각나네요. 눈물 그렁그렁하면서도 독하게 참던 모습.
심정은 찢기지만 여기서 약해질 순 없다는 결의가 느껴지던 장면이요.
저도 쓰면서 연재가 너무 회장실에 혼자 있다, 교류하는 사람은 박상무뿐이다, 란 생각이
들어서 동재도 만나고 시목이도 찾아오고 우태하랑 최빛하고 첫 대면도 하는 부분에선
우리 회장님 드디어 외부 사람 만나네, 하면서 썼던 기억도 납니다.

강원철 역의 **박성근** 배우님, 시즌1때가 생각나네요.
원철 대사가 갑자기 늘어난 게, 특임 조사받는 장면부터 비롯돼서 경제통 면모 드러내던
부분에서 피크가 됐는데 제작사 대표님께서 그러셨어요,
박성근 배우님 딕션 엄청나게 좋으시다고, 대사 많아도 전혀 문제없는 분이라고.
저도 혹시 성우 하신 적 있냐고 나중에 뵀을 때 여쭤볼 정도였지요.
그런데 목소리로만 언급하기 죄송할 정도로 이번에 보면서 저 장면은 연기가 아닌데?

했던 부분이 많습니다. 호텔에서 오주선 만나고선 생각에 빠져 있느라 승강기가 오는 것도 몰랐다가 급히 잡는 씬, 박상무한테 협박당한 뒤 혼자 멍하니 막막히 앉아 박상무 말을 반추하던 표정. 이런 연기를 하시는 분들이 이 드라마 도처에 계시니 제가 지문으로 이러저러 연기해달라고 자세히 쓰는 건 실례다, 이 정도면 지문 필요 없겠다 싶던 순간들이었습니다.

"나도 그땐 배도 안 나오고 몸이 가벼울 때였는데." 이게 누구 대사일까요? 김사현입니다. 그러면서 자기 배를 문질문질 한다, 그다음 행동지문은 이거였고요. 그런데 캐스팅 디렉터님께서 보내주신 리스트에 김사현 역으로 **김영재** 배우님이 맨 위에 계신 걸 보자마자 저 대사는 당장 버렸습니다. 대신에 새로 들어간 대사가 무엇일진 이 대본집을 읽어볼 정도의 시청자시라면 금방 알아차리리라 믿습니다. 지금 배가 문젭니까. 얼굴은 하얗고 신앙심도 깊지만 현실적인 갈등에 달밤을 서성이면서도 모든 봉사에 진심인 한 번도 뵌 적 없는 안드레아 신부님같이 생기셨는데요. 아 제가 너무 외모에만 혹하는 인간으로 보인다면 그것은 아닙니다, 시목이한테 방 뒤짐 당하고 화낼 때, 정말 저런 사람은 딱 저렇게 화낼 것 같다는 생각도 들었지만 무엇보다 우태하에게 형님, 한 다음의 대사 톤이요. 거기가 밖에 있는 사람들이 들으면 안 돼서 목소리를 낮추면서도 너무너무 화가 나고 실망스러워서, 그러면서도 오랜 시간 알아온 우태하를 어찌할 수가 없어서, 격한 감정에 비해 억지로 누른 목소리가 한꺼번에 표현돼야 하는 부분이었거든요. 형님은 살인자예요! 할 때 목소리와 벌게진 얼굴, 화를 내는 건지 울고 싶은 건지 알 수 없던 표정에서 내가 이 연기를 보려고 이 씬을 썼구나, 깨달았습니다.

수사국장 신재용 역의 **이해영** 배우님, 뱀파이어를 조각으로 만든다면 이해영님 같지 않을까요? 일할 땐 냉정하고 강퍅해 보여서 남의 편으로 절대 만나고 싶지는 않은 데다가 협의회에서 경찰측 제일 우두머리 자리를 차지하고선 좌중을 한 번 쫙 쏘아보는데, 흠, 저 앞으로 지나가지도 말아야지, 그런 생각이 들었습니다.

그런데 또 우리 편으로 중무장하셨을 때는 완전 든든, 세상에 이런 천군만마가 없었어요.
협의회 하러 가시는 장면에서 일견 비장한 표정이지만 그러면서도 동시에 곧 검찰하고
펼칠 대거리가 탐탁지 않은 심리까지 다 읽혀졌었는데요,
그런데 여기 슬로우가 걸리니까 모델 군단 이끄는 업계 최고 경력 톱모델 같으시더라는..?..

용산경찰서 최윤수 팀장 역의 **전배수** 배우님,
장건 형사 역의 **최재웅** 배우님,
서상원 형사 역의 **윤태인** 배우님,
박순창 형사 역의 **송지호** 배우님,
이분들은 용산서 형사과 가면 진짜 앉아 계시는 거 맞죠? 만날 수 있죠?
범죄를 당한다면, 아니 당하면 안 되니까, 범죄를 목격하게 되면 용산서 관할에서
목격해야 합니다. 그래서 강력3팀 분들한테 참고인 조사를 받겠습니다.
형사님들은 처음 보는 목격자인 저를 모르시겠지만 저의 내적 친밀감은 이미
최고조입니다. 이럴 수 있는 건 단순히 2에서 또 뵈서도 아니요,
여진이한테 잘해줘서만이 아니라 연기가 워낙 진짜였기 때문이겠죠.
제 동생이 여러 번 한 말이 용산서 팀장님은 너무 진짜 같아, 였습니다.
속이 구린 사람들만 화면에 가득할 때, 형사님들 나오시면 안심이 됐어요.
안심시켜주셔서 감사합니다.
여진이 자리에 새로 온 형사 역을 맡으신 **강지구** 배우님, 좋은 동료들 만나셨네요,
축하드려요.

박상무 역의 **정성일** 배우님, 의심스럽게 보이길 내심 바랐지만요,
사건에 있어서나 연재한테 있어서나.
그런데 드러내놓고 설정할 순 없는 인물인지라 사람들이 의심을 할까?
싶었는데 눈을 자꾸 그렇게 뜨시니까 사람들이 진짜 의심하잖아요.
눈 그렇게 떠주셔서 감사합니다.

무려 뮤지컬 배우시라니, 박상무가 노래하고 춤추는 건 상상할 수가 없어요.
박상무의 춤사위를 보는 순간 전 벽장에 숨을 거 같아요.
무대에선 그렇게 자유로운 분께서 그토록 말간 박상무를 냉랭하게 보여주시다니,
역시 배우님들은 확실히 오장육부 중에 몇 개가 보통 사람하곤 다르게 들어 있나 봅니다.

의정부지검 정민하 검사 역의 **박지연** 배우님, 〈라이프〉 때도 대본 리딩에서
첫 대사를 하시는 순간 귀가 뻥 뚫리는 딕션에 배우님 쪽으로 고개가 홱 돌아갔었는데,
뮤지컬 〈시라노〉에서 주인공으로 나오셨을 때 뵈니 목소리가 드물게 살짝 저음이면서
상당한 힘이 전달됐어요.
그 목소리로 마지막 회에 '여기는 지옥이다.' 하며 송경사 유서를 읽으시니 짧은 문장임에도
가뜩이나 불쌍한 송경사가 얼마나 힘들었을까가 더 확 전해져서 정민하 검사님 꼭
다 파헤쳐주세요, 라고 속으로 말했어요. 단단한 검사로 잘 성장하시길, 실제 인물처럼
응원하고 있습니다.

前동두천경찰서장 역은 대본에선 엄청난 덩치의 소유자입니다.
손가락 하나가 커다란 소시지 같은 인물인데, 쓰면서도 이런 캐스팅이 될까? 의구심이
들었습니다. 시목과 여진을 가로세로 합쳐놓은 것 같은 사이즈의 배우님은 없을 확률이
높잖아요, 이걸 **문종원** 배우님께서 승질과 고함으로 극복해주셨습니다. (저기, 인상도...)
그 톤으로 연기 안 하셨다면 저 사람이 뭐가 엄청난 덩치란 거야? 로 보였을 겁니다.

세곡지구대 백팀장 역의 **정승길** 배우님,
김수항 순경 역의 **김범수** 배우님,
이대성 경사 역의 **박성일** 배우님,
지구대원4 역의 **나철** 배우님,
지구대원5 역의 **권혁범** 배우님,
지구대원6 역의 **배제기** 배우님,

지구대원7 역의 **오경주** 배우님,
세곡지구대원 분들은요, 나오는 장면마다 어 진짜 경찰 같아, 어 진짜 지구대원 뭉쳐놓은
거 같아, 계속 그 얘길 했어요. 짜증 연기 머리끝까지 보여주신 정승길님도 그러하시고,
아직 복역 중인 이경사 역의 박성일님, 만약 대본 리딩 때 얘기를 나누지 않았다면
여진이랑 면회 씬에서 진짜 저런 성격이신가, 할 뻔했습니다. 그나저나 언제 장위동에
가야 할 텐데..

그리고 이분들하고 같은 카테고리에 넣기 좀 죄송한 세곡 송기현 경사 역의 **이가섭** 배우님,
송경사가 원래 제일 불쌍한 인물이기도 하지만 이가섭님이 그걸 너무 잘 표현해주셔서
불쌍함이 2배 3배가 되었습니다. 많이 나오지 않는 역임에도 출연해주셔서 감사합니다.

이성재 집 관리인 역의 **이채경** 배우님은 다른 데서 뵙고 익히 알고 있었지만
마음만 먹으면 집주인 이성재도 찜 쪄먹겠다 싶은 포스를 발산해주셨습니다.
여러 번 죽어야 했던 박광수 변호사 역은 **서진원** 배우님이 해주셨고요,
알고 보니 제일 치사한 인간이 돼버린 경찰청 정보국장 역은 **하성광** 배우님이십니다.
후정이를 괴롭히던 대학생2 역은 **유인수** 배우님, 대학생3은 **나도율** 배우님이십니다.
그때가 아직 날이 풀리기 전이어서 바다가 얼마나 추울까, 물속에서 그렇게 되는 장면까진
쓰지 말까도 했었지만 추위를 감내해주신 덕분에 훨씬 실감났어요.

기왕 통제선 뽑을 거 익사 장면도 봤으면 좋았을 통영 인스타男 역의 **강신효** 배우님,
통영 인스타女 역의 **진소연** 배우님께도 감사드립니다.
처음엔 통영사건이 불행하지만 우발적인 사고로 포장돼야 해서 사건 규모를
키울 수 없었는데 두 분이 워낙 진상커플 연기를 잘 해주셔서 앞부분 분위기가
상쇄될 수 있었어요.

이번에도 역시, 이 대본을 쓴 저조차 아니 저분들은 현직들께서 특출해주신 거 아냐?

하는 분들이 대거 포진해주셨습니다.

남재익 의원 역의 **김귀선** 배우님, 저 이런 의원 본 적 있어요,
목소리며 인상이며 분명히 봤어요!
통영 바다에서 시목이한테 불 빌려준 관리공단 아저씨는 배우 **고동업**님이십니다.
예의에 어긋나는 말씀일 수도 있지만, 시목이가 갑자기 다가오니까 쫄려 하시는 거
진짜 같고 귀여우셨습니다.

가짜 목격자 역의 **류성록** 배우님은 정말 동네 양아치 잡아다 놓은 거 같아서
그 연기로 인해 실제 뉴스에서 화제가 된 게 당연해 보였고요,
박광수 변호사 로펌 비서 역의 **김이은** 배우님, 똑 부러진다는 건 이런 거다를
시전해주셨습니다.
전세 사기 피해자 역은 **김다인** 배우님이십니다. 너무 가슴 아프게 연기하셔서
협의회 중간에 하나의 예로 들어간 에피소드임에도 불구하고 실감이 확 났습니다.

동재 전임 검사한테 조사받은 동두천 유흥업소 업주 기억나시나요?
배우 **원춘규**님이신데요, 양복을 어디서 그런 걸 고르셨는지,
표정이며 말투가 진짜 동두천에 계신 분 같아서 깜짝 놀랐습니다.
동재 취조받는 중학생 역은 배우 **임재하**님입니다.
(학생 진짜 하.. 그러는 거 아냐, 연기를 너무 잘해서 빡돌..)
수원지검 형사1부장 김원태는 **이승훈** 배우님이십니다.
이분도 그냥 수원지검 형사1부장실에 감독님이 카메라 들고 들어가서 거 좀 찍읍시다! 하고
찍은 거 아닌가 의심될 정도였고,
성문 대리인 정지원 변호사 역의 **박정언** 배우님, 맨 처음 목소리부터 들리는데 뉴스
앵커 멘트인 줄 알았습니다. 이분이야말로 진짜 변호사 같으셨어요.

김수항 복지시설 직원 역의 **설주미** 배우님도,
남양주 교통조사팀장 역의 **하동준** 배우님도
그 자리에서 그 일을 한 10년 넘게 한 사람처럼 더 이상 잘 어울릴 수가 없을 정도였으며,
아나 대검 차장 신동운 역의 **홍서준** 배우님, 약 먹는데 꼭 손가락을 그렇게 했어야
했는지, 심지어 머리 가르마까지도 재수는 없는데 직급은 엄청 고위직인 관료 같았어요.
설정이 남다르십니다.

그리고 〈저분은 진짜 업계 사람 불러다놓은 거 아냐?〉의 끝판왕,
오주선 변호사 역의 **김학선** 배우님,
대사를 어떻게 쳐야 하는지를 통달하신, 말맛 살리기의 달인이십니다.
그런데 말입니다, 연극계에선 이미 최고의 배우로 알려진 분이시라 합니다.
이제야 봬서 죄송합니다.

동부지검 차장검사 역의 **이현균** 배우님도 강원철 지검장하고 주고받는 액션 리액션이
너무 자연스러워서 박수 치면서 봤어요.

아 그러고 보니 이분들이 계시네요, 진짜 특별출연해주신 분들이요.

이젠 무슨 역이라고 따로 밝힐 필요조차 없는 **이태형**님, **유재명**님, **신혜선**님, **이규형**님,
네 분을 그리워하는 분들이 분명 계실 테니 어떻게든 모두 모이는 장면을 써야겠다고
생각은 했습니다만, 대사 한 마디가 없는 관계로 제 입장에선 좀 죄송했습니다.
그런데 모두 같은 마음으로 모여주셨습니다. 감사드립니다.

신임 정보국장 노원해 역의 배우 **김원해**님(작중 이름, 나름 고민한 결과입니다),
짧게 치고 가면서도 누구나 인정하는 호감형 배우, 인상이 좋아서 등장하는 순간 앞으로
여진이 마음고생이 좀 덜하겠구나가 즉각적으로 전달돼야 하는 역이라 도대체 누가 있을까,

많이 생각했었는데 김원해님께서 등장하시는 순간 한 방에 끝났어요.
특별출연 응해주셔서 감사드립니다.

동재妻 이유안 역의 **최희서** 배우님, 특별히 감사드립니다.
동재가 실종됐지만 다들 일로써 찾는 거지 겉으로 드러내고 동재의 실종을 가슴 아파하는
사람이 없어서 안타까웠는데 최희서님이 찐으로 오열해주셔서 그게 다 해소됐습니다.
게다가 남편하고 같이 나오는 장면이 적었음에도 최희서 배우님, 이준혁 배우님을
나란히 보는 그림체가 참 좋았어요. 아내가 현명하니까 동재도 좀 가정에 충실해지겠지,
사방팔방 그만 쏘다니겠지, 하는 상상도 하게 되고. 짧은 장면이었는데 왜??

성문일보 사장 김병현 역의 **태인호** 배우님,
1에 이어서 이번에도 특출 감사드립니다. 실은, 숲1 이후 다른 드라마에서 윤세아님이랑
커플처럼 나오신다고 해서 농담 반 진담 반으로 아니 창준이 없다고 지금 무엇 하시는?
했었는데 이번에 뵈니 이연재 회장이랑 이대로 돼도 괜찮겠다 싶은 거예요?
아, 아니네요. 불륜이네요. 제 속에서 설정된 김병현 사장은 이미 기혼이라.
그럼 연재를 향한 애증이 모두 뒤범벅된 그 눈빛만 계속 부탁드립니다.

동재 납치범 김후정 역의 **김동휘** 배우님은 비교적 어린 나이에도 불구하고
앞으로 좋은 배우가 되시겠구나, 가능성을 담뿍 보여주셨고요,
대검 형사법제단 실무관 역은 윤슬 배우님, 수사관 역은 김지훈 배우님이셨으며,
경찰청 수사혁신단 주임1 역의 **이하율** 배우님, 주임2 역의 **장률** 배우님이십니다.
이 두 분 모니터 하면서 보면 딕션도 엄청 좋고 연기도 참 잘하시는데 얄밉게 써서
죄송해요.
광수妻 역의 **박미현** 배우님도 인상이 매우 깊었고요,
동두천경찰서장에게 폭행당한 운전병은 배우 **김현목**님이시며,
한조 본사 전무1 역은 **이주원** 배우님, 전무2 역은 **이윤재** 배우님이시고,

의정부지검 동재 방 실무관 역은 **손지윤** 배우님, 계장 역은 **임철수** 배우님,
통영 실무관 역은 **김나연** 배우님, 통영 이계장 역은 **최교식** 배우님입니다.

통영 밤바다에서 고생하신 통영경찰1 **이승원** 배우님, 경찰2 **이충훈** 배우님,
경찰3 **백승철** 배우님,
클럽 매니저 역은 **김나미** 배우님, 남양주 별장에 가셨던 양유빈 역은 **공다임** 배우님이시고,
도시락 가게 주인 **박유밀** 배우님,
경찰시계 발견하고 띠용! 하시던 국과수 연구원 **박빈** 배우님,
제가 대본에 쑥대머리와 뼈만 남은 모습으로 쓰는 바람에 분장하시느라 힘드셨을 거 같은
이대성 경사 어머니 역의 **원미원** 배우님,
〈눈이 부시게〉에서 도라에몽 할머니로 원미원님을 뵈었습니다.
그 드라마 정말 명작이었는데요.

14회 후정이 구의동 작업실 집주인 역에는 **천정하** 배우님,
후정이 보광동 작업실 시절 1층에 살아서 시목이한테 마늘치킨 알려주신 **김난희** 배우님,
그 마늘치킨 배달 갔다가 작업실 꼬라지를 목도했던 배달 청년 역은 **문창준** 배우님,
아차산 드론 담당자 역의 **김원석** 배우님,
대학생2父 역의 **이도현** 배우님,

15회 검경내전 방송 사회자는 **김민광** 배우님,
그 방송 검찰측 패널은 **정형석** 배우님, 경찰측 패널 **손경원** 배우님이십니다.
세 분 나오실 때 진짜 시사토론 프로그램 틀어놓은 줄 알았습니다.

용산서에서 가뜩이나 일도 많은데 동재까지 실종돼서 잠깐 툴툴대셨지만 열심히 찾아주신
형사1은 **안성봉** 배우님, 형사2는 **문선용** 배우님, 형사3은 **차승호** 배우님이십니다.
장건과 여진의 짜고 치는 수사에 당황하신 피트니스클럽 매니저님은 **유용** 배우님이시고요,

연재 운전기사는 **류기산** 배우님, 한조 회장 비서는 **유미선** 배우님,
안양교도소 교도관1은 **박정표** 배우님,
용산 주택가 중년부부/아내 역은 **이영주** 배우님, 남편 역은 **여운복** 배우님,
동재의 초등학생 아들은 **옥찬유** 배우님입니다.
(애기야, 어디서 분명히 봤다 했더니 〈날씨가 좋으면 찾아가겠어요〉 어린 서강스,
은섭이었구나!)

고생하신 제작진, 연출팀 분들도 말씀드리고 싶습니다.
책임프로듀서 **유상원** CP님, 프로듀서 **안창호** PD님, **정연지** PD님과 함께 만들었고요,
저희 촬영감독님은 **최상묵** 감독님이십니다. 아시는 분들은 아시겠지만 영화 〈늑대소년〉
드라마 〈시그널〉〈미생〉〈오 나의 귀신님〉을 촬영하셨습니다, 엄청나지요?
조명은 **이형중** 감독님. 미술 **이강현** 감독님, 조감독님은 **김석원**님이셨고요.
제작총괄 **김성회** 이사님께도 감사드려요.

박현석 감독님!!! 감사합니다!!

그리고 비숲이 시리즈로 존재하느냐 마냐에 엄청난 기여를 하신,
편집감독 **김나영**님, 음악에 **김준석/정세린** 감독님,

마지막은 절대 빼놓을 수 없는 분들이십니다.
제작사 에이스팩토리 **민현일/이성진** 두 분 대표님이 없었다면 드라마가 존재하지
않았을 것이며 이 어마어마한 찰떡 캐스팅을 가능케 해주신 분은
캐스팅 디렉터 **안세실리아** 이사님이십니다.
그리고 저의 보조작가님 두 분, **황하정/김상원** 작가님, 제일 고생하셨어요.
이 대본집을 만들어주신 북로그컴퍼니 **김정민** 대표님과 출판사 분들께도
감사드립니다. 덕분에 이런 멋진 책을 갖게 되었습니다.

무엇보다 〈비밀의 숲1, 2〉를 아껴주신 **시청자** 여러분께 감사드립니다. 덕분입니다.
이 글 저 맨 위에 2가 가능했던 건 배우님들의 뜻이 모여져서라고 했는데,
더 근본적인 출발점은 시청자들께서 원하셨기에 제가 숲2를 쓸 수 있었고
시목이 여진이를 한 번 더 볼 수 있었습니다.
감사합니다.

*

1회 시작과 16회 엔딩의 내레이션은 원래 드라마 본방에 들어갈 게 아니라
기획의도로 쓴 것입니다. 해서 본 대본집에는 넣지 않았습니다. 제가 생각해낸 게
아니라 감독님과 스탭 분들 아이디어로 편집 과정에서 들어간 것이니까요.
개인적으론 원래 방송에 내보내자고 쓴 게 아닌 대사가 들어가는 것이 전 좀
쑥스러웠는데요. 게다가 기획의도니까요.
기획의도는 사실, 편성 좀 해주세요, 하면서 방송국에 어필하려고 엄청난 작품인 양 하는
면도 있는 거라서. 그런데 감독님께서 보내주신 편집본을 보는데 어? feat. 이창준으로
흘러나와버리니까.. 쑥스러운 게 어딨습니까. 유재명 배우님 목소리가 설득력이었어요.
뭐든 시도해야 되는구나, 깨달았습니다.

*

14회, 15회 엔딩은 실제 방송분과 대본이 다릅니다.
14, 15회는 지문이 많은 관계로 방송 시간을 맞추려면 다른 회보다 제가 몇 장은 더
길게 썼어야 했는데 다른 회하고 똑같은 페이지 수로 쓰는 바람에 방송 시간이 좀
모자랐습니다. 그래서 15, 16회 내용을 조금씩 당겨왔어요.

이것도 감독님과 편집감독님이 편집 과정에서 만드신 거라 대본에는 반영하지 않았습니다. 읽으실 때 뭐지? 하실 거 같아서 미리 말씀드려요.

*

아참 하나 더 있네요. 〈침묵을 원하는 자, 모두가 공범이다〉 이거 제가 뽑은 문장 아닙니다. tvN 홍보팀에서 해주셨어요. 이런 카피 안은 다른 드라마는 어떤지 모르지만 지금까지 다 홍보팀에서 만들어주셨고 저는 미리 들어보고 아! 이게 제일 좋아요, 이것만 했습니다.
〈설계된 진실, 모두가 동기를 가진 용의자다〉 이것도 홍보팀이 애써주신 결과물입니다.

이상입니다. 감사합니다.
이수연 올림.

일러두기

1. 이 책의 편집은 이수연 작가의 드라마 대본 집필 형식을 최대한 따랐습니다.

2. 드라마 대사는 글말이 아닌 입말임을 감안하여, 한글맞춤법과 다른 부분이라 해도 그 표현을 살렸습니다.

3. 말줄임표의 개수와 표기 방식은 대사 시 호흡의 양을 다양하게 표현하고자 한 작가의 의도를 반영한 것입니다.

4. 쉼표, 느낌표, 마침표 등과 같은 구두점도 작가의 의도를 따랐습니다. 마침표가 없는 것 역시 작가의 의도입니다.

5. 이 책은 작가의 최종 대본으로, 방송되지 않은 부분이 포함되어 있습니다.

차례

기획의도

기후 변화에 관한 해외 기사를 읽다 보면 종종 이런 주장을 먼저 깔아놓고 시작하는 경우가 있습니다. 기후 변화는 실재한다, 위기는 과장된 게 아니다.

엉? 당연한 얘길 왜? 의문이 들었습니다.
우리나라는 이미 매해 여름 전 국민이 달궈지고 있는데 누가 지구온난화를 부정하지?

기후 변화로 인한 위기론은 거짓이라고 주장하는 자들이 남의 나라엔 정말 있더군요.
온도란 원래 변하는 건데 일부 과학자, 급진론자가 쓸데없이 불안감을 조성한다고요.
환경 규제가 강화되면 기업 활동이나 정치 활동에 차질이 생길 사람들의 주장입니다.
그런데 이상한 건, 돈이나 정치하곤 아무 상관 없는 보통사람들도 여기에 꽤나 많이 동조한다네요? 왜일까요?

피로감이 쌓여서, 라고 합니다.
사방에서 하도 떠드니 알긴 아는데 되는 것도 없고 방법도 없고 이젠 지겨워서.

개혁을 향해 나아가는 것도 이와 비슷한가 보다, 하는 생각이 들었습니다.
뭔가 대단한 거창한 변화가 생길 줄 알았는데 그만큼은 아니고,
필요한 건 알겠는데 그쪽 전문가들 일이지 내가 할 건 또 아니고,
슬슬 외면하고 싶어지는 와중에 하필 그 전문가들이 맨날 싸웁니다.

이 드라마는 경찰과 검찰의 해묵은 수사권 논쟁에서 출발합니다.
섣불리 둘 중에 한쪽을 택할 순 없죠,
속속들이 사정을 잘 아는 것도 아닌 데다 위험한 선택이 나올 수 있으니까요.
그래도 한 가지, 기억되길 바라는 것이 있습니다.

개혁이란 멈추는 순간 실패라는 믿음.

꿈을 향해 달려가는 것, 진리를 좇아 매진하는 것, 도리를 깨닫고자 나아가는 것은
그 과정에서 무엇을 하든 과정 자체는 노력이지만 멈추는 순간, 실패가 된다.

변화를 향해 나아간다는 건, 나의 발이 바늘이 되어 그 끝에 보이지 않는 실을
매달고 쉼 없이 걷는 것과 같을 것입니다.
지나온 모든 발걸음이 한 땀 한 땀입니다. 내가 선택한 색깔의 실로 꿰매지고 있죠.
삐뚤빼뚤, 뜨문뜨문, 그러다 쭉 고르기도 하고.
다만 이 과정에서 두 가지 함정에 빠지지 않기를 바랍니다.
첫째 함정은 중립이란 미명하에 아무것도 하지 않는 것입니다.
나는 객관적인 사람이라면서 팔짱만 끼고 있는 것.
이는 걸음을 멈춘 것과 다를 바 없지만 그렇지 않다, 나는 뭔가 하고 있다, 라는
기분을 느끼고 싶다면 간단합니다, 양쪽을 싸잡아 비난하면 됩니다.

니들 다 잘못했어, 다 똑같아, 하면서 어느 쪽도 선택하지 않는 게 두 번째 함정이죠.
비판의식이 있으니까 나름 너무 아무 생각 없이 사는 건 아닌 것도 같고요.

이 드라마를 쓰는 2019년에도 여러 개혁안이 여전히 논의만 되고 있습니다.
어느 쪽으로 결론 날지는 모르지만 우리는 멈추지 않는 눈과 귀가 될 수 있습니다.
완고하기 짝이 없는 제도권에 인간을 심는, 건강한 참견장이가 될 수 있습니다.

한 줌의 희망이 수백의 절망보다 낫다는 믿음하에,
멈추지 않고, 관망자가 아닌 참여자가 되길 바라는 마음으로 다시 한 번
드라마를 시작합니다.

주요 등장인물

◦ **황시목** (37세. 남. 검사. 現대검찰청 형사법제단 소속)

우태하 부장검사가 이끄는 대검 형사법제단에 합류하게 된 시목.
나름 10년 차 검사지만 부장급들이 버티고 있는 법제단에선 제일 막내가 된 그는
검찰 고유의 수사 권한 사수의 최전선에 투입되어 대척점에 선 여진과 재회한다.
2년 만에 찾아온 서울은 더욱 냉정하지만, 냉정과 온정을 차별치 않는 시목은 여전히
묵묵히 홀로 일할 뿐이다.

◦ **한(여진** (32세. 여. 경감. 現경찰청 수사구조혁신단 주임)

소속은 그대로 용산서이지만 경찰청 파견 근무 중인 여진.
수사권 독립을 목표로 하는 테스크포스팀인 수사구조혁신단의 일원으로서 경검의
협상 테이블에 앉게 된다.
경검 대립이 날로 첨예해지는 와중에 여진은 본인이 속한 세계를 스스로 뒤엎어야
하는 상황에 맞닥뜨린다. 과연 그는 주저함 없이 행동에 나설 것인가.

검찰청 사람들

◦ **우태하** (40대 후반. 남. 형사법제단 부장검사)

엘리트 코스라 불리는 노른자위 요직만 골라서 섭렵해온 태하.
검찰에 대한 인식이 최악인 상황에 법제단 책임자가 되어 검찰의 독점적 지위와

권한을 내려놓고 개혁에 임하라는 시대적 요구에 직면해 있다.
검찰 커리어로선 양날의 검을 쥔 형국. 겉으로 보기엔 그리
위태롭지 않아 보이지만, 속마음은 사실 그도 복잡하다.
이번 수사권 조정이 검찰 뜻대로 안 될지도 모른다는 불안감이 내재돼 있기 때문.

이기적이진 않지만 상당한 개인주의며 평소엔 친숙한 듯해도 속은 권위주의다.
나는 후배들에게 꽤 괜찮은 상사다, 라고 믿고 있는데 이는 고분고분한 후배한테만
해당할 뿐, 조금만 거슬려도 쉽게 화를 내고 불같은 성격을 드러낸다.
그렇지만 매우 직선적인 성격임에도 불구하고 이런 형질이 드러날 일이 별로 없었다.
지금까지 그에게 정면으로 도전하는 후배는 없었기에.

◦ 김사현 (40대 중반. 남. 국회 법제사법위원회 파견위원)

법제사법위원회(법사위)에 파견된 검사 사현.
소위 승진 코스라 불리던 법사위 전문위원이지만, 국회의원들 청탁이나 로비 창구가
됐단 지적에 따라 파견제 폐지가 결정되면서 파견이 끝난 뒤 입지가 불투명해졌다.
다행인 것은 대검 법제단에 합류하게 되며 괜찮은 보직 하나를 겸하게 된 것이다.
산전수전 다 거쳐 부장까지 오른 사현은 세상 뻣뻣한 시목의 태도가 종종 마뜩잖지만
천성 자체가 담백하고 소탈한 편이어서인지, 시목을 도와주려는 속내도 비친다.

◦ 서동재 (40대 중반. 남. 의정부지방검찰청 형사1부 검사)

남양주경찰서를 수사지휘관서로 둔 의정부지검 형사1부 소속 동재.
동재는 스스로 법복을 벗어야 하는 날이 온다면 어떻게 될까, 가늠해본다.
좋지 않은 인사고과에 수도권 연속 근무 금지령으로 지방으로 갈 일만 남았으며,
후배 특임검사 손에 조사받은 전력이 있는 그는 과연 내가 부장 승진은 할 수
있을까, 싶다.

한탄이 나오지만 동재는 무너지는 하늘에도 솟아오를 구멍을 만드는 인물이다.
대검 형사법제단, 동부지검, 한조까지 염두에 두고 어느 곳에 연줄을 대어볼지
기회를 살핀다.

○ **강원철** (50세. 남. 동부지방검찰청 지검장)

현 동부지방검찰청 지검장.
서부지검에서 시작한 한조그룹 일가의 불법 행위를 동부지검까지 가져와 끈질기게
캐고 있다. 하지만 한조를 제외한 다른 문제들에 있어선 좋게 말하면 유해졌고
엄격하게 말하자면 적당주의가 됐다. 지검 전체를 이끌어야 하는 지금의 위치에선,
적당히 눈 감을 건 눈 감고 넘어가는 쪽으로 선회했기 때문이다.
봐주기 수사가 아니라 그런 게 다 리더로서의 책임감이라며 융통성까지 쌓는 중이다.
그렇다고 위를 향하여 아부를 떨거나 실적을 위해 아래를 쪼아대진 않는다.

○ **정민하** (28세. 여. 의정부지방검찰청 형사1부 검사)

동재 방에서 수습 시절을 보낸 새내기 검사. 아직 업무에 완전히 능통하진 않지만
앞으로 좋은 검사가 될 자질을 많이 지니고 있다.

경찰청 사람들

○ **최빛** (40대 초반. 여. 경찰청 정보부장 겸 수사구조혁신단 단장)

경찰청 정보부장이자, 수사구조혁신단 단장을 맡고 있는 최빛.
수사권 조정에서 유리한 국면을 맞이한 경찰은 경무관 최빛을 단장으로 하는

수사혁신팀을 꾸리고 형사소송법 개정을 진척시켜왔다.
무조건적으로 경찰을 옹호하지도 않으며 자신이 몸담은 정보경찰의 위험성을
진지하게 숙고할 줄도 안다. 반면 현실적이기도 하다. 출세 지향적이고
실용주의적인 면모가 큰 원동력이 돼 지금 자리에까지 오를 수 있었다.

◦ 수사국장 (50대 초반. 남. 경찰청 소속)

이름 신재용. 경찰 계급 중 위에서 3번째에 해당하는 치안감이다.
직책답게 기민하고 정치적 술수가 높으며 업무에 있어서도 칼 같은 면이 있다.

한조그룹 사람들

◦ 이연재 (40대 초반. 여. (주)한조 회장)

아버지 이윤범과 배다른 오빠 이성재가 옥고를 치르는 사이 한조그룹 대표이사직에
오른 연재. 회장직이란 자리에 걸맞게 경영권 지키랴, 천문학적인 벌금이 걸린 송사를
정부 상대로 벌이랴, 머리가 아프다.
태어난 순간부터 재벌이며 이제는 중책까지 떠맡게 된 연재는 떠나간 남편을
그리워하거나 원망할 여유도 없다. 하지만 정말 이창준이란 존재는 그녀에게
티끌만큼의 변화도 가져오지 못했을까?

◦ 박상무 (30대 후반. 남. (주)한조 기획조정실 소속)

연재의 오른팔. 연재가 혼돈에 빠진 한조그룹에 등장했을 때부터 그녀를 보좌해왔다.
지금은 이성재의 공격과 이윤범의 복귀 시도를 함께 막아내는 일종의 전우다.

◦ 오주선 (50대 초반. 남. 변호사)

고등법원 부장판사 출신으로 얼마 전 퇴임 후 현재는 유명 로펌 소속 변호사로 있다.
동부지검에 영향력을 행사할 인물이 필요했던 연재 눈에 들어 한조그룹의 일을
맡게 된다.

용산경찰서 사람들

◦ 최윤수 팀장 (51세. 남. 용산서 강력3팀 소속 경위)

올해로 경위 계급 단 지 만 12년 차.
근속 승진기간에 따르면 작년에 경감이 됐어야 하지만 여러 이유로 그리 되지 못했다.
여진 포함 팀원들에게도 권위적이지 않고 형 같은 느낌의 팀장이다.

◦ 장건 (30대 후반. 남. 용산서 강력3팀 경위)

말투도 툴툴거리는 편이고 친절한 미소 따위 없지만 성실하고 몸도 빠르다.
경검협의회에 소속된 유일한 수사경찰로 어느 편도 아닌 발언을 툭툭 내뱉어
양측을 동시에 버름하게 만들기도 한다.

◦ 서상원 (30대 중반. 남. 용산서 강력3팀 경사)

덩치가 크고 힘이 좋아 일선 수사형사에 딱이다. 오랫동안 함께 일해온 용산서
강력팀 사람들과 가족 같은 합을 이루고 있다.

• **박순창** (20대 후반. 남. 용산서 강력3팀 순경)

여전히 강력팀 막내. 그러나 판단력도 좋고 머리도 잘 쓰고 사고방식도 유연하다.

그 외

• **동재妻** (40대 초반. 여)

초등학생, 중학생 아들 둘을 키우며 피아노 레슨도 한다.
친정이 꽤 잘살고 미모도 상당하다.
동재와는 연애결혼이었지만 지금 사이가 아주 좋진 않다.

• **성문일보 사장** (40대. 남)

이름 김병현. 한조그룹 이연재 회장의 옛날 약혼자.
겉으론 차가워 보이지만 속은 의외로 순정적인 데가 있다.
연재의 라이벌인 이성재 사장과 어울리면서도 아직 연재에 대한 미련이 남았다.

그리고 세곡지구대원들, 한조그룹 임직원, 통영 익사사고 관련자들,
통영/대검 검찰청 사람들, 경찰청 주임1, 2, 용산서 형사들 등.

용어정리

S#	장면(Scene)을 표시하는 것으로, S# 뒤에 장면 번호를 적어 표기한다.
Flashcut	화면과 화면 사이에 들어가는 순간적인 장면. 극적인 인상이나 충격 효과를 주기 위해 삽입되는 매우 짧은 화면을 지칭한다.
C.U.	클로즈업(Close Up). 배경이나 인물의 일부를 화면에 크게 나타내는 것.
Flashback	회상을 나타내는 장면. 지금 일어나고 있는 사건의 인과를 설명할 때 쓰이기도 하고, 인물의 성격을 설명하기 위해 쓰이기도 한다.
O.L	오버랩(Overlap). 현재의 화면이 사라지면서 뒤의 화면으로 바뀌는 기법이다. 대사에서 O. L은 앞 사람의 말을 끊고 틈 없이 말을 할 때 쓰인다.
Insert	화면의 특정 동작이나 상황을 강조하기 위해 삽입한 화면. 인서트 화면이 없어도 장면을 이해하는 데에는 별다른 지장이 없으나 인서트를 삽입함으로써 상황이 명확해지는 한편 스토리가 강조된다. 인서트 화면으로는 대개 클로즈업을 사용한다.
Insert cut	보통의 Insert 화면보다 짧은 것을 구분하여 표기한 것.
E	대사와 음악을 제외한 효과음(Effect)을 뜻하며, 보통 등장인물은 보이지 않고 소리만 나는 경우에 사용한다.
cut to.	가까운 공간 안에서의 각도 전환.
F	필터(Filter)의 약자로 전화기 너머의(필터를 거쳐 들려오는) 목소리나 마음속으로 하는 얘기 등을 표현할 때 쓴다.
N	내레이션을 지칭하는 용어로, 장면 밖에서 들려오는 목소리를 나타낸다.

9회

.. 범인이 경찰을 얼마나 우습게 봤으면 이런 걸 띡보내요

지가, 여기가 어디라고? 미친놈한테 이런 취급 당하고

분하지도 않으세요?

S#1. 용산경찰서/강력반 - 낮(몇 시간 전)

순창, 데스크탑 앞에 앉아 계속 페이지다운만 누르고 있다. 너무나 피곤하고 지겨운.
모니터 보여주면, 동재妻 동영상에 달린 댓글 살피는 중이다.
〈이게 다 정부 탓이다〉〈남검사 조신하게 생겼는데 무사했으면〉 이런 댓글도 있고,
〈이번에도 조현병 환자 짓거리 아니냐, 이런 놈들은 싹 다 잡아 처넣어야 한다〉
〈빨리 잡아서 사형제도 부활시키자〉 같은 범인 비난 댓글이 주를 이룬다.
〈검사가 뭔 짓거릴 했길래, 검사놈들 당해도 싸〉 이런 내용도 종종 있다.

순창　　도움 되는 거 좀 올리지.. (문자메시지 도착 알림에 무심히 전화 보는)

순창, PgDn 계속 누르면서 한 손만 대충 뻗어 핸드폰 문자 보다가 깜짝 놀란다.
이게 뭔가! 액정 터치하면 문자로 받은 사진이 크게 확 뜨는데.

S#2. 동/강력반 - 낮

순창 폰에 날아든 메시지가 크게 인쇄되어 보드에 붙어 있다.
〈나는 설거지를 한 것이다, 너무 늦었다〉

A4 용지에 적힌 간단한 두 문장. 그리고 그 밑엔 노란 넥타이가 놓였다.
윗면이 거칠게 잘려진 노란색 넥타이는 피에 절었고 종이에도 그 피가 조금 배었다.
종이에 글씨를 적고 잘린 넥타이를 올린 뒤, 사진을 찍어 보낸 것이다.
글씨는 원래 악필인지 안 쓰는 손으로 일부러 바꿔 쓴 건지 삐뚤빼뚤. 알아보기 힘들다.

둘러서서 이를 보는 형사들, 강력반 거의 전원이 모였다.
방금 나온 프린트를 가져온 서형사, 범인 메시지 옆에 붙이는데,
8회 S#39 밥집 CCTV에 찍힌 동재 스틸 컷을 확대 출력한 것이다.
범인 메시지 속 넥타이와 밥집 스틸 컷의 동재 넥타이, 색상과 무늬가 일치한다.

최팀장	피 색깔이.. (코앞에서 사진 들여다보는) 이거 사진이 너무 어두워서,
	오래된 거는 안 같지 않아? 완전히 검붉은 색은 아닌 거 같은데?
형사1	이 아래는 마룬가? 테이블에다 올려놓고 찍었나?
	.. 에이 기왕 보낼 거 좀 밝게 좀 찍어 보내지.

종이 주변은 약간 반사광이 있는 것이 유리 같다.
유리로 된 테이블에 종이를 놓고 사진을 찍은 듯.
유리 아래로는 테이블이 놓인 바닥이 조금 보이는데 좀 오래된 나무 문양 마루다.
밤에 촛불이라도 켜고 찍은 것인지 사진이 전체적으로 어둡다.
천장 조명 같은 것 두어 개가 좀 간격을 두고 유리에 반사는 됐는데 불은 안 켜졌다.

장형사	밤에 찍었나.. (유리에 반사된 조명 두 개 짚어보는) 이건 조명 같은데
	왜 불은 안 켜고. .. 이건 보통 가정집 마룻바닥 같은데..?
서형사	넥타이가 이 정도 피에 젖으려면 굳은 피로는 안 되지 않나요?
	흘린 지 얼마 안 된 거에다 갖다 댄 거 같은데.
형사2	살아 있다고요?
최팀장	그니까, 피 색깔이 변색이 덜 된 거 같아.
여진	만약.. 범인이 처음부터 이걸 찍어서 준비해놨다가 이제 보낸 거라면..
장형사	처음부터 찍어놓은 거면 왜 하필 오늘 보내는데요.
여진	얻다 보낼지 몰랐다면, 동영상에 고추장 폰 번호를 내보내기 전까진.
최팀장	흐음... 납치 당일에 찍어둔 거면 생사 여부야...

잠시들 침묵. 그러다 또,

여진   발신위치랑 번호 명의는?

순창   범인이 자기 번호로 자기 집에서 보냈을 린 없지만 그래도 바로 신청은
      해놨습니다.

여진   장형사님, 지구대원들 GPS 좀 받아주세요. 이따 이거(메시지) 발신위치
      나오면 지구대원들 동선 중에 발신위치랑 겹치는 게 있는지 보게.

장형사 예. 근데 그쪽도 경찰이라 위치추적 뻔히 아는데, 그중에 범인이
      있다면 이거 보낼 땐 자기 폰은 어디 멀리 딴 데 뒀을 거 같은데요.

여진   그랬겠죠, 아예 끄면 그건 너무 티 나니까.. 그래도 대조는 해봐야죠.

장형사 예.

순창   (골몰하다가) 옆에 끼고 있는 걸까요, 실종자가 어떤 상태든?
      범인이 서검사를 만약에 어디다 벌써 갖다 버렸거나 파묻었으면
      넥타이를 잘라서 보냈을까, 그런 생각이 들어서요.

서형사 파묻기 전에 넥타이만 풀어서 갖고 있음 되잖아.
      처음부터 이걸 보낼 계획이 다 서 있었으면.

형사1   쇼킹한 걸 노린 거면? 일부러 피를 막 묻혀서 잘라 보낸 거 보면
      이놈도 정상은 아닌데.

형사3   정상 아닌 게 아니라 사이코지, 범인이 경찰한테 내가 했소 하고
      이런 거 보내고 그러는 게 흔한 일인가? 나도 영화에서나 봤네.

형사2   그러게 실종자랑 제대로 원순가 봐요, 설거지라고까지 표현한 거 보면.

형사3   검사가 빵에 보낸 놈이 거품 문 건가?

전부 추측일 뿐 답이 없다. 다시 침묵이 흐르는데,
구두소리. 강력반으로 들어오는 시목의 구둣발. 돌아보는 형사들.
시목, 한 번 정도 목례하고 들어와 보드 앞에 서는데,
뒤에 형사들, 시목 보는 눈이 곱지 않다.

여진   (시목을 일별하긴 하지만 순창에게) 동영상에 악플 많니? 범인?

순창   장난 아녜요, 제보는 없고 범인 욕으로 완전 도배예요.

여진	범인도 동영상을 봤다는 거잖아? 그거 뜨자마자 니 번호로 보냈단 건.
최팀장	한 짓이 있는데 안테나가 사방으로 뻗쳐 있겠지, 어디서 지 얘기 하나.
여진	그럼 댓글도 읽었겠죠, 설거지라고 했단 건 지 딴엔 이게 복수인 거라, 오물을 치웠단 거니까. 원한 때문이든 서검사가 전에 뭘 잘못해서 범인 한테 피해를 입혔어든. 근데 댓글에선 자기만 죽어라 욕을 먹고 있다..
장형사	이런 놈들도 악플에 상처를 받나? 꼭지가 돈 건가?
여진	정말 꼭지가 돌아서라면 동영상을 본 다음에 이걸 찍었을 거고 그럼 서검사도 아직은.. .. 가망이 있는 건가?
순창	.. 가족들한테는 어떡해요? 저거 보여줘요?

그 말에 피범벅 된 사진으로 형사들 시선이 다 쏠린다.
C.U된 사진 위로 들리는 목소리.

시목E	(마음의 소리) .. 나는, 한 것이다.. 늦었다, .. 짧고 간결한 문장.

cut to. 시목 보여주면, 형사들과 한 공간에 있으면서도 홀로인 듯 서서 사진만 본다.

시목	(마음의 소리) 직설, 직관인데 왜 유독 한 단어만 비유일까. 과시욕일까 원한이 그만큼 깊은 걸까. .. 왜 보냈지?..

시목을 제외한 주변이 차례대로 불을 끄듯 어둠 속으로 들어간다.
강력반이 아닌 낯선 공간에 홀로 남겨지는 시목.

S#3. 범인의 은닉처 - 밤(시목의 상상)

어딘지 잘 모를 공간, 창고인지 정상적인 집인지는 알 수 없지만 한 가지는 분명하다.
마룻바닥이 범인 메시지의 배경과 같다. 옛날에 유행했던 나무 문양이다.
그 마룻바닥 중간에 유리로 된 테이블만 덩그러니 놓였고 그 앞에 남녀노소를 구분
할 수 없는 어떤 이(범인)가 등을 웅크리고 있다.
뒤에서 그를 바라보고 선 시목.

범인, 테이블에 종이를 놓고 그 위에 피 묻은 넥타이를 놓고 있다.
전등은 멀리 있는 거 하나만 켜놓은지라 사진에서처럼 멀리의 빛만 비스듬히 비친다.

시목   (마음의 소리) 나도 피해자라고, 검사가 먼저 원인을 제공했다고
         말하고 싶은 건가? 무슨 원인?

시목, 원을 그리듯 빙 돌아 범인 쪽으로 가 내려다본다.
범인, 이제 사진을 찍느라 잔뜩 구부려서 여전히 얼굴 안 보인다.
손에 목장갑을 꼈고 머리카락도 구식의 챙 넓은 모자 아래 완전히 덮였다.

시목   (마음의 소리) 벌써 해쳤잖아? 복수했잖아? 왜 해명해야 되지?
         사람들 평가가 중요해? 아니면 분해서?
         쓰레기 같은 존재가 좋은 사람 좋은 검사로 포장돼서?

범인, 사진 찍던 손 내린다. 종이 앞에 둥그렇게 수그린 그대로 움직임 없다.

시목   (범인에게 천천히 다가가는. 마음의 소리) 경찰이 동영상까지 뿌리니까
         불안해졌나? 그럼 왜 넥타이지? 납치범이란 걸 증명하고 싶었다면

낡은 마룻바닥이 시목 발아래에서 삐걱 운다. 돌연 움찔하는 범인. 시목, 멈춘다.
마치 몰랐던 시목의 존재를 이제 눈치챈 듯 시목 쪽으로 돌려지는 범인의 얼굴.
천천히 드는 고개... 이제 범인 얼굴이 보이려는 찰나,

S#4. 용산경찰서/강력반 - 낮(현재)

여진   황검사님.
시목   (반쯤 돌아본다)
여진   검찰청 인사이동 기록은 어디 가야 있어요?
시목   법무부 검찰국이요.
형사3   잠깐만 그거 왜 묻는데요? 실종자가 거쳤던 지검 다 알아내게요?

최팀장	아니 직업이 검사고 범인은 원한이 있어 뵈면 물론 검사가
	감빵 보낸 것들부터 훑어야 실오라기라도 나오겠지만
형사2	(O.L) 이건 실오라기가 아니라 실공장이죠, 재소자만인가요, 걔네들
	가족도 있지? 너 때문에 내 자식 감옥 갔어 하는 사람 한둘이겠어요?
서형사	그니까 10년 넘게 검사 노릇 한 사람을, 그동안 처리한 걸 다 뒤진단
	게 말이 돼요, 이 인원으로?
장형사	아님 솔직히요, 이게 만약 청탁하고 관련된 거면요? 너 왜 내 돈만
	꿀꺽하고 내 청탁은 쌩까, 그래서 시비 붙은 거면은 기록에도 없지.
	(좀 작게 말하지만) 그런 전력이 없는 사람도 아니고..
여진	시간이나 인력 문제가 아니어도 전수조사는 못 합니다.
형사들	?
여진	(시목에게 몸 돌린다) 용의자를 추리려면 서검사가 맡은 검찰청 기록을
	전부 봐야 되는데 검찰에서 전체 기록을 순순히 내주겠어요?
시목	(간단히 고개 젓는)
여진	예, 현장 수색이나 지인 탐문은 우리가 계속 할게요.
	나머진 이런 거야말로 검찰이 직접수사 하셔야죠.
시목	이거(범인 메시지) 저한테도 보내주십쇼.
순창	넵.

전수조사를 피하게 된 형사들, 그나마 분위기가 좀 가벼워진다.
누군가는 다행이다, 잘됐다, 라고 하는 소리도 스치듯 들리는데,

여진	(동료들에게 돌려지는 눈이 좀 쎄한) 여기(메시지) 뭐라고 돼 있습니까?
	니들 나 못 잡아. 내가 할 말이 있거든? 피 묻혀서 보내줄게 듣기나 해.
	.. 범인이 경찰을 얼마나 우습게 봤으면 이런 걸 띡 보내요 지가, 여기가
	어디라고? 미친놈한테 이런 취급 당하고 분하지도 않으세요?
형사들	(불만이 없는 건 아니지만 할 말은 없는데)
장형사	.. 막장 경찰 다 나가 죽으란 소리가 더 분한지 저게 더 분한지
	난 잘 모르겠네요.

장형사 한마디에 경찰들, 불만의 소리가 중얼중얼 새어 나온다.

'경찰이 범인이란 소릴 같은 경찰이 흘렸겠나?'
'우리가 없어지면 검사들이 픽도 밤새워가며 찾아주겠다.' 등.
정작 시목은 신경도 안 쓰지만 최팀장은 분위기가 신경 쓰인다.

최팀장	이 내용대로면 지구대원 짓이 아니란 거잖아, 우리가 증명하면 되지.
순창	(아까 문자 보냈지만 끼어들 분위기 아니라서 기다렸다가) 보냈습니다!
시목	(받은 것 확인하고 다시 문자 보내며 밖으로 나가는 사이)
여진	박순창 순경, 잘했어.
순창	에?
여진	동영상 없었음 저것도 안 왔을 거 아냐,
	범인 의도가 뭐든 진짜 귀중한 단서 건진 거야, 잘했어.
최팀장	(일부러 추임새 더 넣어주는) 확실히 한 살이라도 젊은 게 다르네,
순창	감사합니다! (웃는)

주변에서도 젊은 게 아니라 어린 거지 등, 가벼운 멘트 나오지만 장형사, 웃지 않는다.

S#5. 대검찰청/형사법제단 사무실 - 낮

수사관 파티션에 팔 올리고 선 태하, 그 손에 들린 휴대폰.
그 옆에서 같이 태하 휴대폰 들여다보고 있는 사현도 심각하다.
휴대폰엔 범인 메시지 사진이 그대로 떴다. 발신자는 황시목.

실무관	(전화 중인) 안녕하세요 법제단인데요, 차장님 계세요?
	예, 감사합니다. (끊고) 계시대요.
태하	(나가며) 검찰국에 서동재 전체 근무지 지금 당장 뽑으라고 해.
	내가 요청했다고.
실무관/수사관	예.
사현	(나가는 태하를 안 보는데)

S#6. 동/법제단 복도 - 낮

법제단에서 나오는 태하, 닫히는 문 안으로 사현이 이쪽으로 고개 돌리는 것 보인다.
문이 닫힐 때까지 태하를 좇는 사현의 시선.
문 닫히고 태하, 서둘러 가지만 휴대폰에서 범인 메시지 다시 열어본다.

태하   얻다 대고 장난질이야.. (다시 발걸음 재촉한다)

S#7. 용산경찰서/주차장 - 낮

최팀장을 비롯한 강력3팀 사람들이 건물에서 나오는데,
먼저 주차장에 나왔던 시목과 장형사가 뭔가 얘기 나누던 끝 무렵이다.
시목, 목례하고 자기 차로 가고 장형사는 최팀장 쪽으로 온다,

최팀장   (시목 가는 쪽 턱짓) 뭐래?
장형사   서검사 와이프 통화 내역을 뽑아달라네요.
최팀장   뭐 냄새 맡았나?
장형사   어제 와이프한테 황검사가 그 소릴 했어요,
         왜 범인한테서 몸값 요구가 없는 거 같냐고.
서형사   배우자가 범인이면 몸값 요구는 안 하지.
순창   의심 피하려고 잔머리 굴릴 수도 있잖아요? 돈 때문인 척하고 가짜로.
최팀장   보통 그렇게까지 하진 않아.
         마누라 장례식에서 찔찔 짜던 놈이 범인인 경운 종종 봤어도.
장형사   하필 저 사진이 딱 오늘 온 게 와이프가 어제 추궁당하고 나서
         범인 아닌 척 잔머리 굴린 건지 의심이 가나 봐요, 얘 말따나.
최팀장   서검사 와이프는 집에 있었다며, 애들이랑?
장형사   그걸 다시 들여다봐야겠어요. 그 집 애들이 얘기한 거라.
         (순창에게) 넌 나랑 가자. (가며) 그 집 들렀다 현장 갈게요.
순창   (얼른 장형사 따라가며 뒤에 사람들에게 가볍게 인사하고)
서형사   .. 남자 공범이 있으면 여자 쪽은 일부러 더 집에 붙어 있겠죠?

아닌 척하느라?

최팀장　참, (발길 옮기는) 행방불명이 이게 드러워.
　　　　제일 가까운 사람 피는 피대로 말리고 의심은 의심대로 받게 하고.

S#8. 동/주차장 + 장형사 차 안 - 낮

장형사　(차로 가며) 실종자 집까지 감시해야 되면 일이 너무 많아지는데.

순창　그래도 한경감님 덕분에 제일 큰 일은 덜었잖아요. (싱긋 웃는)
　　　　역시 사람이 노는 물이 달라지니까 말발 먹히는 레벨도 달라요?

장형사　.. 무슨 말발.

순창　아까요? 그, 실종자 지검마다 기록을 우리가 다 어떻게 보냐고
　　　　한경감님이 말해줘서 검찰로 넘어갔잖아요?

장형사　그렇게 말 안 했어. (차 운전석에 타는)

순창　? (조수석에 타는)

장형사　어차피 검찰 기록 안 내줄 건데 우리도 청구 안 한다.
　　　　검찰 니들 직접수사권 좋아하니까 이거야말로 니들이 가져가라,
　　　　그러나 일선형사란 것들이 일 많아질까 봐 툴툴대니 창피한 줄
　　　　알아라. 아까 한경감 말뜻은 이거야. (출발한다)

순창　...

장형사　너 칭찬할 때도 못 느꼈냐? 동료가 동료한테 잘했다, 수고했다가
　　　　아니라 간부가 하는 칭찬이었어. (씁) 최부장 온 줄 알았네.

순창　.. 정책기획부서로 가셨잖아요? 저도 들어와서 2년 동안 많이 배웠는데
　　　　경감님도 파견 나가신 동안 많이 (뭐라고 표현할까.) 체득하셨겠죠.

장형사　(새삼 쳐다보는, 곧 앞을 보지만 실소하는) 야씨, 니가 나보다 낫다.

순창　예 그렇습니다!

장형사　(이 자식이, 째리는. 그래도 웃는데)

순창　저는 사실 아까 쪼끔.. 경감님이 고추장 대신 박순창 순경, 그러시는데
　　　　고것만 살짝..

장형사　(.. 그러네.. 실소는 사라지고 묵묵히 가는)

S#9. 동/강력반 - 낮

대부분의 형사들은 자리 떴는데, 수첩 펴고 장형사 자리에 앉은 여진.
아래로는 경찰수첩이 펼쳐지는데, 수첩 중간에 '너무 늦었다.'란 문장 하나만 적혔다.
여진, 펜 잡고 생각을 하다 '너무 늦었다.' 앞에 '내가 설거지를 한 게'라고 써본다.
완성된 문장은 '내가 설거지를 한 게 너무 늦었다.'인데.
여전히 미진한 여진, 방금 쓴 '내가 설거지를 한 게' 부분을 펜으로 가려본다.
다시 '너무 늦었다.'만 남는.

여진　　너무 늦었다... 지금 찾아봐야.. 너무 늦었다.. 너희는 너무 늦었다..?..

여진, 펜을 떼면 '내가 설거지를 한 게'가 다시 보인다.

여진E　　어느 쪽일까..

S#10. 경찰청/수사국장실 - 낮

'범인이 보낸 걸로 추정되는 메시지가 발신됐습니다.
수신자는 제보 번호를 공개한 용산서 형사입니다.'라는 여진 문자 아래로,
범인 메시지 사진이 떴다. 메시지 확대해서 보는 이, 수사국장이다.
폰 안으로 들어갈 듯 뚫어져라 보다가 최빛에게 폰을 돌려준다.

수사국장　이게 진짜면 검사한테 원한이 아주 오래된 놈이네.
최빛　　예, 지구대는 아니란 얘기죠.
수사국장　내용은 아주 딱인데.. 리스크를 무시할 수가 없으니.
최빛　　일단 발표할게요. 마침 중간 브리핑해야 되니까.
수사국장　있어봐, 거짓말일 수도 있잖아?
최빛　　그거야 범인이 잡힌 다음에 밝혀질 건데 그때 가서 또 어떻게든
　　　　　하면 되죠. 지금 경찰 전체가 난도질을 당하는 판인데요.

수사국장 지구대 놈이 당장 잡히게 생겼으니까 지가 범인 아닌 척 원한관계인
　　　　척 가짜로 보낸 거면 어쩌게? 최부장이야 수사권 물 건너가는 게
　　　　제일 큰 걱정이지만 난 수사를 책임져야 되는 사람이야.

최빛 (고개 돌리는데 짜증이 확 올라오는 얼굴)

S#11. 중국집/홀 - 낮

원철과 차장검사, 짜장면에 탕수육 하나 놓고 점심 중이다.
원철, 마음 무거워 면발이 잘 안 넘어가는데 문자 온다. 발신자 - 〈서부지검장〉

원철 (문자 내용 읽다가 한숨 같은 혼잣말) 올 게 왔네. .. 돌 많이 맞겠지?...

차장 누가 돌 던진대요? 지검장님한테요?

원철 (아니야, 하듯 작게 고개 젓는. 젓가락 놔버린다)

S#12. 동부지검/외경 - 낮

시목 (전화하며 1층 입구로 간다) 세곡지구대원들이 작성한 자술서요. (듣는)
　　　　아뇨, 옛날 것도 상관없습니다. 글씨만 자필이면 돼요. 그리고,

S#13. 의정부지검/비상계단 - 낮

의정부검사 소문이요? 소문이면 (계단 위아래에 누가 있을까 살피는) 어떤 종류의..

시목F 서검사한테 스폰서가 있다는 말 들어봤습니까?
　　　　그 방 시보였을 때 직접 본 게 있거나?

의정부검사 아뇨..

시목F 봐주기 수사, 특혜 제공, 부당지시 있었나요? 사생활 물의는?

의정부검사 사생활 물의요?

시목F 이성 관계 말입니다.

의정부검사   (당황한)

S#14. 동부지검/지검장실 - 낮

원철   있었대?

원철, 시목과 함께 소파에 앉았지만 턱을 괴어 시선은 아래를 보고 있다.

시목   아니요, 없었답니다.
원철   직속후배니까, 말을 아낀 걸까?
시목   (사무적인 톤) 사실일 수도 있고요.
원철   (고개 들면)
시목   서울 와서 서검사를 총 3번 봤는데 그때마다 시계가 같았습니다.
          구두도 2번은 같은 걸 신고 나왔고요, 이전을 생각하면 드문 일이죠.
원철   .. 그놈, 기가 죽어 보이진 않았고?
시목   기요? (무슨?)
원철   서부지검장한테 연락이 왔어. 대검에서 지시가 내려왔다고.
          (일어나 좀 서성이며 말하다 창가로 간다. 시목에게 등을 보이고 서는)
          서동재가 재검 시절에 피고인하고 시끄러웠던 케이스를 전부 추려서
          다시 들여다보랬대. 지금 지검장은 동재를 알지도 못하니까 걔 뭐 하던
          앤데 이런 게 내려왔냐고 나한테 묻더라.
시목   시행처리가 빨리 됐네요.
원철   (돌아보는) 니가 요청한 거야? 불미스러웠던 거 모으라고?
시목   네.
원철   걔가 지나온 지검마다?
시목   네.
원철   ... .. 변호사 하면 되지, 걘 것도 잘할 거야, 반죽이 좋아서.
시목   ?
원철   몸담았던 지검이 최소 예닐곱은 될 텐데 거기서 전부 달겨들어서
          걔가 처리한 걸 까발리겠단 거잖아. (고개 젓는) 성인군자도 똥오줌

못 피해. 게다가 서동재는 훗, 서동재니까 지난 행실이 다 들춰지면
평가는 바닥 칠 일만 남았지. 앞으로 어느 지점에서 걜 좋아라 하겠어.

시목   평판을 고려했어야 한단 말씀이신가요?

원철   무사히 돌아오기만 한다면 망신이 뭔 놈에 상관이냔 소리야.
               너무 늦기 전에 구해낼 수만 있다면 (돌연 목구멍이 막히는)

시목   (감감히 보기만)

원철   (등 돌린다) 내가 그 자식이, 오겠다는 걸 됐다고,
               시키면 면상 서로 봐서 뭐 하냐고.

시목   ... 언제였습니까, 여기 와서 뵙겠다고 한 게?

원철   (으음! 하며 울컥했던 목 가다듬는) 몰라 얼마 전인가. 지는 나름 친한
               척한 건데 얼마나 무안했을까? 내가 두 번도 안 듣고 묵살했으니.

시목   ...

Flashback〉- 8회 S#12. 한조 본사/회장실 - 낮

박상무   **서검사께선 확인해보겠다 하셨고, 실종 전 통화가 그거였습니다.**
                 시간이 좀 더 걸린다, 아직 동부지검장을 만나지 못했다,

원철   뭐 물어본다고 했잖아? 바쁠 텐데 빨리 물어보고 가.

시목   (원철 얼굴 쳐다보는)

원철   응? 빨리 하고 나가서 찾아야지?

박상무E   **서검사한테 부탁한 게 있었습니다.**
                 동부지검에 대해서 저희가 알면 좋을 게 있을지.

시목   서검사가,

시목E   **한조가 동부지검을 공격할 거리가 있는지 알아봐달라고 했다고요,**
                 서검사한테?

시목   제가 통영으로 간 뒤에 어땠습니까?

원철   니가 모르는 문제를 일으킨 게 있냐고?

시목   예.

원철   글쎄.. 내가 막판에 걜 아동범죄조사부로 보내버렸거든.
               거기선 비교적 일 괜찮게 했어. 아동 학대, 청소년 왕따, 그런 건
               성질이 또 좀 다르잖아, 서동재도 입에 거품 많이 물더라고.

시목	예. (일어난다) 말씀 잘 들었습니다. (목례)
원철	다 했어? 먼 길 와서는.
시목	멀지 않은데요, 30분 걸렸습니다.
원철	(문으로 가며) 용의자 조사했다며, 경찰. 그쪽을 더 조져보지 좀?
시목	(문으로 가며) 말씀대로 아직은 용의자일 뿐입니다.
원철	.. 우태하만 노났네, 우리 애들도 경찰 짓이면 가만 안 있겠다고 난린데.
시목	(인사하고 나간다)
원철	...

S#15. 한조 본사/회장실 - 낮

연재, 유선전화 받는 중이고 문가 근처에는 박상무가 시선을 다른 곳에 두고 섰다.

오변호사F	제가 제 입으로 말씀드리긴 그렇지만요 회장님,
	오전에 최빛 부장을 만났는데 분위기가 아주 호의적이었습니다.
연재	그래서 최부장이란 사람, 박광수 변호사를 어떻게 안다고 하던가요.

S#16. 지하주차장/차 안 - 낮

오변호사	(주차시킨 차 안에서 통화하는) 그걸 알아내는 것도 인제 회장님,
	시간문제라고 할까요? 처음부터 본론을 꺼내면 경계할까 봐,
	아무래도 경찰이니까요, 그렇지만 이제 금방 알아낼 겁니다, 회장님.
연재F	경찰이 범인일지 모른다고 발칵 뒤집혔는데 이 와중에 분위기가
	호의적이었다니 신기하네요?
오변호사	(아휴!) 아 회장님, 제가 말씀드렸던가요?
	동부지검장하고도 오늘 약속을 잡았습니다.
	한조그룹 소송문제도 제가 기민하게 움직여야죠.
연재F	잘됐네요, 그 얘긴 박상무한테 듣죠.
오변호사	예, 자리 끝나는 대로 상무님께 연락드리겠습니다.

이만 들어가겠습니다, 회장님. (전화 끄는) 휴...
(하지만 한숨 쉴 새 없다. 서류 가방 들고 내린다)

S#17. 한조 본사/회장실 - 낮

연재   (전화 끊는. 좀 못 미덥기도.. 고개 든다)
박상무   (연재가 시선 주자 가까이 와) 추징금 2심 재판 날짜가 확정됐습니다.
        (파일 건네고) 서울고법 행정3부 배당입니다.
연재   끝이 없네. 추가 자료 제출한다고 하고 최대한 미뤄요.
박상무   예. 이성재 사장 쪽에서 주총 후에 잠잠했던 이유가 나왔습니다.
연재   (파일에서 눈 들면)
박상무   한조엔지니어링이 곧 혐의 감리를 받을 것 같습니다.
        그쪽 12층부터 꼭대기까지 요즘 불이 안 꺼진다고 하네요.
연재   혐의 감리면 누가 찌른 거야 아니면 걸린 거야?
박상무   동부지검에서 먼저 걸어서 증권선물위원회에 넘긴 거 같습니다.
연재   그놈에 동부지검은 한조에만 목매고 있나?.. 우리 회계팀은 8층이지?
박상무   예.
연재   우리 8층도 불 안 꺼지겠네.
박상무   .. 아, 엔지니어링이랑 같이 걸려드는 일 없게 회계팀 대비시키겠습니다.
연재   (웃어 보이는) 박상무한테 긴 말이 필요 없어. (바로 파일 보는데)
박상무   (연재 미소에 어? 하더니 안 웃으려 해도 살짝 부끄러워한다)

S#18. 동재의 아파트/거실 - 낮

동재妻를 대하고 앉은 장형사. 그런데 동재妻, 장형사를 외면하듯 고개 틀었다.
그들 사이에 놓인, 범인이 보낸 사진. 피가 묻은 넥타이와 문구.
동재妻, 사진을 제대로 못 본다.
소리도 못 내고 벌어진 입. 옷만 찢어져라 틀어쥔 두 손.
장형사, 그런 동재妻 반응을 티 안 나게 살피고 있다.

장형사   (사진 넣고) 남편분 넥타이가 맞습니까?

동재妻   (겨우 고개만 끄덕.. 그러다 갑자기 혹 터져버리는 눈물)

         그이 좀, 제발, (눈물 그렁그렁해서 장형사 보는)

장형사   다들 최선을 다

동재妻   (장형사 손목 정도를 더럭 잡는) 제발 찾아주세요, 살려주세요.

         용의자 있다면서요, 조사 다 했다면서 왜 사람이 안 돌아와요..

         (거의 엎드리다시피 하고 눈물 쏟는)

장형사, 한편으론 안 된 표정이지만 본인 맨살에 닿은 동재妻 손을 본다.
잠시 울게 두는 장형사, 눈만 돌려 거실 면면에 시선 준다. 탁상달력도 보는데,
맨 위에는 〈Erlkönig, D.328〉이라 갈겨썼고 어느 날은 〈경화예고 강당〉이라 적혔다.
매 수요일마다 '윤신영 솔로', 격주 금요일엔 〈초등 4년부 2시〉란 메모.
마지막 주말엔 '송현희 콩쿨 지정곡 Op.35'라고도 적혀 있다.

장형사   .. 죄송하지만 이 사진을 직접 보고 확인하셨단 진술서 한 장 써주실

         수 있을까요? 절차상 필요해서요.

S#19. 동/복도 - 낮

진술서를 안주머니에 천천히 넣으며 나오는 장형사, 가지는 않고 현관에 기대선다.
귀만 바짝 대고 있노라니.. 안에서 동재妻 통화하는 소리가 미약하게나마 들린다.

동재妻E   집이에요? .. 방금 형사가 왔는데.. (작아지다 안 들리는)

장형사   (귀 더 붙이지만 더는 안 들리자 폰 열며 기입) 3월 29일.. 14시 01분..

장형사가 지금 읊조리는 시간, 폰 맨 위에 뜬 현재 시각이다.
형사 단톡방에 〈3/29 14:01 실종자 부인 통화 상대 체크〉라고 입력되고 있다.

S#20. 동/아파트 단지 관리사무소 앞 - 낮

순창, 관리사무소에서 나오는데 장형사가 오고 있다.

장형사   (순창 보더니 오던 방향으로 다시 가며 퉁명스런) CCTV는?
순창   (잰걸음으로 따라붙는) 그게.. (폰에서 동영상 찾는) 이거 좀 보실래요?
장형사   왜? 거짓말 같아?
순창   애들이 증명해줬잖아요? 그날 엄마가 쭉 집에 있었다고.
    (폰으로 CCTV 화면을 찍어서 담아 왔다. 재생시키면)

Insert.1〉- CCTV 화면(동영상). 2019/03/26-19:07:36
동재妻와 초등학생 아들이 아파트 공동현관으로 함께 들어오는 모습.
순창E   **실종자 부인이 사건 당일 저녁 7시쯤 집에 온 거는 맞거든요?**

휴대폰 C.U. 동영상을 끄고 사진으로 넘어가는 순창의 손. 이번에 보이는 사진은,
CCTV의 한 장면을 폰으로 캡처해서 찍은 스틸 컷이다.

Insert.2〉- CCTV 화면(캡처). 2019/03/26-19:31:48
작은 캐리어를 끌고 승강기에서 나와 공동현관 쪽으로 오는 초등학생 아들의 모습.

순창   지금 이게 막내가 7시 반에 학원 가는 건데요, 문젠 이러고 나서
    첫째 아이가 밤 10시 넘어 들어왔어요.
장형사   3시간 정도 엄마 알리바이가 비는 거네?.. (생각하며 다시 가는)
순창   근데 그 사이에 실종자 부인이 다시 나가는 영상도 없긴 해요.
장형사   (곰곰..) 두 달 전에 부동산 할머니, 멀쩡히 자기 집에 있다가 갑자기
    사라진 것도 입구고 어디고 CCTV에 하나도 안 잡혔잖아.
순창   애들 생각엔 그냥 막내가 저녁에 엄마가 집에 있는 걸 봤고 첫째가 또
    밤에도 엄마를 집에서 봤으니까 당연히 엄만 내내 집에 있었다, 한 거
    아닐까요? 엄마가 애들한테 적극적으로 거짓말하라고 시켰다기보단?
장형사   아직도 엄마란 존재를 믿어?
순창   아니 (중얼) 그래도.

장형사	.. 손톱 덧바를 정신이 있을까..?..
순창	에?
장형사	전에 우리 와이프 보니까 그게 금방 벗겨지던데, 하루 이틀만 지나도.
	근데 서검사 와이프는 밤마다 새로 바르나 봐, 손톱 칠한 게 그대로야.
순창	.. 젤네일 한 거네요? 가만있어 봐, (떠올려보는) 동영상 찍을 때 봤는데?
장형사	네일아트 말고, 그건 막 빤짝이 붙이고 고 쪼꼬만 손톱에다 뭘 그렇게
	그리대고 그러잖아, 서검사 와이픈 그림 없어.
순창	그냥 단색으로 했나 보죠, 그거 원래 잘 안 떨어져서 지우려면 뭐가
	따로 있어야 돼요. 남편 실종됐다고 샵에 가서 나 남편 실종된
	여자니까 이거 지워줘요, 그 정신이 더 이상하지 않아요?
장형사	그런가, 그런 건가?...

S#21. 용산경찰서/강력반 회의실 - 밤

이제는 회의실로 옮겨진 화이트보드. 열린 문 너머 강력반엔 형사들 거의 없다.
들어오는 여진, 아고! 털썩 앉는다. 다리 두드리지만 그것도 잠시, 일어나 보드로 간다.
세곡지구대원 사진 중 지구대원4 밑에 '이민'이라 쓰고 지구대원5 밑에는 '낙향(울산)',
지구대원6는 '자영업'이라 쓰는데,

시목E	(갑자기 뒤에서) 관뒀나요?
여진	아 깜짝이야!.. 발에 쿠션 달렸어요? 소리가 안 나?
시목	(지구대원6 사진 가리키는) 전출됐던 대원인데, 퇴직했나요?
여진	예, 세곡에서 일 터지고 포천으로 옮겨졌는데 보름 만에 관뒀어요.
	지금은 엄마 지물포 가게에서 일해요, 방산시장.
시목	(범인 메시지 보는) 왜 넥타이를 찍어서 보냈을까요.
여진	자기가 납치범인 걸 인증하려고.
시목	인증에 피범벅은 필요 없는데요.
여진	과시하려고. 이런 걸 보내는 정신머린데 뭘 못 하겠어요.

S#22. 동/강력반 - 낮(상상)

창밖은 밝고 많은 형사들이 모였는데 한곳만 바라본다.
서형사가 편지봉투 한 장을 갖고 중앙으로 오는 걸 모두가 지켜보는 중이다.

여진E **사람 치어 죽이고도 사진부터 올리는 종자들이 넘쳐나는 세상인데.**
시목E **과시형..**

서형사, 천천히 봉투 뜯는다. 모두의 시선이 집중됐다.
안에서 꺼내지는 종이, 접힌 종이를 펼치는 순간 툭 떨어지는 피 묻은 넥타이 조각.
놀라는 형사들. 종이 펼치면 범인 메시지와 똑같다. 다만 사진이 아닌 실물이다.

시목E **혈흔, 실종자 소지품, 수사본부로 직접 보내는 대담함.**
           .. 과시형의 범인이라면 사진보다는 실물을 보내지 않았을까요?
최팀장E **과시를 하자는 거지 잡히고 싶단 게 아니잖아요?**

S#23. 동/강력반 회의실 - 밤(현재)

여진 왜 다들 소리도 없이 오신대?
최팀장 (어느새 들어온. 무겁게 앉는 게 피곤해 뵌다)
           실물을 보냈다간 발송한 우체국이 특정되는데요.

S#24. 우체국 - 낮(상상)

우체국 CCTV 여러 개에 찍힌 모습.
후드 뒤집어쓴 사람이 창구에서 편지 보내는 모습을 다각도에서 잡았다.

최팀장E **우체국 가서 부치면 어떻게든 행적이 남는데.**
여진E **요즘도, 우리가 관심이 없어서 그렇지 우체통은 길에 얼마든지 있어요.**

쏙 넣는 거야 1초면 끝나는데 실물로 보냈다 한들 목격이 됐을까요?

S#25. 과학수사대/분석실 - 낮(상상)

넓은 사각 유리접시에 담긴 투명 용액. 실물 편지를 조심스레 용액에 적신다.
편지를 꺼내 A4 용지 위에다 잘 펴서 깔고 그 위에 A4 용지를 하나 더 덮는다.
덮은 용지 위를 다림질해서 골고루 열을 가하더니 위에 A4 용지를 치우고 편지 들면,
두어 군데 드러난 사람의 지문.

최팀장E　실물로 보냈다가 종이에 지문이나 먼지 묻은 거 하나라도 꼬투리
　　　　　잡히면? 지금은 저렇게 피가 낭자해도 뭐 하나 분석 못 하잖아,
　　　　　사진이다 보니까. 것보다는 내가 이상한 건,

S#26. 용산경찰서/강력반 회의실 - 밤(현재)

최팀장 마지막 말에 여진과 시목, 동시에 최팀장 쳐다본다.

최팀장　범죄 저지르고 내가 했소, 메시지 보내고 이런 게, 나도 형사생활 30년
　　　　이지만 이런 경우 진짜 처음이에요, 이건 미국영화에서나 하는 짓이지.
　　　　실제론 숨기 바쁘지 어딜 이딴 짓을 해? 근데 이거 왜 보냈을까?

질문은 해도 답은 모르는 세 사람. 잠시 침묵이 흐르는데.

여진　　과시가 아니라 범인이 동영상을 보고.. 그럼 역시 분노한 걸까요?
　　　　범인한텐 설거지라고 표현할 정도의 인간인데 엄청 좋은 사람으로
　　　　막 띄워주고 정작 자기는 쓰레기가 돼버렸으니. 억울했나?
최팀장　그럼 검사를 아직 안 갖다 버린 거야. 사체 수색 대신에 탐문을 해야 돼.
　　　　살았든 죽었든 옆에 끼고 있어야 동영상 다음에 이걸 보낼 수 있지.
　　　　지가 유괴한 사람 넥타이만 벗겨다 모으는 넥타이 변태가 아님 담에야.

여진	.. 우리나라 납치범들은 납치대상을 어디에 보관 (말 바꿔) 가둬둘까요?
	범인이 그냥 우리 같은 보통사람이면.

여진, 최팀장과 시목을 번갈아 본다. 두 사람, 생각해본다.

여진	미국처럼 허허벌판에 집 한 채 뚝 있는 것도 아니고,
	이 인구 밀도 높은 나라에서 며칠이고 안 들킬 수 있는 장소.
최팀장	사체라면은 차 트렁크가 제일 좋긴 한데..
여진	처음에 현장 골목에서 트렁크에 실었을 순 있죠. 근데, 그땐 서검사가
	기절한 상태라 해도 깨어난 다음에 난리 못 치게 하려면 미리 손발
	묶고 재갈도 물려야 되는데 거까지 현장에서 한꺼번에 했겠느냐..
최팀장	일단은 튀지, 사람 심리가 일단 지가 범행 저지른 장소부터 벗어나지.
	게다가 거긴 누가 언제 볼지 모르는데, 주택가 골목이라서.
여진	그럼 어디 가서 손발을 묶죠? 어디다 갖다 놓죠? 아파트 주차장?
	그건 더 위험한데.
최팀장	범인이.. 자기 차고가 있는 단독주택에 산다면.
여진	그게 범인한테 최고겠죠? 근데 그러려면 한 가지 조건이 더 있잖아요?
	범인은 자기 차고가 있을 것으로 추정되는 단독주택에 살면서도
	혼자 사는 사람이어야 한다, 들킬 가족도 없고 있다 해도 가족끼리
	절대로 차를 공유하지 않는 사람.
시목	동거인 전체가 공범이거나.
여진	전에 그 경우처럼, 내 아버지가 뺑소니를 당했는데 서검사가 뺑소니범을
	돈 받고 풀어줬다, 그럼 가족 전체가 원한을 품고 자기들 집에
	가둬놨을 순 있죠, 서검사를.
최팀장	집이 단독주택인 거 같긴 해, (메시지를 가까이 들여다본다)
	이런 모양으로 된 나무 바닥을 쓰는 아파트가 아직도 남아 있을까?..
여진	(거의 소리 없이) 나무 바닥...

S#27. 대학생2의 집/안방 – 낮(하루 전. 여진의 회상)

2회 S#13에서 최빛이 방문했던, 통영 희생자 대학생2의 집이다.
최빛이 만났던 대학생2의 아버지가, 이번엔 여진을 안방에 맞이하고 있는데,
2회 때 최빛이 준 운동화는 낮은 서랍장에 올려졌고 그 앞엔 기도하는 천사상이 있다.

여진   (어울리지 않는 곳에 놓인 운동화에 눈이 가는)
아버지   (여진 눈길이 신발에 닿은 것 보고) .. 얼마 못 신고 갔어요,
         내가 저거 한 짝을 못 사줘서, 그래도 지가 알바 구하면 된다고
         나한테 신경 쓰지 말랬는데.

아버지, 이젠 눈물도 말라 버석버석해진 얼굴 문지른다.
마음 아픈 여진, 고개 돌리는데 열어놓은 안방 문 너머로 보이는 낡은 마루.
여기 바닥 마감재도 나무인데 길고 좁은 판을 이어붙인 모양새다.

S#28. 용산경찰서/강력반 회의실 – 밤(현재)

범인 메시지에 조금 나온 마루 무늬를 자세히 보는 여진.

S#29. 대학생2의 집/안방 – 낮(하루 전. 여진의 회상)

cut to. 나무 모양 바닥 마감재 C.U.
돌연 바닥을 미끄러지듯 빠르게 지나며 안방에서 대각선 방향에 있는 문을 보여준다.
꽉 닫힌 그 문 위로 들리는 소리.

아버지E   그냥만도 억울한데 검사란 사람은 엉뚱한 소리나 하고,
여진E   서검사가 전화에서 구체적으로 뭐라고 했는지 기억나세요?

마치 그 안에 뭔가 있는 듯, 점점 문을 향해 좁혀가는 화면.

S#30. 용산경찰서/강력반 회의실 - 밤(현재)

여진   (아냐, 고개 젓는다. 생각 떨치고)
       만약 현장에서 죽였다. 그래서 차 트렁크에 싣고 현장을 떠났다, 면,
시목   현장에서 사망했다면 지금쯤 사체 전체가 부패 중일 거고,
       사체를 유기 안 했다면 아주 가까이에 뒀겠죠, 냄새를 감춰야 되니까.
여진   그래서 친족 살인하고 그런 것도 사체를 화장실이나 심지어 옷장 속
       이불에다 말아서 넣어두잖아요, 우리 생각엔 그거 끔찍해서 어떻게
       집 안에 끼고 있나 싶은데.
최팀장   그래도 창문도 못 열어놓지, 옆집에서 냄새 맡고 신고할까 봐.
여진   범인한테 제일 안전한 덴 자기가 완벽하게 통제할 수 있는 데니까...
       이거 현장 근처를 뒤져서 될 일이 아닌 거 같아요, 실종자 차를 범인이
       거기 그냥 뒀단 거는 자긴 멀리 튄단 얘긴데.. 아 이놈 어디로 갔을까..
시목   ...

암전되는 화면.

S#31. 범인의 집/마루(시목의 상상)

굉장히 어둡다. 시목, 어둠에 맞추고 좌우 보면,
창문에 암막커튼이 완전히 내려져 낮인지 밤인지조차 구분 어렵다.
아래를 보면 나무 문양 마루가 보이고 중간 즈음에 유리 테이블도 있다.
그 근처에 동재가 있다. 묶여서 눕혀진 뒷모습이다.

cut to. 바닥에 닿도록 눕혀진 동재 얼굴.
바닥 가까이에서 그를 잡은 각도라 저 뒤 시목은 화면 구도상 위에서 사선으로 보인다.
동재, 입은 넓은 재갈로 묶였다. 입 안 가득 천을 구겨 넣었는지 입과 턱 전체를 가린
재갈 입 부분이 안에 든 천 때문에 불룩하게 튀어나왔다.
손과 발을 뒤로 묶은 다음 하나로 모아 다시 집 안 기둥에 단단히 매어놓았다.
하여 동재, 경직된 자세로 눕혀져 있는데..

그 뒤로 보이는 시목이 발걸음 뗀다. 이쪽으로 온다.
의식은 있지만 돌아볼 순 없는 동재, 다가오는 발소리가 공포스럽다.

cut to. 동재 쪽으로 걸음 옮기는 시목. 그런데 발소리가 엇갈려서 난다.
본인 발소리인 줄 알았던 시목도 멈추는데, 뒤에서 계속 들리는 발소리.
시목, 고개 돌리면 바로 뒤에 우뚝 선 범인. 그런데!
얼굴이 없다. 아주 옛날 스타일의 모자를 깊게 눌러 쓰기도 했지만,
이목구비가 있어야 할 자리에 검은 구멍이 뚫린 듯, 아무것도 없다.
장년층의 옷차림을 하고 천천히 발걸음 떼는 얼굴 없는 범인, 시목 옆을 스친다.
옆을 스칠 때 보이는 목장갑 낀 손과 그 손에 들린 주방용 가위.
동재 뒤에 내려앉는 범인.
존재를 느낄 수 있는 동재, 몸을 뒤틀지만 소용없다. 식은땀이 비 오듯 한다.

가위 잡은 손을 옮기는 범인, 마치 어디로 갈까, 하듯 느리게 움직이는 범인 손이
뒤로 묶인 동재 손가락으로 가더니 벌어진 가윗날을 동재 손가락 중에 검지에 넣는다.
손에 닿은 가윗날 감촉에 비명 지르는 동재, 하지만 소리가 되어 나오지 않는다.
그리고 어느새, 범인 어깨 너머로 이동하여 허리를 굽히고 들여다보고 있는 시목,
스윽, 동재 손가락에서 빠져나와 위로 올라가는 가윗날.
동재 팔에서 어깨, 목으로 미끄러지듯 올라가.. 가윗날, 동재 귓불에 가 닿는다.
동재, 어떻게든 벗어나려고 꿈틀대지만 너무 단단히 묶였다. 극한 공포.
하지만 귓불에 닿은 채 움직이지 않는 가윗날.

뒤쪽 위에서 내려다보는 시목에겐, 모자와 목덜미를 감싼 셔츠 깃 정도만 보이는 범인.
얼굴도 없지만 시목 위치에선 표정이 안 보이는 각도인데.
가윗날이 귓불에서 떨어지는가 싶더니 범인, 동재 넥타이를 확 잡아챈다.
넥타이 중간이 잘리는 서걱서걱 소리, 범인과 동재와 시목의 공간을 채운다.
동재는 꿈틀대지도 못한다.
다 잘려진 넥타이, 툭 떨어지는데,
떨어진 곳, 범인 몸에 가려져 시목에겐 안 보이던 범인의 편지 위다.
범인 다리께에 놓인 편지, 이미 글씨도 쓰여 있고 넥타이엔 핏자국도 묻어 있다.
이를 가만 내려다보는 범인.

범인 내려다보는 시목... 허리 편다.

시목   (마음의 소리) 왜 넥타이지, 귀나 손가락도 있는데?
        사진만으론 누구 건지 못 알아볼까 봐?
        애써 잘랐는데 누구 건지 전달이 안 될까 봐? 그건 피도 마찬가진데?

아무 대답 없이 편지 앞에 가만히 웅크려 앉은 범인의 뒷모습.

시목   (마음의 소리) 무서웠나? 두려워서?... 복수가 아닌 건가? ...

S#32. 용산경찰서/강력반 회의실 - 밤(현재)

장형사   두 분도 계셨네요?

장형사와 순창, 회의실 지나쳐 강력3팀으로 가려다 회의실 안을 보곤 들어온다.

장형사   (순창에게) 모자라겠네, 몇 개 더 시켜라.
여진   뭘요?
순창   (벌써 전화하며) 코뿔소만두요, 저희 들어오면서 떡볶이 시켰거든요?
여진   어 나 거기 되게 생각났었는데!
순창   (전화) 아주머니 저희 방금 .. 잠깐만요 지금 출발 마시고요!
        저희 주문 추가할게요.
여진   만두랑 떡꼬치!
최팀장   어묵이랑 순대도. 서형사 것도.
순창   저희 만두 2인분이랑요, 어묵이랑 순대 2인분, 떡꼬치 (돌연 시목에게)
        검사님도 떡꼬치 드시죠?
시목   (나?)
여진   있으면 다 먹지. (휙, 시키라는 손짓)
순창   (전화) 떡꼬치 6개요. .. 예 감사합니다! (끊는)
여진   나 얼마 전에 코뿔소 진짜 먹고 싶어서 눈물 났었어.

장형사　뭐 눈물까지 나요, 뛰어와서 먹음 되지.

여진　그래서 달려왔더니 불이 꺼졌더라고.

최팀장　요 앞까지 왔었구만? 근데 빡한 거야? 떡볶이집 불 꺼진 건 눈물 나고
　　　　바로 코앞에서 격무에 시달리는 동료들은 처절히 외면이 되디?

장형사　우리가 동료 같거나 하겠어요, 인제?

순간 멈칫하는 순창과 최팀장. 가볍게 말한 장형사도 그 반응에 아차, 하는 기색이다.
농담으로 들었던 여진, 멈칫하는 게 더 이상하고..

장형사　이거, 그거요. (종이 한 장을 서둘러 꺼내 탁자에 펼친다)
　　　　서검사 와이프 자필 진술서. (보드로 몸 돌리는데)

시목　(범인 메시지 떼어 와 진술서 옆에 놓고 폰에서 파일도 찾는다)
　　　이거 프린트 좀 할 수 있을까요?

순창　(바로 옆에 데스크탑 마우스 잡으며) 저 주세요, 여기서 할게요.

여진　뭔데요?

시목　(톡 보내며) 세곡지구대원 6명, 2017년도에 쓴 자필섭니다. (순창 보면)

순창　받았습니다. (프린트하는 사이)

다른 형사들과 시목, 동재妻 자필서와 범인 메시지 필적을 비교한다.
범인 글씨가 워낙 악필이라 눈으로 봐선 공통점을 모르겠다.

최팀장　이거 설마 인쇄할지를 몰라서 이렇게 보냈나? 필체 안 들키려고
　　　　손 바꿔 쓴 거잖아, 그 수고를 하느니 컴퓨터로 뽑아서 보내지?...

순창, 제일 처음 인쇄돼 나온 백팀장 자필서를 가져와 메시지 옆에 놓는데 애매하다.
같이 들여다보던 순창이 뭉텅이로 가져온 자필서가 마침내 모두 6장인데.

장형사　(마지막 자필서에) 이거 누구예요? 제일 비슷한데?

여진　이민 간 사람.

장형사　갔어도 잠깐 들어왔으면요?

여진　출입국 기록 부탁드립니다아.

장형사   쓥..

여진   이거 자필서도 같이 필체 분석 보내.

순창   예. (자필서 걸고 범인 메시지도 집는데 전화 울린다)

        왔나 보네. (걸던 것 내려놓고 전화 받는) 네! 오셨어요?

시목   (순창이 걸던 자필서를 추리다가 범인 메시지 들여다보는)

최팀장   (카드 꺼내 순창에게 주는)

순창   내려가요! (카드 받고 나가고)

시목   (메시지 사진 놓고 폰에서 같은 사진을 찾아 확대해서 들여다본다)

        이게 천장 조명 맞나요?

형사들이 보자 시목, 프린트 사진에서 한 부분을 가리킨다.
유리에 희미하게 비친, 조명처럼 보였던 2개 중 더 위에 있는 둥근 형태의 것이다.

장형사   천장에 등이 2개 달린 거 아녜요?

시목   (폰 보며) 여기 뭐가 써 있는 거 같은데..

여진, 시목 폰 들여다보고 형사들도 각자 폰에서 메시지 사진을 최대한 확대하면,
둥근 형태 중 윗부분은 빛이 반사돼 잘 안 보이지만 비교적 어두운 아래엔 뭔가
검은 글자 같은 게 있는 듯도 하다. 하지만 해상도가 너무 깨져서 알아볼 순 없다.

여진   아 눈 아퍼. 이거 포렌식 들어갔어요?

장형사   안 했는데요, 사진이라도 범인이 직접 뽑아서 보낸 거면 모를까

        우리가 여기서 프린트한 거 뭐 있을까 싶어서.

여진   그래도 분석계에 줘봐요, 맨눈으로 보는 거보다야 낫겠지.

        내일까지 결과가 나오려나?

최팀장   왜 내일까지?

여진   중간발표요.

시목   이걸 중간발표에 내놓으시게요?

최팀장   아직 진위 여부도 모르는데 범인이 이런 걸 보냈소 그러겠다고?

순창   (음식 가득 들고 들어오는) 왔습니다! (그러나 아무도 돌아보지 않는)

장형사   내용 검증이 먼저지 발표가 뭐가 급해요?

여진　　　급해요. 알잖아요.

시목　　　...

S#33. 동/대회의실 – 낮

커다란 용산서 마크를 배경으로 선 여진, 정장 입고 중간 수사결과 발표 중이다.

여진　　　수사본부장 한여진입니다. 지금부터, 의정부지검 서모 검사 실종에
　　　　　대한 현재까지의 수사결과를 발표하겠습니다. 19년 3월 26일 자정경,
　　　　　서울 용산구 보광동 소재의 이면도로에서 의정부지검 소속 서모 검사의
　　　　　혈흔과 본인 소유의 차량이 발견됐습니다.

여진에게 맞춰진 카메라. 정수리만 보이며 열심히 타이핑하는 기자들.

S#34. 동재의 아파트/거실 – 낮

엄마한테 딱 달라붙은 초등 아들과 동재妻, 브리핑이 나오는 TV에 눈이 꽂혔다.
〈TV 자막 – 현직 검사 실종수사 중간결과 발표〉
화면 상단엔 Live 표시가 있고, 자막 바로 위엔 자막보다 좀 작은 글씨로
'용산경찰서 수사본부 한여진 경감'이라고 돼 있다.
초등 아들, 눈만 들어 엄마를 보는데,
정지화면 같은 동재妻, 아들이 보는 것도 모르고 TV로 들어갈 듯.

여진　　　차량 안에는 실종자 신분증과 약간의 현금 등이 남아 있는 상태였으며
　　　　　현재 용산경찰서는 전체 강력팀을 비롯한 지능범죄팀, 수사지원팀
　　　　　인원을 총동원해서 실종자 수색에 주력 중입니다.

S#35. 경찰청/복도 – 밤(어제)

빠르게 오는 최빛, 그 옆에 역시 걸음 빠른 여진.

최빛   누가 뭐라든 발표해, 경찰 짓이라고 오보 날린 기자들 전부 모아놓고
면전에서 아니다! 뒤집어.

S#36. 의정부지검/동재의 검사실 - 낮(현재)

무선 이어폰 낀 의정부 검사, 데스크탑에 작은 창으로 중간발표를 보는 동시에
큰 창으론 동재의 파일들을 훑고 있다.
실무관1이 나가자 일하던 것 멈추고 작은 창을 크게 키운다. 집중해서 보는.

의정부검사   (볼륨 키우면)
여진   실종된 서모 검사는 수년간 청소년, 아동범죄조사에 전문 검찰관으로
임하면서 성실한 사건 처리와 탁월한 수사 능력을 보여온 바,

S#37. 대학생2의 집/안방 - 낮

브리핑 보는 대학생2의 아버지. 옆에 놓인 깡소주. 손에 들린 빈 소주잔.
〈TV 자막 - 수사본부, 중간 수사결과 발표〉

여진   의정부지검은 실종 전 서검사를 3월의 모범검사 대상자로 선정해
표창할 예정이었음을 전해왔습니다.

S#38. 대검찰청/법제단장실 - 낮

사현과 태하, 시목, 단장실 TV로 브리핑을 함께 보고 있다.

사현	표창 예정이었어?
시목	들은 거 없습니다.
사현	왜 띄워주지?
태하	띄워놓고 떨어뜨리려고.

S#39. 세곡지구대/사무실 - 낮

지구대 벽 상단부에 걸린 벽걸이 TV에서도 여진이 나오고 있다.
〈자막 - 수사본부, 중간 수사결과 발표〉
파티션 너머 정수리만 보이는 백팀장은 고개 숙였는데, 자세히 보면 흰자가 드러날
정도로 눈을 치켜떠 TV 보고 있다.

장형사E	**내용 검증이 먼저지 발표가 뭐가 급해요?**
여진E	**급해요. 알잖아요.**
여진E	**이것만 발표하면 경찰이 범인이란 소리 싹 없어져요.**
장형사E	**그래서 위에서 발표하래요?**
여진E	**그것보다 내 생각엔 만약에 이 메시지가, 혐의점을 피하려고 지구대원들이**
	거짓말로 보낸 건데, 근데 그걸 내가 공식 브리핑에서 발표한다,
	그럼 자기들 속임수가 통했다고 생각하지 않겠어요?
	그럼 분명히 동선에 허점이 생길 거야.

〈TV 화면〉

여진	잠시 어제 들어온 중요.. (아래 보며 파일 여는) 문건을 발표하자면요.

S#40. 용산경찰서/대회의실 - 낮

여진	어제 낮 저희 수사본부는 실종사건의 범인이 보낸 것으로 추측되는
	문자메시지를 통해 (종이 드는) 사진 한 장을 전달받았습니다.
기자들	(입력하는 손가락은 그대로지만 고개 든다)

피 묻은 넥타이는 빼고 메시지의 글자만 출력한 종이.
그 위로 무섭게 쏟아지는 플래시 세례와 키보드 두들기는 소리.

S#41. 동재의 아파트/거실 - 낮

TV에 크게 잡힌 종이. 글자도 다 보인다.

초등아들 (혼란스런) 엄마??..
동재妻 아냐, 아빠한테 하는 말 아냐..

S#42. 세곡지구대/사무실 - 낮

〈TV 화면〉
여진 범인은 실종자에게 오래된 원한이 있는 것으로 보이는 바,
검찰 소환조사를 받은 것으로 알려진 기존 용의자는 실종자와 원한관계가
존재하지 않으므로 저희 수사본부는 기존 용의자에게서 벗어나
서모 검사의 과거행적 추적에 주력하고 있습니다.

다른 대원들이 들어오자 백팀장, 뉴스에 관심 없는 척 모자 눌러쓰며 일어난다.

S#43. 세곡지구대/앞길 - 낮

백팀장을 보조석에 태운 지구대원7, 순찰차를 몰아 지구대를 빠져나오면,
동재 방의 계장1, 잠시 차 밖에서 쉬다 급히 차로 간다.
순찰차가 앞을 지나자 계장1, 차 옆에 숨어서 숨는데 너무 티 난다, 늦었다.
끼익! 서는 순찰차에서 백팀장이 차 문을 박차고 내린다.
달려온 백팀장이 계장1의 차를 향해 날아차기를 할 기세.

들켰구나! 차를 후진해서 도망가는 계장1.
놀란 지구대원7이 쫓아와 백팀장을 말린다.
계장1이 내빼고 씩씩대는 백팀장, 지구대원7의 손에 이끌려 순찰차에 오른다.
순찰차가 출발하는데 아까부터 저 뒤쪽에 움직임 없던 차가 스윽, 출발한다.
운전석에 앉은 이, 순창이다. 거리를 두고 순찰차를 미행한다.
완전히 서로 엇갈리기 전에 계장1과 순창, 교신하듯 시선 한 번 마주친다.

S#44. 복지시설/큰 방 – 낮

노인들 계신 방이다. 김순경, 돌봄 봉사를 하고 있는데,
구석의 TV에선 여진이 나왔다가 다른 프로가 나왔다가 하는 현상이 반복되고 있다.
TV 바로 앞에 노인 한 분이 리모컨을 쥐고 있는데, 채널을 돌린다는 게 계속
'이전' 버튼만 누르는 바람에 위아래 채널 사이만 느리게 반복되는 것.
간간이 보이는 〈TV 자막 – 범인 실종현장 지리에 밝을 가능성 커〉

여진 경찰은 해당 단서를 바탕으로 수사를 전개 (다른 프로그램) 여러분의
     제보를 (다른 프로그램) 협조 부탁드립니다. 감사합니다.

김순경, TV 앞 노인에게 간다. 리모컨 안 뺏기려 꼭 쥐는 노인.
김순경, 웃으며 채널 버튼만 눌러준다. 이제 다른 채널로 쭉쭉 넘어가는 화면.
김순경 말고 다른 직원도 있는데 김순경을 돌아보는 직원, 장형사가 만났던 사람이다.
손은 일을 하면서도 김순경을 힐끔댄다.

S#45. 대검찰청/법제단장실 – 낮

꺼진 TV에 비치는 사현과 태하, 시목.

사현 ...
태하 (길게 나오는 호흡) 최부장이 무리했네..

S#46. 경찰청/수사국장실 - 낮

여진   범인에 대한 댓글이 반, 서검사 댓글이 반 정돕니다.
            2년 전에 특임조사 받았던 것도 서검사 이름만 치면 쫙 나오니까
            비난이 쏟리고 있고요, 경찰 악플은 극소수만 남았습니다.

최빛   (수사국장 슬쩍 보면)

수사국장   알았어.

최빛   감사합니다.

수사국장   뭐가 감사해? 그냥 알았다는데.

최빛   (타격 안 받고 할 말 하는) 벌써 며칠쨴데 가능성이 점점 희박해져서
            문제예요, 본청이 뛰어들었는데도 못 찾난 소리 나올 거 뻔한데.

수사국장   그러게, 이거 점점 헛심만 쏟는 거 같아, 편지 내용상 말야,
            사람을 저 싱크대에 흘려버려야 되는 거 취급을 했어, 살려뒀을까?

여진   저희도 실종자 탐문하고 암매장 가능성 양쪽으로 수사 중입니다.
            (주머니 속 전화에 문자 온다. 느끼지만 꺼내지 않는다)

최빛   아휴 사체도 용의자가 있어야 짐작이라도 되지, 얻다 버렸을 줄 알고.

수사국장   밖에다 버렸음 다행이지, 지 집 마당에다가 파묻었으면?

여진   (두 사람만의 대화 계속되자 스윽, 문자 확인하는데) ...!

수사국장   (최빛 너머에 여진 반응 눈치채고) 왜? 관련 있는 거야?

최빛   ? (옆을 보는)

여진   .. 장형산데요, 김수항, (수사국장 향해) 세곡지구대원이었던 순경이요.

수사국장   알아, 왜.

여진   이력서를 전해 받았는데 김순경이 출소 직후에 일했던 가게가
            실종현장에서 650m랍니다. 근데 그 가게가, 김순경 삼촌 꺼래요.

최빛   동두천경찰서장?!

여진   예.

최빛   둘 다 알리바이 확실하잖아? 직접 확인했다며?

여진   .. 생각해보니까 김순경은 확실합니다.

최빛   그걸 왜 생각을 해보니까야, 서장도 그날 초과근무 했 ... 아아 이런..

허위 기재.

수사국장 (최빛 반응 보고 깨달은) 이 와중에 그거까지? 초과근무가 가짜야?

여진 확인 가능할까요?

최빛 (한숨) 확인해줄게. 용의자가 되느냐 마느냐의 문제니까.

여진 감사합니다.

수사국장 조용히 진행해.

최빛 시끄러울 거 없어요. 부하 시켜서 허위로 초과근무 입력한 거면
거기 의정부서 CCTV에 일찍 퇴근하는 거 찍혔겠죠.

여진 요즘엔 수법이 좀 바뀌었는데요. 집에 갔다가 밤에 다시 나와서 본인이
직접 나 초과근무 했소, 입력하는 걸로요, 외근 갔던 걸로 하면 되니까.

수사국장 어떻게 잘 알아? 요즘도 꼼수로 수당 많이들 타가나 보지, 일선에서?

여진 일선만 그런 건 아닌데요.. (꿍얼꿍얼)

수사국장 (쯥..) 이참에 싹 다 뒤집어줄까? 조용히 해줄 게 아니라?
녹을 먹는 인간들이 거 참 몇십만 원 타겠다고 그 짓을 해?

최빛 의정부 경무과지? 지금 그 인간 있는 데.

여진 예.

최빛 내 자리 가면, 정보국 말고 단장실, 책상 옆에 작은 서랍 스탠드에
경기도, 그거 있어 그거, 도내 기관 조직도. 갖고 와.

수사국장 어떡하게?

최빛 의정부에서 초과근무 수당 제일 쪼끔 타가는 사람 불러다 조지면 돼요.
허위 기록은 버릇이라 주변에서 모를 수가 없고,
양심적으로 보안 점검하는 애들은 가짜로 수당만 타가는 윗사람
꼴 뵈기 싫어서 본청 호출이다 하면 바로 불어요.

여진 오, 역시 부장님. (일어나) 가져오겠습니다.

수사국장 (최빛을 곁눈질... 여진이 나가자) 나도 꼴 뵈기 싫은 윗사람이야?

최빛 무슨 말씀이세요.

수사국장 최부장은 나에 대해선 뭘 불 거

최빛, 갑자기 벌떡 일어난다. 수사국장이 뭐랄 새도 없이 달려 나간다.
수사국장, 왜 저래???

S#47. 동/복도 - 낮

최빛, 전속력으로 달린다.

S#48. 동/수사혁신단장실 - 낮

여진, 들어온다. 곧장 책상으로 가 작은 스탠드에서 파일 서너 개를 뽑아 펼치려는데,
쾅! 들어오는 최빛, 놀라서 돌아보는 여진을 밀치다시피 하고 누가 의자를 뺏기라도
할 듯 본인 의자에 급히 앉는다.

여진   왜 그러세요?
최빛   (가쁜 숨 누르며) 뭐가?
여진   가져오라신 건
최빛   어 내가 할게. (가란 손짓) 동두천서장 가게 가야지? 현장 근처라며?
       김순경이 거기서 일해서 현장에 빠삭한 거면 어쩌려고?
여진   .. 가야죠, 보고드리겠습니다. (인사하고 나가면)
최빛   (하아..... 여진이 뽑아놓은 파일 보면)

그중 겉면에 아무것도 안 써진 파일이 있다. 펼치면,
최빛이 여진 책상에서 몰래 가져와 복사한 동재의 통화목록이다.
여진 낙서가 끄트머리에 복사된 파일을 본인 가방에 넣어버리는 최빛, 아이고야...

S#49. 대검찰청/형사법제단 사무실 - 낮

시목   (단장실에서 나와 자리로 가는데)
실무관   검사님, 방금 의정부지검에서 메일 하나 보내드렸다고 연락 왔었어요.
       서검사님 방 실무관이래요.
시목   예.

시목, 앉으면서 메일 로그인하면 실무관1이 보낸 메일 뜬다.
'3/18(월)부터 실종 당일인 3/26까지 서검사님께서 접속한 모든 인터넷 사이트
기록입니다. 날짜/시간순으로 정리했어요. 그 이전 건 현재 정리 중입니다.
다른 요청사항 있으시면 언제든 연락주세요.'라는 글 보인다.

실무관1E 3/18부터 실종 당일인 3/26까지 서검사님께서 접속한 모든
인터넷 사이트 기록입니다. 날짜/시간순으로 정리했어요.

시목, 첨부파일 열면 모니터에 엑셀 파일이 뜬다.
〈검색한 날짜/시간〉〈사이트 주소〉〈내용〉 항목이 열로 기입되어 있고,
각 제목의 행 아래로 관련 기록들이 빼곡히 적혀 있다.
스크롤바를 쭉 내려 보는 시목, 아무리 내려도 끝이 안 나올 정도로 길고 많다.
〈내용〉 칸에는 간략하게 키워드가 적혔는데 대부분 kics 기록과 각종 뉴스들이다.

시목　　(다시 스크롤바 맨 위로 올리고 이제부터 하나씩 살펴보는)

시목, 〈내용〉란에 kics라고 된 건 건너뛰고 다른 건 url 눌러서 내용 확인한다.
주로 시사 뉴스고 간혹 연예/가십도 있다. 몇 개를 짧게 보고 끄던 시목,
다음 링크 눌러보면, 뉴스 헤드라인 - 〈前대전지검 검사장 심근경색 사망〉
기사 자체는 거의 부고 수준으로 짧다. 대충 보고 끈 시목, 엑셀에서 다음 url 누르는데,
뉴스 헤드라인 - 〈박광수 前대전지검장 남양주 국도에서 사망〉
시목, 이번 기사는 끄지 않고 엑셀 파일로 돌아온다. 지금 기사 바로 밑 url 클릭하면,
이번에도 헤드라인은 - 〈前대전지검장 지병으로 운전 중 별세〉다. 그 밑에 부가설명은,
〈남양주 국도에서 지검장 출신 변호사 심장마비로 사망〉이다.

시목　　... .. (엑셀 파일로 돌아간다)

스크롤바를 맨 위 칸으로 쭉 올리는 시목,
맨 왼쪽 〈검색한 날짜/시간〉 제목 셀부터 〈내용〉 제목 셀까지 영역을 드래그한 뒤
도구 모음의 필터 아이콘 누르면, 각 제목 셀 칸마다 필터 버튼이 생긴다.

마우스 커서로 〈내용〉셀의 필터 버튼 클릭한 시목, '박광수' 세 글자를 입력하면,
〈내용〉셀에 '박광수'란 키워드를 포함한 기사 9건이 쭈르륵 소팅돼서 뜬다.
전부 '박광수 지검장 사망'이란 키워드로 입력된 기사다.
시목, 소팅된 9건의 〈검색한 날짜/시간〉을 확인하면,
2019년 3월 18일 20시경에 몇십 초 차이로 한꺼번에 검색된 걸로 뜬다.

시목   ....

Insert〉- 의정부지검/동재의 검사실 - 밤 8시경.
다른 직원은 모두 퇴근했다. 동재, 데스크탑으로 기사를 보는 중.
현재 창에 뜬 기사는 〈前대전지검 검사장 심근경색 사망〉제목의 뉴스다.
뉴스 창 끄고 포털로 돌아오면, '박광수 사망' 입력어 아래 관련기사가 벌써 쭉 떠 있다.
그중 〈前대전지검장 지병으로 운전 중 별세〉기사 클릭하는 동재.
2018년 4월 6일 기사인데 맨 위에 뜬 사진, 차량 내부사진이다.
운전자가 이송된 후 찍은 차량 내부사진으로 운전석은 활짝 열렸고 안에 사람은 없고
차체만 크게 클로즈업해서 찍은 거라 주변 배경도 거의 안 보인다.
사진 아래에 붙은 설명 - 〈남양주 국도에서 발견된 前대검지검장 차량〉
눈을 반짝이며 집중해서 사진 보는 동재.

같은 기사, 같은 사진을 보고 있는 시목. 기사 날짜를 확인한다.

시목   2018년.. (전화한다) ... 예, 검색기록 보내주신 거 받았는데요,
         남양주 국도에서 사망한 검사장 기사는 뭡니까? (듣는)

단장실에서 태하와 사현 함께 나온다.

태하   점심들 하지?
수사관/실무관 네. (일어서는)
시목   (일어나 전화 가리켜 보이곤 먼저 가시라 손짓, 앉아서 계속 전화)
태하   (그 말에 두 번도 고민 안 하고 문으로 몸 돌리는데)
시목   (전화) 지검장 박광수요.

태하	!!! (저도 모르게 걸음 멈춘다)

태하, 시목은 등지고 섰지만 커지는 동공, 굳어버린 몸.
수사관과 실무관, 일하던 서류 정리하고 태하 쪽으로 오는데,

시목	서검사께서 그분 사망 기사를 집중적으로 검색했던데요.
태하	(모든 신경이 시목 쪽으로 쏠린)
사현	안 가요?
태하	.. (느리게, 말 대신 시목 쪽 가리키는)
사현	(파티션 안으로 조금만 보이는 시목 보는)
시목	(듣다가) 별장지대요?
태하	(순간 귀신이라도 본 듯 백짓장이 되는 얼굴)
사현	알아서 오겠죠? (하며 태하 보는데) ??

사현, 태하가 하얗게 질린 게 느껴진다.
심상치 않은 느낌 받는 사현.. 모른 척하며 태하 살피면.
태하, 잔뜩 긴장한 채 우뚝 서서 귀 기울이는데,

시목	그쪽일 가능성

이때, 작게 사담 나누던 수사관과 실무관이 둘이 같이 웃는 순간,
웃는 소리가 시목 통화 내용과 엉기자 태하, 순간 두 사람을 노려보는데
눈빛으로 사람을 태울 정도의 순간적 노기로 가득 찼다.
곧바로 시선 거두는 태하, 정작 웃은 두 직원은 눈치 못 챈 찰나의 순간이지만,

사현	(... 옆에서 분명히 본...)
시목	(웃는 소리에 파티션 너머 보더니) 잠시만요. (전화 내리고 일어선다)
	먼저 가시죠,
태하	괜찮아, 해.
시목	통화가 길어질 것 같아서요. 곧 따라가겠습니다.
태하	...

수사관, 실무관, 사현까지 모두 태하 쳐다보자 태하, 어쩔 수 없다. 문으로 향한다.

실무관　　자리 잡으면 문자 드릴게요.
시목　　　네. (앉는)

S#50. 동/복도 - 낮

어쩔 수 없이 나왔지만 태하, 정신은 뒤에 놓고 발만 가고 있다.
옆에서 걷는 사현, 이를 느낀다.

태하　　　.. (혼잣말 같은) 선약이 있어..
수사관　　네?
태하　　　선약. (대답도 필요 없이 성큼 가는)
사현　　　... ..

S#51. 동/형사법제단 사무실 - 낮

시목　　　형사1부가 교통도 전담이죠? 블랙박스 같은 건 거기 다 있겠네요?
　　　　　　(듣다) 그날만 없다뇨? 운전자가 죽은 날 영상만 없다는 게 말이
　　　　　　됩니까? (하다) 잠시만요.. (문득 생각나는 게 있는) 변호사 죽은 데가
　　　　　　혹시 남양주 금남리인가요? (동재 사건 파일 찾는 손) 45번 국도?

시목, 용산서에서 준 동재 사건 파일 열더니 안에 끼워진 서류 한 장을 맨 위로 올린다.
서류를 빠르게 확인하곤 일어선다.

시목　　　(손은 이미 가방 챙긴다) 이 건, 조서 찾아와 주세요.
　　　　　　제가 지금 갑니다. (짧게 듣는) 예 지금 간다고요. (끊는)

일어나 재킷 챙기는 시목. 그 동작 아래로 방금 그가 봤던 서류 C.U.되면
〈실종자 차량 내비 목적지〉 리스트다. 리스트 위에서 아래로 쭉 내려가는 카메라.
그사이 화면 밖 시목이 차 키 등 챙기고 띄워놓은 기사 끄는 마우스 소리도 난다.
3/22 안양교도소 등을 지나 같은 장 하단에서 멈추면,
3/18 목적지 – 〈남양주 금남리 45번 국도〉
활자로 인쇄된 주소, 자동차 내비에 입력된 글자로 바뀐다.

Insert〉– 동재의 차 안 – 낮(2주 전)
〈남양주 금남리 45번 국도〉가 그대로 입력된 내비게이션.
운전자 보여주면, 동재가 달리고 있다. 내비를 짧게 확인하는 눈길.

리스트가 휙 들린다. 시목이 사건 파일과 함께 집어 들었다. 자리를 뜨는 시목.

S#52. 아파트 앞마당 – 낮

화장기 없이 평범한 옷차림의 중년여성이 공동현관에서 나온다.
누구를 찾는지 주변 둘러보며 나오는데 그 앞을 막듯이 와서 서는 이, 태하다.
중년여성, 태하 보는 눈길이 가뜩이나 낯선데 웃음기 하나 없는 태하, 목례.

S#53. 남양주 국도 – 낮 → 밤

차량 없는 국도를 달리는 시목의 차.
길 양쪽도 낮은 언덕이라 민가나 건물은 전혀 없다.
반대편 차선에서 달려오는 차, 시목의 차와 스쳐 가는데,
그 운전석에 탄 사람, 박광수다. 그와 동시에 하늘, 낮에서 밤으로 바뀐다.

S#54. 남양주 국도 – 밤(1년 전)

시목과 박광수의 차가 모두 사라지자 잠시 조용한 국도.
박광수 차가 온 방향에서 트럭 한 대가 온다. 카메라, 그 트럭을 따라간다.
굽은 도로를 돌아든 트럭, 급정거한다. 트럭을 따라가던 카메라도 트럭에 부딪힐 뻔!
박광수 차가 갓길도 아닌 차선 중간에 그냥 섰다.
빵빵, 경적 울리는 트럭 운전사. 반응 없는 차.
좁은 국도인지라 맞은편 차선까지 타며 박광수의 차를 비껴가는 트럭.
처음엔 욕하던 트럭 운전사, 이젠 어떻게 된 건가, 박광수의 차를 보면,
운전대에 엎어져 있는 박광수. 놀라는 트럭 운전사.
트럭을 박광수 차 앞에 세우고 내려서 달려온 운전사가 차 문을 두드려도 반응 없다.

cut to. 박광수의 차 안. 엎어진 운전자를 비추는 경찰 플래시.
밖에 구급대원과 경찰 보인다.

cut to. 국도변. 더 어두워진 하늘.
박광수의 차 문을 열려고 애쓰는 구급대원들.
순찰차, 앰뷸런스도 대어져 있다.
트럭 운전사는 교통경찰에게 상황을 설명 중이고.
다행히 지나가는 차가 거의 없어 혼잡하지는 않다.
운전석 문이 열린다. 구급대원들, 쓰러진 운전자를 끌어내 이동침대에 놓는다.
동공 반응 체크할 때 클로즈업되는 박광수의 얼굴.
이미 이 세상 사람이 아닌 그 얼굴이 고스란히 사진으로 옮겨진다.

S#55. 의정부지검/동재의 검사실 - 낮

S#54의 사진을 손에 쥔 시목.
그 밑에 사건현장 사진을 비롯한 조서가 흐트러진 게 보인다.
사진 들여다보는 시목에서 엔딩.

10회

심장에 통증을 느끼고 멈추려고 했다면 먼저

갓길에 세우려고 하지 않았을까요?

중앙선하고 바퀴가 일직선입니다. 방향을 하나도 안 틀었어요.

갓길로 진입할 생각 없이 달리던 그대로 그냥 섰단 얘기잖아요?

S#1. 아파트 앞마당 + 태하의 차 안 - 낮

주차장에 세워둔 차로 태하가 온다.
그 뒤론, 9회 S#52에서 태하가 만난 여인이 이쪽을 보고 선 모습이 흐릿하게 보인다.

동재E   제가 받은 조서엔 누락돼 있었습니다. 유족이 이의를 제기한 게요.

Flashback.1〉- 2회 S#41. 대검찰청/법제단장실 - 낮
동재   저야 하늘 같은 선배님이 돌아가셨는데 후배로서 당연히 조문을 갔죠,
       거기서 사모님을 뵀을 때 들었고요.

차에 오르는 태하. 뒤의 여인은 이제 돌아서서 공동현관으로 향하고 있다.
태하, 벨트 매지만 출발하지 않는다. 마음을 어지럽히는 심란함과 성가심.

동재E   이상하지 않습니까? 왜 길에서 발생한 흔한 질병사망을 덮어야
       했을까요?
태하   …

Flashback.2〉- 9회 S#49. 대검찰청/형사법제단 사무실에서 시목이 전화로 말하던 모습.

태하   (결심한 듯, 엔진 켜며) 빌어먹을 것들. (출발)

S#2. 의정부지검/동재의 검사실 - 낮

의정부검사   예 이게 전붑니다. 그냥 지병으로 사망하신 거였기 때문에.

9회 S#55의 상황 이어진다. 몇 장 안 되는 박광수 사건 조서를 펼쳐놓은 시목.
탁자에 의정부 검사, 실무관1, 계장1이 시목과 함께 둘러앉았다.

의정부검사   운전 중에 갑자기 온 심장마비라 큰일 날 뻔했지만 다행히
           2차 사고로 이어지지도 않았고요.
시목   이쪽 길이 통행량이 적습니까?
실무관1   예, 주말이나 휴가철에만 붐비지 평소엔 거의 없는 편이에요.

시목, 이동침대에 눕혀진 박광수 사진 밑에 연이어 붙은 2번째 사진 본다.
뉴스 기사(9회 S#49)에서 봤던 것처럼 운전자가 내려진 후에 찍은 차량 내부사진이다.
내부사진을 좀 더 보다 다음 장 넘기면,
이어 차량이 발견된 배경까지 포함된 사진들이 나온다.
차의 앞뒤, 차 주변 국도까지 모두 담긴 몇 장의 사진들.

시목   3월 18일 날 서검사께서 이 현장엘 직접 갔던데 왜인지 아시는 분요?
모두   (누가 알까? 해서 서로 볼 뿐)
시목   (차 사진 짚는) 사고 차량 블랙박스가 이날은 하필 꺼져 있었다고요?
의정부검사   예 하루 전 기록까진 다 있는데 사고 당일만 없었던 걸로 기억합니다.
시목   1년 전인데 아직 기억하네요? 그런데 (조서 더 들추지만) 거기에 대한
           보완내용이 없습니다. 흔한 질병사망이라 해도 하필 그날만 블박기록이
           없단 건 충분히 재검토 사항인데 서검사님이 왜 이렇게 끝냈을까요?

의정부검사   그게.. (말 흐리는)

시목   정민하 검사 이 방 시보였다고 했죠?

의정부검사   예.

시목   본인이 했죠, 이 사건?

의정부검사   .. 선배님께서 간단한 거부터 해보라고 주셔서, 예 제가 처리했습니다.

시목   사망자는 심혈관 질환을 앓고 있었고.. 스텐트 시술을 받은 전력도
       있네요.

의정부검사   (반가운 내용이라 얼른 답하는) 네 그래서 사인도 확실하고 해서

시목   사인이 확실하니까 운전자가 이날 어딜 다니다가 여길 와서 죽었는지
       주임검사는 몰라도 됩니까? 사고 차량 운행기록도 조서에 없습니다.

의정부검사   ... 죄송합니다.

동재 방 직원들, 같이 혼나는 기분이라 쥐 죽은 듯 앉았다.

의정부검사   바쁘시고 제 처분을 믿으셔서 결재해주셨지 날림으로 하신 건 아녜요.

시목   .. 본인 얘길 하는데 남을 두둔하네요?

의정부검사   예? 그냥 저 때문에 선배님이..

시목   (그대로 응시)

계장1   (기색 살피다 얼른) 상대가 지검장 출신이라서 그나마 잠깐 화제가 됐지,
       사실 굉장히 평이한 거였는데요.

실무관1   저도 그래서 얼마 전에 서검사님께서 이거 조서를 찾아오라고
       하셨을 때야 아 맞아, 그런 게 있었지, 그때야 생각났어요.

시목   서검사께서 이 조서를 다시 찾았다고요? 발생 당시엔 여러 누락에도
       불구하고 그냥 넘길 정도로 평이한 걸 왜 다시 찾아오라고 하셨죠?

그건 아무도 모르는. 대답 없다.
시목.. 조서를 닫는데 지금까지 본 박광수 사건 조서, 형광색의 파란 파일이다.
파일 생긴 것 자체를 보는 시목.. 가방 연다. 안에서 파일 하나를 꺼내서 놓는데,
태하가 동재한테 받아서 준 연두색 파일이다. 똑같은 디자인에 형광 컬러만 다르다.

실무관1   어 이거는 검사님께서 갖고 계셨네요?

시목   다른 것도 있습니까?

실무관1   이거(파란 파일에 손 얹는) 찾아놓으라고 하셨을 때요, 서검사님이,

Insert〉 - 동 장소. 실무관1, 동재에게 형광색 파일 3개를 건네고 있다.

동재, 파일 커버를 본다. 각각 파란색, 연두색, 그리고 분홍색 파일이다.

실무관1E   **총 3개를 달라고 하셔서 한꺼번에 복사해서 드렸거든요?**

               동두천서장 파일까지요.

시목E   **동두천서장 파일이요?**

계장1E   **전에 동두천경찰서장이 의경을 갈긴 일이 있었는데요.**

시목   압니다. 서검사께 전하신 날이 언젭니까?

실무관1   그게.. 3월 14일인가? 맞죠? 제가 조서 찾으러 갔다 왔더니
              계장님이 제 화이트데이 사탕 먹어버린 날?

계장1   (아직도 그걸?! 딴청하며 시목에게) 아까 검사님께서 박변호사 조서
              찾아놓으라는 전화 주시고 나서 저희도 이거(파란 파일) 만든 게 생각이
              나서 혹시나 해서 뒤져보니까 이것만 저희 검사님 책상에 있더라고요.

의정부검사 3개를 만들어드렸는데 하나는 원래 여기 있었고 또 하난 황검사님께서
              갖고 계셨으면 나머지 하난 어딨죠? 동두천서장 거는?

시목   (뭔가 생각하다) 왜 말씀 안 하셨어요? 서검사님 실종 직후에 제가
              여기 와서 특이사항은 뭐든 알려달라 말씀드렸는데요, 한참 전에
              끝난 조서를 서검사께서 특별히 따로 요청했는데 왜 말 안 했습니까?

실무관1   깜빡해서..

시목   사탕은 기억하고요?

실무관1/계장1 (다 같이 혼나는 분위기가 돼버린..)

의정부검사 .. 저 잠깐만 실례하겠습니다. (조심스레 일어나 문으로 가는데)

시목   박광수 변호사 가족 연락처 주세요.

그 말에 돌아보는 의정부 검사. '주소가 있을 텐데.' 하며 주섬주섬 조서 넘기는 계장1.

S#3. 동/복도 - 낮

동재 방에서 나오면서 폰에서 '남양주서 교통조사팀장' 번호 찾아 누르는 의정부 검사.

S#4. 남양주경찰서/교통조사계 - 낮

조사팀장 (한창 일하다가 유선전화가 울려서 별생각 없이 받는데)
　　　　　네, 교통조사곕니다. .. (표정 변하는) 예에.. .....

S#5. 보광동/길거리 - 낮

주택가에 자리한 다층 빌라. 원래는 지하 차고였을 공간이 작은 도시락 가게를 품었다.
이곳 앞에 서는 4개의 다리, 여진과 장형사. 도시락 집 간판 확인하고 안을 보면,
아기자기한 투명 창 안엔 40대 초반쯤의 주인이 전화 주문을 받는 중이다.

장형사　　동두천서장 동생이에요, 김순경 이모.

가게로 들어가는 두 사람. 주인이 살갑게 맞이하는 모습이 유리창 너머 보인다.

장형사E　　튀김 정식 둘 포장이요.

S#6. 도시락 가게/홀 - 낮

메뉴판이 붙은 매대 뒤로 단출한 주방이 보이는 전형적인 테이크아웃형 가게다.
매대 앞에 여진과 장형사, 메뉴판에 시선 두는 척하며 구석구석 살피면,
주방으로 이어지는 뒤편 공간을 가린 커튼 정도가 그나마 수상하다면 수상하다.

장형사　　(커튼 쪽으로 눈짓하며 봤어요? 여진 보면)
여진　　　(짧게 눈으로 대답)

장형사   (기름 끓는 소리에) 야 냄새 좋네.

주인   그쵸? 저흰 기름 재활용 안 하거든요.

여진   근데 여긴 위에서 냄새 갖고 뭐라고 안 해요? 요즘 싸움 많이 나던데.

주인   여기가 위에 빌라랑은 완전히 막혀 있어서 냄새 안 올라가요.
       건물만 한 건물이지 통로부터 완전 따로따로예요.

여진   따로따로시구나.. 죄송한데 화장실 좀.

주인   저기 문으로 나가심 돼요.

뒷문 가리키는 주인, 포스기 옆의 바구니에 뒀던 열쇠 중에 W.C라 써진 걸 건네준다.
바구니엔 비교적 커다란 열쇠고리가 두 개 있는데 둘 다 열쇠가 매달렸다.

여진   (열쇠 받아든) 감사합니다.

주인   맨 끝이에요! 화장실 표시돼 있으니까, 예.. (다시 조리대로 향하면)

여진   (바구니에 남은, 아무 표시 없는 나머지 열쇠도 가져가는 재빠른 손)

S#7. 동/통로 - 낮

문 하나 사이에 뒀을 뿐인데 홀과는 사뭇 다른 축축한 공기.
습기 머금은 차가운 시멘트벽에, 위는 슬레이트 같은 플라스틱을 얹어놔 비만 가렸다.
불투명한 플라스틱을 가까스로 통과한 빛으로 겨우 앞만 분간할 수 있는 곳.
길고 좁은 통로 끝에 앙증맞은 장식품으로 화장실 표시를 해놓은 문이 있는데
그 중간에 또 다른 문이 있다. 화장실과는 달리 아무 표시 없이 페인트칠 벗겨진 문.
그 문으로 가보는 여진, 문고리 돌려보지만 잠겼다.
문에 귀를 대보고 안에서 반응이 있나 두드려도 본다.

여진E   (혹여 주인이 들을까 조심스레) 저기요.. 안에 누구 있어요?

문에 귀 대보면 처음엔 조용하지만... 정적 속에서도 뭔가 움직이는 소리, 부스럭 소리.
여진, 화장실 열쇠 말고 다른 열쇠를 꽂아보면 덜컥 돌아가고!

S#8. 동/홀 - 낮

주인   (조리되는 동안 포장용 비닐에 수저 등 넣으며 매대로 오는)
장형사   (여진이 열쇠 2개를 다 가져가서 비어버린 바구니를 은근 돌려놓지만)
주인   어머! (화장실 문으로 달려가는) 잘못 가져갔어요!
장형사   괜찮은데! (주인 잡으려 따라 뛰는)

S#9. 동/창고 - 낮

어둡고 거의 아무것도 안 보이는 공간. 덜그덕! 소리.
문 열린다. 그래도 아주 밝아지진 않는 이 공간으로 여진이 들어선다.
여진, 급히 들어와 살피는데 뭐가 너무 많아 한눈에 분간이 안 간다.
안쪽으로 더 들어오는데 뭔가 바닥에 찌익 붙어나는 느낌. 뭐지?! 고개 숙이는데.

S#10. 동/통로 - 낮

뒤따라온 주인과 장형사.
주인, 창고 문이 열린 것 보고는 아이고! 하고,
장형사, 그런 주인 제치고 창고로 달려가는데 그 눈에 들어오는 건,
온갖 식재료가 널브러진 더럽고 곰팡이 난 창고 한가운데 선 여진이다.

S#11. 동/창고 - 낮

창고가 환해진다. 장형사가 불을 켠 것. 이제 확연히 보이는 창고 안은,
녹이 잔뜩 슨 철제 선반엔 해동 중인 고기들이 그냥 쌓였다. 뚝뚝 떨어지는 분홍 물.
축축한 바닥에도 식재료가 놓여 있어 여진 신발 바닥에 붙은 건 흐물흐물한 채소다.
군데군데 놓인 플라스틱 용기는 때가 찌들어서 봐줄 수가 없다.

찡그리는 여진, 그래도 혹시나 해서 구석에 크게 덮어놓은 불투명 비닐을 들추는 순간,
찍! 여진 발치를 순식간에 치고 가는 것, 당근만 한 쥐다.
여진도 장형사도 놀라지만 주인이 더 소리 지르고 장형사를 붙잡으며 놀란다.
장형사, 뭐야..

S#12. 동/홀 - 낮

손도 안 댄 도시락, 쓰레기통으로 그대로 직하.

주인	원래 안 그래요. 원래 안 그런데 오늘 냉장고가 고장 나서,
여진	구청에서 사람 올 겁니다. (가게 나서는데)
주인	기가 막혀, 장사하다 보면 별일 다 있지, 자기들은 얼마나 깨끗하다고.
여진/장형사	(동시에 꼬나보면)
주인	실수하는 거예요, 인제 봐요? 금방 후회하지.
여진	왜요, 식구 중에 경찰서장이라도 있으세요?
주인	(단박에 턱 치켜드는) 그러게 사람이 이마만큼 나올 때는 뭔가 믿는
	구석이 있나 보다, 눈치 챘어야지, 새로 왔나 봐요, 이 동네?
장형사	쥐!
주인	악!

여진과 장형사, 나가버린다.

| 주인 | (화가 나선 득달같이 전화) ... .. 오빠 난데! |

S#13. 보광동/길거리 - 낮

장형사	이것도 밥값은 한 건가?
여진	(가며) 안 봤으면 좋았을걸.
장형사	(가게 돌아보며) 그니까요. 더럽기가 웬. 코뿔소만두 아줌마는 나이가

그런데도 얼마나 깨끗하고 얼마나 정릴 잘하는데 장사하는 분들 욕

멕이는 거지 저게, 아으..

여진   ..

Flashback〉- 5회 S#36. 안양교도소/민원실 앞마당 - 낮

- 바지 주머니에 손 넣고 꽃구경하듯 오던 동재 모습.

- 놀리듯 웃으며 여진에게 뭐라 말하던 동재 모습.

여진   1년에 만 건이 넘는데, 영구 실종이.

장형사   ?

여진   하루에 서른 명 꼴이잖아요, 영원히 못 돌아오는 사람이.

장형사   그죠.

여진   안 봤으면 그냥 그중에 하나인 건데. 그냥 그 맘으로 찾으면 되는데.

장형사   서동재요?.. 봤어도 뭐 안 본 거보다 못하지, 전에 한강다리에서 난리칠

때 그때 봤으니, 아 거기서도 보긴 봤다, 공사장에서.

여진   공사장이요? (하다) 아아.. 그러네.. 그때도 같이 있었네.

장형사   애들이 안됐죠, 우리 애들이랑 딱 열 살씩 차이던데, 큰애 작은애가.

여진   (장형사 보면)

장형사   .. 그러네, 서검사도 아빤데.. 애들이 얼마나 생각날까 지금...

여진   어떻게 이렇게 냄새도 못 맡을 수 있죠? 보통은 주변을 파면 나오는데?

장형사   열에 하나둘이잖아요, 진짜루 못 찾는 건.

나머진 어떻게든 집으로 데려오잖아요, 우리 경찰이.

여진   (웃어 보이며 끄덕이는)

장형사   그리고오, 욕 많이 먹어서 벽에 꽃 칠할 때까지 살 사람이야, 서검사는.

여진   그래야죠! 우리가 찾기 전까지 죽으면 안 되지.

그러나 각자 차로 가는 두 사람 얼굴, 곧 막막해진다.

S#14. 의정부지검/복도 - 낮

검사실 안에서 계장1과 실무관1의 안녕히 가세요, 란 소리 희미하게 나더니 시목,
동재 검사실에서 나온다. 핸드폰 통화목록 중 '우태하 부장님' 찾는데,

의정부검사   황검사님! (본인 검사실에서 서둘러 나오는)
시목   (멈추는)
의정부검사   죄송합니다, 아까 지적해주신 걸 다시 문의했는데 시간이 너무 지나서
           구할 수 없게 됐습니다. (가시던 길 가시라 손짓)
시목   (이동하는)
의정부검사   사망자 이동경로랑 블랙박스요. 핸드폰 통신기록도 지금은 보존기간이
           끝나서 없다네요, 죄송합니다, 제가 그때 확보 지시를 했어야 했는데.
시목   경찰에 문의했어요? 그때 담당이 누굽니까?
의정부검사   남양주경찰서, 처음엔 경비교통과에서 했다가 나중엔 교통조사팀장이
           맡았습니다. (승강기까지 오자 시목이 누르기 전에 내림 버튼 누르는)
시목   알겠습니다.
의정부검사   제가 또 놓친 게 있나 생각을 더 해봤는데요, 그때 서선배님께서
           박변호사 일을 남 일 같지 않아 하셨던 게 기억나요.
시목   두 사람이 친분이 있었나요?
의정부검사   그거보단 선배님 보시기엔,

승강기 도착음이 울리자 입 다무는 의정부 검사.
승강기가 서고 사람들 내리고 시목과 함께 지금 온 승강기에 타기까지 의정부 검사,
꾹 다문 입을 열지 않는다.

S#15. 동/승강기 안 – 낮(약 1년 전)

승강기에 타는 사람, 의정부 검사와 동재다. 동재, 문 닫히고 나자 얘기 시작한다.

동재   박광수 선배는 지검장까지 하고 대형 로펌에 가신 분이잖아.
       근데 그런 분도 밖에 나가서 얼마나 스트레스를 받았으면 길바닥에서
       심장마비가 다 왔겠냐. 그래서 안 마시던 술도 꾸역꾸역 마신 모양인데.

.. 내가 말야, 원랜 내년이 승진 연차야. 부장은 달고 나가야
뭘 해도 할 텐데. (짐짓 찡그리며 의정부 검사 보는)
전에 내가, 후배 손에 조사받은 전력도 있거든. 너도 들었지?

의정부검사　(들었다고 하기도 뭣하고 겸연쩍은)

의정부검사E　제가 서선배님 방에 배치됐다니까 그 방에서 뭘 배우겠냐고 한 분도
계셨대요. 다른 방 동기가 위로하는 척 저한테 그러더라고요.

동재　한탄만 하고 있음 뭐 하나! 하늘 무너지기 전에 솟아날 구멍 뚫어야지!

1층에 서는 승강기.

S#16. 동/로비 - 낮(현재)

승강기에서 내리는 시목과 의정부 검사. 동재는 없다.

의정부검사　정작 중요한 건 놓치고 이런 말씀만 드리게 되네요..
근데, 박변호사하고 저희 선배님 실종이 관련 있을까요?

시목　모르죠.

의정부검사　단순자살로 보였던 송경사한테 배후가 있던 거처럼 박변호사 죽음에도
뭔가 있어서 선배님의 행방불명으로 이어졌다고 보시는 거 아니세요?

시목　(로비 출입구까지 다 와 멈춰서 대답하는) 모릅니다.

의정부검사　예에, 전 뭔가 나왔나 해서요, 벌써 5일째라..

시목　정민하 검사.

의정부검사　예!

시목　대부분은 놓친 게 있어도 시간이 너무 지나면 경찰에 문의하기를
꺼려합니다.

의정부검사　(에?)

시목　본인이 실수한 걸 드러내야 되니까요. 앞으로도 계속 업무로 부딪힐
상대한테. 수사 지휘를 해야 하는 상대이고.

의정부검사　아 예, 저는 수사 지휘를 서로 보완하는 거라고 생각해서..

시목　계속 매진하세요. (나간다)

의정부검사　또 뵙겠습니다! .. ..

S#17. 동/주차장 – 낮

시목　(차로 가면서 전화) .. 예 부장님. (듣는) 아뇨, 아직 의정부입니다.
　　여쭐 게 있어서요, 일전에 서검사가 대검에서 부장님을 뵀을 때,

S#18. 용산 주택가 골목 – 낮

사건현장이 보인다. 동재 차가 주차됐던 대문 앞, 차고 등. 인적 없다.
딸깍딸깍 소리도 돌린다.

태하E　무슨 다른 건.
시목F　서검사가 부장님께 드린 파일이 혹시 세곡지구대 말고 또 있나 해서요.
태하　(사건현장이 보이는 곳에서 통화 중이다)
시목F　그때 세곡지구대 말고 다른 건에 대해선 언급 없었나요?
태하　지구대 꺼뿐이었어. 다른 건 없어.

딸깍하는 소리, 태하가 라이터를 계속 껐다 켰다 하는 소리다.
라이터 켜는 동작이 신경질적이기도 하고 초조해 보이기도 한다.
(라이터, 어느 편의점에서든 쉽게 살 수 있는 일회용 라이터다)

시목F　알겠습니다. 들어가서 보고드리겠습니다. (끊는)

전화 내리는 태하, 바닥에 떨어진 담배꽁초를 발끝으로 치우며 간다.
차고 앞까지 온 태하, 이제는 희미한 얼룩으로 남은 동재 핏자국을 보다가
라이터 넣으며 주변 돌아본다. 특별할 것 없는 빌라, 주택들을 훑는 눈.

S#19. 시목의 차 안 - 낮

시목   (차에 타 벨트 매고 출발하지만) ... ..

Flashback〉- 3회 S#27. 의정부지검/동재의 집무실 - 낮

시목   **송기현 경사 이력을 보니까 원래 경찰서 형사였던 사람인데 갑자기**
        예하 지구대로 옮겨졌네요, 이런 발령은 거의 안 하지 않습니까?

동재   **우부장님이 그거는 말씀 안 해주셨어?**
        왜 그런 발령이 있었는지도 따로 파일을 만들어서 드렸는데.

시목   **아뇨.**

동재   **(.. 흡족한 미소가 번진다) 지구대 얘기가 상당히 입맛에 맞으셨나 보네?**
        두 개를 전해드렸는데 하난 아예 들여다도 안 보시고?

시목   ...

태하E   **지구대 꺼뿐이었어. 다른 건 없어.**

의구심이 스미는 시목 너머 차창 밖 풍경이 의정부지검 인근의 복닥복닥한 상가 길에서
한적한 길로, 그러다 양쪽이 푸른 언덕인 국도까지 풍경화처럼 바뀌는데.

S#20. 남양주 국도/시목의 차 안 - 낮 + 밤

60km/h 언저리의 속도 계기판. 시목, 사이드미러 확인하면,
뻥 뚫린 후방 도로만 보일뿐 뒤에 오는 차 없다.
그런데 사이드미러에 비친 길만 어스름밤이다.
그 외의 현재 배경은 그대로 햇살 내리쬐는 환한 낮.
사이드미러에서 움직여 다시 운전자 보여주면 운전자는 박광수.

그리고 이제 전부 밤이다. 민가가 없어 창문 밖 길이 가로등을 빼곤 어둑어둑하다.
약간 땀 흘리는 박광수, 답답한지 넥타이도 잡아당기지만 아직은 괜찮아 보이는데,
박광수, 갑작스러운 통증에 억! 비명 내지른다. 가슴 움켜쥐며 급브레이크 밟는.

끼익 소리를 남기고 그대로 멈추는 차량.

박광수, 고개가 툭 꺾이며 운전석에서 앞으로 고꾸라진다.

차도 주변도 잠시 그대로 정적인데..

운전석 문 열리더니 시목이 땅에 내려선다.

배경은 그대로 밤. 차도 박광수의 차다. 시목, 도로 상태를 보면,

상하행선이 1방향 1차선인 외곽 길, 가운데 분리대도 없다.

옆으로 약간의 갓길이 있지만 차는 달리던 1차선에 그대로 멈췄다.

차 뒤편으로 가 뒷바퀴를 내려다보는 시목,

급브레이크를 따라 그림자처럼 늘어진 스키드 마크.

검은 아스팔트 위라 한눈에 확 띌 정도로 선명하진 않지만 분명 자국이 있다.

스키드 마크를 폰으로 찍는 시목, 플래시 기능 없이 폰에 담겨지는 사진은 낮이다.

다시 차에 오른다.

cut to. 다시 길을 달리는 차. 운전석엔 다시 박광수가 있다.

약간 땀 흘리는 박광수, 답답한지 넥타이도 잡아당기지만 아직은 괜찮아 보이는데,

가슴께에 통증 느끼는 박광수, 어? 하는. 다시 오는 통증.

심상치 않음을 느낀 박광수, 일단 차를 멈추려 속력 줄이며 갓길 쪽으로 방향 트는데

이번엔 세게 오는 통증. 가까스로 멈춰지는 차.

이미 속도를 줄인 후라 급브레이크는 아니다.

운전석에서 괴로워하는 박광수, 곧 축 처진다.

cut to. 멈춰진 차 앞바퀴를 보고 선 시목.

몸을 좀 뒤로 젖혀 뒷바퀴 부근 살피면 이번에는 스키드 마크가 없지만,

다시 차 앞을 보면, 차체가 멈춘 방향도 갓길 쪽으로 틀어져 있고,

앞 타이어는 모두 오른쪽 갓길을 향해 쏠려 있다.

시목   ... ..

S#21. 남양주경찰서/복도 - 낮

참수리 마크와 함께 〈남양주경찰서 알림판〉이 커다랗게 붙은 복도 벽.
게시판에는 공문 등의 문서와 홍보기사 등이 게시돼 있다.
이를 스쳐가는 시목, 〈교통과〉로 들어간다.

S#22. 동/교통조사계 - 낮

조사팀장 눈앞에 내밀어진 박광수 교통사고 현장 사진 2장.
한 장은 멈춰진 차를 앞에서, 또 한 장은 옆에서 찍은 구도다.
의정부지검에서 가져온 파란색 형광 파일을 펼쳐놓은 시목.

시목　　심장에 통증을 느끼고 멈추려고 했다면 먼저 갓길에 세우려고 하지
　　　　않았을까요?

시목, 핸드폰에서 방금 전 직접 찍은 사진 2장을 연달아 보여주는데,
S#20에서 갓길로 쏠린 상태의 차체, 앞바퀴가 보이도록 찍은 사진이다.
조사팀장, 현장 사진 다시 보면 바퀴도 차체도 달리던 상태에서 아주 부드럽게 선 양,
중앙선과 나란히 1차선에 똑바로 멈춘 상태다.

시목　　(원래 현장 사진 바퀴 가리키는) 중앙선하고 바퀴가 일직선입니다.
　　　　방향을 하나도 안 틀었어요. 갓길로 진입할 생각 없이 달리던 그대로
　　　　그냥 섰단 얘기잖아요?
조사팀장　갑자기 통증을 느꼈나 보죠, 어떻게 틀고 말고 할 것도 없이.
시목　　갑자기였다면 급제동이었겠죠?
　　　　인적 없는 국도니까 시속은 6에서 70 그 이상.

시목, 뒷바퀴를 찍은 현장 사진을 맨 위에 올리고 폰으로 직접 찍은 사진과 비교한다.

시목　　60키로로 달려도 이 정도 자국이 남습니다. 평범한 사고였다고요?
조사팀장　(시목 폰 사진엔 스키드 마크가 있고 현장 사진엔 전혀 없다) .. 이거,

사망자가 직접 119에 전화를 했었던 건 같은데요, (조서에서 찾는)
어 여깄네. 119 녹음을 들어보면 전화는 했는데 말은 못 했어요.
구조 요청을 하려다가 의식을 잃은 거죠.
그래도 119를 부를 정도면 아주 급브레이크는 아니지 않았을까요?

시목   어느 정도 의식이 있는 상태에서 차를 멈췄을 테니까요?

조사팀장 예, 거기다 술도 마셨으니까, 심장은 막 쥐어오지, 술기운은 있지,
         갓길로 빼야겠다, 이 판단이 안 들었을 수도 있죠?

시목   그랬을 수도 있죠.

조사팀장 운전 중에 심장마비가 오는 사람이 꽤 돼서요,
         지병 때문에 수술도 했다 하고, 저희로선 그때 이상할 게 없었는데요.

시목   (생각..) 내비는요?

조사팀장 내비가 왜요?

시목   (차 내부사진 페이지 편다. 옆에 보여주기보단 본인이 들여다보는 양상)

운전자가 내려진 직후 차 앞좌석 내부를 크게 찍은 사진.

시목   이 길을 자주 다녔을까요, 사망자가?

조사팀장 (내가 어떻게 알아..) 그거까진

시목   내비게이션에 목적지 설정이 안 돼 있습니다.

조사팀장, 사진 들여다보더니 서랍에서 주섬주섬, 소형 확대렌즈를 꺼내 가까이 본다.
렌즈 통해 보이는 내비게이션, 과연 목적지 칸에 아무 글씨가 없다.

조사팀장 그러네요, 입력을 안 해서 비었네요.

시목   사망자 회사랑 집이 다 서울인데.. 남양주 중에서도 외곽 국도를 얼마나
         훤히 알고 있어서 내비를 켤 필요 없었을까요?

조사팀장 전 근데 차에 달린 내비 말고 핸드폰 걸로도 많이 하는데요?

시목   (차 안 실내 사진을 다시 짚는다)
         평소에 폰 내비를 쓰는 사람이면 핸드폰 거치대 정돈 있었겠죠?

조사팀장 거치대가 (사진 훑지만) .. 없네요. 그냥 앞 유리에 기대놓고 쓰는 경우도
         있긴 하니까.. 뭐 거기 길을 잘 알았을 수도 있죠? 내비 필요 없이.

시목	.. 그럴 수도 있죠. (조용히 서류 챙기다 불쑥) 서동재 검사 아시죠?
조사팀장	.. 에, 전에 한 번 뵌 적은 있죠.
시목	(동재의 휴대폰 기록 중 '남양주, 교통조사팀장'으로 표시된 곳 짚는) 3월 18일, 서검사가 팀장님께 한 전화입니다. 무슨 얘길 하던가요?
조사팀장	저한테요? (시목이 짚은 곳 보다) 3월 18일? 이면은.. 아 그 전날 주말에 추돌사고가 크게 나갖고요, 그 얘기 했을 때 같은데 왜 그러세요?
시목	박변호사 사망에 대해선 이날 무슨 얘길 나누셨어요?
조사팀장	.. 그 얘기는 (떠올려보지만) 전혀 안 나왔는데?
시목	3월 18일에 서검사는 박변호사 차량이 발견된 현장에 갔습니다. 기록상 팀장님하고 통화를 한 직후에요. 아무 얘기 안 하셨다고요?
조사팀장	얘기가 나왔으면 제가 기억을 할 텐데요?.. 근데 설마 서검사님 실종 하고 1년 전에 심장마비로 사람 죽은 거랑 무슨 관련이 있습니까?
시목	있을지, 없을지요. (파일 챙겨서 일어난다. 가타부타 없이 목례)
조사팀장	(얼결에 목례)
시목	(자리 뜨는데 몇 걸음 만에 멈추고는) 사망자 혈중 알코올 수치가 소주 한 잔이 안 되던데요.. 119를 부를 정신이 있던 사람이 비상등도 없이 그냥 1차선 도로에 있었을까요?
조사팀장	.. 길에선 별 사고가 다 나잖아요? 고라니한테 치이기도 하는데..
시목	(상대의 대답이 아닌 혼자 생각을 정리했던 질문... 이젠 진짜 가는데)
조사팀장	(시목이 더 이상 안 돌아볼 때 즈음, 소태 씹은 얼굴이 된다)

S#23. 동/복도 - 낮

아까 왔던 복도로 나가는 시목, 폰에 '3월 17일 남양주 추돌' 입력하고 검색한다.
잠깐 게시판 쪽으로 고개 돌리지만 시목, 그대로 가는데.
그 뒤로 조사팀장이 나타난다. 시목을 지켜보며 내키지 않는 얼굴로 전화 꺼내는 모습.

S#24. 경찰청/수사혁신단장실 - 낮

최빛　(고민에 싸여 전화 중) 남양주서까지 온 것도 안 좋지만 질문 방향이
　　　더 안 좋아요. 그 사람 어디까지 알고 있는지 모르겠어.

태하F　지금 말하는 형사,

S#25. 태하의 차 안 - 낮

태하　오늘 황시목이 만났단 조사팀장, 그 형사 아녜요? 최빛 서장이
　　　박광수 사고 빨리 덮으라고 했다고 서동재한테 입방정 떤 사람.

최빛F　그거야 뭘 몰랐을 때 딱 한 번 실수고 오늘은 그건 걱정도 아녜요.

S#26. 경찰청/수사혁신단장실 - 낮

최빛　내비가 어떻고 타이어 방향이 어떻고 질문을 하도 퍼부어서 그거
　　　답하기도 바빴대요. 이러느니 차라리 서검사가 나을 뻔했어!

태하F　... 황프로 수사팀에서 뺄게요. 더 가면 안 되겠어.

최빛　갑자기 빼면 더 이상하죠?

태하F　이상하고 말고가 어딨어요, 내가 손 떼라면 떼는 거지, 지가.

최빛　(별로 동의가 안 되는데..)

노크와 함께 여진이 안으로 들어오려다 통화 중인 거 보고 몸을 뒤로 한다.

최빛　(전화 가리고) 왜?

여진　의정부서 경무과에서 왔는데요, 초과근무 알아보신다고 한 거요.

최빛　알았어.

여진　(바로 나가는)

최빛　... (전화) 애들 내가 손 떼게 할 수 있겠어요, 다시 전화드릴게요.

S#27. 박광수의 아파트/복도 - 낮

계단식 아파트 복도. 현관문 앞에 선 시목.
조금만 열린 현관문 사이로 광수妻가 내다보고 있다.
온전히 몸을 드러내지 않고 문틈으로 내비치는 조심스런 모습.
광수妻, 시목 명함을 봤다가 시목 봤다가.. 문밖으로 나와 선다.

광수妻　(뒤로 닫히는 문) .. 안에 손님이 와 있어서.
시목　여기도 상관없습니다.

광수妻, 완전히 나와 서는데 9회 S#52에서 태하가 만났던 중년여성이다.
한참 울다가 나온 듯, 눈가와 코끝이 붉다. 눈도 많이 부었다.

광수妻　(제 팔을 감싸 안고 서는 게 방어적으로 보이는) 무슨 일이세요?..
시목　돌아가신 부군에 대해서 몇 가지 여쭐 게 있습니다.
광수妻　말씀하세요.
시목　.. 의정부지검에 실종 사건 때문입니다만.
광수妻　(그제야 아참, 하듯) 아 예. (좀 2, 3초 후에야) 무슨 실종이요?..
시목　... 부군께서 사고 당일 남양주에 왜 가셨는지 아십니까.
광수妻　아뇨.
시목　심근경색을 앓으신 진 얼마나 됐었죠?
광수妻　좀이요.
시목　술을 즐기시는 편이었나요?
광수妻　(목소리가 살짝 작아진) 술은, 그냥 보통.
시목　남양주에는 자주 가셨습니까?
광수妻　아뇨? 그이는 거기 아는 사람도 없고 하나도 모르는 데에요, 거기.
　　　　(똑바로 쳐다도 안 보고 단답으로만 응하다 유독 이 질문엔 바로 반응)
시목　로펌에서는 주로 어떤 일을 하셨어요?
광수妻　저는 잘 몰라요. .. 집에서 일 얘기 안 했어요.
시목　... 서동재 검사 뉴스 보셨죠?
광수妻　네에 그럼요. (걱정의 눈빛) 어떠세요, 좀 진전이 있으세요?
　　　　별일 없으셔야 할 텐데.

시목	서검사 잘 아시나 보네요?
광수妻	아뇨 그냥 한 번..
시목	부군 사망 후에 그쪽에서 찾아뵀던가요?
광수妻	찾아와서 본 게 아니라 장례식장에서 뵀어요, 조문 오셨을 때.
시목	검찰에서 조문을 상당히 많이 왔을 텐데, 기억이 나십니까?
광수妻	.. 그 검사님이 자기가 그이 사건을 맡았다고, 그래서 기억나네요..
시목	나눌 얘기가 많으셨겠어요, 두 분이? 담당 검사니까요.
광수妻	정신이 없어서, 손님도 많고, 제가 그때 경황이 없었나 봐요, 기억이 잘 안 나네요.
시목	.. 부군께서 평소 운전하실 때 내비를 안 쓰셨나요?
광수妻	에?
시목	내비게이션이요.
광수妻	내비게이션이요?
시목	혹시 그 차 아직 타십니까?
광수妻	사고 난 차를요? (고개 저어지는) 팔았죠..
시목	로펌에선 스트레스를 많이 받는 편이셨나요?

현관 안에서 아기 울음 들린다. 돌아보는 광수妻.

광수妻	아무래도 검찰에 있을 때보단, 그리고 그 로펌이 좀 큰 데여서요, 그이가 지검장까지 하고 그랬으니까 거의 파트너 급으로 들어가서,

다시 아기 울음소리. 더 커졌다. 하지만 이번엔 돌아보지 않는 광수妻,
대신 시목을 쳐다보는데 갈등하는 눈빛이다.

광수妻	로펌엘 가보실래요? 그이 비서 하던 분이 있는데. 그분은 드릴 말씀이 저보다 더 있을 거예요.

부탁하는 눈빛이 되어 시목 바라보는 광수妻.
그 얼굴은 맞은편에 앉은 로펌 비서의 얼굴이 된다.

S#28. 카페 - 낮

상업 지구에 있는 카페, 크기도 크고 바삐 움직이는 사람들로 차 있다.
통유리창 너머는 강남 한복판 빌딩숲이다.
시목 명함을 테이블에 똑바로 내려놓는 로펌 비서.

로펌비서 변호사님 일은 한참 전에 종결된 걸로 아는데요.
시목 그렇습니다.
로펌비서 어떤 말씀을 드리면 될까요?
시목 박광수 변호사께선 직접 운전하셨습니까, 운전기사가 따로 있었습니까?
로펌비서 전용 기사는 아니고 필요에 따라서 기사 배치는 가능했습니다.
시목 운전을 직접 하고 다니신 거네요?
로펌비서 예.
시목 사망 당일에 남양주에는 왜 가셨죠?
로펌비서 모릅니다.
시목 스케줄을 모르셨습니까?
로펌비서 그게, 변호사님 그날 휴가셨습니다, 저도 그분 스케줄에 따라서
월차를 냈다가 밖에서 사망 소식을 듣고 얼마나 놀랐는데요.
시목 휴가 얘기는 댁에서 없던데요?
로펌비서 .. 월차, 그날 분명히 쓰셨습니다. 저희 회사 오신 다음에 그때가 거의
처음 쉬신 거라서 확실히 기억합니다.
시목 변호사님 차량에 블랙박스가 그날만 꺼져 있었단 거, 알고 계셨습니까?
로펌비서 (잠시 뜸들이지만) 그때 경찰한테 들은 거 같습니다.
흔친 않지만 그러기도 합니다. 클라이언트 요청이 있을 때요.
시목 클라이언트가 변호사 차에 블박을 꺼달라고 한다고요?
로펌비서 저희 회사 변호사님들을 못 믿어서가 아니고요, 미팅을 위해서
한자리에 모이다 보면 어쨌든 1초라도 찍힐 확률이 있으니까요.
어떤 종류든 영상이 남는 걸 굉장히 꺼리시는 분들이 있습니다.
시목 박변호사 사망에 로펌에선 반응이 어땠습니까?
로펌비서 .. .. (잠깐 망설이는 얼굴이 되는) 애석해하셨죠.

시목	박광수 변호사께선 사망 당일, 블박을 끄라는 요청을 할 수 있는
	클라이언트를 만날 예정이셨습니다. 벌써 만나고 오는 길이었겠네요,
	술이 들어갔으니까. 그 클라이언트가 만약 로펌 내 고객이라면,
	소속 변호사가 군이 월차를 내고 미팅을 갈 필요가 있었을까요?
로펌비서	.. (대답 않고 내리는 시선)
시목	회사 말고 절 여기 밖에서 보자고 하신 것, 그런 이유 때문이죠?
로펌비서	(컵에 밀크티를 붓는다. 다 붓고도 여전히 주변을 체크하듯 좀 본다)
시목	.. 김비서님.
로펌비서	(어쩔 수 없다..) 상당한 VIP지 않았을까, 그런 말이 잠깐 돌았습니다.
시목	박변호사가 남양주에서 만난 사람이요? 근거는요?
로펌비서	술을 전혀 안 하셨습니다, 박변호사님. 저희 대표님께서 권해도 사양하시던
	분인데, 그래서 부검에서 알코올이 나왔단 얘기에 다들 좀,
	황당해하셨죠.
시목	대표께서도 소속 변호사가 누굴 만났는지 모르세요?
로펌비서	(고개 젓는)
시목	몸은 로펌에 있으면서 뒤로는 각개전투, 클라이언트를 따로 만났다,
	로펌 고객을 빼돌린 건가요?
로펌비서	글쎄요, .. 이건 저도 나중에 들은 겁니다만, 변호사님께서 재정적으로
	압박을 좀 받으셨던 거 같습니다. 형제분 사업이 실패한 거 같았어요.
시목	..
로펌비서	근데 이거, 수사 재개되나요? (시목 명함 힐끗) 왜 대검에서 갑자기..?
시목	(묵묵히 보다가) 그래야 할까요?
로펌비서	??
시목	...

S#29. 강남대로 - 낮

왕복 10차선이나 되는 너른 대로. 차들로 빽빽하다.
신호가 바뀔 때마다 백라이트 색깔이 변하며 다닥다닥 붙어 가는데,

S#30. 동/시목의 차 안 - 낮

빨간불이 들어온 신호등. 교차로를 미처 통과하지 못한 시목, 멈춘다.

시목   (잠시 앞길에서 시선 떼면 좌우로 혼잡한 교차로 펼쳐졌는데)

Insert〉- 남양주 국도/시목의 차 안 - 낮
강남대로와 대조되게 한가하기 그지없던 도로.
달리는 차창 너머로 보이는 것은 푸른 나무와 야트막한 언덕뿐.

시목E   클라이언트, 미팅.. 처음 쓴 월차.. 길이 익숙했을 확률이 너무
            떨어지는데, 밤길을 왜 그냥 달렸을까?

Flashback.1〉- S#27. 박광수의 아파트/복도 - 낮
광수妻   술은, 그냥 보통.

Flashback.2〉- S#28. 카페 - 낮
로펌비서   술을 전혀 안 하셨습니다, 박변호사님.

시목   (이건 뭘까..)

초록불로 바뀐다. 다시 가는 시목.

시목   (마음의 소리) 부자연스럽다고 느끼는 건 선입관일 수 있다.
            서검사하고 어떻게든 연관시키려고 파편 조각을 놓지 못하는 걸지도.

Flashback.3〉- 스키드 마크 없이 깨끗한 도로 사진과 똑바로 선 앞바퀴 사진.

시목   (마음의 소리) 갑작스럽게 통증이 와도 침착하게 서거나,

Flashback.4〉- 박광수 차량 내부사진. 내비게이션과 바닥에 떨어진 핸드폰.

시목   (마음의 소리) 밤길에 외진 국도여도 내비 없이 달릴 수 있다.

S#31. 남양주경찰서/복도 - 낮(S#23의 상황. 시목의 회상)

폰으로 검색하며 〈남양주경찰서 알림판〉을 지나는 시목, 알림판으로 돌아가는 고개.
걸음을 멈추진 않지만, 시목 시선이 닿은 게시물엔 최빛 사진이 선명하다.
게시물 C.U. - 제목 〈남양주 최빛 경찰서장, 경찰청 정보부장 임명〉
'여성으로 최초' 같은 소제목 문구 아래,
정복 차림 최빛이 남양주서 서장 책상에 앉아 웃고 있는 사진.

S#32. 시목의 차 안 - 낮(현재)

시목   (마음의 소리) 전부 우연일까? 변호사가 죽은 당시에 현장 관할서
          서장이 최빛 부장이란 것도. 전국 200명 넘는 서장 중에..
          이런 우연들이 연속될 확률은 얼마나 되지? 다들 평범한 죽음이라는데
          이런 게 평범한 건가?.. 그렇지만, 무엇보다

여전히 시끄럽고 혼잡한 강남대로를 달리는 시목.

시목   (마음의 소리) 실종하곤 완전히 무관할 수도 있다. 벌써 5일째.
          의미 없는 데서 헷갈리고 있다면, 내가 효율성이 떨어져서
          구조를 지연시키고 있는 거라면..

시목은 직진하고 옆에 있던 차는 옆으로 사라지는데,

Flashback〉- 5회 S#39. 안양교도소/민원실 앞마당 - 낮
교도소에서 헤어지던 순간 동재를 시목 차 안에서 본 모습.

동재는 이쪽에 대고 뭐라 하는데 전화 꺼내고 받느라 제대로 인사도 못 하는 시목.
시목이 옆을 봤을 땐 이미 출발해서 가던 동재의 차.
운전석에 앉은 것만 어렴풋 보이던 동재의 마지막 모습.

시목   ....

S#33. 대검찰청/형사법제단 사무실 – 낮

태하가 들어와 단장실로 가는데 시목 책상에 가방 올려 있고 재킷도 의자에 걸쳐났다.

태하   (가리키며) 들어왔어?
수사관   예, 방금 전에요. (자리 보더니) 화장실 가셨나?
태하   (곧장 돌아 나가는)

S#34. 동/화장실 – 낮

시목   (물 잠그고 손에 물기도 제거하는데)
태하   (들어온다) 어 들어왔네?
시목   예. (목례)
태하   어땠어?
시목   실종 건하고 특별하게 연관 지을 수 있는 건 없었습니다.
태하   관련이 있어 보이니까 쫓아 나간 거 아냐, 근데 왜?
시목   서검사가

화장실 칸 중에 하나에서 인기척이 들린다. 태하, 그쪽을 보더니 자리 뜬다.
밖으로 나가는 그를 따라 시목도 나간다.

S#35. 동/복도 – 낮

시목 (태하 옆에 가며) 박광수 변호사라고 대전지검장을 하셨던 분이 있는데,
그분 사망기사를 집중 검색한 기록이 나와서요.
혹시 세곡지구대처럼 그 일도 서검사가 실종 직전에 개인적으로
뜯어보던 일인가 해서 가봤습니다.

태하 근데 아냐?

시목 지금으로선 그쪽에 집중할 이유를 찾지 못했습니다.

태하 으음.. 근데 (멈추는) 서프로가 별장에 붙들려 있는 거 같대?

시목 무슨 별장이요?

태하 아까 별장 어쩌고 그러던데, 그 얘기 아냐?

시목 .. 아, 지구대원 하나한테 미행을 붙였는데 순찰을 계속 돌아서
장소 특정이 어렵답니다. 별장지대부터 재래시장까지 다 다닌다고요.

태하 난 또. (매우 실망스럽다는 기색) 너는 수사 능력이 부풀려진 거야,
바닷바람 너무 쐬서 녹슨 거야? 비슷한 데라도 찾은 줄 알았지.
오죽하면 김부장 말마따나 딴 사람 시켰어야 됐나 싶다고, 내가.

시목 .. 죄송합니다.

태하 됐어. 네가 집중해야 될 건 어쨌든 딴 거니까.

S#36. 동/법제단 앞 복도 - 낮

모퉁이를 돌아온 두 사람, 끝에 법제단이 있는 긴 복도로 접어든다.

태하 서프로가 진짜 경찰한테 당했는가. 우리한테 관건은 이거 하나야.
만약에 진범이 영 다른 쪽 같다, 그럼 그냥 일반 형사 건이야.
대검에서 끼어들 일이 아니라고. 그니까 넌 계속 지구대만 파.

시목 예.

태하 죽은, 누구라고 했지, 지검장 했단 사람?

시목 박광수 변호사요.

태하 음, 그건 내가 알아봐줄게. 그쪽은 내가 더 빠를 테니까. 슷, 그러면..
대전지검에 문의하면 되나? 뭘 물어봐야지?

시목	그분 대전 떠나신 지 2년 넘었습니다.
태하	그럼 거긴 별거 없겠고, 가족?
시목	사모님은 봤습니다.
태하	벌써? 뭐래?
시목	잘 모르시겠다고요.
태하	음... (법제단으로 들어가는데)
시목	(안 따라 들어가고 쳐다보는)

태하, 시목이 밖에 그냥 선 걸 알아차리고 닫히려는 자동문 센서에 손 휘젓는다.

태하	뭐 하니?
시목	... (들어간다)

S#37. 동/형사법제단 사무실 - 낮

태하는 단장실로 들어가고 시목은 제 자리에 앉는데 폰에 문자 온다.
액정 C.U. - 〈어머니 : 너 서울 왔니?〉
'네.' 입력되는 화면.
시목, 폰 내려놓지 않고 그대로 켠 채 쳐다보면..
〈어머니 : 너 온 걸 내가 뉴스로 들어야겠니?〉
시목, '죄송합니다.' 답한다. 역시 계속 액정 보면,
〈어머니 : 언제 한번 와. 한가해지면〉
다시 '네.' 답하고 기다리는 시목.
조용한 폰.. 액정 어두워지더니 꺼진다. .. 손에서 놓여나는 폰.
시목, 잠시 그대로 있다가 고개 든다. 단장실 보는.

S#38. 동/법제단장실 - 낮

태하, 얼굴이 편친 않아도 안도하는 기색으로 폰에서 최빛을 찾아 문자 보내려는데,

노크소리에 이어 시목 들어온다.

태하   (왜? 하는 얼굴로 보면)
시목   (형광색 파일을 2개 들고 온) 박변호사 걸 알아봐주신다고 해서요.
        (2개 중 파란색을 탁자에 내려놓는다) 서검사가 모아놓은 겁니다.
        (바로 옆에 나머지 파일도 놓는다) 세곡지구대 거고요.
태하   알아. (파란 파일 집어 책상으로 가며 읽는) 그건 내가 너한테 줬잖아.
시목   그날 여기서 다른 얘기도 들으셨죠?
태하   (!.. 아무렇지 않게 돌아보는) 뭘?
시목   서검사가 부장님을 처음 찾아뵀을 때요. 세곡 얘기 말고 다른 것도.
태하   내가 아까 전화로 뭐라고 했지?
시목   아니라 하셨습니다.
태하   같은 질문 자꾸 하는 이유는.
시목   경찰이 같은 경찰을 죽였다면 지금 같은 시기에 저희한텐 최적의
        스토리라 하셨으니 세곡 건을 갖고 화를 내진 않으셨을 거 같아서요.
태하   내가 화를 냈나?
시목   네, 대검을 도박판으로 아느냐, 그날 서검사한테요.
태하   (쳐다보는)
시목   (표정 하나 안 바꾸면서) 죄송합니다, 제가 잘못 기억했나 봅니다.
태하   (돌연, 가볍게) 아 그거? (책장으로 가더니 훑는) 어디다 뒀더라..

금방 못 찾는 태하, 서두르지 않는다. 별로 개의치 않는 여유.
시목... 옆으로 온다. 같이 훑으면,
맨 구석 칸에, 책들 위에 그냥 올려놓은 것들 사이 삐져나온 형광색 파일 보인다.
시목, 파일 빼들면 분홍색의 파일이다.
태하 손에 박광수, 시목 손에 세곡에 이어 색깔만 다르고 똑같은 3개의 파일.

태하   아 맞어, 뭐야 이건? (시목이 펼치는 걸 넘겨보는)
시목   벌써 아시는 겁니다. 송경사를 세곡으로 보낸 동두천서장 얘기요.
태하   아아.. 관련이 있던 거네, 이것도.
        난 무슨 서장 권한남용 그러길래 너무 자잘해서 잊어먹고 있었는데.

근데 이건(파란 파일) 왜 나한테 주지도 않았지?

세쌍둥이 같은데 2갠 주고? 아님 쌍둥이가 더 있나?

시목   박변호사 건은 가져올 만하지 않아 보였나 보죠. 부장님껜, 약하다고.

태하   나한테 내밀기 너무 약하다고 판단했다면, 아까 뭐라고 했더라?

서프로가 개인적으로 뜯어보던 일? 안 뜯어봤겠는데?

걔는 미제 건들에 실체가 궁금했던 게 아니라 나한테 어필할 수 있느냐

만이 관심사였으니까.

시목   예.

태하   (끄덕) 니 말이 맞네. 서프로 찾는 데 이건(파란 파일) 무용지물이야.

(동두천서장 것처럼 파란 파일도 책장에 던지듯 놓는다)

시목   .. (파란 파일 집는다)

태하   (시목 향한 눈이 험악해지지만 안 본 척한다)

시목   (목례하고 총 3개의 파일을 갖고 문 앞까지 가는데 돌연) 안 가십니까?

태하   어딜?

시목   .. 안 급하신가 보네요. (나간다)

태하   뭐야 저놈?

S#39. 경찰청/복도 - 낮

큼지막한 발로 성큼성큼 복도를 오는 前동두천서장.
지나가던 직원들, 그 덩치에 한 번씩들 쳐다본다.
'수사구조혁신단' 방향 가리키는 안내를 보자 걸음걸이는 더 거칠어진다.

S#40. 동/수사혁신단 - 낮

前동두천서장 (쿵쿵 들어오면)

주임1   (거구의 남자 등장에 자리에서 고개 빼더니) 누구세요?

여진E   들어오시죠.

주임1, 돌아보면 이미 단장실 앞에 선 여진. 손에 들린 태블릿.
前동두천서장, 흥! 단장실로 들어간다.
단장실로 들어가는 여진을 따라 보는 주임1, 2.

주임2   쿵짝 잘 맞아 좋겠다.
주임1   그러게, 일은 우리가 다 하는데.

S#41. 동/단장실 - 낮

최빛   (책상에 기대선, 그럼에도 꼿꼿하다) …
前동두천서장 …

각각 서서 서로를 보는 최빛과 前동두천서장.
여진도 前동두천서장 근처에 정자세로 섰다.

前동두천서장 (괜히 큰 목소리로) 오랜만이네 최부장?
최빛   (아무 소리 못 들은 양 쳐다보기만)
前동두천서장 (턱 쳐들고 마주보는데)
최빛   (백년이고 천년이고 이대로 있을 기세)
前동두천서장 (슬쩍 여진에게 눈동자 굴리지만)
여진   (정자세로 최빛만 응시)
前동두천서장 (모욕적이다)

Insert〉- 빌딩/복도 - 낮(前동두천서장의 회상)
무슨 행사가 있는지 일단의 고위급 정복경찰들이 삼삼오오 사담 나누며 온다.
前동두천서장 뒤에 최빛도 있는데, 그들보다 더 고위간부가 중간에 나타난다.
일제히 인사하는 경찰들. 간부, 먼저 前동두천서장과 악수, 그다음이 최빛이다.
고개 숙여 악수하는 최빛을 여동생 보듯 흡족하게 내려다보는 前동두천서장.
최빛의 견장엔, 前동두천서장과 같이 총경을 뜻하는 무궁화 4개가 달렸는데,

책상 뒤 옷걸이에 걸린 현재 최빛의 정복에 가닿는 前동두천서장의 눈동자.
견장엔 태극무궁화장 하나가 올라와 있다. 이름표에도 이름이 선명하고.
책상 위에 수사구조혁신단 단장 명패에도 그 이름이 빛난다.
前동두천서장, 결국 마지못해 까딱 목례한다.
최빛, 그제야 소파로 온다. 먼저 상석에 앉으면,
前동두천서장도 앉는데 여진, 앉지 않고 소파 근처에 지키듯 선다.

前동두천서장 (입꼬리 잔뜩 늘어뜨리고 나 지금 못마땅하다, 온몸으로 드러내는)
최빛   왜 오랬는지 알죠?
前동두천서장 오래서 온 게 아니라 내가 내 할 말 하려고 왔시다.
최빛   우리 경무과장님, 초과근무는 안 하시고 수당만 타가신다면서요?
前동두천서장 어디서 본청이라고 함부로 남에 부하 꽤내서는 니네 과장이 어쨌네
         저쨌네, 찔러봐? 정보부가 그렇게 할 일 없는 덴지 내 인제 알았네!
최빛   (소파 등받이에 등판 붙인다. 여진에게 주는 짧은 눈길)
여진   (준비하고 있다가 폰에 녹음 켜는) 녹취 동의하십니까?
前동두천서장 안 한다면 안 할 거야?
여진   2019년 3월 26일 19시에서 23시 사이 어디 계셨습니까?
前동두천서장 야! 넌 대가리가 아메바야?
최빛   (벌떡 일어서며 엄청난 큰 소리) 얻다 대고 대가리야!!

前동두천서장은 물론 여진도 놀랐다.

前동두천서장 아니 씨, (일어나려는데)
최빛   앉아 씨.
前동두천서장 !..
여진   ... (태블릿에서 사진 파일 보여준다) 3월 26일 저녁 7시 18분
         의정부경찰서 1층 입구입니다.

CCTV에 찍힌 前동두천서장, 경찰서를 나가고 있다.

여진   같은 날 밤 10시 32분입니다.

CCTV에 찍힌 前동두천서장, 경찰서를 들어오고 있다.

前동두천서장 아니 우리 일이라는 게 사무실에 엉덩이 붙이고만 돼?
         초과근무가 꼭 책상 지키고 있으란 거 아니잖아?
최빛   의정부서에서 서검사 차량 발견 지점까지 얼마 걸려.
여진   교통상황을 고려해도 왕복 2시간 10분에, 범죄를 은폐할 시간까지
         세 시간이면 충분합니다.
前동두천서장 범죄 은폐?!
여진   (최빛만 보면서) 또한 전승표 과장님께선 실종현장에서 현장진입로까지
         CCTV가 없다는 걸 사전에 숙지하셨을 확률이 매우 높습니다.
前동두천서장 내가 그걸 어떻게 알아!
여진   (前서장을 향해) 올 초에 과장님께서 용산서에 친히 전화 주셨다고
         하던데요, 온 동네에 좀도둑이 들끓는데 그거 하나 못 잡냐고 막말하신
         걸 기억하는 수사관이 있어서요. 도시락 파시는 그 동네 맞습니다.
         서장 출신이라 가게 위생상태가 끔찍한 건 무마시켜도 CCTV 예산이
         없는 건 어떻게 안 되던가요?
前동두천서장 인젠 무슨 위생까지
여진   (무시하고) 저희는 전과장님께서 2019년 3월 26일 저녁 기입하신
         초과근무가 허위라는 의정부서 경찰의 진술과 영상을 확보했습니다.
         따라서 과장님께선 서동재 의정부지검 검사가 납치 실종된 범죄 당일의
         알리바이를 조작하고 계십니다.
前동두천서장 !... .. 나 그 검사, 실종 며칠 전에 한 번 본 게 다요, 웅?
         내 앞에서 송경사 일을 들먹이길래 그담부터 상종도 안 했다고.
         말도 안 되는 개소릴 하길래 나도 같이 면전에다 퍼부어준 게 다지,
         내가 사람을 죽였을까 봐? 조카놈 하나 보호해주자고?
최빛   보호였는지, 말도 안 되는 검사 개소리에 빡이 돌아서 눈에 뵈는 게
         없던 건지.
여진   (녹취하려고 서장 앞에 뒀던 폰에 무음 문자 뜬다. 일단 거두려다가) !!
前동두천서장 (여진 볼 정신없는) 이럴 거면 수항일 불러! 엄한 사람 잡지 말고!
최빛   그렇잖아도 그 조카 나도 좀 만나보려고요. (여진 반응 눈치챈)

삼촌이 허락했으니 빨리 봐야겠네.

前동두천서장 !

최빛   (여진에게) 뭐야?

여진   (말 대신 최빛에게 와서 폰 보여준다)

문자 매우 짧게 읽는 최빛, 여진에게 눈짓으로만 대답한다.
여진, 바로 나가고 前동두천서장, 또 뭐야? 싶지만 최빛 얼굴엔 아무것도 안 써 있다.

S#42. 동/수사혁신단실 - 낮

급히 자리로 가는 여진, 바로 데스크탑에서 즐겨찾기 해놓은 사이트 연다.
동재妻 유튜브 영상이 뜬다. 댓글 훑는 눈이 빠르게 내려가다 급히 하나를 클릭한다.

S#43. 대검찰청/법제단 앞 복도 - 낮

사현, 법제단으로 들어오다 막 나오는 실무관과 부딪힐 뻔한다.

실무관   (멈추지 않고) 괜찮으세요? (결재 판 들고 급히 가는)

사현   뭔데 급해?

실무관   (가며) 영장이요, 목격자 나왔대요.

사현   무슨, (얼른 들어가는)

S#44. 동/형사법제단 사무실 - 낮

사현   서동재 목격자?

시목   (혼자 앉아 모니터 보다가 목례) 예. (다시 모니터 보는)

사현   (가방 따위 중앙 탁자에 던지며 시목 자리로 온다)

시목이 보는 모니터 들여다보는 사현.
동재妻 유튜브 영상 밑으로 중간쯤에 긴 댓글을 띄워 놨다.

사현　(읽는) 이제야 용기 내서 제보합니다, 뭐야, 저는 그날 범죄현장에
　　　　있었어요?

시목　...

S#45. 용산 주택가 골목 - 밤(제보 재현)

어둡고 춥고 조용한 골목. 어디선가 픽! 하는 소리 들린다.
배회하던 길고양이 하나가 어느 담벼락을 넘어 도망친다.
그 담벼락 안에서 '어이씨 깜짝이야!' 소리 나더니 한 남자(목격자)가 나타난다.
다세대 주택의 바깥 계단을 오르면서 아이 추워, 하며 점퍼를 잔뜩 여민 목격자,
점퍼에 달린 털모자를 푹 눌러쓴 데다 계단이 어두워 얼굴 안 보인다.
카메라, 목격자를 쫓듯 바로 뒤를 따라 쓰레기가 지저분한 계단 오른다.
화면에 목격자는 뒷모습만 보이는데, 그의 너머 보이는 골목 끝엔 차 두 대가 있다.
별생각 없이 힐끗 보며 가던 목격자, 발이 문득 멈춘다.
고개를 좀 빼고 골목을 보는지 털모자도 골목을 향한다.

골목 끝 희미한 광경 속엔 이미 주차되어 있는 동재 차, 그 부근에 다른 차량도 한 대.
실루엣 정도로만 보이는 한 사람이 그 차 트렁크에 뭔가를 싣는데,
삐죽이 나온 것은 분명 사람 다리다. 발목 부근과 남자 구두가 보인다.
목격자의 털모자, 놀라서 더 앞으로 향해진다.

〈자막 - 26일 밤에 10시쯤인가 어떤 사람이 차 트렁크에 뭘 싣는 걸 봤는데〉

차 트렁크 앞의 실루엣, 길쭉하게 처진 사람 다리를 트렁크에 구겨 넣고 있다.

〈자막 - 사람 다리였어요. 남자였던 거 같고〉

트렁크를 급히 그러나 최대한 소리 안 나게 닫는 실루엣, 운전석으로 가려 몸 돌릴 때,
실루엣 얼굴을 보려 몸을 더 내미는 목격자, 이때 내밀어진 발에 차이는 찌그러진 캔.
캔 떨어지는 소리. 목격자, 급히 몸 낮추지만 계단 난간 위로 모자의 반은 걸쳤다.
소리가 난 이쪽을 보는 실루엣의 사람, 저 멀리에서 아웃포커스 되어 이목구비는
안 보이지만 분명 이쪽을 향한 허연 얼굴.

cut to. 정면에서 잡은 목격자 얼굴.
계단 난간과 털모자, 어둠 속에 얼굴은 가려졌지만 그 안에 반짝이는 게 있다.
두 눈이다.

〈자막 – 얼굴을 봤어요〉

점점 커지는 두 눈 위로, 차가 골목을 떠나는 소리가 멀어진다.

S#46. 대검찰청/형사법제단 사무실 – 낮

사현　　(다 읽고 허리 펴는...) 얼굴을 봤네..?
시목　　예.

S#47. 용산경찰서/정문 – 낮

차 2대가 급히 정문을 빠져나간다.
순창이 운전하는 차에 서형사가 탔고 그 뒤 차량엔 장형사가 달리고 있다.

여진E　　**장형사님은 먼저 동영상 본사로 가서 제보 댓글 협조 요청하고,**
장형사E　　**네.**
여진E　　**고추장이랑 서형사, 대검 가서 영장 받고 본사로 가세요.**
순창E/서형사E　　**네!**

S#48. 대검찰청/순창의 차 안 - 낮

운전석의 순창, 시동은 켜둔 채 밖을 지켜본다.
대검으로 올라가는 중앙계단 가장 가까이 차를 댄 순창 눈에,
두세 칸씩 계단을 성큼 오르는 서형사가 보인다.
계단 끝에서는 실무관도 마주 내려오고 있는데, 덩달아 마음 급해져 총총 내려와선
서형사에게 하얀 서류봉투를 준다.

순창   (P에 있던 기어 재빨리 D로 바꾸는)
서형사   (꾸벅! 하는 뒷모습, 바로 계단 내려오며 동시에 봉투 안 서류를
            꺼내 확인하다가 발 헛디더 기우뚱!)
순창   어어!
서형사   (자빠질 뻔하지만 무사히 내려오는)

재빨리 차에 오르는 서형사. 순창도 지체 없이 출발.
서형사, 후! 하면서도 손에 쥔 서류봉투 놓지 않는다.
서류봉투 C.U. 새하얀 종이 위로 새겨진 검찰 로고가 선명하다.

S#49. 서치코리아 본사 앞 - 낮

건물에서 나오는 서형사와 장형사.
서형사 손에 들린 서류봉투, 은색 폴리 재질의 봉투로 바뀌어 있다.
기다렸다는 듯 순창이 차 몰고 오면 서형사는 그 차에 오르고 장형사는 자기 차로 간다.

S#50. 도로/순창의 차 안 - 낮

보조석의 서형사, 은색 서류봉투와 함께 그 안에 담겼던 인쇄물을 꺼내 쥐었다.

All IP addresses located in Korea, that were
looked up on this site.

155.199.45.28	31/03/2019 1:10:34 AM
132.183.13.25	30/03/2019 3:27:38 PM
66.228.80.90	30/03/2019 3:15:22 PM
129.10.128.249	30/03/2019 3:10:24 PM
64.119.149.98	30/03/2019 3:03:17 PM
199.94.94.12	30/03/2019 2:58:42 PM
24.60.254.180	30/03/2019 2:52:36 PM
71.192.160.209	30/03/2019 2:40:15 PM
72.5.29.72	30/03/2019 2:07:10 PM
204.8.066.143	30/03/2019 1:05:57 PM
211.110.86.273	30/03/2019 1:03:47 PM
132.183.242.199	30/03/2019 1:02:35 PM
38.111.0.81	30/03/2019 1:00:19 PM
170.221.207.1	30/03/2019 1:00:16 PM
74.201.145.181	30/03/2019 12:55:32 PM
162.8.231.17	30/03/2019 12:42:11 PM
155.41.134.102	30/03/2019 12:28:48 PM

홍대, 홍익인간 PC방

인쇄물 상단 카테고리엔 IP와 DATE라 적혔고 그 아래 숫자가 빼곡한 리스트다.
날짜는 모두 30/03/2019, 시간은 다 다르다.
몇 분 혹은 몇 시간 단위로 찍힌 IP들,
그중 하나에 빨간 볼펜 동그라미가 쳐졌고 손 글씨로 '홍대, 홍익인간 PC방'이라 썼다.
서형사, 내비에 '홍익인간 PC방'을 입력 중이다.

S#51. PC방 - 낮

PC방 알바, 관리자 컴퓨터를 두드린다. 그 바로 옆엔 S#50의 IP 리스트가 놓였다.
이를 지켜보는 장형사,
알바 PC 모니터엔 PC방의 PC를 고스란히 평면도로 옮긴 모양이 떴다.
칸칸의 PC마다 PC방에서 부여한 번호와 IP, 로그인 경과 시각이 떴고.
IP 사이를 이리저리 움직이며 확인하는 마우스 커서, 돌연 멈춘다.
IP 리스트를 모니터 가까이 들어 보는 알바, 빨간색 안의 것과 지금 멈춘 IP, 일치한다.
〈34번 211.110.86.27〉이라 적힌 걸 클릭하면 쭉 뜨는 이용 로그인 시각 리스트.

최신순으로 기록된 내용을 따라 쭉 내려가는 스크롤.

같이 보던 장형사, 중간을 가리킨다.

알바, 장형사가 가리킨 걸 보며 포스트잇에 숫자 적는다. '12:38:47'

cut to. PC방 키오스크를 비춘 CCTV 화면. 하단엔 시 분 초 형태의 시각이 흐르고 있다.

CCTV 보는 순창, '12:38:47' 포스트잇을 손등에 붙였고,

서형사, 마우스로 CCTV 동영상 시각을 쭉 이동시킨다.

비슷할 무렵 멈춘 시각은 '12:38:19'.

아무도 없는 PC방 키오스크, 1초.. 2초..

장형사까지 합류해 모니터에 빨려 들어갈 듯 집중하는 형사들.

곧, 입구로 들어오는 한 남자. 바로 키오스크 몇 번 누르더니 카드 꺼내며 고개 드는데 얼굴 온전히 드러난다. 서형사, 영상 멈춘다.

cut to. 매출전표 출력된다. 장형사가 바로 받아서 보는 것 C.U.

전표매입사 : AT 카드. 긴 숫자는 카드번호다.

S#52. AT 카드사/사무실 - 낮

파티션으로 구분된 일반 사무 공간.

직원1을 가운데 두고 양옆으로 선 장형사와 서형사,

PC방에서는 안 찼던 경찰 ID를 목에 걸었다.

떨어진 자리의 부장이 다른 직원에게 '영장 받아 왔대?' 나직이 묻는 소리,

예, 하는 소리도 들리지만 그래도 신경 쓰이는 부장, 자리에 서서 이쪽을 본다.

타닥타닥 이어지던 직원1의 키보드 음이 마침내 탁! 엔터 소리로 마치면,

장형사, 즉시 문자 보낸다.

장형사E　전기혁. 주민번호 960302....

S#53. AT 카드사 앞/순창의 차 안 - 낮

차창 밖 건물에 걸린 AT 카드사 간판. 형사들 셋, 모두 차에 탔다.

장형사   (스피커폰 모드로 핸드폰 든)
여진F   얘 뭐야.
장형사   왜요?
여진F   상습 도박에 사기, 들락날락했는데?
서형사   전과자요?
여진F   예, 바로 접근하면 튀게 생겼어.
장형사   (좋지 않은 예감) 알았어요. (끊는)
순창   제보가 이상하게 구리더라니..
장형사   ... 뭐라고 접근하지?

cut to. 장형사, AT 카드 로고 찍힌 서류 보면서 그 번호로 전화 건다.
번호 다 누르고 스피커폰 모드로 전환하더니 순창한테 쑥 내미는.
순창, 에? 하지만 받는다. 차 안에 연결 신호음이 크게 퍼지고.
세 사람의 신경은 온통 조그마한 핸드폰에 쏠렸는데,
좀처럼 받지 않는 상대. 불과 몇 초지만 길게도 느껴지는데..

기혁F   에에?
순창   (살짝 굵은 목소리로) 예에 우체국 택밴데요, 전기혁씨 댁에 계십니까?
기혁F   아뇨? 지금 밖인데, 무슨 택배요?
순창   카드회사에서 보낸 건데, 본인이 직접 수령해야 되는데요?
기혁F   무슨 카드요?
순창   카드가 아니라 카드 회사에서 보냈다고요.
기혁F   어.. 지금 못 받는데.
순창   본인이 직접 수령해야 되는데요? 몇 시에 들어오세요?
기혁F   아 그냥 담에 받을게요. (뚝 끊는)
서형사   (안전벨트 매며) 댁에 안 계시니까 미리 마중이나 가 있자.
장형사   (차에서 내려 근처에 세워둔 본인 차로 간다)

S#54. 국과수/디지털분석과 - 낮

장비에 둘러싸인 국과수 연구원, 커다란 모니터 앞에서 키보드를 조작하고 있다.
옆에 서서 모니터에 시선 둔 채, 전화 중인 최팀장.

최팀장　　목격자 만났어? (듣는) 분석계에서 안 된대서 지금 국과수야.
　　　　　　(듣는) 그래. (끊고 모니터에 더 기울인다)

연구원의 클릭에 따라 확대되는 것은 범인 메시지 중에서 시목이 글자 같다고 한
조명 부분이다.
화면을 채운 이미지는 전체적으로 둥근데, 빛의 반사로 위쪽 2/3는 너무 밝고
그 밑은 또 너무 어둡지만 그래도 조금씩 나아지고 있다.
반사된 위쪽보다는 어두운 아래쪽이 먼저 선명해지면서 정말 글자 같은 게.....

연구원　　어어 시계였네요.

둥그런 아래쪽에 찍힌 로마자 숫자가 어렴풋해도 이젠 구분이 된다. V VI VII.

연구원　　글자가 아녔네.
최팀장　　에이그 난 또.
연구원　　(눈은 최팀장 올려다보고 손은 습관적으로 마우스 연달아 누르며)
　　　　　　하기야 벽에 무슨 글씨가 써 있겠어요.
최팀장　　그르게요. (그런데 다시 모니터 보는) 이건 뭐예요?
연구원　　(보는) 사람 모양인가? 시계 무닌가 보죠.

빛이 반사돼 잘 안 보였던 위쪽도 이젠 좀 희미하나마 구분이 가는데,
역시나 로마자 숫자가 보이는 중간에 뭔가 노란색의 꽃 같은 게 연이어 있다.

연구원   꽃인가? (하다 헉!!)

최팀장, 움직임이 사라졌다. 숨도 멈춘 듯. 오직 모니터 속 이미지에 시선 묶였다.
해상도가 점점 높아진 모니터에는 꽃이 떴다. 정확히는 태극무궁화가 연달아 3개다.

최팀장   ... .

천천히 왼쪽 팔목으로 향하는 최팀장의 오른손, 소매 걷으면 드러나는 손목시계.
경찰 치안정감을 의미하는 태극무궁화 3송이가 시계 페이스에 황금색으로 자리했다.

최팀장   ...
연구원   (눈동자 손목시계로 내려지는 순간)
최팀장   (소매 내린다)

더 이상 클릭질 하지 않는 연구원과 말을 잃은 최팀장.

S#55. 동/복도 - 낮

긴 복도에 홀로 선 최팀장. '디지털분석과' 푯말 붙은 문이 좀 떨어진 곳에 있다.
최팀장, 금방이라도 연락할 것처럼 손에 휴대폰은 쥐었지만...

Flashback.1〉 - 브리핑하는 여진, 범인 메시지를 들어 보이는 순간.
Flashback.2〉 - 9회 S#32. 뭐가 급하냐는 장형사에게 '급해요, 알잖아요.' 하던 여진.

최팀장, 결정 내린 듯 폰을 켜고 입력한다. 액정 C.U.하면
'한여진이ㄱㄱ'에게 보내는 문자. '사진 불빛 조명 아니고 시계야.' 입력. 전송.
이어 다시 한 자 한 자 입력되는 '경찰시ㄱ..'

S#56. 대검찰청/형사법제단 사무실 - 낮

여진F	목격자 집으로 가고 있대요. 근데 이 사람 전과가 화려해요?
시목	(통화 중) 주민번호가 뭐예요?
여진F	9203 (목소리 일순간 멈춘)
시목	(펜 끝도 동시에 멈춘) 경감님? (대답 없는) .. 한여진 경감님?
여진F	이따요.

통화 그대로 끊겼다.

S#57. 경찰청/수사혁신단 - 낮

여진, 유선전화를 내린다. 다른 손은 휴대폰을 보고 있다.
최팀장이 보낸 마지막 메시지. '경찰시계'

여진	(바로 전화 거는) 무슨 말씀이세요 이거?... ...

S#58. 대검찰청/형사법제단 사무실 - 낮

가늠하듯, 책상에 놓인 핸드폰 바라보는 시목, 결국 일어난다.

시목	저 경찰청 갑니다. (나가는)

S#59. 경찰청/수사국 사무실 - 낮

각자 일하는 수사국 직원들, 최빛이 들어오자 앉은 채지만 다들 인사하는데,
최빛, 국장실로 직행한다.
수사국 직원들, 뭐지? 하지만 다시 일하는데,

수사국장E **지금 장난해!**

뭔가가 부딪히는 둔탁한 소음까지. 동작 멈춘 수사국 직원들.

S#60. 동/수사국장실 - 낮

수사국장이 던진 서류들이 최빛 주위로 흩날린다.
노기로 귀까지 새빨개진 수사국장.

최빛   죄송합니다.
수사국장 지구대 새끼들 당장 불러! 지금 당장 불러!!

11회

어딨어요? 저희 애들 아빠..

애들이, 아직 어려요. 작은앤 더 어려요,

아빠랑 많이 보지도 못 했어요, 어딨어요 그 사람?

만약에, 만약에, 죽었대도.. 돌려주세요 몸이라도 제발.

S#1. 도로/순창의 차 안 - 낮

앞뒤로 달려오던 순창 차와 장형사 차.
돌연 뒤에 장형사가 옆 레인으로 빠진다. 장형사는 그대로 직진, 순창은 경광등 켜고,
서형사가 '무슨 이런 게 있어 진짜!' 말하는 게 거의 동시에 일어난다.
순창, 사이렌 울리며 유턴하자 갈라지는 형사들 차.
가라, 짧은 손짓으로 서로를 보내는 서형사와 장형사.

S#2. 장형사의 차 안 - 낮

멀어지는 순창 차 일별한 장형사, 거치대의 휴대폰에서 제일 위에 발신번호 누른다.
스피커폰 모드 속에 길게 울리는 신호음.

장형사 (신호음 끊기자마자) 전기혁씨.
목격자F .. 네에..?
장형사 사건현장 제보하셨죠? 용산섭니다. 지금 어디세요? .. 여보세요?
　　　　이봐요 전기혁씨 우리 댁에 주민번호 집주소 다 갖고 있거든요?
　　　　지금 기다려줄 수가 없게 됐으니까 빨리 댑시다, 어딨어요?

말 안 하면 집으로 쳐들어가는 수가 있어요!

S#3. 경찰청/회의실 - 낮

3회 S#51에서 회의하던 장소다.
스크린이 있던 자리를 채운 것은 독수리가 날개를 펴 무궁화를 위호하는 경찰 마크다.
그 위아래를 둘러 '경찰청'과 'KOREAN NATIONAL POLICE AGENCY' 활자 빛난다.
엠블럼 아래 테이블은 비었는데, 이곳으로 정복경찰이 前동두천서장을 데려온다.
前동두천서장, 제 발로 저벅저벅 들어와 아무 데나 앉는다.
정복경찰은 나가고 前동두천서장이 혼자 열을 식히고 있으면..
열리는 문. 지구대원5, 6을 데리고 서형사가 들어온다.
지구대원들과 前동두천서장, 서로 보지만 서로 모르는 듯.
지구대원들은 끄트머리에 앉고 서형사는 혹시나 싶어 문가를 지켜 선다.
서형사, 문자도 보내고 팔짱 낀 손도 튕기다 보면 소심하게 열리는 문.
서형사, 문을 확 잡아당기자 문 사이로 들여다보던 김순경, 당황하며 들어선다.
혼자 온 김순경, 먼저 온 세 사람을 보자 또 당황.
좀 의식적으로 前동두천서장 쪽은 피하는 김순경, 지구대원5, 6 옆에 가 앉는다.
너도 왔어? 쭉 서울에 계셨어요? 등, 소곤소곤 오래된 안부 나누는 전직 지구대원들.
몇 마디 나누지 않아 이번엔 최팀장이 들어온다.

최팀장   (쓱 보더니 목소리 낮춰) 다른 애들은?
서형사   (최팀장한테만 들리게) 장형산 제보자요. 고추장인 얘네 팀장.
최팀장   오고 있대?
서형사   모르겠어요, 팀장이 순찰을 나갔다는데 연락이 안 된대요.
최팀장   전화해봐.
서형사   예.

S#4. 동두천/전통시장 길 - 낮

전통시장 입구가 보인다. 창문 내린 차를 타고 근처 길을 훑는 순창, 모퉁이 돌면,
생활용품 가게가 이어지는데 철물점에서 지구대 복장의 백팀장이 나오고 있다.
순창, 당장 차 밖으로 고개 내밀어 그를 부르려다 멈칫!
철물점에서 나온 백팀장 손에 들린 건 몸통 길이만 한 쇠 지렛대다.
한쪽은 매우 뾰족하고 한쪽은 둔탁하게 갈라진 지렛대를 획획 휘둘러보며 가는 백팀장.
이제는 고개를 차 안으로 넣은 순창, 그를 지켜본다.

S#5. 슈퍼마켓 - 낮

대용량 락스통 잡는 백팀장, 걸음 옮긴다. 옆 진열대에 몸을 반쯤 숨긴 이, 순창이다.
순창, 백팀장 손의 지렛대와 대용량 락스를 눈여겨 살피는데 핸드폰 울린다.
얼른 꺼버리는 순창. 돌아보면 그사이 백팀장은 계산대로 갔다.

슈퍼할머니 (지렛대 보고) 경찰서에 뭔 크다란 못이 박혔나 봐요?
백팀장 에.
슈퍼할머니 (락스 결제하면서) 이거 물에 이렇게 섞어 쓰야 되는 거 아시죠?
백팀장 에에.

계산 끝난 백팀장, 카드와 물건 챙겨 나간다.

S#6. 동두천 일각/이면도로 - 낮

구불구불 오래된 건물들. 하늘은 전선줄로 조각난 복잡한 골목길.
골목을 꺾으며 가는 백경사, 지리에 매우 익숙해 보인다.
이면도로와는 달리 인적 없는 골목이라 더 조심스런 순창.
백팀장도 뒤에 발소리가 들리는지 돌아본다.
남에 대문간에 얼른 숨는 순창, 기다렸다가 고개 내밀면,
백팀장이 없다. 순창, 골목을 달려가 봐도 안 보이고,
혹시나 집들 사이에 있는 구멍가게에 들어갔나? 살펴도 없고

그 옆 약국에 있나? 들여다봐도 없다.

당황해서 이리저리 보는 순창의 눈이 어느 순간 위를 향한다.

낡은 건물, 골목을 향해 난 계단 창가에 계단 오르는 백팀장이 보였다 사라진다.

바로 뛰어가는 순창.

순창이 들어간 건물 벽 모서리에 겨우 붙은 세로 간판, 〈XX 여관〉이다.

닫히다 만 계단 창문이나 기운 간판으로 보아 지금은 영업 안 하는 듯.

곧 백팀장이 보였던 2층 계단 유리창에 순창이 나타난다.

위를 보며 조심스레 향하는 순창, 창에서 사라진다.

S#7. 여관/복도 - 낮

좁고 긴 복도. 밖이 낮인지 밤인지 분간 안 된다.

천장에 띄엄띄엄 달린 형광등. 몇 개는 성치 않아 깜빡이거나 어둡다.

끊어질 듯한 필라멘트를 타고 흐르는 전류 소리, 습한 공기 흐르는 복도.

서너 걸음만 옮기면 문이 있을 정도로 다닥다닥한 여관방들이 복도 양쪽에 늘어섰다.

이곳으로 들어서는 백팀장, 그의 걸음을 따라 201, 202 호수가 차례로 스친다.

갖고 있던 열쇠 꺼내는 백팀장, 복도 끝 무렵에 있는 문을 열고 들어간다.

그의 뒤로 닫히는 문에 붙은 호수는 207.

잠시 조용한 복도.. 낮은 발소리, 순창이 나타난다.

순창, 계단 벽에 몸을 숨긴 채 객실 쪽 살피면, 눈앞에 펼쳐진 많은 문.

이 많은 문 중 백팀장이 어디로 들어갔을지 짐작 안 가 이리저리 헤매는 순창의 눈.

발소리 죽여 첫 번째 문으로 간다. 천천히 귀를 대고 안에 소리 듣는...

TV 소리 같은 게 난다. 오락프로인가?...

순창, 그 옆 두 번째 문으로 가 귀를 대면 물이 똑.. 똑.. 떨어지는 소리, 부스럭 소리.

순창, 귀를 더 바짝 대는데 복도 안쪽에서 벌컥 열리는 문.

기겁한 순창, 계단으로 튄다.

백팀장 나온다. 손에 쥐고 있던 물건은 없다.

문을 닫을 때 안쪽 문고리에 동그란 잠금장치 눌러 잠그고 가는 그를 따라가는 화면.

cut to. 계단 참.

백팀장, 순창이 도망친 계단으로 접어드는데 아무도 없다.

계단 내려가는 백팀장, 그리고 곧.. 계단 위에서 몸을 낮추고 내려다보는 순창.

순창, 백팀장을 쫓아갈까도 싶지만 방향 바꾼다.

복도를 넘겨보는 순창, 방금 백팀장이 나온 문을 보더니 복도로 간다.

순창이 사라진 계단 창문 너머로 골목에 내려간 백팀장이 슬쩍 보인다.

cut to. 복도. 숨 죽여 오는 순창, 문을 확인하느라 하나하나 세며 가는.

그러다 마침내 멈춰 선 문은, 207.

귀를 대고 안에 소리 먼저 들어보는 순창, 천천히 문고리 돌려보면 잠겼다.

심호흡하는 순창, 테이저건을 빼들더니 돌연 문을 어깨로 들이받으면

낡은 문, 우지끈 열린다.

안으로 돌진하는 순창.

S#8. 동/207호 - 낮

안으로 점프하듯 들어온 순창.

잡동사니 같은 살림, 어두운 실내.

낡고 작은 TV도 있고 종이박스도 있고.

순창, 종이박스도 건드려보고.

그런데 반대쪽에서 들리는 인기척.

순창, 재빨리 돌아보면,

벽에 붙여놓은 이불더미가 있다. 쥐 죽은 듯 움직임 없다.

순창, 바닥에 아무거나 일부러 시끄러운 소리 나게 차면,

꿈틀 움직이는 이불.

순창, 한 걸음 한 걸음 다가가고.. 이불더미로 뻗는 손..

확 걷어내는!

산발로 풀어헤친 흰 머리가 불쑥!

순창, 저도 모르게 작은 비명 토하고.

... 무릎 모아 웅크린 봉두난발의 노파, 볼은 패인 듯 핼쑥하고,

노파, 송장 같은 눈을 끔뻑이면서 순창을 응시한다.

순창   (뭘 묻긴 물어야겠는데...) .. 누구세요?
노파   (대답 없는)

테이저건 내리는 순창, 어찌해야 하나 싶은데,
그런데 노파의 희미한 눈동자가 느리게 순창 뒤로 돌려진다.
커지는 순창의 눈. C.U. 눈이 커진 이유가 있다.
뒤에서 울리는 거친 숨소리.
순창의 목덜미 C.U하면,
거친 숨이 내뿜는 숨결이 닿아 작게 흔들리는 순창의 목덜미 머리카락.
아직 움직이지 않고 눈동자만 잔뜩 옆으로 쏠린 순창 비추면,
그 바로 뒤에 선 백팀장.
순창, 테이저건을 천천히 몸 앞으로 가져와 준비한 다음 홱 돌아서는데,
백팀장이 더 빠르다.
몸싸움 벌이는 두 사람.
백팀장 손에 들었던 비닐봉지가 바닥에 툭 떨궈진다. 약국 봉지다.
밀고 밀어붙이는 몸싸움이 오가고 살림이 떨어지고.
두 사람, 격렬하게 붙지만 점차 순창이 유리하다. 백팀장, 밀리는데!
놀라서 이불만 붙잡고 있던 노파, 백팀장이 밀리자 눈 돌아가더니 비척비척 다가온다.
순창이 백팀장에게 마지막 일격을 가하려는 순간,
어디서 그런 힘이 났는지 순창한테 막무가내로 엉겨붙어버리는 노파.
순창이 노파를 떼어내려고 아주 잠깐 주춤한 사이,
순창 배를 걷어차는 백팀장.
날아가는 테이저건.
쓰러지며 머리 부딪히는 순창, 고통에 머리 움켜쥐지만 빨리 정신 수습하는데,
늦었다. 이미 백팀장 손에 들린 테이저건.
구석에 노파를 봤다가 순창 보는 백팀장, 이제 순창에게 온다.
순창의 커지는 눈.

S#9. 골목/여관 건물 – 낮

안에서 무슨 일이 벌어지고 있을지 모를 회색의 낡은 여관 건물.
아무 소리 내지 않는다.

S#10. 경찰청/회의실 복도 – 낮

마음 급한 구두소리 울리며 오는 경찰청 간부들.
맨 앞의 수사국장, 불편한 심기 얼굴에 그대로 드러났고.
한두 걸음 뒤의 최빛, 입 앙다물었지만 매우 난처하다. 그 옆의 여진도 비슷한 처지.
수사국장, 거침없이 회의실 문을 여는 동시에 바로 놔버려 뒤에 오는 최빛, 부딪힐 뻔.
여진이 얼른 문을 잡아준다. 최빛, 괜찮은 척 들어가고 여진도 뒤따른다.

S#11. 동/회의실 – 낮

둘러앉은 사람들. 前동두천서장과 김순경, 지구대원5, 6,
최팀장과 서형사, 수사국장, 최빛, 여진.
수사국장이 완전 미간에 주름 꽉 잡고서 말이 없자 다른 누구도 입 못 연다.
경찰 쪽 분위기는 매우 무겁고 지구대 출신들은 그래서 더 눈치 보인다.
前동두천서장만 고개 뻣뻣이 들고 어쩌라고, 딴 데 보고 있다.

수사국장 (돌연) 김수항.
김순경 네?!
수사국장 (이름은 김수항만 불렀지만 지구대원들을 차례로 짚어 보다 일어선다)

그러자 용산서 형사들과 경찰청 부하들도 일어서려 하는데,
수사국장, 시선은 여전히 용의자들에게 둔 채 앉으란 손짓.

수사국장 목욕봉사 했다며? 목욕 가서 핏자국 지웠나?

김순경   아닙니다! 저 그날 아침부터 밤까지 계속 일했는데요?

수사국장   (용산서 경찰 쪽 보는)

최팀장   종일근무 맞습니다. 증명됐습니다.

수사국장   (천천히 발을 뗀다. 용의자들 쪽으로 차츰 가는) 방산시장 누구야.

지구대원6 ! .. 접니다.

수사국장   어머니 가게라고. 어머니니까 자식이 몇 시간 자릴 비웠어도 계속
          붙어 있었다고 해주시겠지?

지구대원6 그날 제가 늦게까지 일했단 거 주변 가게 사람들 다 아는데요.

수사국장   무슨 날.

지구대원6 (엇) 의정부 검사 없어진 날, 그거 땜에 오라고 하신 거잖아요?

수사국장   주변 가게 사람들이야 그날 내 아들 본 걸로 해달라고 어머니가
          부탁하면 끝나고.

지구대원6 가게 손님들도 있었는데요!

수사국장   며칠 전에 본 주인 얼굴을 손님이 기억한다?
          난 왜 어제 식당 아줌마 얼굴이 기억 안 나지?

지구대원6 저흰 다 단골인데요? 전 실종됐단 검사 본 적도 없습니다!

수사국장   (용산 경찰들 보는)

최팀장   가게에 도난방지용 CCTV가 돼 있어서요, 늦게까지 일한 거 맞습니다.

수사국장   언제 서울에

노크소리. 말을 딱 끊는 수사국장.
최팀장, 서형사에게 입 모양으로만 고추장? 하며 돌아보는데.
느리지도 빠르지도 않게 문 열리고 시목 들어선다.
최빛과 수사국장, 그를 보자마자 반갑지 않은 기색이 확연히 드러나지만.
예의 바르게 목례는 하면서도 앉아도 되냐는 손짓 정도도 없이 착석하는 시목.

수사국장   ... 옷 벗고 고향 내려가니까 어때.

지구대원5 (비교적 침착한) 경비 업체에 근무하고 있습니다. 3월 26일 밤엔
          야간근무였고 알람이 잘못 울려서 출동한 기록도 제출했습니다.

최팀장   업체랑 확인했습니다.

지구대원5 저 지금 울산 삽니다. 범행 당일 날 현장은커녕 서울 근처에도 없었던

사람을 여기까지 부르실 땐 뭐 하나 그럴 만한 이유가 있어야 되는 거 아닙니까? 전 이제 경찰도 아니고 여기 계신 분들 명령에 복종할 의무가 없는데 특별한 혐의점도 없이 생업에 종사하는 일반시민을 이 먼 길 오라 가라 해도 되는 겁니까?

수사국장 야 이 새꺄 분위기 파악이 안 되냐?

지구대원5 (얼굴이 확 달아오르지만 꿀꺽 참는)

수사국장 서울엔 언제 왔어, 작당 모의하려고 왔어?

지구대원5 오라고 하셨잖아요?

서형사 저, 원래 오늘 저희 서에서 조사하기로 해갖고 오라고 했었는데요.

수사국장 그러면 지구대원이 전부 여섯이었는데 여기 셋, (손가락 꼽는) 하난 복역 중이고, 이민 갔단 사람은 가서 끝이라며?

최팀장 예, 간 다음에 들어오질 않았습니다.

수사국장 (손가락 5개만 접은) 니네 팀장 어딨어?

세곡지구대 출신들, 몰라서 대답 못 하고.

최팀장 저희 팀 형사가 데려오기로 했는데 제가 나가서 전화해볼까요?

수사국장 ... 그 나이에 시력도 참 좋아? 놓치는 거 없어 좋겠어?

최팀장 (왜 이래 나한테? 여진 보지만)

여진 (시선 내리는)

시목 (뭐지)

수사국장 (前동두천서장에게) 검사 얻다 숨겼어? (반박할 틈 안 주고) 용의자 넷 모아놨는데 혼자만 알리바이 없으면 그게 범인이지? 보광동 가게 본인 명의라며?

시목 (못 들었던 얘기다)

前동두천서장 (갈등하는 눈. 조카인 김순경도 봐지고 빤히 보는 최빛도 의식되고)

Insert cut〉 - 사우나/카운터 CCTV 화면 - 밤
카운터에서 수건 받는 前동두천서장, 계산한 카드 돌려받는 모습.

수사국장 검사가 찾아와서 막 추궁하드나? 그래 빡쳤어? 재단이사장 손자도 깠다며? 운전 개판으로 해서 귀하신 몸뚱아리 담 오게 했다고.
그 승질로 검사 뚝배기도 깼어 그래서?!

前동두천서장 사우나 갔습니다 사우나!

수사국장 (경멸적 시선) 어디 사우나. (대답 없자) 어디 사우나!

前동두천서장 .. 황금사우나요, (한없이 굴욕스럽다)

수사국장 (돌아서며) 확인해.

서형사 에예.

시목 초과근무는 허위 기재였습니까? (경찰들에게) 언제 아셨죠?

최빛 우리도 방금 전에 알았어요.

시목 보광동 가게는요?

여진 그거는, 그것도 초과근무랑 같이 알았어요, 가게 조사는 마쳤습니다.

시목 조사를 마쳤다는 건 수사를 주관하는 담당 검찰청에 알릴 시간도
있었단 얘긴데요.

여진 (아이..)

시목 제가 더 알아야 하는 게 아직 있죠? (최팀장 보는)

최팀장, 혹시 시계는 아냐? 싶다. 조심스레 여진 살피면, 여진 곤란해하고 있다.
마찬가지인 최빛, 이렇게 된 게 다 前동두천서장 때문인 거 같아 노려본다.
최빛뿐 아니라 경찰들이 자길 한심해하는 게 느껴지는 前동두천서장, 부글부글!
시목, 그 눈빛의 오고감을 주목하는데.

前동두천서장 (박차고 일어나는) 내가 뭘 그렇게 잘못했어?!

가뜩이나 큰 사람이 소리를 버럭 지르며 일어나자 시목을 제외하고 모두 놀란다.

前동두천서장 인제 와서 수당 좀 타간 게 잘못이야? 그러기로 말하면 수사비 내 돈으로
메꾼 게 얼만데! 내 차로 범인 쫓다 사고 나도 내가 다 내 사비로 물었고
형사팀에선 하루가 멀다고 밤샜어, 그때 니들이 수당 챙겨줬어?

김순경 삼초온!

前동두천서장 됐어 씨 관두면 그만이야! 오죽하면 우리가 수사비 땜에 마이너스
통장을 만들어!

수사국장 쪽 팔린 줄 알아!!

벼락같은 고함에 前동두천서장도 놀란다.
분노가 극에 달한 수사국장. 전현직 경찰들 전부 숨죽였는데,
우당탕 열리는 회의실 문.

최팀장 (저도 모르게) 야! (하다 상관들 의식. 입 다문다)
순창 (백팀장 데려온) 죄송합니다. 늦었습니다.
수사국장 (... 백팀장한테 고갯짓하며 순창에게) 뻗딩겼어?
백팀장 (순찰 돌던 차림 그대로 끌려온. 옛 동료들도 안 보고 묵묵하다)
순창 그런 건 아니고요..

S#12. 여관/207호 - 낮(한두 시간 전)

S#8의 마지막 상황. 순창이 떨어뜨린 테이저건이 노파 앞에 떨어진다.
머리 부딪치고 아파하는 순창 눈에, 노파의 손이 테이저건을 그러쥐는 게 보인다.
순창, 애원하는 눈이 되지만 비쩍 마른 노파 손은 백팀장에게 테이저건을 내민다.
받아드는 백팀장, 순창 보더니.. 다가온다.
숨 삼키는 순창. 그런데 백팀장, 순창에게 테이저건을 내민다.
순창, 멍한 것도 아주 찰나, 낚아채듯 받는 동시에 튕기듯 일어나면,
백팀장, 간이부엌 쪽으로 터덜터덜 간다.
이를 본 노파는 다시 힘없이 몸을 누인다.
순창, 이게 무슨 상황인지..
몸싸움 여파로 어질러진 여관방 바닥에 떨어진 약국 봉지.
웅크리고 앉아 벽 여기저기 튀어나온 못을 만져보는 백팀장. 지친 표정.

수사국장E **뜬금없이 뭔 소리야?**

순창, 이불 옆에 놓인 작은 액자 속 사진 한 장이 눈에 들어온다.
지구대원1과 젊은 시절 노파의 사진이다.

지금은 감옥에 있는 지구대원1도, 지금은 뼈만 남은 노파도 좋은 시절의 사진이다.
그에 비해 옆에 사람이 와서 내려다봐도 누워서 천장만 보는 노파. 흐려진 눈.

지구대원6E   .. 돈이 정말 급했어요. 죄송합니다..

S#13. 동두천/유흥가 골목 입구 - 밤(약 2년 전)

〈동두천시 외국인 관광특구〉 사인이 조악한 크리스마스트리처럼 빛난다.

지구대원6E   **이경사님 어머님이 많이 아프셨어요.**
수사국장E   **이경사? 아직 깜빵에 있다는 니네 동료?**

그 아래를 달려가는 백팀장, 지구대원1 등의 지구대원들.
영어간판이 더 많은 술집 골목에서 미군과 취객이 시비가 붙었다.
취객, 말리는 지구대원들에게 왜 양놈 편만 드냐고 소리 지르고,
미군은 미군대로 대원들을 경찰 취급도 안 하고 계속 행패고.
미군한테 잘못한 것도 없이 조아려서 겨우 달래 보내는 대원들.
다른 대원은 취객을 달래서 데려간다.

지구대원6E   **면역제를 끊으면 당장 돌아가신다고 해서 경사님이 5년을 보증금을**
          빼서 버텼는데 그 돈까지 다 떨어졌다고.. 더는 못 하겠다고 경사님이
          저희 앞에서 우시는데 진짜, (한숨처럼 나오는) 앞이 깜깜했어요.

지구대원1, 한숨 돌릴 새도 없이 다시 순찰 돈다.
소동이 나건 말건 술집을 들락대는 이들, 불법주차로 언성 높이는 이들,
토하는 사람, 번쩍이는 클럽 간판들..
곳곳을 돌아보는 대원들, 얼굴에 의욕이 하나도 없다.

지구대원6E   **근데 그 약이 보험 적용이 된다잖아요? 법만 통과되면 인제 금방이라고.**
          그럼 약값이 100분에 1이 된대요. 딱.. 그때까지만 버티자고 하셨어요.

S#14. 경찰청/회의실 – 낮(현재)

수사국장 뭘로 버티게.

지구대원6 (대답 못 하고..)

백팀장 ... 제가 조원들한테 그랬습니다.

Insert.1〉- 세곡지구대/뒷마당 – 밤(2년 전)
뒷마당 외등 아래 모여 선 백팀장을 비롯한 지구대원 6명.
백팀장, "보험으로 바뀔 때까지만"까지 말하는 배경음 같은 대사 위로,

백팀장E **보험으로 바뀔 때까지만.. 받자고요.**

대원들 면면을 보며 망설이던 백팀장, 결국 "받자."라고 말한다.

수사국장 물장사들한테 돈 받자고? 근데 계속 받았잖아?

백팀장 (대답 못 하자)

지구대원5 끊을 수가 없었습니다...

여진 백중기 경사는요?

지구대원6 팀장님은 아녜요, 정말입니다. 약값이 필요 없어진 다음엔 팀장님은
완전히 손 떼셨어요. 저희가 계속 받는 것도 모르셨고요.

여진 팀장으로서, 유흥가에 단속정보가 흘려지고 있단 거 아셨죠?

백팀장 .. 어떻게 모르겠습니까, 말릴 수가 없었습니다.

김순경 (좀 소심하게) 말리셨잖아요? 저희한테 화도 내시고 호소도 하시고,

백팀장 제가 끌고 들어갔으니까요,
이 사람들 머릿속에 아주 나쁜 씨앗을 심어준 게 저니까요.

여진 3월 26일 19시부터 23시까지 백중기 경사님, 어디 계셨습니까?

백팀장 (이건 화나는) 그건 진짜 아녜요, 퇴근하고 집으로 갔어요 그날.

여진 집에 있었다고 말해준 사람이 아내분이었죠?

백팀장 아니 집에 있던 걸 집사람이 말하지 그럼 누가 해요?

아까부터 고개 푹 숙였던 김순경, 돌연 고개 들더니 가슴팍으로 손 넣는다.
작은 움직임인데도 여진을 비롯한 형사들, 만일의 사태에 몸이 본능적으로 반응하고.
가장 가까이 앉은 서형사는 몸을 날리다시피 해 김순경을 제압한다.
모두 그쪽을 주목하지만 커다란 서형사 덩치에 가려진 김순경, 뭘 한 건지 안 보이는데,

서형사   아 난 또.
수사국장   뭐야?!

서형사 손에서 놓여난 김순경 손에 들린 건 납작하게 접힌 종이 한 장이다.
종이를 본 백팀장과 지구대원들, 서형사가 김순경을 덮쳤을 때보다 더 놀란다.
그 반응을 보는 시목. 지구대원들은 종이가 뭔지 아는 눈치다.

김순경   (쭈뼛. 탁자에 종이 내려놓으면)
최빛   (펜 두 개를 쥐더니 펜 끝으로만 접힌 종이를 펴서 읽는)
최팀장   (이 와중에 문자 수신된다. 확인하더니) 저기
최빛   이 자식들 누굴 호구로 알아? 여태껏 닥치고 있다가 이제 와서
            이딴 거 떡 내밀면 어머나 유서가 있네요 자살 맞네요, 이럴 줄 알았어!
前동두천서장 유서? (당장 김순경에게 향해지는 눈)
김순경   제가 송경사님 그렇게 되시고 나서 그분 책상에서 찾은 거 맞습니다.
최빛   니들 받아 처먹은 거하며 자기 괴롭히고 왕따시킨 거 여기 다 써놨는데
            이걸 안 버리고 갖고 있었다고? 누가 믿어?
김순경   (최빛이 아닌 백팀장 눈치를 보는 듯, 그쪽을 흘낏) 못 버렸어요.
최빛   왜.
김순경   .. 무서워서요.
최빛   (코웃음 치지만)
김순경   이거까지 태워버리면 정말 송경사님이, 원혼이 돼서 나타날 거 같아서,
            갖고 있던 게 아니라 그냥, 안 보이는 데 계속 박아두다 보니까
前동두천서장 (O.L) 니가 내내 끼고 있었다고? 그러면서 날 이 수모를 당하게 해!!
시목   (최빛처럼 유서를 최대한 안 건드리고 가져와 읽는다)
최팀장   지금

김순경   저희가 송경사님을 죽인 게 아니면 검사님 실종 그것도 저희가 아닌 게
        맞잖아요? 자살이 맞는데 검사가 뭐라고 하든 저희가 뭘 숨겨야 했으며
        무슨 위협을 느꼈겠어요?
시목   (유서 훑고는) 이거 진위 감정은 저희가 하겠습니다.
최빛   ... (수사국장 표정 보더니) 그러시든가요.
최팀장   (또 말 잘릴까 봐 얼른) 목격자 왔습니다!

목격자란 단어에 반응하는 지구대원 출신들, 무슨 목격자? 하는 눈동자들.

수사국장 여기서 나온 말이 다 사실이면 두려울 것들 없지? (일어난다)
         가서 털어버리자고. (마지막엔 시목 일별)
모두   (일어난다)

S#15. 동/복도 - 저녁

긴 복도 밖의 창이 어느새 어두워지고 있다.
경찰청 간부들에 이어 용의자들이 가고, 그 뒤에는 시목이 위치했다.
용산서 형사들이 제일 뒤에 간다.

지구대원6 (소근) 목격자가 있었어요?
지구대원5 몰라.
백팀장   있어.
시목   (백팀장을 향하는 눈)
김순경   어떻게 아세요?
백팀장   (대답 대신 무거운 시선)

Flashback.1〉- 3회 S#22. 세곡지구대/탈의실 - 새벽
탈의실로 뛰어든 백팀장 눈에 가장 먼저 들어온 광경,
건너편에 열린 샤워실 문 안으로 바닥에 쭉 늘어진 다리.
그 앞에서 혼자 허둥대던 김순경.

김순경E 제가 송경사님 그렇게 되시고 나서 그분 책상에서 찾은 거 맞습니다.

백팀장, 김순경을 쳐다보게 된다.
하지만 그런 백팀장을 보는 지구대원6도 바로 뒤에 있다.

Flashback.2〉- 3회 S#23. 세곡지구대/샤워실 - 새벽
이제 막 들어선 지구대원6이 백짓장이 돼서 선 게 보인다.
가위를 쥐고 달려 들어오는 김순경, 백팀장, 샤워실 안의 지구대원1, 5..
지구대원6만 문가에 있고 나머지는 모두 안에 있다.

지구대원6, 앞과 옆에서 걷고 있는 백팀장, 김순경, 지구대원5를 보는데
여진이 '들어가세요.' 하는 소리에 앞을 보면
여진, 조사실 문 열고 섰다.
최팀장, 서형사와 순창에게 손짓하면 둘이 용의자들을 데리고 들어가고,
경찰청 간부들과 시목은 계속 간다.
최팀장 혼자 오던 길로 도로 간다.

S#16. 동/조사실 - 밤

테이블이 있는 보통의 조사실. 한쪽 벽이 일방평면경이다.
서형사와 순창 지시에 따라 테이블과 평면경 사이 공간에 세워지는 용의자들.
용의자이자 전현직 경찰이기도 한 이들, 불쾌하고 자존심 상한다.

前동두천서장 (줄 서기도 거부하는) 내가 니들 상관이야, 이것들아.

거기엔 대꾸 안 하는 순창과 서형사, 前동두천서장과 똑바로 서라고 실랑이하고,

지구대원5 진짜 이런 거까지 해야 돼요?
백팀장 빨리 끝나게 서.

前동두천서장 누가 빨리 끝날지는 모르는 거지?
백팀장　(노려보는)

스피커가 들어오느라 발생하는 미묘한 지익 소리.

여진E　**(스피커 소리) 정면 보세요.**
백팀장　... (앞을 보는)

5명의 용의자들, 거울을 바라본다.
서형사와 순창, 물러난다.
스피커 꺼지는 소리.

S#17. 동/모니터실 - 밤

평면경 너머를 향해 선 수사국장, 최빛, 여진, 시목의 뒷모습.
이들의 검은 머리 사이사이로 건너편 용의자들의 창백한 얼굴 보인다.
모니터실 문이 열리고 최팀장과 장형사가 목격자를 데리고 들어온다.
10회 S#51의 키오스크 CCTV 속 바로 그 남자다. 20대 중반 정도일까.
중간에 섰던 최빛과 여진, 목격자가 평면경 제일 가까이 서도록 물러나준다.
수사국장과 시목 사이에 서게 된 목격자, 낯설고 긴장해서 쭈뼛대지만
누가 시키지 않아도 건너편은 자연스레 보게 된다.
다섯 명을 차례로 훑느라 눈동자가 움직이는데..
시목, 건너편을 보는 것 같지만 유리에 비친 목격자를 보고 있다.

장형사　있습니까.
목격자　.. 네.

경찰들, 내색 않으려 해도 심각해진다. 저도 모르게 자세를 바꾸기도 하고.

장형사　누구예요?

목격자　저기.. (손 올리는)

그 손 따라 움직이는 모두의 시선.
마침내 유리에 가 닿는 목격자의 손끝 C.U.
옆에서 그걸 보는 시목.
너머의 누굴 가리키고 있을까.

S#18. 동/조사실 - 밤

저 너머에서 무슨 얘기가 오가는지 알 수 없는 용의자들.
침묵이 길어지자 슬슬 불안한데, 조사실 문 열리고 여진, 최팀장, 장형사가 들어온다.

여진　가셔도 됩니다.

긴장에서 풀려나는 한숨, 불만의 중얼거림.
前동두천서장이 여진 흘기면서 가장 먼저 나가고 그 뒤로 다른 이들도 나가는데,
문을 나서려는 백팀장 팔을 꽉 낚아채는 장형사.

장형사　백중기씨, 서동재 검사에 대한 납치 및 감금 등의 혐의로 체포합니다.
백팀장　(놀라 장형사 뿌리치려다 서형사와 순창에게까지 제지당하는)
장형사　묵비권 행사할 수 있고 변호사 선임할 권리, 변명할 기회 있고,
　　　　　체포구속적부심을 법원에 청구할 권리가 있습니다.
백팀장　아녜요! 나, 나, 목격자 오라고 해! 목격자 데려와!

백팀장은 형사들에 의해 다시 조사실로 끌려 들어오고,
나머지 지구대 출신 용의자들, 어쩔 줄 몰라 오도 가도 못 하는데
여진, 조사실 나가며 문을 쾅 닫아 시선 차단한다.

S#19. 동/모니터실 - 밤

평면경 너머엔 이젠 백팀장과 용산서 형사들만 보인다.

수사국장　(엄한 목격자도 미운) 비켜봐요.

수사국장의 짜증스런 말에 목격자, 괜히 주눅 들어 물러나면,
수사국장, 조사실을 비추는 모니터와 마이크 시설 꺼버리더니 나간다.
들어오던 여진, 거칠게 나가는 그를 겨우 피한다.
시목, 목격자를 향해 선다. 분위기상 여러모로 눈치 보는 목격자.

시목　목격하신 상황을 좀 더 말씀해보시죠.
목격자　더 말씀드릴 거 없는데요, 댓글 쓴 게 다예요, 계단 올라가다가
　　　　이상해서 쳐다봤고 저 사람 얼굴 봤고, 그거요.

목격자, 저 사람이라 할 때 평면경 너머로 턱짓하는데 그곳에 수사국장이 나타난다.
조사실로 가 백팀장 앞에 앉는 수사국장, 뭐라 하는데 소리는 안 들린다.
이미 최악의 상황에 닥친 최빛은 좀처럼 가만있질 못한다.

시목　계단에서 용의 차량까지 거리가 얼마나 됐어요?
목격자　아니 그거까진 정확히 모르고요.
여진　전기혁씨 시력 몇이에요?
최빛　(날이 선) 밤인데 얼굴이 진짜 보였어요?!
목격자　저 눈 좋은데요? 그렇게 먼 것도 아니었고?
최빛　왜 인제 나섰어요 여태까지 뭐 하다가!
목격자　(점점 뚱해지는) 내가 본 그게 맞는 거 같길래 뉴스를 좀 찾아보고
　　　　그랬더니 자꾸 검사 와이프가 남편 찾아달란 영상이 폰 할 때마다
　　　　옆에 막 뜨고, .. 미안하더라고요.
여진　뉴스 봤으면 용의자로 경찰이 조사받았단 것도 봤겠네요?
목격자　예.
최빛　경찰이 범인이겠거니 하다가 눈앞에 진짜 경찰복 입은 사람이 있으니까
　　　　대뜸 지목한 거 아네요?

목격자   아녜요! 나도 내가 본 얼굴이 경찰 옷 입고 있어서 놀랐는데요?
시목   (약간 고개 젖히는)

Flashback〉- S#17에서 '있습니까.' 묻는 장형사에게 '네.' 하던 목격자.
맞은편을 뚫어져라 보긴 하지만 놀란 기색은 없다.

시목   목격 장소엔 그날 왜 갔습니까.
목격자   친구네 놀러 갔는데요.

저쪽에선 최팀장이 핸드폰을 보여주자 백팀장이 벌떡 일어나려 한다.
그를 눌러 앉히는 형사들.

시목   친구 집 주소 불러주시죠.
목격자   왜요? 내 말 못 믿어서 자꾸 이러는 거면 관둬요, 그럼?
        뭐야 진짜, 내가 뭐 잘못했어? 난 암것도 못 봤어요, 됐죠?

S#20. 동/조사실 - 밤

범인이 보낸 메시지가 뜬 최팀장 폰.
이를 믿을 수 없는 눈으로 보는 백팀장.

수사국장   니 집에서 찍었어?
백팀장   아니라니까요! 내가 왜 이런 걸, 아니 진짜 막말로 내가 범인이면
        나도 명색이 경찰인데 뭐 하러 이런 단서를 흘려요?!
수사국장   경찰이니까! 어떡하면 수사에 혼선 줄지 빤하니까!
백팀장   이건 국장님 정말 모함입니다, 말도 안 돼요.
수사국장   목격자가 널 언제 봤다고 모함해? 검사 어딨어?
        지금이라도 말해, 빨리.
백팀장   (말도 안 나온다)
수사국장   벌써 파묻었어? 그래서 말 못 해?

순창   ...

Flashback.1〉 - 여관방에서 테이저건을 돌려주던 백팀장.

최팀장   아까 여관 바닥 기억 나냐? 사진에 있는 거 같지 않았어?
순창   에에?.. 그런 무늬 아녔는데요.
최팀장   (백팀장에게) 거기 여관방에 검사 숨겼어요?
순창   아니에요. 손바닥만 한 데다 이불 하나 폈던데.
최팀장   니가 거기 여관 다 뒤졌어? 방 하나 딸랑 보고 어떻게 알아.
순창   ...

Flashback.2〉 - 여관방 문에 귀를 댄 순창, 물소리가 똑똑 나던...

순창   (설마...)
백팀장   송경사 유서도 보셨잖아요. 제가 무슨 동기가 있어서 검사를
         해칩니까?
수사국장 안 죽였는데 자꾸 찾아와서 죽였지? 죽였지? 하니까 얼마나
         열받았겠어? 그래서 싸웠나? 벽돌로 내리쳤어?
백팀장   (기막혀서 쳐다보다 어찌할 수 없는 눈물이 왈칵 나는)
수사국장 야 니가 왜 울어! 지금 여기서 제일 울고 싶은 게 누군데!

S#21. 동/모니터실 - 밤

여진   하우스죠? 목격 장소.
목격자   !!
여진   주택가에 하우스 차려놓고 도박했죠?
목격자   ... 저 거기 불면 죽어요 진짜. 아니 경찰이 목격자를 보호해줘야지.
여진   사건 때문에 동네가 완전 뒤집혔는데 아직도 하우스가 열립니까?
목격자   지금 그게 중요한 게 아니잖아요. 저 사람이 범인 맞다는데!
최빛   (머리가 지끈댄다)

여진	전기혁씨 이건 사기랑 달라요. 가중처벌 될 수 있어요.
목격자	... 원래 제보하면 이래요? 혹시 돈 땜에에요?
여진	돈?
목격자	포상금 안 줄려고, 거짓말로 몰아서 천만 원 안 주려고 수 쓰는 거네?
최빛	여기 돈 땜에 왔어요?
목격자	네! 뭐 잘못됐어요? 먼저 주겠다고 걸어놓질 말든가,
	날 막 사기꾼 취급하고 위협하고 그러면 내가 나 돈 필요 없어요 하고
	그냥 갈 줄 아나 본데 절대 아니고요, 내가 그날 그거 사람 다리 보고서
	맨날 악몽 꾸고 잠도 못 자고, 잠 못 자면 사람 얼마나 힘든지 알죠?
	그 돈 내 권리잖아요? 목에 칼이 들어와도 그날 거기서 이 두 눈으로
	목격한 내 권리요!
시목	주소.
목격자	아 이 아저씨 진짜 뭐 들었어!
시목	돈 받으려면 목격 장소 말해요.
목격자	(엇?!)

S#22. 동/조사실 - 밤

백팀장, 잠깐 새 10년은 늙은 모습으로 앉았다.

최팀장	1, 2팀 전부 불러서 여관 가라고 해. 니들은 가택 수색 가고.
형사들	예.
수사국장	집에 가면 여 옷 좀 가져와요.
	(백팀장 순찰복 가리키는) 이것 좀 안 입히게.
최팀장	예. (일어나는) 가보겠습니다.
백팀장	(용산서 형사들이 움직이자 더욱 다급해졌다)
	그럼 집에 전화만이라도 하게 해주세요.
수사국장	증거인멸 하시게.
백팀장	집사람 놀래요!
수사국장	놀란 걸로 치면 서검사 부인이 젤 놀랐어.

백팀장   (하이고!)

최팀장   (형사들 데리고 나가는데)

수사국장   야 너도 경찰이니까 쥐새끼들 땜에 엿 먹어봤을 거 아냐.

                니가 해놓은 짓 때문에 내가 지금 뭐 된 거 같냐.

S#23. 동/복도 – 밤

조사실에서 나오는 용산서 형사들.
제일 끝에 나온 순창이 조용히 문 닫는데, 마지막으로 들리는 소리.

수사국장   돌 맞아 죽을 일밖에 안 남았어, 너 하나 때문에 전체 경찰이.

빠르게 가는 형사들.

장형사   (단체방에 문자 보내면서 가지만) 진짜루 뭐 된 건 한경감 아닌가?

서형사   그치. 돌 맞게 생긴 건 TV에다 얼굴 내민 쪽이지, 국장이 아니라.

순창   수사본부장이라고 책임 뒤집어씌우면 어떡해요?

아무도 대답 않는다. 형사들, 묵묵히 발걸음만 재촉한다.

S#24. 동/모니터실 – 밤

최빛이 뒤도 안 돌아보고 나간다.
목격자는 이미 저 문밖에 가는 게 보인다.
여진과 시목만 남았는데 여진, 시목에게 폰에 사진 보여주고 있다.
국과수에서 확대한 경찰시계 사진이다.

여진   이제 더 숨긴 거 없습니다. (폰 거두자마자 나가는)

시목   …. (손에 들린 쪽지 본다. 보광동 주소가 적힌 목격자의 손글씨)

S#25. 대검찰청/법제단장실 - 밤

태하　(전화 중) 그래서 서동재는? … 알았어. 수고했어, 황프로.
　　　　(끊고 바로 다시 전화하는데 귀에 대자마자) 아니 무슨 전활 1초 만에
　　　　받아? 기자가 기사는 안 쓰고 애인 전화 기다리셨나? (일어나는)
　　　　내 전환지 어떻게 알고? (듣다가 설핏 웃는) 응 나왔어, 그때 용의자,
　　　　응.. 현장에서 봤다잖아, (불빛 찬란한 창밖 보며 통화하는) 그렇지..

S#26. 여관/2층 복도 입구 - 밤

용산서 강력1, 2팀 형사들, 우르르 몰려온다. 3층으로 올라가는 이들도 있고.
거의 동시에 여관 방문 두드린다.
방 안에서 빠꼼 내다보는 이도 있지만 거의 대답 없다.
순창이 문고리 부순 할머니 방으로 그냥 들어가는 형사도 복도 끝에 보인다.

S#27. 용산 주택가/계단 집 앞 - 밤

목격자가 올랐던 계단이 있는 집, 하우스가 열렸다는 그 집이다.
이곳으로 오는 차량 불빛이 점차 크게 번지더니 멈추고 여진이 내린다.
밖에서도 보이는 계단 올려다보다 골목을 보면 가깝지도 멀지도 않은 곳이 동재 차가
발견된 현장이다. 화분과 벽돌이 있던 차고 셔터도 보인다.
여진, 굳게 닫힌 대문을 지나쳐 담벼락을 좀 가늠해보더니 잠깐 주변 살피고는
차바퀴부터 밟고 올라가 담을 훌쩍 넘어 사라지는데,

S#28. 계단 집/계단 밑 - 밤

담장 안으로 뛰어든 여진, 지면에 내리느라 몸이 웅크려지는데,
여진이 내려앉은 바로 앞에 비슷하게 자세 낮춘 사람이 또 하나 있다.

여진   헉!

시목이다. 놀란 표정은 없지만 손엔 조그마한, 빈 화분까지 쥐었다.

여진   (어휴!... 일어나는)
시목   (이가 나간 빈 화분을 있던 자리에 내려놓으며 쓱 일어나는)
여진   (이제야 화분을 본) 그걸로 내 뚝빼기 깰려고요?
시목   하우스 사람인 줄 알아서요.
여진   .. (위를 보는) 저기가 거기란 소린데..
시목   아무도 없어요.

두 사람, 소리 죽여가며 계단 오른다. 어느 정도 올라 골목 보면,
동재 차가 발견된 집이 보이긴 보인다. 서로 보는 여진과 시목.

cut to. 계단 중간쯤에 선 여진이 골목을 바라보고 있다.

여진   (전화 중. 좀 작게) 보이네요.. 아는 사람이라 그런가 되게 잘 보이네.

골목 비추면 동재가 납치당한 집 앞에 전화를 들고 선 시목이 있다.
육안으로도 충분히 얼굴 식별이 가능하다.
그러자 저쪽의 시목, 몇 걸음 근처에 세워놓은 제 차로 간다.
여진 쪽으로 차 후미가 향한 차, 시목은 트렁크 뒤에 선다.

시목F   번호판은요?
여진   지금 가리고 있어서.
시목F   출발하는 거까지 봤다고 했으니까.
         (운전석으로 가며 번호판에서 비켜나지만)
여진   그래도 숫자는 안 보이네, 번호판이 있다는 거야 알겠지만요.

시목F (이쪽으로 오는) 목격자도 숫자는 안 보였다고 했어요.

여진 언제 물어봤어요?

S#29. 경찰청/1층 로비 – 밤(S#24 직후)

목격자 (1층 출입구로 가는데 시목이 따라온다)

시목 (자연스레 옆으로 와 걸으며) 혹시 실종자 구두 기억나세요?

목격자 에? .. 에, 남자 구두요, 보통 신는 거?

시목 차는 무슨 색깔이었어요? 방금 지목한 경찰, 차 색깔.

목격자 (회전문으로 들어가는데)

시목 (굳이 같은 칸으로 들어가는)

목격자 짙은 색이었나?

S#30. 동/앞마당 겸 주차장 – 밤(S#24 직후)

목격자 (회전문에서 나오는) 그랬던 거 같네요.

시목 번호판은 봤어요? 모르는 사람 얼굴이 보일 정도였으면 혹시,

목격자 아아.. 그게 밤이고 글구 사람이 앞에 이렇게 서 있어갖고 안 보였네요?

시목 음, 이렇게요? (주차장에 세워진 차 번호판 앞에 서보는)
그래도 번호판이 긴 편인데, 양 끝에 숫자 정돈 보이지 않았을까요?

시목이 가로로 긴 번호판 앞에 선 걸 보는 목격자.

S#31. 계단 집/대문 앞 – 밤(현재)

전화하며 계단 집 담장 앞까지 거의 다 온 시목, 멈춘다.

시목 봤으면 더 확실했을 텐데 자기도 아깝다고 하더라고요.

(올려다보는)

계단 중간 즈음에서 내려다보며 전화로 듣고 있는 여진.
두 사람, 그렇게 본 상태에서 전화 내린다.
여진, 계단을 내려온다. 웬만큼 내려오더니 계단에서 곧장 담장을 뛰어넘는다.

여진   (가볍게 착지하고 손 탁탁 터는)
시목   나올 땐 문으로 나와도 되는데요.
여진   (시목을 별로 안 쳐다보고 천천히 자기 차로 가는)
        그 메시지, 백팀장 집에서 찍은 건 아니래요.
        시계야 갖다 버렸다 쳐도 마룻바닥을 그새 어떻게 바꿨겠어요.
        여관도 방마다 전부 뒤졌는데 (고개 젓는)
시목   ...
여진   (차 앞에 서서) 영장 하나가 더 필요한데요. 목격자 폰 위치추적이요.
시목   신청했습니다.
여진   어어.. 백팀장 집은 지금 조사 중이에요. (차에 타며)
        난 지금 용산서로 가서 다시 백팀장하고 얘기해보려고요.
        다 말했습니다? (차 문 닫는)

떠나는 여진. 잠시 보던 시목도 제 차로 간다.

S#32. 백팀장의 아파트/거실 - 밤

오래된 아파트. 그야말로 살림집이다.
좁은 평수에 과학수사대원들이 곳곳에서 감식 중이다.
낯선 이들을 쫓아다니며 짖는 개의 앙칼진 소리에 어수선함이 배가된다.
고등학생 정도의 딸, 개를 안아 달래지만 본인이야말로 달래줄 사람이 필요해 보이는데,
백팀장 부인은 너무 당황해서 한자리에서 이리저리 동동대는 수준이다.
이곳에 들어선 시목, 목에 걸린 검찰 ID.

최팀장　　오셨어요?

시목　　（인사. 실내를 쭉 보면）

낡은 소파엔 흔한 이불과 베개가 어질러져 있다. 전혀 치우지 못한 상태.

마룻바닥도 테이블도 범인 메시지 속의 그것과는 다르다.

천장 조명을 봤다가 벽을 보는 시목, 벽에 액자 하나가 걸렸다.

액자를 들어보면 액자 모양대로 벽지가 약간 바랬다.

최팀장도 시목의 행동을 본다. 이미 다 검증해본 듯, 맥 빠진 표정.

시목, 최팀장에게 목례하고 나간다.

S#33. 동/아파트 앞마당 - 밤

시목, ID를 벗어서 넣으며 나온다. 근처에 쓰레기 재활용장으로 간다.

S#34. 동/재활용장 - 밤

플라스틱만 담아놓은 커다란 자루 들여다보는 시목,

그중 건전지 넣는 타입의 시계 뒷면을 발견하고 뒤집는데 메시지 속 시계와는 다르다.

더 보지만 시계 비슷한 것도 없다. 다른 자루도 좀 더 보다 자리 뜨는 시목.

S#35. 동/아파트 앞마당 - 밤

시목, 재활용장에서 막 나오는데 진동 울리는 전화. 발신자 보더니 멈춰서 받는다.

시목　　예.

원철F　　범인 나왔다며, 서동재?

시목　　아직입니다. （시선, 주변으로 흐르는데）

저 앞 주차장에 과학수사대가 보인다. 연식이 오래된 백팀장 차를 감식 중이다.
시목 쪽으로 전면 주차된 차량 보닛을 살피는 요원, 차 안을 보는 요원,
열어놓은 걸로 보이는 트렁크를 조사하는 요원 셋이 허리를 굽혀 일하고 있다.

원철F   잡았는데 왜? 범인이 말 안 해?
시목   완강하게 부인해서요.
원철F   부인할 게 뭐 있어? 현장 들켰다며? 목격자가 다 봤다는데? 아냐?

보닛을 훑느라 좀처럼 안 움직이는 요원의 다리 사이로 드문드문 보이는 초록 번호판.
차량이나 수사대 사람을 부분 C.U한 화면이 아니라 시목이 멀리서 통화하며
바라보는 차량 전체의 모습이다.

시목   확인 중입니다. 찾으면 바로 연락드리겠습니다.
원철F   .. 찾으면 뜨겠지. 이것도 바로 떴는데. 나 신경 쓰지 말고 일해.
시목   예. (전화 내리며 차량 쪽을 보는..)

S#36. 대검찰청/법제단장실 - 낮

법제단 직원 전부 탁자에 모여 앉았다. 태하 혼자 중대사를 주관하듯 탁자를 짚고 섰다.

태하   법무장관하고 행안부장관이 총장님한테 먼저 만나자고 요청했어.
         그 자리에서 만에 하나지만, 지금 사태하고는 별도로 그래도 수사권은
         경찰한테 넘겨주란 말이 나올 수도 있어. 김부장 황프로.
사현/시목 예.
태하   사표들 써놔.
사현   예.
태하   우릴 필두로 (.. 시목은 대답 안 한 게 느껴진다. 쳐다보는)
시목   (그냥 같이 보는)
태하   넌 내 말이 안 들리냐?
시목   들었습니다.

사현	(태하와 시목 사이를 가리듯 탁자로 몸을 쭉 내미는)
	근데 거기까지 가겠어요? 잘하면 이걸로 끝이겠던데?
	지금 검사가 경찰한테 맞아 죽은 거냐고 평검사들도 난린 판에
	윗사람들이 바보가 아니고서야 수사권 소릴 꺼낼까.
태하	.. (시계 보는) 꺼내면 전면 스트라이크야, 전국에 검찰청이 올스탑해서
	어떤 것도 안 할 거야. 2천 명 검사가 일거에 멈추면 수사권은 ㅅ 소리도
	안 나와, 못 나와. 이번 정권도 다음, 다음 정권도.
사현	그렇겠죠.. 제일 어려울 줄 알았던 건 의외로 풀리는데 아니 근데
	(시목 보며) 범인은 나왔는데 납치된 사람은 왜 안 나와?
태하	그건 인제 얘한테 물을 거 없어. 경찰에 계속 맡기는 것도 말이
	안 되고. (실무관 수사관에) 용의자 수사 중앙지검에서 할 거니까
	두 사람은 이첩 준비하세요. (시목에게) 너도 전부 넘겨.
수사관/실무관	네.
시목	알겠습니다.
태하	(다시 시간 확인하는)
사현	(덩달아 시간 보고) 시간 다 됐네? (일어나는)
태하	(책상으로 가는)
모두	(일어나 나가고)
실무관	방송 잘하세요!
태하	쌩큐.
사현	내가 같이 있어줄까요?
태하	(얼른 나가, 손짓)

S#37. 동/형사법제단 사무실 - 낮

실무관, 사무실 스피커에 블루투스 연결하고 컴퓨터에서 라디오 온에어 켜면,

진행자E	.. 청취자분들께서도 이미 접하셨을 텐데요.
수사관	벌써 시작했나?
실무관	(볼륨 더 높이는)

진행자E　현직 경찰이 관할청 검사를 납치한 초유의 사태에 대해서 대검찰청의
　　　　우태하 검사님 전화 연결해서 자세한 얘기를 듣도록 하겠습니다.
　　　　우태하 검사님?

S#38. 동/법제단장실 - 낮

태하　　(유선 통화 중인) 예 형사법제단 우태하입니다.
진행자F　지금 많은 분들이 저도 그렇고 굉장히 궁금해하는 게 사실 여부거든요?
　　　　먼저 목격자가 경찰을 범인으로 지목했다는 게 사실입니까?
태하　　이, 언론에 보도된 대로 목격자 진술이 확보된 건 사실이지만
　　　　수사 중이고요, 아직 범인이라고 단정 지을 순 없습니다.

S#39. 동/형사법제단 사무실 - 낮

진행자E　누가 피해를 당했느냐, 이건 뭐 검사든 일반시민이든 마찬가지지만
　　　　가해자가 정말 경찰이라면 관계가 좀 미묘하지 않습니까?
　　　　지금 검사님들 분위기가 상당히 좀 고조되고 있을 거 같은데요?
태하E　　일단, 어떤 한 개인의 일탈 때문에 경찰 전체가 매도돼선 안 된다고
　　　　저는 생각하고요. 뭐 저뿐만 아니라 다들 그렇고요.

방송 틀어놓고 일하는 실무관, 수사관.
시목도 모니터에서 뉴스 보고 있는데,
수사결과 중간발표 중에 범인 메시지를 든 여진 사진이 큼지막하다.
헤드라인 - 〈경찰이 검사 납치, 목격자 확보〉
소제목 - 〈의도된 메시지로 수사에 혼선 야기했나〉
여진 사진 밑의 설명 - 〈경찰의 범행 가능성을 부인했던 한여진 수사본부장이
중간 수사결과를 발표하고 있다〉

S#40. 경찰청/옥상 - 낮

커피 마시며 사담 나누는 직원들 몇몇, 이미 분위기 심각한데 최빛이 나타난다.
직원들, 인사하지만 슬금슬금 최빛을 피해 내려가고,

최빛   (난간 제일 끝으로 가는. 입 모양만) X발...

최빛, 담배와 라이터 꺼내는데 태하의 일회용 라이터(10회 S#18)와 색깔은 같다.

진행자E   그런데 더 놀라운 건요, 이번 사태의 배경에 용의자 경찰의 비리도
            관련이 있다, 이런 말이 있는데 이게 사실인가요? 그렇다면 말이죠,
            저희 청취자들께서도 많이 걱정하시는 게, 만약 검찰에 수사지휘권이
            없는 상태에서 이 일이 벌어졌다면, 경찰이 단독으로 수사를 종결시킬
            수 있었다면 과연 이게 밝혀졌을까, 이런 말들도 제법 나오고 있거든요.

S#41. 용산경찰서/조사실 - 낮

테이크아웃 커피 잔이 겹겹이 쌓인 테이블. 바닥에는 설렁탕 쟁반이 비닐에 덮였다.
밤샘수사로 파김치가 된 여진과 최팀장, 이젠 할 말도 없고 백팀장도 거의 엎드렸다.
(백팀장, 순찰복 아닌 평상복 차림이다)

태하E   경찰.. 뭐 비리 여부는 제가 지금 언급할 건 아니고요,
            수사종결권은 경찰이 검사들 전혀 모르게 종결시킬 수 있는 게 아니라
            종결권이 어디 있든 검사들이 모든 사건자료를 받아보고 검토해서
            국민들께서 어떤 불이익을 당하지 않도록 대비할 거고요,
            그렇지만 지휘권이 없는 상태라면 예를 들어서 이번 일 같은 경우는
            국민 여러분께서 우려하시는 사태는 얼마든지 일어날 수 있다고 봅니다.

자리에서 일어나 허리 펴보는 최팀장, 어깨도 아프고.
노크소리에 이어 순창이 문을 열고 몸을 조금만 디민다.

순창이 뭐라 전하자 여진과 최팀장, 맥 빠지는 얼굴.

S#42. 대검찰청/법제단장실 - 낮

진행자F   이번 사건은 이례적으로 대검에서 직접 수사팀을 이끄셔서
          해결하셨는데요, 우검사님께서 노고가 많으셨겠어요.
태하   글쎄요 제 노고는, 저희 동료가 아직인 상태라, 부족한 면이 많겠죠.
진행자F   아, 하루빨리 실종자가 무사히 귀환하기를 바라겠고요,
          오늘 말씀 감사했습니다, 우검사님.
태하   감사합니다. (끊는)

잠시 그대로 앉은 태하, 짧지만 묘하게 흐르는 뿌듯함. 노크소리.

태하   (전화 끊고 나서 바로 일하던 척하며) 들어와요.
실무관   (문 열고) 차장검사실에서 같이 점심 하시재요. 축하하신다고요.
태하   무슨 또. (일어나는)

S#43. 동/형사법제단 사무실 - 낮

실무관   (자리로 가며 시목 책상 앞을 지나는데 약간 미안한 얼굴로)
          아직 못 찾았는데 축하라고.. (계면쩍어하는)
시목   ...
태하   (재킷 입고 나와 나가며) 점심들 알아서 해.

그렇게 법제단 밖으로 나가버리는 태하.

S#44. 용산경찰서/유치장 - 낮

유치장에 들어와 내려앉는 백팀장, 옆으로 웅크리며 겨우 몸을 누이는데.

유치장경찰E 백중기씨!
백팀장   (승질 뻗치는) 고만 좀 해라 좀!

S#45. 동/유치장 면회실 - 낮

백팀장, 가뜩이나 지쳐서 들어오는데,
쇠창살과 아크릴 패널 너머 앉은 이를 보자 복장 터진다. 동재妻다.
또 얼마나 시달리고 욕을 먹을까, 자포자기 심정으로 몸을 틀어 털썩, 앉는데.

동재妻   (어떻게 말을 꺼내야 할지, 입은 움싹이는데 말은 안 나오는)
백팀장   .. (상대가 말이 없자 보게 되는)
동재妻   어딨어요? 저희 애들 아빠..
백팀장   (퀭하니 보는)
동재妻   애들이, 아직 어려요. 작은앤 더 어려요, 아빠랑 많이 보지도
          못 했어요, 어딨어요 그 사람? (눈물이 뚝 뚝 떨어지는)
백팀장   저 아네요..
동재妻   만약에, 만약에, 죽었대도.. 돌려주세요 몸이라도 제발.
백팀장   (아... 미치겠다)
동재妻   이렇게까지 됐는데 왜 말 안 하세요, 뭐를 더 어떻게.
          제발요, (빈다) 제발, 살았는지 죽었는지도 모르고 저희 어떻게 살아요.
백팀장   몰라요. 저 정말 아니에요. 나도 미치겠어요, 나야말로 다 말하고 그냥,
          다 끝내고 싶은데 어떻게 된 건지 몰라요, 저 검사님 안 그랬어요,
          저도 애가 있어요, 저 아네요. 믿어주세요, 아니에요.
동재妻   (작게) 저한테만 저한테만 말해주세요, 경찰에 말 안 해요.
          어딨는지 저한테만요 제발.
백팀장   (절박함과 속상함에 고개만 저으며 운다)
동재妻   (이 사람이 왜 이러는지, 어떻게 믿으라는 건지 혼란스럽고 막막하고..)

S#46. 동/면회실 앞 복도 - 낮

동재妻   (빈껍데기 같아진 몸을 끌고 면회실 나온다)

Flashcut〉- 방금 전 백팀장의 눈빛. 아니라면서 울던 모습.

동재妻   (누군가 앞에 서는 것도 모르는데)

여진E   아까 오셨다면서요.

동재妻   (고개 드는. 눈물로 얼룩진 얼굴)

여진   (일단 어디든 앉혀야 될 것 같다. 앉히며 면회실 푯말 보는)

동재妻   (앉히는 대로 앉는) .. 저분 정말 범인 맞죠?

여진   집에 가 계세요, 바로바로 연락드릴게요.

동재妻   ...

여진   앞으론 중앙지검에서 한대요, 검사님 동료분들이니까 열심히
         찾아주실 거예요, 저도 계속 찾을 거고요.

동재妻   목격자가 본 거 맞죠? 확실하죠?

여진   예..

동재妻   애들 아빠가 그랬어요. 범인들은 원래 절대 자기 아니라고 한다고,
         죽어도 아니라는데 나중에 보면 놀랄 정도로 다 거짓말이라고.

여진   .. 안에서 무슨 말 들으셨어요?..

동재妻   계속 아니라고 하면 어떻게 돼요?

여진   계속 얘기해야죠, 계속 수색하고 계속 탐문하고.

동재妻   (푹 들어간 눈으로 쳐다보는) 힘드시겠네요.

여진   (.. 동재妻 어깨를 좀 잡아준다. 아니라고, 고개 젓는다)

동재妻   (여진 손이 어깨에서 내려가면.. 스르르 몸 일으킨다)
         작은애 올 시간이라서요.

여진   (같이 어느 정도 가는) 누구랑 같이 오셨어요? 운전하실 수 있겠어요?

동재妻   (멈춰서 목례.. 간다)

여진   조심해서 가세요!.. .... (면회실 돌아보는)

S#47. 동/강력3팀 - 낮

장형사 책상에 앉은 여진, 모니터 유심히 본다.
방금 전 동재妻와 백팀장의 면회실 CCTV를 보는 중인데,
백팀장의 표정이나 눈빛까진 잘 안 보이는 각도지만 어떤 분위기인진 충분하다.
아니라고, 저 검사님 안 그랬다고 믿어달라며 우는 화면 속 백팀장.
여진, 생각이 많은 얼굴인데 울리는 폰. 모르는 번호. 화면 멈추고 받는다.

여진   예.. 예! 전기혁씨 휴대폰 제가 신청했습니다. .. 예, 26일이요.
         (듣는) 아 거기 기지국 신호 맞아요? 그럼.. 에에 현장에 있었네요?
         알겠습니다. (끊는)

멈춰진 CCTV 화면 속에 아니라고 말하던 백팀장.

여진   아니긴, 이거나 먹어라. (영상 확 꺼버리는데)

또 울리는 전화. 발신자 '황시목 검사'다.

여진   …. …

S#48. 용산 주택가/계단 집 앞 - 밤

계단 집 대문 열렸다 닫히는 소리, 타박타박 발소리.
곧이어 바깥계단 올라오는 두 사람이 담장 밖에서도 보이는데 여진과 목격자다.
여진이 먼저 오르고 목격자가 따르는데 목격자, 불만이 그득하다.

목격자   (짜증. 위를 살피듯 보기도 하고)
여진   하우스 셨다 내렸어요, 걱정 마요. 볼 사람 없으니까. 어디에요?
목격자   (계단 중간쯤에 선다)

여진　　(멈춘다. 목격자보다 몇 계단 더 위에 선)

여진, 골목 내려다본다. 목격자도 따라서 보면,
어두운 골목 끝에 시동 켜지는 소리가 아주 희미하게 나고 차량 불빛이 들어온다.
후진해서 천천히 오는 차.

여진　　됐어요? 어딘지 말해요?
목격자　에 저기요.
여진　　(됐다고 크게 팔 휘두르는)

멈추는 차. 시목이 S#28에서 본인 차를 세웠던 곳 근처에 선다.

목격자　아니 돈 준다고 신분증에 통장 사본 챙겨 오라고선 언제 줄 건데요.
여진　　현장검증이 끝나야 주죠. 사례금 첨 타보시나.
목격자　원래 그런 거예요?
여진　　금방 끝나요, 어차피 범인 차에서 DNA도 검출됐으니까.
목격자　(?)

일순간이지만 목격자, DNA 검출 소리에 어? 하는 눈이 되는.
하지만 금방 고개 돌려 골목 본다.
여진, 그 반응 봤지만 모른 척, 폰에서 톡 창 열면서 골목 보면,
골목엔 차 후미를 보이며 선 백팀장 차가 보인다.
시동 끄면 후미등 빛도 사라지고.
시목이 운전석에서 내려 트렁크 뒤로 온다.
오래된 차라 트렁크를 직접 열어야 한다.
트렁크를 끝까지 열고 계단 집을 향해 서는 시목.

여진　　저 차 맞아요?
목격자　저게 어제 그 경찰 차예요?
여진　　네. 빨리 갖다줘야 되니까 빨리 말해요, 아 추워.
목격자　맞는 거 같네요.

여진	(대답 듣고 문자하느라 목격자 쪽은 별 관심도 없어 뵈는) 색깔도?
목격자	에, 까만색. 사람 저 정도 서 있던 것도 비슷하고요.
여진	(또 문자) 번호판 숫자는요?
목격자	그건 못 봤다니깐요.

문자 확인한 시목, 트렁크 닫고 걸음 옮겨 운전석으로 가는 모습.
시목에 가려 있던 번호판이 드러난다.

여진	지금도 안 보여요?
목격자	형사님은 저게 보여요? 흰 건 바탕이요 검은 건 숫잔가 보다, 그렇지?
여진	(같이 보지만) 안 보이네. 목격한 날은 더 밝았다든가, 안 그랬을라나?
목격자	아뇨?
여진	아 범인이 차 타고 가는 거까지 봤다며요?
	그럼 뒤에 불이 들어왔을 텐데 그래도 못 봤어요? 한 글자라도?
목격자	그럴 정신이 어딨어요, 여기 이런 쓰레긴지 뭔지 건드려갖고
	얼마나 놀랐는데요, 들킬까 봐. (난간에 수그리는 흉내까지) 이러구.
여진	(같이 수그려 난간 위로 눈만 내놓는) 진짜 안 보이네,
	그때도 흰 건 바탕이요 검은 건 글씨였겠네, 쑵. (몸 펴는)
	이렇게 보고하면 되는 거죠?
목격자	에. 인제 돈 줘요?
여진	색맹이에요? (통화 버튼 누르는)
목격자	에?
여진	아니지, 색맹이어도 저걸 구분 못 하는 사람은 없지.
	(전화에 대고) 됐습니다. (폰을 지퍼 달린 주머니에 넣고 지퍼 잠근다)

여진, 목격자 보면서 골목으로 고갯짓.
목격자, 따라서 보면,
차 뒤에 선 시목이 잠시 이쪽을 보다 몸 구부린다. 번호판으로 손 뻗는데,

S#49. 동/현장 주택 앞 - 밤

시목, 번호판으로 손 뻗더니 확 뜯어 떼는데,
흰색 번호판, 진짜 번호판이 아니라 인쇄한 가짜다.
흰색 번호판을 실제와 똑같이 프린트해 번호판보다 더 큰 검은 부직포에 붙인 것.
새로 드러난 백팀장 차 번호판, 흰색 디자인이 아닌 초록색 구형 번호판이다.
흰 번호판보다 더 큰 초록색 부분은 검은 부직포에 가려져 있었다.

S#50. 계단 집/바깥계단 - 밤

목격자 !! (이 거리에서도 바탕이 흰색인지 녹색인지는 확연히 보이는)
여진 아무리 어두워도 저걸 몰랐다고요?
목격자 .. 그러게요? 왜 못 봤을까요? 사람 보기 바빴나?
  내가 생각보다 훨씬 놀랐었나 보다!
여진 (천천히 내려온다)
목격자 (하나 아래 계단으로 물러난다)
여진 (하나 내려오는) 왜 그랬어요?
목격자 (다시 하나 내려가는) 뭘요? (몸 돌려 태연하게 계단 내려가는)
  이제 보니까 현장검증이 아니라 현장모함이네, 아직도 날 못 믿네.

그러나 여진에게 등을 보인 순간 목격자 표정이 썩는다.
여진은 뒤에 바짝 따라오고 목격자, 대문 열고 확 나가는데,

S#51. 계단 집/대문 앞 - 밤

목격자 억!

대문 앞에 시커먼 그림자 두 개. 장형사와 서형사다.
목격자, 그들 사이로 나와 방향 트는데,
최팀장과 순창도 담장 아래 차를 세워놓고 기다리고 있다.

목격자	아니 뭐 이렇게 대대적으루다가.. 아아 알겠다, 돈 안 주려고가 아니라
	내가 경찰을 지목해서 이러네. 오늘 하루 종일 난리던데,
	그럼 뭐 어떻게 해드려요. 내가 잘못 봤다고 경찰 아니라고 해요?
장형사	핸드폰 줘봅시다.
목격자	거 영장 있어야 되는 거잖아요?
장형사	저기 발부해주신 분 오는데요?

뒤로 다가오고 있는 시목. 목격자가 그를 돌아본 순간,
목격자 양팔을 잡는 서형사와 순창.
여진, 목격자 주머니 뒤져 핸드폰부터 찾아서는 목격자 눈에 들이댄다.

여진	(홍채 인식으로 잠금 해제된 폰에 어플을 휙휙 넘겨보더니)
	있네, 이 자식! 너 26일 날 여기 없었지? 못 봤지?!
목격자	있었는데요?
여진	GPS 위치 바꾸는 어플! 이걸로 여기 있던 척했잖아,
	이거 1분만 뒤지면 다 나와, 니가 언제 조작했는지 원랜 그날
	그 시간에 어디 있었는지 다 나와!
목격자	(... 웃는다) 그거 것 땜에 이번에 깐 거 아녜요, 원래부터 썼어요 나.
시목	왜 이렇게까지 합니까?
목격자	.. 에이씨, (웃음기 싹 사라지고 건조해지는) 왜는 뭐가 왜야.
시목	... ...

이 상황에도 전혀 겁먹지 않은 목격자,
오히려 껄렁한 끼는 사라지고 독기가 들어왔다.
그를 둘러싼 형사들, 여진, 시목에서 엔딩.

12회

개혁은 하겠다면서 방법은 부정하면 어쩌자는 건데요?

개혁의 첫 번째 단계가 권한을 쪼개는 겁니다.

권력이란 건 얼마나 많은 권한을 가졌느냐에서 나오는 건데.

S#1. 공중화장실/부스 안 - 낮(이틀 전)

무선 이어폰 낀 목격자, 볼일 보며 폰 들여다보고 있다.
터치해서 멈춘 화면은 동재妻 동영상 중에서도 〈제보자 포상금 1,000만 원 지급〉 부분,
'천만 원..' 눈알 빛내며 중얼대는 목격자.

S#2. 경찰청/모니터실 - 밤(어젯밤)

화면 바로 앞에 있는 최팀장의 뒤통수가 움직인다. 그가 문을 열면,
일제히 화면을 돌아보는 모니터실 안의 사람들. 8개의 눈동자.
목격자가 최팀장과 장형사에게 둘러싸여 모니터실로 들어서던 그 순간이다.

긴장한 목격자, 목젖이 꿈틀대지만 평면경 가장 가까이 선 순간 눈 돌아간다.
평상복을 입은 용의자들과는 단연 구분되는, 순찰복 차림의 백팀장.
그에게 꽂히는 목격자의 눈.

Insert〉- S#1의 공중화장실. 폰에 〈의정부 검사 실종〉을 다다다다 입력한 목격자.
좌르르 뜨는 검색 결과가 온통 경찰이 용의자란 기사들이다.

평면경 너머 백팀장을 보는 목격자. 그의 손이 정확히 백팀장을 가리킨다.

최빛E   경찰이 용의자로 찍힌 걸 알고 온 판에 우리가 먹잇감을 던져줬네.

S#3. 동/수사혁신단장실 - 밤(현재)

여진F   정복을 안 입었어도 자긴 경찰을 짚어냈을 거랍니다.
최빛   (통화 중) 어떻게?
여진F   도박판에선 척 보면 안다고요, 꾼인지 잠입인지.
최빛   미친놈, 지가 무슨 짓을 한지도 모르고.

S#4. 계단 집/대문 앞 - 밤

목격자를 태운 순창의 차가 떠나고 있다. 그 차에 최팀장과 서형사가 함께 탔고,
검증을 끝낸 백팀장의 차도 움직인다. 장형사가 운전한다.
각기 다른 방향으로 향하는 차량을 떠나보내며 전화 중인 여진.

최빛F   그런 놈을 검찰한테 갖다 바쳐야 된다니, 우리 손에 걸려야 되는데.
여진   하루만 늦게 중앙지검이 가져갔어도 저희가 할 수 있었는데요.
최빛F   이래서 수사권에 그 목숨들을 거는 거야.. 아무튼 잘했어 한주임.
        황검사한테도 고맙.. 수고했다고 전해.
여진   네 단장님 들어가십쇼. (전화 끊고 돌아보면)
시목   (좀 떨어진 곳에서 역시 통화 중인데)

S#5. 대검찰청/법제단장실 - 밤

태하   (전화 중) .. 알았어. .. 그래 늦게까지 수고했네. ... 음. (끊는)

태하, 비교적 담담하게 받은 전화와는 달리 끊는 순간 울화가 끓어오른다.
뭐라도 들이받고 싶은 것 겨우 겨우 진정하고는... 폰을 움켜쥐는 커다란 손.

S#6. 계단 집/대문 앞 - 밤

시목   (전화 내리고 여진 쪽으로 오는)

여진   우리 단장님이 황검사님 수고하셨대요, 고맙기도 하고.

시목   예.

여진   (짧은 목례. 바로 근처에 세워놓은 자기 차로 가는)

시목   ... (돌아서 가는데)

여진   ... .. 한잔할래요?!

시목   (돌아보는)

S#7. 경찰청/수사혁신단장실 - 밤

가방 챙기고 윗옷 입는 최빛, 뭔가 생각에 빠져 옷 입는 동작이 느리다.
문으로 가 불까지 끄는데 울리는 폰. 멈춰서 발신자 확인하는 얼굴에 비친 푸른빛.

S#8. 공원 - 밤

밤이 깊어가느라 가끔 산책 나온 개와 주인만 오가는 한가함.
최빛, 이 사람이 어디 있나 보면서 오다 보면,
저 앞 의자에서 테이크아웃 커피 마시는 태하 보인다.
최빛을 본 태하도 여기다, 가볍게 손 쳐들고.
옆으로 와서 앉는 최빛. 태하, 커피 건네준다.

최빛   (뚜껑 열고 한 번에 꿀꺽꿀꺽 마시는)

태하	천천히 마셔요, 식도암 걸려.
최빛	식었어요, 웬 남에 식도 걱정.
태하	(풋 웃고는 앞을 보는. 표정이 쓸쓸해 뵌다)
최빛	왜 보겠어요? 황검사 때문에 발등 찍고 계실 줄 알았는데.
태하	쳇, 최부장 얼마나 죽다 살아났나 그거 구경하려고 보겠어요.
최빛	속이 쓰리긴 하시겠네, 방송까지 나가셨는데.
태하	당연히 나가야지, 뭐든 해야지, 상대가 누구든.
최빛	.. 용건이 뭐예요 진짜?
태하	... 박광수 선배 와이프한테 확인을 해야 되나?
최빛	(쳐다보는)
태하	황프로 만나서 뭐라고 얘기했냐고요. 너무 오바이려나?
최빛	.. 난 박광수 와이프는 오히려 걱정 안 되는데. 내 남편 후배가 찾아와서 당신 남편, 실은 재벌 엉덩이 핥아주고 있었다, 너도 남편한테서 한조 얘기 들어서 알잖냐? 1년 전 사고 당시에 우리가 이걸 알아냈지만 니 남편은 어차피 죽었지, 로비는 실패했지, 검찰 선배지, 해서 덮어줬는데,

Insert〉 - 9회 S#52. 아파트 앞마당 - 낮
광수妻가 사는 아파트 벤치에 앉은 태하와 광수妻.
광수妻, 이미 얼굴이 흙색이다.

태하	사모님껜 죄송한 말씀이지만 남편분 마지막 행적을 두고 안 좋은 말이 또 올라오고 있습니다. 다시 조사를 나올 수도 있는데 이번에 이걸 맡게 된 황시목이란 검사는 생전에 박선배님을 뵌 적도 없는 후배에요. 그러니까 제 말 잘 들으셔야 합니다, 술이든 한조 얘기든 입 다무셔야 돼요. 돌아가신 남편분 그리고, 그때 입 다물어준 검사들을 조금이라도 생각하신다면요.
광수妻	생각하죠, 어떻게 생각을 안 해요..
태하	(미안한 듯 쳐다보지만 눈빛은 그렇지 않은)

최빛	그렇게 말하는데 나라면 절대 입 안 열지. (하지만 편치 않은 얼굴로 컵을 조물조물)

태하	와이프 쪽은 오히려 걱정 안 된다는 말은 다른 걱정거린 있다는 건데.
최빛	(속내를 들킨.. 대답 대신 커피 마시는)
태하	박광수 본인은 세상에 없고 와이프 입은 막아놨고 한조에서 황프로를 불러다가 갑자기 자초지종을 털어놓을 리도 없고.. 뭐가 걱정인데요?
최빛	한 명 더 있을 수도 있어요, 아는 사람이.
태하	응?
최빛	오주선이라고 알아요?
태하	우주선?
최빛	(째릿) 우주선이 아니라, 전에 통영 경고문 뽑은 애들, 전관 변호사.
태하	갑자기 그 얘기가 왜 나오는데요?
최빛	얼마 전에 자기가 우리 정보국장님 변호사라면서 그 사람이 날 찾아 와서 그랬어요, 날 보니까 남양주 국도에서 죽은 선배가 생각난다고.
태하	(화들짝 놀라는) 최부장을 보니까?
최빛	정확히는, 남양주라고 하면 그 기억이 떠오른다곤 했지만.
태하	죽은 선배가 누구라는데요?
최빛	거기까진, (고개 젓는) 근데 알아보니까 정보국장님 변호도 오주선 쪽에서 먼저 나선 거라고 하질 않나.
태하	왜? 왜 먼저 나서요, 변호사가?!
최빛	이유는 있어요, 국장님이 한 일이 안 알려졌음 하는 사람들이 있다고, 윗사람들이요, 그 사람들이 변호사를 교체시켜줬나 봐요.
태하	그거야 그럴 수 있지만..
최빛	그다음에 오주선한테 두 번 더 전화가 왔는데,
태하	거 이상한 놈이네 왜 전화질이야?
최빛	그게, 박광수를 선배라고 한 거 보면 오주선도 뭔가 아는 거 아닐까요?
태하	아이씨, 별 데서 다 튀어나오네..
최빛	만나봐야 되나? 먼저 만나자고 해볼까요?
태하	.. 긁어 부스럼 되면요?
최빛	(고민의 한숨 토해지는) 가요. 애들 기다려.

두 사람, 일어난다. 천천히 가는.

태하	줘요, 커피. 다 마셨죠?
최빛	제가 버릴게요.
태하	(그래도 가져가는) .. 진즉에 황시목이를 수사팀에서 뺐어야 했어.
최빛	그랬음 목격자가 가짜란 거 몰랐게요.
태하	흠, 그럼 한주임은 계속 헤집고 다니게 놔두든가요,
	둘이 하는 거 보니까 한쪽이 알면 다른 쪽도 금방 알던데.
최빛	... 일단 협의회 재개는 어때요? 딴 데 신경 못 쓰게 할 겸.
태하	빨리 수사권도 닦달할 겸?

최빛이 흥! 삐죽하자 옅게 웃으며 가는 태하.

S#9. 한식주점 - 밤

손님 별로 없다. 시끌벅적한 무리와는 떨어져 외진 자리의 시목과 여진.
여진, 시목 잔에 막걸리는 구색 갖추는 정도로만 채워주고 본인 것 콸콸 따른다.
시목, 잔 들진 않고 여진이 따르는 동안 잡고만 있다가 놓는다.
여러 안주가 있지만 시목은 기본으로 나온 배추나 베어 먹고 있다.

여진	(한 잔 들이켜고) 범인 자식은 그거 하나 보내고 끝일라나.
	보내겠다 맘먹었으면 2차 3차 쫙쫙 보내야지, 배짱이 없어.
시목	사진 받은 거 이틀밖에 안 됐어요.
여진	어 그런가요? 한참 된 거 같은데. 아니다, 한참이면 안 되지.
시목	진짜 범인이 보낸 건 맞을까요?
여진	... 두 가지 질문이잖아요? 한 번에 물으셨지만. 가짜 목격자처럼 그것도
	의미 없는 가짜 범인인가 아니면 경찰시계가 찍혀 있으니..
시목	우연이거나 의도이거나.
여진	.. 알아낸 게 이렇게 없는 거 보면 완전히 다른 쪽인가?..
시목	(마지막 배추를 종이 씹듯 씹는)
여진	(종업원에게) 저희요, 여기 배추 좀만 더 주세요.

시목   (그 말에 뜯어 먹던 배추 보더니) 고라니한테 치일 때도 있죠, 차가?

여진   ??

시목   별별 일이 다 있죠, 도로에선.

여진   웬 고라 (입 다무는. 종업원이 채소 갖다주자) 감사합니다.
　　　 (시목 앞에 밀어놓는)

시목   (종업원이 멀어지자 본인 잔에 조금 따라진 술 보는)
　　　 이 정도면 운전할 때 반응이 어떻게 나타날까요?

여진   누가 술 마시고 운전하다 고라니한테 치였어요?

시목   부인은 내 남편이 술을 좀 한다고 하고 비서는 전혀 못한다고 하는
　　　 사람이 운전 중에 죽었습니다.

여진   이상하네? 부부 사이가 안 좋았대요?

시목   사이는 모르겠습니다.

여진   내 남편이 음주운전으로 죽었는데 와이프가 우리 남편 술 좀 해요,
　　　 그랬다고요? 평소 남편 술버릇 때문에 속이 새까매져서 이 인간 이참에
　　　 맛 좀 봐라, 것도 아니고.

시목   .. 박광수라고 대전지검장을 지낸 사람이 있었습니다. 작년 4월에
　　　 남양주 국도를 달리다가 사망했어요. 혈중 알코올 농도는 0.018.

여진   그건 술 땜에 죽을 수치는 아닌데?

시목   심근경색이었습니다. 전에도 한 번 막혀서 혈관 확장술도 받았고요.

여진   으음 병사네요 그럼. 근데요?

시목   서검사가 실종 전에 파일 3개를 따로 빼놨습니다.
　　　 세곡지구대, 동두천서장, 박광수, 세 개.

여진   ... 앞에 두 갠 알겠고 박광수는요?

시목   글쎄요. .. 중요하지 않을지도요.

여진   근데 검사님은 그게 마음에 걸리는 거잖아요.

시목   앞에 두 개는 서검사가 대검으로 가져왔는데 한 개는 의정부에 그냥
　　　 뒀어요. 검토해보니까 별거 아니라고 생각했을 수 있죠.

여진   애초에 검토를 왜 했을까요, 국도에서 심장마비로 죽는 게 뭐가... ..
　　　 남양주요? 작년?

시목   (끄덕)

여진   ... 또 그건가? 우리 단장님이 서장으로 있던 데니까 검사장 출신이

죽은 걸 우리 단장님이 뭘 잘못 처리했나, 꼬투리 잡으려고요.
통영 유족들한테 서검사가 접근해서 미주알고주알 캐물은 거처럼요.

시목   글쎄요, 최부장님을 겨냥했다면 그거야말로 대검에 가져왔을 텐데..

여진   (폰에 이미 '박광수' 검색 중인) 박광수..

시목   시간낭비일까요?..

여진   (폰 보느라) 네? (하다) 에고 심근경색이 일찍 왔나 보네, 이 사람?

시목   56세였으니까, 그런 편이죠.

여진   25기라고 나오는데요? 25기가 벌써 50줄인가요?

시목   시험을 늦게 붙었으면 (하다가) 그쵸, 25기죠.. (돌연 전화한다)

여진   (계속 검색 결과 읽는) 사고기사도 별게 없는데. 2차 피해도 없었고..

시목   .. 지검장님 25기시죠?

여진   (고개 들어 시목 보는)

원철F   누군데 다짜고짜 전화해선 남에 기수는 따져 물어요?

시목   (전화 중) 죄송합니다. 황시목입니다.

원철F   알아 인마, 인사는 팔아먹었냐?

시목   안녕하십니까.

그때 원철 전화 너머에서 차 경적 울리는 소리 난다.

시목   운전 중이십니까? (손목시계 보는)

원철F   응, 뭔데?

시목   내일 찾아봬도 될까요? (말하는 도중에 문자 알림 소리 난다)

원철F   그러든가. (덜컥 끊긴다)

시목   (문자 확인하는데) .. 혹시 협의회 얘기 들으셨어요?

여진   협의회? 아뇨?

시목   2차 협의회 한다는데요?

여진   에? 언제? (전화 거는) 잠깐만요.... .. 단장님 통화 가능하세요?
    .. 다름이 아니고요, 저희 2차 협의회 하나요?

S#10. 최빛의 차 안 - 밤

최빛	내일 말해줄 거였는데 어디서 들었어? 혹시 아직도 황검사랑 같이야?
여진F	아 예, 근데 협의회를 하기엔 저희 지금 수사랑 겹쳐서..
최빛	...
태하E	**둘이 하는 거 보니까 한쪽이 알면 다른 쪽도 금방 알던데.**
최빛	안 겹쳐.

S#11. 한식주점 - 밤

여진	(듣다 당황해서 시목 보는 눈) 수사가 왜 끝나요?
시목	??
여진	아직 생사도 모르는데 끝내면 실종자는 어떡해요?
최빛F	이젠 현장 일이야.

S#12. 밀폐된 공간 - 밤

손은 여전히 뒤로 묶이고 눈과 입이 가려진 채 갇힌 동재. (넥타이는 없다)
장갑 낀 손이 그를 흔들고 있다.
동재, 반응 전혀 없다. 장갑 낀 손이 세게 쳐봐도 무반응.
그 위로 들리는 거친 숨소리, 서두르는 발소리가 멀어진다.
7회 엔딩보다 말라붙은 피가 조금 더 많아진, 의식 없는 동재 위로.

최빛E	**실종자가 검사라서 경찰청이 나서준 게 아냐, 경찰이 개입됐을까 봐**
	였지. 이 난리를 치른 이상 경찰이랑 무관한 걸로 우리가 먼저
	못 박아버리고 일반 형사사건으로 돌려야 돼.

다시 오는 발소리 나더니 가위가 불쑥 화면에 들어온다.
동재 눈을 가린 안대를 자르면 드러나는, 핏기 하나 없는 얼굴.
입에 물린 재갈도 끊고 입 안에 넣은 천을 빼봐도 동재는 깨어나지 않는다.

그를 흔드는 손길은 좀 더 다급해졌고 라이터 켜는 소리도 나는데,
세 번 정도 소리 만에야 화면이 조금 밝아지더니 라이터 빛이 동재 얼굴에 다가온다.
장갑 낀 손이 동재 눈을 벌리고 라이터 불빛을 움직여보지만 동공 반응 없다.
희미한 숨소리처럼 아, 하는 당황한 소리도 화면 밖에서 들리고.

최빛E **그리고 이 안에서만 얘기지만 이거 가망 없어. 자발적 실종도 아니고**
멀쩡한 성인 남자가 이렇게까지 안 나올 땐 결과가 어떨지 알잖아?
본청이 나섰는데도 실패로 끝났단 소리 듣기 전에 넘겨.

어쩔 줄 몰라 하다 포기한 듯 라이터를 바닥에 탁 놓는 장갑 낀 손.
(라이터, 10회 S#18의 태하 것과 같다)
라이터 불빛도 사라진 동재는 시체처럼 푸르다.

S#13. 대검찰청/법제단장실 - 낮

태하 수사가 끝나긴, 사람을 못 찾았는데 어떻게 끝나?

법제단 검사들 둘러앉았는데 태하와 사현, 미간에 주름이 가득하다.

시목 그럼 저는 계속하면 되는
태하 (O.L) 의정부에서 하게 해. 원래 거기 일이야.
시목 ... 지금 상황에서 관할지검을 바꾸는 건 큰 도움이 안 될 텐데요.
태하 그러게 도움이 되게 뭐 좀 하지 그랬어, 뭐 했니 일주일이 다 가도록?
시목 ...
사현 (스리슬쩍 끼어드는) 서프로 하나가 아니라 전체를 잃게 생겨서 그래.
시목 무슨 일 있습니까?
사현 장관이 바뀌려나 봐. 하마평에 오른 사람들을 쭉 봤는데..
큰일 나게 생겼어.
태하 (골치 아픈 얼굴로 천장 보다.. 처져 있을 수만은 없다. 바짝 앉아)
자체 개혁안을 뿌리자. 황프로.

시목	네.
태하	우리가 안 한 거지 못 한 게 아니다. 경찰하고 수사권 안 나눠도 우리 내부에 충분한 자정능력이 있다, 이걸 설득 지점으로 해서 너무 길면 의원들이 안 읽으니까 페이퍼 열 장 정도로 작성해. 국회 쪽 자료가 필요하면 김부장한테 달래고.
시목	예.
태하	김부장은 계속 여의도로 가, 본회의 기간 동안 표를 벌어놔.
사현	예.
태하	본의 아니게 늦어졌지만 인젠 진짜야. 형사소송법에 개정은 없다, 직을 걸고 개정을 저지시킨다, 그 마음으로 임한다, 알았나?
사현	예.
시목	.. 예.

S#14. 동/형사법제단 사무실 - 낮

단장실에서 나오는 시목, 사현.
사현은 제 방으로 가고 시목은 자리로 간다.
재킷 벗어놓은 시목이 책상에 앉는데,
제 방에서 나온 사현이 서류를 한아름 안고 나와 시목 책상에 쿵 놓는다.

사현	나머진 클라우드에 있어. (방으로 들어가는)

시목, 맨 위 서류에 굵은 제목 보면 - 〈정당별/의원별 형소법 개정 찬반 추이〉
그 밑에 있는 파일도 보면 - 〈19년 하반기 사개특위 예상 명단〉

시목	(... 데스크탑에서 한글 파일 켠다)

S#15. 용산경찰서/유치장 - 낮

장형사   (통화 중) 본청에선 빠진다면서 여긴 왜 와요, 협의회 준비나 하세요.

여진F   (더 작게) 뭘 더 준비해요? 자료 다 뽑아놨겠다, 난 몸만 갈 거야.

        (돌연 좀 멀게 네 단장님! 하는 소리 들리더니) 다시 할게요!

        (끊기는 전화)

장형사   참..

장형사, 좀 더 기다리고 있으면 유치장 담당이 백팀장을 데려온다.

장형사   (살짝 무안한) 목격자가, 목격자가 아닌 걸로 판명 나서요, 가셔도 돼요.

백팀장   (웃자란 수염 달고 멍하니 장형사 보는)

S#16. 동/입구 앞 - 낮

서에서 풀려 나오는 백팀장, 무작정 좋은 것보다 지치고 힘들다.
경찰서 안에서 무슨 일이 있었든 여전히 바쁜 세상으로 무거운 발을 끌고 가는데..

백팀장E   **그때 멈춰야 했는데.. 그때**

Insert cut〉- 세곡지구대/뒷마당 - 밤(11회 S#14의 insert.1)과 똑같은 상황)
뒷마당 외등 아래 모여 선 백팀장을 비롯한 지구대원 6명.
"보험으로 바뀔 때까지만"이라 말하고 대원들 면면을 보며 망설이던 백팀장,
"아냐 안 돼, 받으면 안 돼." 말하며 단호히 고개 젓는다.

그랬어야 했는데.. 백팀장, 너무나 후회된다. 젖어오는 눈가 문지르며 간다.

백팀장E   **멈출 수 있었는데..**

S#17. 경찰청/수사혁신단장실 - 낮

최빛	(메모 보며) 우리가 신청한 구속영장이 검사, 판사한테서 기각되는
	비율. 경찰이 기소 의견으로 넘긴 건의 불기소율,
	사건 및 영장청구 건수에서 경·검이 차지하는 비율.
여진	(경찰수첩에 받아 적느라 바쁜)
최빛	검찰이 자체 수사로 신청한 경우에 기각률, 만들어 와.
	(전혀 부담 안 주는 얼굴로) 2010년부터 2018년까지.
여진	네? 9년 치를요?
최빛	검찰권 남용 사례도 다시 보자, 더 센 거로.
여진	이걸 협의회에 내시려고요?
최빛	아니, 국장님 인터뷰, 검찰이 주장하는 영장의 2중심사가 얼마나
	허구인가에 대해서니까 수치 오류 있음 안 된단 거 보이지?
여진	(수첩 보는. 급해서 날려 적기도 했지만 수첩 양면을 꽉 채웠다)

S#18. 동/수사혁신단 - 낮

휘적휘적 자리로 와 바람 빠지듯 내려앉는 여진, 아흑!....

S#19. 한조 본사/회장실 - 낮

매출 총액이 뜬 모니터 보면서 박상무에게서 보고받는 연재.

박상무	채권단에서 돌려받은 계약 이행금을 1분기 매출로 넣은 관계로
	총액이 크게 증대했습니다. 회장님께서 복합화력발전소 건설을
	수주하신 것 역시 회장님의 동력이라는 인식이 정착됐고요.
연재	(나쁘지 않은)
박상무	이성재 사장 혐의 감리는 손실 반영 전인 2014년까지로 계속
	확대 수사 중이라고 합니다.
연재	흐음.
박상무	모든 수치나 상황이 긍정적입니다, 축하드립니다, 회장님.

연재	... 오변호사는 중단시킬까?
박상무	(듣는)
연재	남양주경찰서 서장이 박광수 일에 얼마나 어떻게 관여했었는지
	이대로 계속 조용하다면 문제 될 게 없잖아.
박상무	그렇죠, 무엇보다 첨에 최빛이란 이름을 들고 왔던 사람이 사라졌고요.
연재	(그 말에 눈만 들어 쳐다보지만)
박상무	(모르고 연이어 말하는)
	다 잘돼가는데 괜히 지금에 와서 쑤셔대다
	이목만 집중시킬 수 있죠.
연재	(말 없자)
박상무	?
연재	... 오변호사한테 경찰청 컨택, 중지하라고 하세요.
박상무	예 알겠습니다.
연재	(끝났다, 끄덕이면)
박상무	회장님 말씀대로 다 잘돼가고 있습니다.
	오늘은 일찍 퇴근하셔서 쉬시죠. 요즘 계속 자정을 넘기셨는데요.
연재	박상무 오늘 저녁에 바쁜가 보네?
박상무	아닙니다. 제가 그래서가 아니라..
연재	(가볍게) 그래요.
박상무	차 대기시키겠습니다.
	(목례하고 나가는데 문 닫기 전 연재 돌아보는 눈길, 살짝 웃는다)

S#20. 동/회장 비서실 - 낮

박상무	(회장실 문 잘 닫고. 웃음은 사라진) 회장님 오늘 일찍 나가실 거야.
	기사 대기하라고 해요.
비서	(얼굴 밝아진) 예!

박상무, 비서실 나가는 걸음이 가볍다. 비서들이 보지 않자 입가엔 다시 흡족한 미소.
그런데 몇 걸음 못 가 울리는 진동음. 박상무, 전화 꺼내는데.

S#21. 동/회장실 – 낮

연재	(모니터 끄고 일어나는데 노크소리) 들어와.
박상무	(들어와) 오변호사한테 연락이 왔습니다. 최빛 부장이 만나자 했답니다.
연재	갑자기 왜?
박상무	변호사 말로는 본인이 여태까지 노력해서 관계를 잘 다진 게
	결실을 맺은 거 같다는데
연재	(O.L) 아니야. 오주선이 입으론 된다 된다 했지만 바람 든 소리였어.
	평생 남자들 허풍을 들어온 내가 그걸 모를까?
	경찰이 먼저 아무 이유 없이 연락해올 리 없어.
박상무	제가 지금 오변호사를 만날까요?
연재	그래. (인사하고 가는 박상무를 급히 부르는) 박상무.
박상무	예 회장님.
연재	돈 가져가. 그리고 만약에,
박상무	예.
연재	경찰이 정말 오변호사 노력 덕에 딴 목적 없이 만나자고 하는 거면..
	변호사 개도 뭘 알아야 우리한테 필요한 정보를 최빛한테서 빼오지.
	내가 어디까지 얘기해줬지?
박상무	오변호사한텐, 박광수하고 최빛이 무슨 관계인지 알아 오라,
	회장님께서 그렇게만 지시하셨습니다.
연재	그럼 별장 얘긴 말고, 오변호사가 핵심은 빼올 수 있게 적당히 일러줘.
	박광수 죽음을 우리가 안타깝게 생각한다, 그 정도?
박상무	예.
연재	서동재 이름도 안 돼. 거론하지 마.
박상무	알겠습니다.

S#22. 동/금고 – 낮

그냥 커다란 방인데 문은 금고 문이다. 문이 굉장히 튼실해 보인다.
그 안에 가득 찬 현금다발. 반은 5만 원권, 나머지 반은 1만 원권이 산을 이뤘는데.
여기에 테니스 가방을 들고 들어선 박상무,
1만 원권 다발을 하나씩도 아니고 팔로 쓸어 가방에 담는 익숙한 동작.
가방 지퍼 닫는데 끝까지 닫지 않는다. 내용물이 뭔지 알 수 있는 정도에서 딱 멈추는.
박상무, 가방을 휙 드는데 가방에 채인 지폐다발 하나가 툭, 구두 위에 떨어진다.
떨어진 돈뭉치 내려다보는 박상무... 허리 굽혀 집는다.
높다란 현금다발 위에 주어든 돈을 무심히 올려놓고 자리 뜬다.

S#23. 건물 지하주차장 - 낮

지하로 들어오는 바퀴 마찰음. 찌이익 소리 내며 들어온 차가 주차장을 휘감아 달린다.
자리가 없어 한 층 아래로 내려가는 차.
그 차가 지나간 제일 끝 구석에 죽은 듯 주차된 검은 차량.
주차장 조명만큼이나 어두운 틴팅이 천장의 불빛만 반사한다.
승강기 연결 통로에서 오변호사 나온다.
주차장 가로지르며 둘러보는데, 고개가 검은 차량 쪽으로 돌려졌을 때 울리는 경적.
오변호사, 검은 차량으로 온다. 보조석에 올라타면,

S#24. 박상무의 차 안 - 낮

오변호사 여기까지 오셨는데 올라오시죠, 저희 회사 접견실로 모시면 되는데.
박상무 (별다른 말 없이 뒷좌석에 손 뻗어 S#22의 가방 준다)
오변호사 뭐 (느껴지는 묵중함에 말은 멈춰지고 눈은 가방에 꽂히는데)

무릎에 올린 가방에 우연처럼 살짝 벌어진 지퍼 끝, 그 사이로 가득 보이는 지폐.
가슴이 덜컥하는 오변호사, 그렇지만 자존심상 티는 못 내겠고.
박상무 쪽에서 보이는 왼팔은 무심한 척하지만 오른손은 가방 밑을 꽉 잡게 된다.

박상무   (그 동작 진부 보이지만 모르는 척) 경비입니다.

오변호사   감사합니다. 회장님께도 인사드려주십쇼.

박상무   최빛 부장이 먼저 말을 꺼냈다고요?

오변호사   (다짜고짜 말 꺼내자 쳐다보는) 아 그건

박상무   그동안 공을 들여서란 말씀은 이미 들었는데.. (핸들을 치는 손가락)
       갑자기 연락해온 진짜, 이유가 뭘까요.

오변호사   진짜 가짜가 있겠습니까? (핸들 치는 손가락 보게 되는)
       제가 최부장한테 너네 정보국장에 대해서 정보를 달라, 그래서죠, 예.

박상무   그 어디 가서도 변호사님하고 저희 그룹에 대해서 말씀하지 마시라,
       당부드린 건 새기고 계시죠?

오변호사   물론입니다.

박상무   사모님한테도, 저희 그룹 일로 만난 그 어떤 사람한테도
       업무 관련해선 발언조차 안 하신 거 맞죠?

오변호사   네에. (하는데 찰나지만 눈빛이 약간 흔들린다)

박상무   (흔들림 눈치챈) 변호사님?

오변호사   ... 절대 아닙니다?

박상무   (싸늘해지는 얼굴) 댁에 가서 말하셨군요?

오변호사   아뇨 그런

박상무   사모님을 제가 좀, 봬야 할까요?

오변호사   ! (더는 흔들리지 않고 고집스레 앞을 보는데)

하지만 박상무에게 보이지 않는 오변호사의 오른손, 돈 가방 끝을 꽉 잡았다.
태풍이 몰아쳐도 놓지 않을 듯 세게 들어가는 손아귀 힘.
잠깐의 정적.

오변호사   집에 가서 말한 게 아니라 그리고 관련된 발언이라고 할 수도 없죠.

박상무   (이 인간 말했구나..)

오변호사   박광수하고 최빛의 관계를 알아 오라 하셨잖아요?
       근데 알아내려면 저도 뭘 알아야 되는데 박광순 죽었대지
       죽은 데다 대고 물어볼 수도 없고 그래서 알아보니까 동부지검장이
       박광수랑 연수원 동기라는 겁니다?

박상무   동부지검장이요?!
오변호사   저 그렇게 감각 없는 사람 아닙니다?
         저 고검 부장판사까지 했던 사람이에요, 박상무님?
박상무   그쪽에 뭐라고 했습니까?
오변호사   아 난데없이 죽은 사람 얘길 꺼내면 이상하죠.

Insert〉- 단란주점/룸 - 밤
원철과 오변호사, 너른 자리에서 둘만의 술판을 벌이고 있다.
둘 다 이미 거나하다. (오변호사 복장, 9회 S#16과 동일하다)

오변호사   원래 딴 로펌에서 하던 게 갑자기 우리 회사로 와서 내가 맡았거든요.
         그래 내가 왜 회살 옮겼나, 혹시 문제가 있던 건가 해서 클라이언트를
         슬쩍 찔러보니까 아 글쎄 먼젓번 회사 변호사가 급사를 했단 거예요.
원철   누가 급사했는데요?
오변호사   우리 지검장님, 박광수라고 혹시 아실라나?
원철   박광수요??

S#25. 한조 본사/회장실 - 낮

연재   어떻게 물어도 걷다 대고 물어? 박광수랑 강원철이 동기인 걸 황시목인
        모르겠어? 우리한테 와서도 서동재 어떻게 된 거냐 캐물은 인간이
        자기 직속이었던 사람한텐 안 가겠냐고. 그럼 강원철이 대답 뻔하지,
        박광수가 뭔데 오주선이도 너도 같은 걸 묻냐.
        .. 황검사가 픽도 안 이상하다고 하겠다, 변호사란 게 아주 잘했어.
박상무   동부지검장 대답은, 연수원에서 갈라지고 나선 별 교류가 없었다고
        했답니다. 같이 근무한 적도 없고.
연재   심지어 얻어낸 것도 없는 거네?
박상무   오변호사 입장에선 뭐라도 알아야 일을 진행시킬 테니 딴엔 노력한
        걸로 보입니다. 사전에 제가 변호사랑 따로 자리를 해서 필요한 것만
        주지시켰어야 했는데 제 불찰입니다. 죄송합니다, 회장님.

연재	... 오주선은, 최빛한테 만남에 응한다 답하게 하고.
박상무	예 회장님.
연재	강원철한테도. 오주선 시켜서 그쪽도 자리 만들게 해.
박상무	둘 다요?
연재	둘 다. 우리도 보험 들어야지.
박상무	지금 정리하겠습니다. (전화 꺼내는)

S#26. 대검찰청/형사법제단 사무실 - 낮

시목은 섰고 사현, 열 페이지 남짓의 인쇄물을 들고 시목 책상 앞에 서서 얘기 중이다.

사현	이러면 오히려 지들 권한 강화나 획책한단 소리 들어,
	이 시국에 법을 바꾸자고 나오면.
태하	(밖에서 들어오다 들은) 누가 무슨 법을 바꿔?
사현	(손에 들린 인쇄물 슬쩍 내리며) 아니 뭐
태하	(그 인쇄물을 묻지도 않고 채가서 보면)

제목 - 〈검찰 개혁 어젠다 2019〉다.

태하	(몇 장 훑다가 나무라는 눈으로 시목 보는) 이게 지금.. 들어와.
	(단장실로 들어가는)
사현	.. (따르고)
시목	(들어가고)
실무관/수사관	(서로 본다. 아휴..)

S#27. 동/법제단장실 - 낮

책상에서 빨간 펜 뽑아든 태하가 탁자에 와서 앉자 들어오던 사현과 시목도 앉는다. 태하, 보고서를 한 손으로 들고 내용을 몇 줄 훑더니 소리 내어 읽는데,

태하	검찰에 대한 시대적 불신은 정치적 편향성에서 기인한다. 검찰권과 정치의 분리는 필수 전제이므로 법 개정을 통해, (문단 전체에 커다란 X 긋는다. 더 밑에 내용도 대충 훑다가 다시 읽는) 법원의 독립성에 대해선 따로 장을 두어 규정한 헌법조차도, (흘기는) 인젠 헌법까지 나와? (계속 읽는) 영장청구 절차에 관한 단 두 마디를 빼곤 검찰의 독립성을 보장하는 헌법적 장치는.. 전무하다. 너 미쳤냐? (보고서 놔버리는) 개정하지 말자고 다들 이 난린데 헛소릴 해도..
시목	(태하 눈길에도 그냥 동그마니 앉은)
태하	(이번 문단도 X 그어버린다. 보고서를 던지듯 밀어서 주는) 공수처 논조만 남기고 전부 다시 해 와. (책상으로 가는)
시목	(밀어서 받은 보고서 챙겨 일어나는데)
태하	요즘 판국에 정치적 편향성은 무슨, 말이 되는 소릴 해야지.
시목	.. 편향성이란 게 꼭 정치권하고 잘 지낸단 뜻은 아니라고 생각하는데요. 정치 상황하고 유관하게 흘러간다는 뜻이죠.
태하	누굴 가르치려고 들어 얻다 대고!
사현	(갑작스런 태하 고함에 놀라서 보면)
태하	(얼굴이 벌게질 정도로 화를 내고 있다) 아는 거 많아 좋겠다. 그렇게 잘난 애가 왜 여기서 이러고 있냐?
시목	...
사현	황프로 나가.
시목	.. (제 물건 챙겨 나가면)
사현	왜 그래요? 그 정도 자기 의견은 가질 수도 있는 거지.
태하	다 시끄러! 너도 나가!!
사현	.. (나간다)
태하	(괘씸한)

S#28. 동/형사법제단 사무실 - 낮

태하 고함을 들었는지 실무관과 수사관, 눈이 뚱그래져서 시목 본다.

돌려받은 인쇄물 놓고 책상에 앉으려는 시목.

사현   (단장실에서 나와 자기 방으로 가며) 황시목.
시목   네?
사현   (뒷모습으로 오라는 손짓. 제 방으로 들어가는데 문은 열어놨다)
시목   (사현의 방으로 문 닫고 들어가는)
수사관 저 검사님은 노여움을 안 타나 봐요..
실무관 본인은 편하겠어요, 주변은 불편한데.

S#29. 동/사현의 방 - 낮

단장실보다 훨씬 작다. 책상과 책장뿐.
정리 잘된 단장실에 비해 서류도 대충 쌓였다.

시목   (사현이 있는 책상으로 가서 서면)
사현   왜인지 알지? (단장실과 맞닿은 벽으로 고갯짓)
시목   예.
사현   아는구나. 물론 넌 할 일 한 거지만, 것도 제대로, 부장님 입장에선
        솔직히 다 된 밥에 니가 코 빠뜨린 거야.
시목   예.
사현   내 입장에서도 그렇고.
시목   (쳐다보는)
사현   너더러 책임지란 사람은 없겠지만 부장급들은,
        이번에 수사권 사수 못 하면 우린 첫 빠따로 조정될 거야.
        경찰이 계속 범인이었다면 완전 달랐겠지. 그건 굉장한 방어막이야,
        그 아래 전체 검사가 집결했을 거고. 근데 그게 날아갔어.
시목   제가 사과드려야 하나요?
사현   흠, 너무 개인적으로 받아들이지 말라고.
        한 번도 후퇴란 게 없던 사람한텐 얼마나 힘들겠어. 우부장님이 그래.
시목   예.

사현	일해.
시목	(인사하고 문으로 몸 돌리다가 뭘 봤는지 잠시 멈춘)
사현	(자리 앉으려다가) 뭐 해?
시목	.. (그대로 나간다)

S#30. 동/형사법제단 사무실 - 낮

시목	(자리로 가다가..) 실무관님.
실무관	예?
시목	목격자, 전기혁이요, 기록 하나도 안 남기고 이첩됐나요?
실무관	뭐 찾는 거 있으세요? 파일 저장해놓은 건 몇 개 있는데.
시목	전과가 있다고 했는데 어느 지검들을 거쳤는지 알 수 있을까요.
실무관	잠깐만요, (잠시 찾아보더니) 전기혁.. 처음엔 북부지검에서 벌금형으로 시작했고요, 상품권 조작이었고.. 2016년엔 북부, 2017년엔 성남에서 기소됐어요. 둘 다 사행행위요.
시목	성남지청은 어느 부서요?
실무관	어.. 형사2분데요? 성남에선 기소된 건?
시목	감사합니다. (자리로 가는, 앉기 전 부장들 방이 있는 쪽을 보면)

방문이 2개다. 단장실과 사현의 방. 그중 방금 나온 사현의 문에 가닿는 시목의 시선.

S#31. 경찰청/수사혁신단장실 - 밤

최빛 뒤에 큰 유리창은 이미 어둡다.
최빛은 자리에 앉았고 그 옆에 가까이 선 여진, 데스크탑 보며 자료 설명한다.
최빛 컴퓨터의 마우스를 잡은 여진이 스크롤 내리며 여러 그래프 보여준다.
(첨부자료 그래프1, 2, 3, 마지막 장에 첨부했습니다)

여진	2015년까지 통계가 먼저 나오고요,

중간에 설명 한 번 넣고 다음 통계를 이어서 붙였습니다.

최빛 (내용 훑으며) 결론은 이다음에 있고?

여진 예, 경찰이 수사 건수 자체가 검찰에 비해서 월등하게 많으니까
그만큼 기소 의견도 많을 수밖에 없는데 이걸 마치 경찰이 기소를
남발한다, 검찰이 이걸로 왜곡했단 설명입니다.

최빛 (좀 더 보면서) 검찰권 남용 사례는? (모니터에서 시선 떼고 여진 보는)

여진 (경찰수첩 보며) 70억대 사기 혐의 피의자가 관할지검 검사와의
친분을 이용해서 수색 없이 검찰로 송치됐습니다.

최빛 금품 수수야?

여진 친분으로 인한 증거인멸 교사입니다.
감찰반에서 담당검사를 법무부에 징계 요청했습니다.

최빛 처분 났잖아, 그런 거 말고 좀 육두문자 나오는 거 없어?
검사놈들 일을 진짜 개차반으로 하네, 그런 거?

여진 .. 다시 가져오겠습니다.

S#32. 동/수사혁신단 - 밤

여진, 의자에 앉는다. 그 앞에 데스크탑 화면, 수십 개도 더 열린 포털 창들.
뻑뻑한 눈 깜빡여보는 여진, 조물조물 사탕 꺼내 먹어 당을 충전하고 다시 일한다.

여진 육두문자.. 개차반.. 뭐를 써먹나..

S#33. 감사원/302호 - 낮

여진E 몰래 해외로 도망친 사람을 경찰이 1년 가까이 추적해서 다시
잡아왔을 때 어떻게 하셨습니까.

여진의 말소리 따라 흐르는 〈영상1〉 - 세무서/로비(낮)
여기저기 붙은 포스터 등으로 세무서라는 것을 알 수 있는데.

서류봉투 들어서 카메라로부터 대충 얼굴 가린 남자, 출입구에서 들어와 서둘러 간다.
기자 한둘이 쫓아가며 마이크 들이대자 옆에 직원들이 막는다.
화면 전체가 블러 처리되어 남자는 물론 기자 얼굴도 흐릿하다.
그런데 영상이 빔 프로젝터로 재생한 듯하다. 선명하지 않고 이따금씩 깜빡이기도 하고.
프로젝터 영상에서 점점 뒤로 빠지면...
검경이 다시 마주 앉은 302호다.
실제로 영상을 틀어놓은 것이 아니라 현재 말하는 내용이 302호 벽에 프로젝터
영상을 쏜 것처럼 흐르고 있는 것이다.

여진   수천만 원을 받아먹은 혐의로 조사받던 현직 세무서장이었습니다.
        그런 사람이 홍콩으로 태국으로 도망치다 잡혀왔는데 결과는 무혐의.
        검찰에서 그냥 풀어주고 그걸로 끝냈어요. 세무서장 친동생이 대검
        부장검사였기 때문입니다.
태하   그러기로 치면 검사 가족은 죄다 무혐의 받았겠네?
        동생이 뭐라서 풀어줬느니, 다 억측이에요.

〈영상2〉 - 골프장(낮)
잘나가던 시절의 세무서장, 또래 남자들과 여유롭게 골프 친다.

여진   동생만 검사가 아니었죠, 세무서장하고 같이 골프 치러 다니던 사람들도
        검사였지, 것도 가명으로요. 뭐가 찔려서 가짜 이름으로 공을 쳤을까요,
        그 검사들은? 이게 진짜 억측이 되려면요, 한번 튄 인간 언제 또 튈지
        모르니까 구속영장이 급하다고 했을 때 영장이 나왔어야 합니다. 근데
        구속 못 했어요, 검찰이 영장을 거부해서. 이래도 억측입니까?
사현   구속영장은 우리 아녜요? 영장판사가 기각한 걸 왜 우리한테 그래?
여진   (힐난의 눈길) 이러면서 수사종결권을 경찰이 가져가면 부작용이
        난다고 지금 저희한테 그러시는 거예요?
사현   그 얘길 들으니까 나도 생각나는 사람이 있네요?
        모래내경찰서 수사과장. 아 국장님이 저보다 더 잘 아시죠?
        그때 재개발된 사람들, 경찰청에 와서 시위도 하고 그랬으니까?

그렇잖아도 수사국장은 물론 최빛도 모래내 소리가 나왔을 때부터 살짝 찌푸렸다.

〈영상3〉 - 재개발 지역(낮)
경찰 측과 마찬가지로 사현의 설명에 따라 빔 프로젝트 효과의 화면.
엄청나게 넓은 지역이 초토화됐다. 재개발 공사 전, 철거만 너덜너덜 이뤄진 상태.
이미 부서진 집들과 군데군데 뻘겋게 '철거'라고 쓰여진 건물들.

사현　　세무서장한테 돈 갖다 바쳤다고 경찰이 주장한 상납업자,
　　　　정작 그 업자 돈을 누가 먹었는데요? 경찰입니다, 모래내 수사과장.
수사국장　그래서 수사과장 대기발령 조치됐어요, 우린 누구들처럼 안 봐줬다고.
사현　　경찰서장은요? 모래내경찰서에다 철거업체 건드리지 말라고 저어 지방
　　　　어디 서장이 압력 넣었다면서요, 철거업자랑 자기랑 학교 선후배라고.
수사국장　그 사람도 관뒀고!
사현　　그런데 왜 철거업자는 나중에 검찰 송치대상에서 혼자 쏙 빠졌을까요?

〈영상4〉 - 경찰청 정문 앞/대로변(낮)
주민들이 경찰청 앞에서 시위 중이다. 그들이 든 피켓과 대자보 내용은,
〈모래내경찰서는 가재울 철거정비업체 수사를 재개하라!〉
〈부하 형사를 파출소로 보내버린 수사과장을 조사하라!〉
〈경찰은 철거왕에 대한 봐주기 수사를 중단하라!〉
〈조합원 추가분담금 5,000만 원이 웬 말이냐!〉
〈재개발 공사업체 사장 구속하라! 조합장 구속하라!〉

사현　　그 업체가 얼마나 불법을 많이 저질렀는데 경찰이 나서서 빼줬어요.
　　　　만약에 이 일이 경찰한테 수사종결권이 있는 상태에서 일어났으면
　　　　그랬으면 그 철거업자, 누가 압니까, 아직도 활개 치고 다닐지.
최빛　　김부장님이 왜 세무서장 얘기에 모래내서를 떠올렸는지 알겠습니다.

영상은 완전히 사라진다. 이제 감사원 흰 벽만 남는다.

최빛　　그 둘은 본질적으로 같아요. 그래서 우리가 수사권을 논의하는 거고요.

어떻게 수사하고 어떻게 기소해야 억울한 시민을 한 명이라도 줄일까.
알다시피 저희 경찰은 수사는 경찰이 맡고 재판으로 가는 기소는 검찰이
하잔 주장을 수십 년 외쳤어요. 근데 이번이 첨이에요, 우리 주장이
이렇게 지지를 받는 건. 이유는 제일 잘 아시잖아요, 검찰이 그동안
국민을 너무 실망시켜서.

태하　　우리 조직이 변해야 한단 건 인정합니다. 근데, 왜, 검찰 개혁이
경찰한테 수사권 나눠주고 경찰 권한 부풀려주는 걸로 치환돼야 되는지
솔직히 말씀드릴게요, 난 정말 이건 아니라고 생각해요.
(수사국장이 반박하려 하자 손 들어 막으며 틈 안 주고 계속한다)
지금 방안은 이 나라를 경찰국가로 만들잔 얘깁니다.

수사국장　개혁은 하겠다면서 방법은 부정하면 어쩌자는 건데요?
개혁의 첫 번째 단계가 권한을 쪼개는 겁니다.
권력이란 건 얼마나 많은 권한을 가졌느냐에서 나오는 건데.

사현　　그래서 전국에 15만 경찰이 전면적인 수사권을 갖게 되면 이 땅에는
법을 전공하지 않은 검사 15만 명이 난데없이 증식되는 겁니다.

태하　　경찰은 그 많은 수사 인력에 정보 수집력, 거기다 심지어 무력까지
갖췄어요, 경찰 업무가 제일 밀접하게 적용되는 건 민생이란 말입니다,
일반시민! 검찰의 수사지휘권까지 없어지면 경찰의 거대 권력화는
도대체 뭘로 막는데요?

수사국장　누가 보면 검사가 현장마다 쫓아다니면서 지휘봉 휘두르는 줄 알겠네,
검찰청 밖에서 지금 무슨 일이 벌어지는지 검사들이 미리 아는 경우가
몇 %나 됩니까? 경찰이 신고받고 나가면서 우리 지금 수사 나가요,
검사한테 전화 걸고 나가는 것도 아니고, 경찰조서를 받기 전에 검사가
처음부터 수사를 인지하고 지휘하는 경우는 4%밖에 안 돼요.

시목　　100%입니다, 4%가 아니라.

수사국장　(눈 치뜨는데)

시목　　검찰이 처음부터 개입하는 경우만 수사지휘권의 발동으로 보는 건
가장 좁은 의미의 해석에 속합니다. 4%를 제외한 나머지 96%에서도
수사지휘권은 인권침해를 막는 완충 역할이 되고 있습니다.
강압수사를 했다간 검사 지휘가 들어온다는 걸 경찰이 먼저 아시니까요.

사현　　만약 지휘권이 삭제돼서 경찰수사에 대한 어떤 감시도 견제도 없어져

버리면 강압수사, 물리력 행사, 정말 안 늘어날 거라고 보세요?

최빛　정말 인권 때문이에요? 본인들 특권 없어질까 봐 노심초사가 아니라?

시목　왜 이걸 특권의 문제로 보시죠?

여진　한쪽이 다른 한쪽을 일방적으로 감시하고 지휘할 수 있는데
　　　특권 문제가 아니면 뭘로 설명할 수 있는데요?

시목　타당성의 문제로요. 수사와 기소는 국민이 국가에 부여한 형벌권의
　　　실행입니다. 분리시키려고 할 게 아니라 오히려 한 몸처럼 유기적으로
　　　연속돼야 합니다.

최빛　수사의 목적이 뭔데요? 수사한 사람이 기소까지 맡으면 내가 내 손으로
　　　체포한 이놈, 꼭 법정에 세우고 말겠다, 이 마음이 안 들 수가 없는
　　　거라고요. 진짜 인권을 생각한다면 그야말로 분리해야죠.

시목　수사는 체포에서 끝나지 않습니다. 행위에 대한 법률작용, 사법적 평가,
　　　수사방식의 검증까지, 이 모든 걸 다 합친 게 수사입니다.
　　　연속작용이에요.

여진　이게 특권의 문제가 아니면 말이죠, 아까 우부장님께서 경찰 업무가
　　　민생에 제일 밀접하다고 하셨는데 그럼 저희 업무 중에 가장 밀접하지
　　　않은 덴 어딜까요, 검찰입니다. 검사가 잘못해도 경찰은 수사 못 해요.

사현　에이 누가 들으면 진짠 줄 알겠어요?

여진　(서류 넘기며) 딱 한 번이었습니다, 검찰청 사람이 경찰에 출석해서
　　　조사받은 게. 음주운전이나 교통사고처럼 현장에서 걸리는 걸 제외하면
　　　딱 한 번, 피의자 사진을 유출한 검사가 경찰서에 와서 조사받았어요.
　　　그 긴긴 세월, 수많은 사건사고 동안, 이때가 유일해요.

태하　진짜 이런 식으로 가요? 서로 손가락질 한번 해봐요?!
　　　우리야말로 경찰한테 할 말 없을까 봐?

최빛　검찰 비리를 말하자면 이 자리에서 밤을 새도 모자라요.

온 회의실이 서로 내뿜는 기운으로 팽팽한데 그 위로 무심히 들어오는 장형사 목소리.

장형사　꼭 국회 구경 온 거 같네요.

내내 침묵하며 낙서인지 메모만 하던 장형사가 입을 열자 다들 장형사 쳐다보는데.

장형사 무조건 갈라져서 싸우는 거가요. 이슈가 뭐든.

여진, 당황하고 최빛이나 수사국장은 물론 부장검사들도 뭐야, 하는 얼굴이 된다.
정작 장형사는 뒷목 같은 데나 긁적인다.

태하 (입을 좀 삐죽하고 제 손끝이나 보다가 돌연) 담배 좀 피고 올까요?
수사국장 그럽시다. (의자 밀며 일어나려는데)
사현 아예 밥을 먹고 와서 다시 하든가요?
시목 (눈을 감았다 뜨는. 어딘가 불편한 기색이다)
태하 아니면 다음 일정을 좀 당길까요? 오늘은 여기까지 하고?
수사국장 우리가 일정보다 많이 늦어졌나?
최빛 많이는 아니고요.
태하 먹으면서 정하시죠? 아 근데 이 근처는 맛있는 데가 없어서?
시목 (문득 들리는 작은 쳇소리) ?!
최빛 (굳이 같이 먹을 생각 없는) 그죠? 이 인원이 다 같이 움직이기도
그렇고..

찡그리던 시목, 느낌이 심상치 않다 싶더니 귀가 울린다.
사람이 들어선 안 될 고주파 같은 이명이 돌연 걷잡을 수 없이 커진다.
주변 대화는 이젠 다음 일정으로 옮겨가 가볍게 스케줄이 오가는데,
여기서 이명이 터져 나와선 안 되는 시목, 참고 누르려 온 힘을 다하지만,
점점 눈앞마저 일렁이고 이 이명은 도저히 참아질 기세가 아니다.
시목, 어지러운 가운데도 주변을 보는 눈. 이 사람들 앞에서...

시목 (일어선다)
여진 (상관들 잡담에는 끼지 않고 있다가 시목한테 눈길 옮기는)
사현 (옆자리에서 일어서는 기척에 시목 보는)
시목 (중간에 어찌 안 되도록 걸음 하나하나, 신경을 집중시켜 문으로 간다)
태하 황프로. .. 황프로!

대답도, 돌아볼 수도 없는 시목.
어 혹시? 예감 안 좋은 여진, 시목이 가까스로 나가는 걸 고개 꺾어서 지켜본다.

태하	야 너 어디 가?.. (사현 보는)
사현	급한가?
여진	(어쩌지! 따라도 못 가고 가만히도 못 있고 몸만 옴짝하며 문 돌아보는)

S#34. 동/복도 - 낮

302호에서 멀리도 못 가고 복도 중간에 멈춘 시목.
복도 벽을 짚고 이제는 발걸음을 뗄 수 없어 허리 굽히고 한참을 있는데,
누군가 그를 잡는다. 시목, 고개 들어 누군지 확인할 수도 없다.
그를 단단히 잡고 데려가는 팔과 손을 느낄 수 있을 뿐이다.

S#35. 동/302호 - 낮

여진 자리가 비었다. 황당한 얼굴로 남은 경검 동료들.

S#36. 동/비상계단 - 낮

시목 데리고 계단으로 들어오는 여진, 계단에 그를 앉힌다.
앉히면 앉히는 대로 팔에 머리 묻고 꼼짝 못 하는 시목.
앉혀는 놨는데 어떻게 할 줄을 몰라서 손만 들었다 내렸다 하던 여진,
시목을 좀 들여다보다 폰 꺼내 문자 보낸다.

S#37. 동/복도 - 낮

잠시 조용하지만 302호 문 열리고 안에서 나오는 태하, 사현.

사현   (회의 동안 넣어놨던 휴대폰 체크하며 무심히) 뭘 잘못 먹었나?

태하   (역시 휴대폰 보며, 소리 낮춰) 근데 저 한주임 뭐야? 왜 자기가 저래?

사현   그러게요, 둘이 뭔 사이래?

태하   별일이 다 있네..

그들이 모퉁이로 사라지고 나면 이번엔 경찰들 나온다.
역시 각자 휴대폰 보면서 크지 않게 말한다.

수사국장   백 번 모여봤자 소용없겠어.

최빛   그러게요, 맨날 이럴 거면. (폰에서 뭘 봤는지 어? 하는)

최빛, 옆에 수사국장이 혹시 봤나 살피는 눈길. 폰을 일단 넣고 가지만 미간에 주름 선.
여진 가방까지 든 장형사, 혹시 근처에 있나 하여 복도 살피지만,
멈추지 않고 가는 본청 상사들 따라서 발은 계속 움직인다.
그들이 지나가는 복도에 비상계단 문이 보이지만 아무도 그 문에 신경 안 쓴다.

S#38. 동/비상계단 - 낮

시목 옆에 무릎 끌어안고 앉은 여진은 복도 밖 소리가 들린다.
내용까진 알 수 없지만 사람 말소리, 멀어지는 구두소리..
그사이 여전히 엎드린 시목. 하지만 소리가 많이 가라앉았다. 희미하게 사라지는...

여진   (복도 쪽을 보는데)

시목   (고개 드는)

여진   괜찮아요? 좀 나아졌어요?

시목   (끄덕..)

여진   휴... (그제야 긴장 풀려 다리도 좀 뻗더니) 많이 좋아졌네.

시목   (보는)

여진	이걸 들쳐 업고 뛰어야 되나 싶었는데 마이 쎄졌어, 우리 검사님.
	(다독다독 살살) 잘 참았쓰.
시목	… ..
여진	차가운 거 좀 마실래요? 사이다?
시목	.. 예.
여진	잠깐만 있어요. 금방 올게? (문으로 나가기 전 다시 돌아보고)
	고대로 있어요? (얼른 나가는)
시목	.. (손에 얼굴 묻지만 더 이상 고통스럽지는 않다)

S#39. 동/복도 - 낮

말한 것처럼 금방 갔다 오려고 서둘러 비상계단 문에서 나오는 여진이지만
시목의 시야에서 벗어나자 안도의 한숨 나온다. 잠깐 벽을 짚고 기대는.
사실 많이 놀랐다. 하지만 이럴 여유 없는.
문 열린 302호를 돌아보며 얼른 가는 여진.

S#40. 동/앞마당 - 낮

각각 제 차에 오르는 사현과 태하.

태하	(벨트 매는데 전화 온다. 받는) 왜요. .. 에? 언제?

태하, 급히 주변 보면 건너편 정도에 제 차에 앉아 전화하는 최빛 보인다.
그녀의 입이 움직이고 있다.

S#41. 동/최빛의 차 안 - 낮

최빛 차에서도 태하가 보인다.

태하F	같이 만납시다.
최빛	둘 다 나갔다가 별거 아니면요, 얘네들이 왜 쌍으로 나서서 이러나, 그쪽에서 그러면요?
태하F	난 그냥 인사 나왔다고 하면 되지, 우리 쪽 선배잖아요.
최빛	혹시나 오변호사가 그때 일을 눈치챘으면 내가 부장님 팔아넘기고 나 혼자 빠져나갈까 봐 걱정돼요?
태하F	(저쪽 차에 앉아서도 최빛 쪽을 강하게 보는 게 느껴지는) 최부장.

S#42. 동/앞마당 - 낮

최빛F	왜요.
태하F	혹시나 변호사가 눈치챘으면 최부장 혼자 무덤으로 들어가는 거란 생각은 안 들어요? 맨날 혼자 뒤집어쓰는 게 뭐 취민가?
최빛F	본인 걱정 아니고 내 걱정 때문이란 거예요?

S#43. 동/최빛의 차 안 - 낮

태하F	약속 장소나 문자 해요 지금! (끊는)
최빛	.. 왜 이래 이 인간? (입 내밀지만 문자 하는)

저쪽 차에서도 태하가 문자 확인하는 것 보인다.

S#44. 동/비상계단 - 낮

시목, 좀 더 나아진 상태로 앉아 옆 아래를 보고 있다.
옆에선 여진이 캔을 따고 있다.
탁, 캔 따개가 꺾이는 소리, 시원한 기포가 츄르르 올라오는 소리.

가만 기다리던 시목, 받아서 한참을 마시고서야 캔 내린다.

시목	감사합니다. (일어나려는데)
여진	갔어요, 다. 서두를 거 없어요.
시목	.. (도로 몸 내리는)
여진	가란다고 진짜 홀랑 갔어.
시목	...
여진	저기, 검사님이 속이 안 좋은 거 같다고 했거든요, 내가 문자로? 그니까 사람들이 그렇게 생각했을 수도 있어요, 검사님이.. 폭풍설사가 왔다고.
시목	제가요?
여진	나한테 온 거보단 낫잖아요?
시목	(처다보다... 웃어버리는)

여진도 웃음 나온다. 같이 보며 웃는 두 사람.

| 여진 | 나도 쫌만. (캔으로 손 뻗는) |

캔 주는 시목. 받아서 입 안 대고 높은 데서 떨어뜨린 음료수를 잘도 마시는 여진.

| 여진 | (다 마시자 한숨 쏟아내며) 아휴 또 어떻게 되는 줄 알고 식겁했네. |

이제야 뱉어진 여진의 진짜 심정에 이번엔 좀 길던 시목의 웃음 끝이 사라진다.

시목	미안합니다.
여진	.. 뭘 그렇게 진지를 빨고, 됐네! (등을 찰지게 착 치는)
시목	(아파!!.. 옆으로 처다보자)
여진	어 이거! 화났다!
시목	아닙니다.
여진	났는데?
시목	아닌데요. (일어나 나가는)

여진   (쫓아가며) 삐졌나? 은근 잘 삐져?

여진이 문 닫고 나가는 소리, 밖에서 들리는 삐졌다 아니다,
아웅다웅 소리가 점점 멀어지는 복도.

S#45. 여진의 차 안 - 낮

운전석과 조수석에 나란히 앉아 가는 여진과 시목.

여진   (깜빡이 켜며) 대검에 먼저 내려드릴게요. 난 좀 들릴 데가 있어서.
시목   용산서 가시는 거면 저도요.
여진   .. (깜빡이 끈다) 괜찮겠어요?
시목   뭐.. 인젠 대검 소관이 아니긴 하지만 잠깐인데 뭐라진 않겠죠.
여진   아니 머리요. 오늘은 반차 내고 일찍 가시지.
시목   지금은 완전히 괜찮습니다.
여진   뭐가 또 새로 나왔으면 아까 장형사님이 말해줬을 건데,
        슷... 서에 가봤자 딱히 뭐어...
시목   예. (작게 끄덕이지만) 그래도요.
여진   (짧게 보더니..) 한참 만에도 무사히 돌아오기도 하고 그러니까 서검사
        땜에 너무 속 끓이지 마요.
시목   .. 제 속이요?
여진   협의회 끝나면 검사님도 원래 용산서 가려고 했던 거 같아서요.
시목   예 그랬는데요.
여진   여전히 실마리는 안 보이지, 일은 다른 지검으로 넘어갔지,
        끝나고 서에라도 들르려고 했는데 협의회는 축축 늘어지지,
        그래서 너무 신경 쓰다 보니까, 머리 말예요.
시목   아닌데요?
여진   아님 혹시! 통영에서도 계속 아프고 그랬어요? 여태껏 계속?
시목   아뇨, 거기선...
여진   (곁눈으로 힐끗. 더는 말을 않고 잠시 운전만 하다 돌연 픽 웃는다)

방금까지 박 터지게 싸우다 나와선 이게 뭔지 모르겠네.

시목   .. 저는 경찰을 불신하자는 게 아닙니다.

여진   나도 경찰이 한다고 무조건 문제가 해결된단 건 아녜요.

시목   왜 그 말은 안 하세요?

여진   나중에 할 말이란 것도 있는 거니까.

시목   나중으로 미루시는 분이 아니었는데요.

여진   ...

S#46. 호텔/객실 - 밤

평범한 객실. 박상무가 오변호사에게 서류로 보이는 종이 한 장을 건네준다.
박상무, 오변호사만 남기고 나간다.

S#47. 한조 헤미스호텔/외경 - 밤

상층부에 The HJ Hemis 글자가 고급스럽게 반짝이는 고층 호텔.

S#48. 동/로비 - 밤

발레파킹 맡기고 회전문 통과한 최빛이 안으로 들어온다.
먼저 도착해서 서성이던 태하, 최빛에게 가는데,
최빛이 태하를 미처 보기도 전에 호텔 보안요원이 옆에 와 선다.

보안요원   최빛 부장님이시죠? (대답 안 듣고 공손한 손짓으로 안쪽 가리킨다)

최빛   .. (그를 따라가는데 옆에서 들리는 발소리)

태하   (따라붙은)

보안요원   (바로 태하를 저지시킨다)

짧은 동작이지만 태하와 최빛, 그사이에 호텔 로비 곳곳에 무전기 쥔 요원들이
모두 이쪽을 주목하는 걸 감지한다. 여차하면 다들 뛰어올 기세다.
태하, 손만 들어 기다려라 표시하고 안주머니에 검사 신분증 꺼내 보인다.
그 동작을 로비 곳곳에서 주시하는 보안요원들.

보안요원 (보더니.. 다시 가는)
태하 (따라가며 최빛에게 묻는 눈짓을 해 보이면)
최빛 (모르겠다, 작게 고개 저으며 가는데)
박상무 (그들 뒤로 나타나는. 전화에 대고) 지금 들어갑니다.

S#49. 호텔/객실 - 밤

박상무가 준 종이를 들여다보는 오변호사. 각종 숫자가 난무하는 종이.

S#50. 한조 헤미스호텔/상층부 복도 - 밤

도착음과 함께 고층에서 멈추는 승강기.
최빛과 태하, 둘만 내린다. 대기하던 다른 보안요원이 조용히 방향 가리킨다.
은은한 조명 빛나는 복도를 따라 걷는 두 사람. 두꺼운 카펫에 발소리도 묻혔다.
이제 손님도 직원도 사람은 전혀 보이지 않는다.

태하 (거의 최빛만 들리게) 오변호사 뭐 하는 사람인데 이렇게까지.
최빛 어쩐지 한조호텔에서 만나자고 하더라니.
태하 한조 사람이었나 보네.
최빛 (끄덕이는)

아무도 없는 줄 알았던 복도에 귀신처럼 선 비서와 다른 보안요원 둘이 보인다.
두 사람, 그 앞까지 가면 도청감지기를 쥔 보안요원들이 한 발 나선다.

비서   죄송합니다. 잠시 실례하겠습니다.

보안요원들, 감지기로 두 사람 체크하고 가방에도 감지기를 댄다.

비서   핸드폰 전원은 꺼주시겠습니까?

최빛과 태하, 비서 눈앞에서 핸드폰 전원 끄면,
비서, 서 있던 곳에서 조금 물러난다. 그리고 보니 뒤가 문이다.
표식도 없거니와 문틈도 안 보여서 문인 줄도 모르게 생긴 문을 똑똑 노크하는 비서.

S#51. 호텔/객실 - 밤

오변호사, 거울 보며 넥타이도 바로 한다. 박상무가 준 종이는 거울 아래 놓였다.
똑똑 노크소리. 문을 보는 오변호사.

S#52. 한조 헤미스호텔/복도 - 밤

문 같지 않은 문이 소리 없이 열린다.
안으로 들어가는 최빛, 태하.

S#53. 동/룸 안 - 밤

들어서자 앞엔 아무것도 없다.
최빛과 태하 뒤로 닫히는 문. 그런데 동시에 옆을 보는 두 사람.
옆으로 난 큰 공간에 이쪽을 향해 앉은 사람이 있다. 연재다.
연재를 알아보고 당황한 빛이 스치는 최빛과 태하.
연재, 기대앉아 두 사람 본다.

S#54. 호텔/객실 - 밤

문을 열고 선 오변호사, 다소 불편한 얼굴로 문밖에 선 원철.

원철   (안으로 들어오지만 내키지 않아 완전히 안쪽으로 오지는 않는)
        무슨 일이십니까, 갑자기? 왜 이런 데서 보자셨어요?
오변호사 보통 일이 아니니까요. (자못 심각하게 먼저 털썩 앉는다)
원철   ... (들어와 앉는)
오변호사 (원철이 앉은 후로도 한숨도 쉬고 이마도 긁고 허!.. 하기도 하고)
원철   (일단 기다리는)
오변호사 이게 말이죠, 참, 그냥 눈 딱 감을까 싶다가 또 그래선 안 되지도 싶고,
원철   골치 아픈 건가 보죠?
오변호사 골치만 아프면 다행이게? 까딱했단 머리 날아가게 생겼어요.

오변호사, 거울로 간다. 그 아래 놓은 종이 집으며 거울로 원철을 슬쩍 본다.
소파로 와서 종이 쓱 밀어 넣는.

오변호사 지검장님은 할 수 있을 거 같아서.
원철   (손대지 않고 내려다보는)

제목도 없이 숫자만 가득해 언뜻 봐선 뭔지 알 수 없는 인쇄물.
그래도 좀 더 들여다보던 원철, 뭐가 눈에 띄었는지 집어서 가까이 읽는다.

원철   재무제표잖아요? 어디 겁니까?
오변호사 (입 모양만) 한조. (아주 귀한 것 덧붙이듯 좀 더 소리 내어) 엔지니어링.
원철   (고개를 약간 더 쳐들고 오변호사 응시)

S#55. 한조 헤미스호텔/룸 - 밤

뒤로는 큰 창에 야경이 펼쳐진, 커다란 소파 상석을 차지하고 앉은 연재.
그 앞엔, 연재를 발견하고 적잖이 당황한 최빛과 태하.
하지만 곧 평정을 되찾고 연재 쪽으로 온다.
다가오는 태하를 보는 연재의 눈.

박상무E **최빛한테 동행이 있습니다. 대검 부장 우태하.**
　　　　작년에 중앙지검 공정거래조사부 검사, 그 우태하 맞습니다.
연재　　(앉으란 손짓. 이번엔 자리에 앉는 최빛에게 돌려지는 눈동자)
동재E　**회장님 혹시, 최빛 서장이라고 들어보신 적 있으실까요?**

Flashback〉- 4회 S#39. 한조 본사/회장실 - 낮
동재　　**죽음 이후가 의문이죠,**
　　　　이걸 당시 사체가 발견된 남양주 관할 경찰서장이 덮었고요.

연재　　안녕하세요?
최빛　　.. 처음 뵙습니다, 최빛입니다.
태하　　우태하입니다. 기억 못 하시겠지만 회장님을 전에 뵌 적 있습니다.
연재　　그게 언제일까요?
태하　　이창준 선배님 장례식에서요.
연재　　(짧고 메마른) 아. (곧장 최빛에게) 남양주경찰서, 최빛 서장님,
태하　　경찰청 정보부장입니다, 지금은.
연재　　아 최부장님.. 그래요 내가 최부장님에 대해선 전해들은 게 없어서.
최빛　　...
연재　　우태하 부장님은 박변호사를 통해서 들었는데.
태하　　예.
연재　　그때 박변호사가 두 분이 어디서부터라고 했더라? 꽤 오래된 사이던데.
태하　　.. 인천지검부터입니다.

Insert〉- 1년 전. 지금 법제단장실보다 훨씬 방도 작은 중앙지검 시절 태하 사무실.
태하, 일하다 문자 오자 폰 들여다보는데.

태하E   절 처음 재경근무로 끌어주신 분이 박선배였습니다.

폰 C.U. 발신자는 박광수. 〈남양주 금남리 19〉 주소와 지도가 링크돼 있다.
태하, 뭐지? 하는 얼굴로 지도 보는데 '여기로 오면 돼.'라는 새 문자가 지도 밑에 뜬다.

연재E   그랬죠, 그래서 박변호사가 공정거래조사부 우태하 검사를 초대했죠.
연재   그런데, 남양주서장께서 거기 어떻게 끼게 됐는지 나는 그걸 모르겠네?

태하와 최빛, 서로 짧게 볼 뿐 쉽게 입 안 여는데,

연재   박변호사 왜 죽었어요?
태하/최빛 !

S#56. 동/룸2 - 밤

연재가 있는 룸과 똑같은 방.
차이가 있다면 연재 쪽에선 야경이 보이던 커다란 창이 모니터 화면으로 6분할돼 있다.
5개는 연재가 있는 방에 설치된 감시카메라 화면이고 하나는 문 앞 복도 화면이다.
알고 보니 창이 아니라 창문처럼 보이는 커다란 모니터인 것.
헤드폰 착용한 박상무, 모니터 상황에 집중해 있는데.
모니터 속 태하가 뭐라 말한다. 무슨 말을 했는지 연재가 그쪽을 핵 본다.
헤드폰 속으로 그 대화를 들은 박상무 눈도 기분 나쁘게 가늘어진다.

S#57. 동/룸 - 밤

연재   뭐라고요?
태하   저야말로 여쭙고 싶었습니다.
        회장님께서 박변호사를, 어떻게 하신 건지.
최빛   ... (눈 끝만 돌려 연재 보면)

태하 쳐다보던 연재, 눈동자 소리라도 들었는지 최빛에게 고개 돌린다.
말없는 가운데 서로를 마크하듯 앉은 연재와 최빛, 태하, 세 사람에서 엔딩.

경찰이 신청한 구속영장에 대한 검사 판사의 기각률 추이

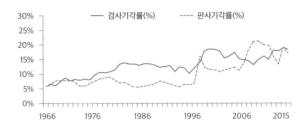

경찰 구속사건의 불기소율 추이

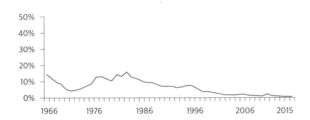

사건 및 영장청구 건수에서 경·검이 차지하는 비율

연도	구분	총 건수	경찰		검찰	
2013	검거건수	1,496,304	1,464,126	97.8%	32,178	2.2%
	검거인원	1,983,697	1,939,216	97.8%	44,481	2.2%
2014	검거건수	1,518,792	1,500,199	98.8%	18,593	1.2%
	검거인원	1,879,548	1,846,863	98.3%	32,685	1.7%
2015	검거건수	1,638,549	1,608,712	98.2%	29,837	1.8%
	검거인원	1,948,966	1,910,571	98.0%	38,395	2.0%
2013	체포영장	48,322	39,673	82.1%	8,649	17.9%
	구속영장	32,865	25,526	77.7%	7,339	22.3%
2014	체포영장	47,093	38,058	80.8%	9,035	19.2%
	구속영장	35,587	27,478	77.2%	8,109	22.8%
2015	체포영장	47,915	39,547	82.5%	8,368	17.5%
	구속영장	37,853	30,581	80.8%	7,272	19.2%

13회

서검사 후배를 보니까 그 생각이 들었어요.

영은수가 그렇게 안 됐다면 어딘가에 지검에서

이렇게 지내고 있었겠구나.

바닷가든 소도시든 매일매일을, 살고 있었겠구나.

굉장히 간단한 거란 생각이 들었습니다.

사람이 살고 죽는다는 게요.

S#1. 남양주 별장/마당 - 밤(1년 전. 과거)

너른 마당 겸 주차장. 박변호사 차 한 대만 주차된 이곳으로 태하 차가 들어온다.
차에서 내리는 태하, 별장 둘러보는 시선이 낯선 곳에 온 기색인데,
현관문 열리고 박변호사가 반색하며 나온다.

박변호사 (한걸음에 달려오는) 어서 와, 너무 멀어서 오느라 고생했지?
태하   선배님 벌써 와 계셨네요? 저도 일찍 나온다고 나왔는데.
박변호사 (태하 데리고 들어가며) 나도 금방 왔어. 들어가자고.

반가워하는 기색과는 별도로 태하 눈치를 보는 듯한 박변호사,
속이 불편한 듯 명치께를 문지르며 들어간다.

태하   선배님 근데 웬 땀을 이렇게 흘리시고, 괜찮으세요?
박변호사 속이 좀, 아냐 괜찮아,
태하   (박변호사 살피는 눈길)

태하E **굉장히 필사적이었습니다. 그 자릴 성사 못 시키면 당장 죽을 사람처럼
         못하던 술을 하질 않나,**

S#2. 한조 헤미스호텔/룸 - 밤(현재)

태하   저야말로 여쭙고 싶었습니다.
       회장님께서 박변호사를 어떻게 하신 건지.

연재   ...

태하   왜 이런 데로 절 불러냈는지 이상하던 차에 한조그룹 소송 얘기가
       박선배 입에서 나오길래 바로 일어섰더니 땀을 뻘뻘 흘리면서 절
       붙잡는데..

연재   그래도 뿌리치고 나오니까 충격받고 쓰러진 거네요?

최빛   (집중해서 듣고 있다 재빨리) 그만큼 다급하셨나 보네요, 박변호사란 분.
       벌써 차 타고 떠난 사람을 잡겠다고 쫓아오다 심장이 멈춘 거 보면.

태하   별장에서부터 좀 안 좋아 보이긴 했지만 길에서 그렇게 될 줄은...

최빛   회장님께선 전혀 보고 못 받으셨나요? 어떻게 된 건지?

연재   .. 어그러졌구나, 변호사가 해내질 못했구나는 알았죠.
       사망 시간이 아무리 좋게 봐줘도 일을 성공시키기엔 턱없이 부족했으니.
       문제 삼아서 이목 끌어봤자 좋을 거 없어서 그냥 놔뒀는데 서검사한테
       문제가 생기는 바람에.. 어쩌자고 황검사한테 맡겼을까?

태하   그래야 어떻게 움직이는지 뭐가 나오는지 제 선에서 컨트롤하니까요.

연재   컨트롤? (태하를 새삼스레 쳐다보다 돌연 생긋 웃는)

태하   (왜 저러고 웃어) 제가 황프로 움직임을 알고 먼저 박선배 부인을
       단속한 것만 봐도요?

연재   (싸늘해지는)

태하   ?

연재   그 얘긴 벌써 황검사가 박변호사 쪽으로 움직였단 얘긴데.

태하   (당황) 엄밀히는 황프로를 실종수사에 투입한 겁니다, 회장님.
       제가 박선배 일을 맡긴 게 아니라.

S#3. 용산경찰서/강력반 - 밤

시목과 여진은 왔는데 강력3팀, 아무도 없다.

태하E **그나마도 이젠 안 할 거고요. 제가 수사에서 배제시켰습니다.**

여진 패싸움이 나서 다 거기 갔다네요.. 어?

시목 (여진 따라 돌아보면)

회의실에서 형사2, 3이 동재 사건이 정리된 보드를 밀고 강력3팀으로 나온다.

형사2 회의실이 모자라서요! (구석에 대충 보드 놓고 바삐 회의실로 가는)

여진 (왠지 밀려난 느낌.. 보드 제대로 밀어놓는)

시목 (손목시계 보면 아직 8시가 안 된 시간이다. 폰 꺼낸다)

여진 (옮겨지느라 간당간당해진 사진도 고정시키다 한 사진에서 멈춘다)

시목 (문자 보내는데)

여진E 어떻게 됐어요?

시목 (고개 들면)

여진 (보드에 붙었던, PC방 키오스크에서 찍힌 목격자 사진을 들고 있다)
       어떻게 처리한대요?

시목 ...

S#4. 호텔/객실 - 밤

원철 (주머니에서 문자 알림 울린다) 이거 어디서 나셨어요? (폰 확인하면)

황시목 - 〈지금 가 봬도 될까요?〉라고 왔지만 원철, 폰을 그냥 넣어버린다.

오변호사 분식 맞죠?

원철 (재무제표 다시 보는) 단기 매입한 자사주가 6만 6천 주,
       같은 기간에 매입 비용만큼의 유동자산 이동이 있었네요.

오변호사 역시 경제통이라고 하시더니.

원철   이 정도면 분식이 아니라 창조경제죠.
      이런 걸 오다가 주웠을 리도 없고 어디서 나셨습니까?
오변호사   요즘 동부지검에서 한조엔지니어링, 감리 중이죠?
원철   클라이언트가 주던가요? 이연재 회장?
오변호사   에헤!
원철   (날 선 목소리) 변호사님 이연재 회장 사람이셨습니까?
오변호사   그쪽 법무팀 규모가 얼만데요, 나한테까지 차례가 오겠어요?
원철   한조 계열사가 회계처리 기준위반으로 감리를 받는 타이밍에 전 지금
      그 회사 재무제표를 들여다보고 있습니다, 이걸 우연이라고 하시게요?
오변호사   강지검장.. 이성재 싫어하죠?

S#5. 한조 헤미스호텔/룸 - 밤

연재   아직 안 나온 대답이 있는데? (최빛 보자)
태하   (최빛보다 먼저 답하려고 급히 몸 기울이다 탁자에 꽃병 친다. 잡으며)
      어떻게 수습됐는지 나중에 저희가 최부장한테 상황을 물은 거뿐입니다.
      사고 난 지역 서장이었으니까 당연한 수순이었고요.
연재   (태하가 무의식중에 그대로 손에 쥔 꽃병 흘깃 보는)
최빛   .. 다음 날 서에서 근무 중에 전화를 받았습니다. 어젯밤에 심장마비로
      남양주에서 변호사 하나가 죽었는데 어떻게 돼가고 있느냐, 물으시길래
      너무 시끄럽지 않게 잘 정리하라고 제가 저희 서 담당들한테 얘기는
      했습니다. 그럴 필요도 없었지만요. 주행 중 심장마비는 드문 케이스가
      아니니까요. ... 이제 저희가 질문드릴 차례라고 생각해도 될까요?
연재   ... (하라는 손짓)

S#6. 동/룸2 - 밤

연재가 있는 방을 다각도로 잡은 모니터 중 한 화면이 태하 손에 반 이상 가려졌다.
태하가 잡은 꽃병에 장착된 카메라 화면인데 박상무가 헤드폰 볼륨을 더 올리는 사이,

태하 손이 꽃병에서 멀어지는 게 보이고 화면도 다시 제대로 나온다.

박상무, 볼륨 키운 헤드폰을 눌러 귀에 밀착시키면 들리는 소리.

최빛F　제 이름은 어디서 들으셨습니까?

S#7. 동/룸 - 밤

최빛　회장님께서 방금 그러셨죠, 제가 이 일에 왜 끼어들었는지 모르겠다고.
　　　한조그룹에서 소송을 유리하게 가져가려고 은밀히 접촉을 시도한 상댄
　　　제가 아닙니다. 그 자릴 마련한 사람이 급사하지 않았다면 전 남양주
　　　구석에서 그런 일이 있었는지조차 몰랐을 거예요. 그런데 왜 오주선
　　　변호사를 저한테 접근시키셨죠? 우부장한테면 모를까?

연재　나한테 와서 최부장 얘기를 한 사람이 있었으니까.

태하　서동재요?

연재　(한 번만 끄덕)

태하　(흠..) 서동재한테 들으셨는데도 저희를 앞에 놓고 회장님께서 지금
　　　이런저런 질문을 하신다는 건,

연재　그래요, 남양주경찰서장이 덮으라고 했다, 여기까진 들었어요.

최빛　(둘의 대화를 듣긴 하지만 내리깐 눈이 실은 살짝 불안해 뵌다) …

Insert.1〉- 남양주 별장/앞마당 - 밤(1년 전)
막 어둠이 내려앉기 시작한 이른 저녁. 별장 앞마당으로 들어오는 차.
마당에 주차된 차가 2대 더 있다. 그중 하나는 박변호사 차다.
지금 들어온 차에서 최빛이 내린다.

연재E　그래서 난 또 최부장도 그때 별장에 간 줄 알았지?
　　　근데 본인이 안 갔다고 하니까 뭐.

연재　더 이상 디테일은 알 수가 없었어.

태하　그런데 서검사가 실종됐고,

연재　차라리 서검사를 상대할걸 그랬어, 그쪽은 말이 통했을 텐데.

태하	오히려 서프로가 계속 있었다면 상당히 곤란해졌을지도요.
	그쪽은 좀 말을 옮기고 다니는 편이라, 황프론 그렇지 않습니다.
연재	... 말은 안 옮기고 다니죠.
최빛	(여전히 속으로 다른 생각 중인)

Insert.2〉 - 남양주 별장/앞마당 - 밤(1년 전)
박변호사 차에 가까이 붙어 선 최빛, 운전석 부근을 유심히 들여다보고 있다.
그 뒤에 자리한 별장엔 1층 거실로 보이는 중앙 창문에만 불이 켜졌는데.
별장 현관이 열리고 있다. 최빛, 바로 돌아보는. 문 여는 사람이 보이기 직전,

최빛	(돌연) 혹시 그날,
연재/태하	(동시에 최빛 보는)
최빛	(음, 침착하게) 별장 주변에 한조 사람이 있었나요?
연재	(그냥 보기만)
최빛	회장님께서도 어떻게 돼가는지 궁금하셨을 테니까, 보안도 중요하고요.
연재	그날 회동을 감시하라고 내가 현장에 사람을 배치시켰는지?
최빛	예.
연재	이상하네요.
최빛	?
연재	주변에 눈이 있었는가에 왜 집착하시지?
태하/최빛	!
연재	(일부러 태하 반응까지 확인하는 눈길도 숨기지 않는)
	남이 봐선 안 되는 게 있긴 않았을 텐데?
태하	혹시나 일이 잘못돼도 회장님께선 한조하고 박선배를 완전히 분리시킬 수
	있으셨겠지만, 어차피 박선배랑 한조 관계는 외부에 알려진 게 없었으니까요,
	그치만 저희는 그날 거기 갔다는 것만으로 무슨 화를 당할지 모르는데요,
	당연히 남이 봐선 안 되죠.
연재	으응 최부장님, 우부장님이 걱정돼서 하신 질문이구나?
최빛	(씨..)
연재	그날 남양주 모임은 우리 그룹하곤 아무 상관 없어요.
	박광수 변호사가 개인적으로 만든 자리지 난 모릅니다.

최빛	한조 사람이 현장 주변에 없었다는 답변이신가요?
연재	이건 취조인가?
태하	그럴 리가
연재	(O.L) 뭐, 확실한 게 좋지. 개미새끼 한 마리 (고개 천천히 젓는)
최빛	답변 감사드립니다. 저도 확실히 말씀드리죠. 서검사 지휘관서가 원래 남양주경찰서입니다. 서검사가 이 건에 주목하고선 남양주 담당을 귀찮게 하니까 우리 서장이 잘 처리하라고 했다. 그래서 금방 끝났다, 남양주 담당이 서검사한테 그렇게 말한 게 답니다.
연재	서검사가 술 얘기도 했는데.
태하	그것도 정리했습니다. 그거 역시 유족한테서 나온 말이니까요. 그리고 황시목은 이걸 더 파고들지도 않을 겁니다. 본인 입으로 저한테 박광수랑 서프로는 접점이 없다고 말했습니다.
연재	두 분이 워낙 깔끔하게 정리해놓으셨네, 유족도 그렇고 황검사 컨트롤도 그렇고. .. 수고했어요. (자세 바꾼다)

최빛, 태하, 잠깐 더 앉았지만 곧 눈치 빠르게 일어난다. 목례하고 문으로 가는.
두 사람이 나가면서 마지막으로 보는 연재는,
사람이 나가든 말든 관심 없이 휴대폰을 옆으로 쳐들고 체크하는 모습이다.

S#8. 동/복도 - 밤

비서도 보안요원도 완전히 사라진 텅 빈 복도.
최빛과 태하, 말없이 복도를 통과한다.
지금 들리는 소리라곤 승강기 도착 소리와 문 열리는 소리뿐.

S#9. 동/승강기 안 - 밤

문이 완벽히 닫힐 때까지 입 꾹 닫은 둘, 승강기가 움직이고서야 입 연다.

최빛	이 자리가, 자기도 확실히 몰라서 만든 자릴까요,
	우릴 떠보려고 한 자릴까요.
태하	둘 다든가. 그런데.. 차라리 서검사를 상대할걸 그랬어..
	표현이 이상하지 않아요?
최빛	은연중에 새어나왔나..?..

S#10. 동/룸 - 밤

연재, 아까와 같은 자리에 앉았지만 옆자리엔 이제 박상무가 있다.
경검을 상대할 때와 달리 연재, 어깨에서 힘이 많이 빠졌다. 지쳐 보인다.

박상무	표현이 이상하다고 했습니다. 떠보려고 한다고도 했고요.
연재	본인 표현이 난 더 이상하던데. 서검사가 계속 있었다면 곤란했다..
	(관자놀이 문지른다. 머리도 아프다)
박상무	피곤하십니까?
연재	저쪽은.

박상무, 야경이 펼쳐진 모니터에 대고 리모컨 누르면,
오변호사와 원철이 있는 호텔 객실이 뜬다.
이번엔 천장에 달아놓은 카메라 하나로만 찍은 화면 하나다.
볼륨 높이는 박상무.

S#11. 호텔/객실 - 밤

오변호사	이성재가 적이 많은 사람이라고요.
원철	그러니까 그 적이 누구고, 그 누구가 이걸 왜 변호사님한테 줬냐고요.
오변호사	주인 찾아주란 거죠, 그러니까 이런 게 천우신조라는 거 아냐?
	(서류 쥔 원철 손잡고 흔들며) 이 손에 들어올 운명이었던 거야, 이게,
	지검장님은 이거 건드렸다가 남들 출근길에 나는 누워서 발견되는 거

아닌가, 나처럼 걱정할 분이 아니니까!

원철   (손 빼지만)

오변호사   이연재 회장 땜에 안 할 거예요? 이 좋은 기회를?
이성재가 성문이랑 짝짜꿍해서 고인 욕보인 건 벌써 잊으셨나?
그게 다 왜겠어? 이성재 털끝 하나 못 건드렸으니까, 그 많은 증거를
갖고도, 그게 어떤 증건데, 응? 이창준 수석이 목숨하고 바꾼 건데!

원철   (아픈 데를 찔린)

S#12. 한조 헤미스호텔/룸 – 밤

오변호사   말에요, 강지검장, 이걸 말이죠 이걸?..
이창준 수석 같은 분이 줬다면 어떻겠어요?

화면 속 오변호사 말에 연재, 미간 찌푸려진다.

원철   그랬다면 이렇게 긴 설득은 필요 없었겠죠.
저희 선배님이라면, 맛보기란 듯이 한 장만 들고 나오시지도 않았고.

오변호사   결심을 하셔야 다 드리죠, 결심을. (톡, 원철 손에서 종이 거둬간다)
하셔야.

원철   (종이 뺏긴 손이 자칫 따라갈 뻔. 종이에 꽂힌 눈 겨우 거두고)
알겠습니다. (일어난다)

오변호사   (같이 일어나지만 살짝 기분 상한) 솔직히 난 확신이 없어요?
날아갈 머리 주인이 우리 지검장이실지, 이성재일지.

원철이 인사하고 문으로 가면서 화면을 벗어나는 두 사람.

S#13. 호텔/복도 – 밤

천천히 가는 원철. 신경은 온통 뒤에 두고 온 종이에 쏠려 있다. 할까 말까... ..

박상무E   물 겁니다. 아니면 시작도 전에 박차고 나갔겠지요.

승강기까지 가서도 생각하느라 문 열리는 걸 모르는 원철, 뒤늦게 탄다.

S#14. 한조 헤미스호텔/룸 - 밤

모니터는 다시 야경으로 바뀌어 있다.

박상무   반드시 동부에서 연락 올 겁니다.
연재   (여전히 머리 아프다. 무거운 다리를 소파에 올리고 뒤로 머리 기댄다)
        ... 힘들어.
박상무   신경을 너무 많이 쓰셔서..
연재   힘들어. 어떻게.. 혼자 다 했을까?
박상무   ?...

연재, 지친다. 머리는 뒤로 기대고 막막한 눈길은 은은한 조명 발하는 천장을 향했는데.
'... 연재야.' 창준이 나직이 부르던 소리가 들린다.
연재, 눈물이 핑 돈다. 하지만 울고 싶지 않다. 눈 감는다.
마치 잠든 듯이 그대로 눈 감은 연재.
박상무, 그 모습을 언제까지나 바라본다.

S#15. 태하의 차 안 - 밤

묵묵히 운전하는 태하.

태하E   그럼 전화 왜 했어요?
최빛E   빨리 발견되라고요. 길에서 오래 있지 말라고.

태하, 잦아드는 얼굴.

S#16. 최빛의 차 안 – 밤

최빛   (운전하며 가는 눈빛은 과거를 헤매고 있다)

Insert〉– S#7. Insert2.〉직후의 상황. 별장 마당에 최빛.
　　　　현관문을 열고 모습을 드러내는 이, 우태하다. 세상 끝난 것 같은 얼굴.

S#17. 한조 헤미스호텔/룸 – 밤

한결 낮아진 조명.
연재, 잠들었다. 눈 감은 얼굴이 클로즈업된 상태인데 뺨 옆에 쿠션이 보인다.
설핏 잠들었던 연재, 눈 뜨면 눈을 뜸에 따라 화면도 그녀 얼굴에서 점점 물러나고..
연재 뺨 옆에 보이던 쿠션은 박상무가 손에 잡고 연재 머리를 받쳐준 것이다.
머리가 기울지 않게 쿠션으로 받쳐주는 박상무,
정작 지금은 한 손으로 문자 보내느라 고개 숙여 연재가 눈 뜬 걸 모른다.

박상무   (문자 다 보내고 폰 내려놓으며 고개 드는데)
연재   (보고 있는)
박상무   (조금 당황하지만 호들갑 떨지 않는다. 손 내린다)
연재   (그와 거의 동시에 허리 세우고 다리 내리는)
박상무   ...
연재   차.
박상무   부를까요?
연재   음.
박상무   ... (평소보다 좀 느리게 전화로 손 뻗는다)
연재   ...

S#18. 대검찰청/법제단 복도 - 밤

시목, 오는데 복도 끝 법제단 유리문 안에 불이 꺼지는가 싶더니 사현 나온다.

사현	어 안 갔냐? 난 너도 간 줄 알고, (불 꺼진 문을 짧게 보고는) 배는.
시목	배요?
사현	고새 까먹은 거 보니까 살 만해졌나 보네?
시목	(아) 예 괜찮습니다.
사현	다행이네. 내일 보자. (가는데)
시목	.. 부장님.
사현	응?
시목	중앙지검에서 전기혁을 어떻게 처리할지 혹시 들은 거 있으세요?
사현	전 뭐? 그게 뭔데?
시목	가짜 목격자요.
사현	아 그놈, 뭐 구속까지 갈 사안은 아니잖아? 근데 걘 왜 그랬대니 대체?
시목	어차피 막장인생, 되면 좋고 안 돼도 자긴 잃을 거 없다고요.
사현	미친놈. (가는)
시목	(목례하는데)
사현	참 범인 전화는? 사진 보낸 발신번호나 위치추적 나왔을 거 아냐?
시목	대포폰 같습니다. 위치도 2호선 지하철에서 보낸 걸로 나왔고요.
사현	아이고 추적이 어렵겠네.. 근데 말야, 사진에서 경찰시계가 나온 건 사실이잖아. (한두 발 떼면서) 그럼 여전히 범인이 그쪽이란 얘긴데?
시목	.. 예, 그럴 수도요.
사현	(이젠 정말 돌아서 가는)

그 모습 지켜보는 시목.. 사무실로 향한다.

S#19. 동/형사법제단 사무실 - 밤

완전히 소등됐다. 창밖에서 들어오는 희미한 빛으로만 구분되는 공간에 문이 열린다.
들어서는 시목, 두어 걸음 만에 멈춘다.
출입문에서 제일 가까운 곳에 위치한 사현의 방.
그 문을 쳐다보던 시목, 자기 책상으로 가 가방 놓는데,

시목E   목격자, 전기혁이요, 전과가 있다고 했는데 어느 지검들을 거쳤는지
        알 수 있을까요.

Flashback.1〉- 12회 S#30. 대검찰청/형사법제단 사무실 - 낮
실무관   2017년엔 성남에서 기소됐어요. 둘 다 사행행위요.
시목   성남지청은 어느 부서요?
실무관   어.. 형사2분데요? 성남에선 기소된 건?

시목   (사현 방으로 발끝이 향하지만 선뜻 나아가지는 않는데)

Flashback.2〉- 2회 S#51. 대검찰청/법제단장실 - 낮
김사현 프로필 확인하는 시목, 〈김사현(사법연수원 28기)〉 그 아래.
〈주요경력〉중 가장 위에 항목 C.U. - 〈수원지방검찰청 성남지청 부장검사〉

시목, 사현의 방으로 발걸음 튼다. 문고리 그러쥐고 잠시 그대로 섰지만.. 들어간다.

S#20. 동/사현의 방 - 밤

조명 스위치 켜진다. 환해지는 방.
책상 옆에 위치한 책장으로 곧장 가는 시목. 얼핏 별거 없어 뵈는 책장인데,
책과 서류철들, 다 쓴 디퓨저, 찌그러진 핸드크림 몇 개 등.
그중 작은 액자들이 아무렇게나 담긴 바구니로 시목이 손을 뻗는다.
뒤집혀져 뒷면만 보이는 액자도 있고 한때는 책상을 장식했을 어린 딸과의 사진 등이
먼지를 먹고 있는데, 시목이 집어든 것은 사현과 老母의 사진이다.
필름카메라 시절인지 빛바랜 사진 하단엔 〈'11 04 21〉이란 날짜도 찍혔는데,

배경이 되는 마룻바닥이 범인 메시지와 매우 흡사한 나무 무늬다.
시목, 폰을 꺼내 범인이 보낸 사진을 열어서 두 사진을 나란히 비교해보면,
비슷한 것도 같고 범인 사진엔 마루가 편지 귀퉁이에 조금 나와서 잘 모르겠기도 하고..

사현E   **사진에서 경찰시계가 나온 건 사실이잖아.**
        그럼 여전히 범인이 그쪽이란 얘긴데?

Flashback〉- 12회 S#29. 대검찰청/사현의 방 – 낮
사현   **부장급들은, 이번에 수사권 사수 못 하면 우린 첫 빠따로 조정될 거야.**
        경찰이 계속 범인이었다면 완전 달랐겠지. 그건 굉장한 방어막이야,

소리E〉 (자동문 열리는 소리)
시목   (즉시 고개가 들리는데)

문밖에서 불도 켜지고 발소리도 난다. 두어 걸음. 그런데 그걸로 끝. 조용...
사진을 소리 없이 돌려놓는 시목. 문을 주시하는데..
발소리는 안 들리지만 문가에 그림자가 다가온다.
누군가 사현 방문 바로 앞에 와서 선 것. 그 그림자가 문 아래 틈에 만든 어둠.
시목, 천천히 문으로 간다. 손잡이에 손을 올리고..
그 손에 잡힌 열쇠구멍 좁은 공간을 쏜살같이 통과해 나가는 화면.

S#21. 동/형사법제단 사무실 – 밤

문에 거의 붙어 서 있는 사현, 눈높이를 향하던 눈이 아래를 보면,
안에서 나오는 문틈의 빛 중간이 (시목의 그림자로) 어둡다.
주인 없는 시목 책상을 보는.. 다시 문으로 눈을 돌리는 사현, 손잡이에 손 올리더니,
뜸 들이지 않고 문을 홱 연다.
그와 동시에 안에서도 문을 잡아당기는 힘. 문 열리고,
문 하나 폭을 사이에 두고 모습이 드러나는 시목과 사현.

사현   ....

시목   ....

S#22. 동/사현의 방 – 밤

돌연 성큼 몸을 움직여 들어오는 사현.
너무 급작스레 들어와 시목과 사현이 부딪힐 듯한데 시목, 그 직전 비켜난다.
사현, 이 안에서 무슨 짓을 했을지 먼저 방을 빠르게 둘러보더니 시목을 향해 선다.

사현   뭐야.

시목   ..

사현   이 새끼가, 남에 방 몰래 뒤지다 들켜놓고 모가지 빳빳이 쳐들고 있어?

시목   죄송합니다.

사현   뭐 했어?

시목   ...

사현   사람이 묻잖아! 현장을 들켰으면 변명이라도 해봐! 뭐 훔쳤냐?
아님 부장 되고 싶었어? 이 자리 앉아서 혼자 부장 된 상상 하셨어?
재수 없는 김부장 우부장 니 밑에 꿇리는 상상?!

시목   (그 말에 눈을 들어 사현 쳐다보자)

사현   어딜 꼬나봐!

시목   .. 예.

사현   예에? .. 그게 끝이야?

시목   죄송합니다.

사현   ... ... 꺼져.

시목   (목례하고 나간다)

사현   ..

사현, 아무래도 이상해 방을 다시 둘러보고 책상에 서류도 건드려보지만 변한 건 없고.
결국 책상에서 자동차 키 찾아 쥐고는 문으로 몸을 돌리는데 그 순간.

Flashback〉- 12회 S#29. 대검찰청/사현의 방 - 낮

인사하고 문으로 몸 돌리던 시목이 뭘 봤는지 잠시 멈춘 때를 사현 시각으로 본 장면.

자리 앉으려던 사현, 시목이 등을 돌리고 섰자 "뭐 해?" 물으면 대답 없이 나가던 시목.

그때 시목의 고개가 향했던 곳엔 책장이 있다.

사현도 시목처럼 책장을 보면 잡동사니, 老母 사진이 끝에 걸쳐진 바구니 등.

이를 전체적으로 잡은 화면이고 사현도 이쪽을 바라보고 있을 뿐이라서 위치가 약간

이동된 老母 사진에 사현의 시선이 닿았는지는 알 수 없다. 문을 쳐다보는 사현.

S#23. 동/형사법제단 사무실 - 밤

시목	(자리로 와 앉았는데)
사현	(방에 불 끄며 나와서는) 왜 내 방이야? 왜 저기가 아니고.
시목	(일어서는)
사현	기왕 부장이 되고 싶었으면 단장실이어야지, 더 좋은 데, 더 높은 데. 왜 내 방이야?
시목	.. 재작년에 성남지청에 계셨죠? 혹시 형사부셨습니까?
사현	?.. 해명을 해도 모자랄 판에 니가 나한테 질문을 해?

그저 물끄러미 바라보는 시목을 이놈 뭐야, 쳐다보던 사현,

옆으로 흘기며 돌아서더니 방으로 가 보란 듯이 방문 잠그고 자동문으로 가다가 돌연,

사현	그래 형사부였다, 형사2부. 어쩔래?!
시목	(그렇구나.. 좀 더 깊숙한 목례) 허락 없이 방에 들어가서 죄송합니다.
사현	(아래위로 치훑다 나가버린다)

큰 걸음으로 가버리는 사현의 지금 표정이 어떨지 뒤에서 바라보는 시목은 알 수 없다.

자동문 닫힌다.

S#24. 경찰청/외경 - 낮

S#25. 동/수사혁신단장실 - 낮

최빛　어느 쪽일까.. (커피머신에 캡슐 넣으며) 생각을 했었어.
　　　귀한 위증을 해줬으니 검찰이 목격자를 VIP 대접해줄까,
　　　그놈 때문에 우리 못지않게 그쪽도 롤러코스터를 탔으니 괘씸죄를
　　　적용할 것인가.
여진　결과만 보면 VIP 대접이네요. 중앙지검에서 그냥 풀어줬으니.
최빛　누가 그래?
여진　황검사가요. 아 송경사 유서도 친필로 나왔다고 합니다.
최빛　.. (생각하느라 커피 추출 레버 누르는 손이 좀 느린)
　　　목격자 정체가 들통나고서 그날 바로 우부장한테 전화가 왔었어.
여진　우태하 부장님이요? 그분이 왜 단장님한테요?
최빛　왜? 그동안 마음고생했던 사람들끼리 커피 한잔도 못 해?
　　　너도 맨날 황검사랑 붙어 다니잖아.
여진　아이 맨날은, 그리고 붙어 다니다뇨? 바퀴벌레도 아니고.
최빛　(커피 가지고 소파로 와 앉는) 뭐야, 나는 불륜이고 한주임은 로맨스야?
여진　(펄쩍 뛰는) 그런 거 아녜요.
최빛　앉아, 먼지 나게 서서, 사람이 작기나 해?
여진　(앉는. 꿍얼꿍얼) 단장님이 더 크..
최빛　한주임이 아쉬운 쪽이야? (여유롭게 커피 마시는)
여진　제가 뭐가 아쉬워요?
최빛　황검사. 다 큰 어른 배탈 좀 났다고 쫓아 나가줘, 챙겨서 데려다줘.
　　　한주임은 마음이 있는데 그쪽이 영 뜨뜻미지근해?
여진　진짜 단장님 진짜, (헛웃음) 저 예술 하는 사람 만날 거예요?
최빛　예술 하는 사람을 왜 만나 배곯으려고?!
　　　자고로 남잔 아침에 나가서 저녁에 들어오는 게 장땡이야.
여진　어머 우리 할머니랑 똑같
최빛　(째리는) .. 황검사도 검사야, 너무 믿지 마.

우부장도 그냥 커피 한잔만은 아녔을 거야.

여진   혹시.. 너무 롤러코스터였다고 생각하시는 거예요, 단장님께서도?
꼭 누가 조종석에 앉은 거처럼.

최빛   조심해, 검찰이랑 목격자 사이를 함부로 의심하고 들쑤셨다간 그나마
차려진 밥상 엎어져. 어쨌거나 우린 가져와야 하는 쪽이고 그쪽은
가만있으면 최선이야. 협상 테이블에 계속 끌어내리려면 지금은 이상한
거 하나 없는 척하자고. 대신 목격자는 주시하고 있다가 사태가
좀만 불리해진다 하면 바로 데려올 준비 하고 있어.

여진   와 단장님은 계획이 다 있으시네요.

최빛   (피식) 됐어. 나가봐.

여진   ...

최빛   (됐다는데 안 나가자 쳐다보는)

여진   단장님 저, 실종수사를 계속하고 싶습니다.

최빛   안 돼.

여진   (최빛 팔을 살짝 잡기도 하며) 아 단장니임.

최빛   너 혹시 나중에 땜에 그러니? 혁신단 끝나면 복귀는 해야겠는데
형사반장은 짬이 안 되고 팀장 자린 나이 많은 선배들이 꽉 잡았고
그래서? 지금 수사본부를 이끌어서 니 입지를 보여주려고?

여진   아녜요! 저 그런 생각 해본 적도 없어요! 범인을 잡아야겠으니까 그러죠.

최빛   (살짝 흔들리는 눈으로 보지만)

S#26. 동/수사혁신단 - 낮

단장실에서 나오는 여진, 입은 나오고 잔뜩 풀이 죽어서 자리로 간다.

S#27. 동부지검/지검장실 - 낮

머리 모으고 앉은 차장검사와 원철.

차장검사   여기까지만 들어도 다 걸어 넣을 수 있겠는데요, 이성재?
           금융투자업에 관한 법률 위반, 주식회사 외부감사에 관한 법률 위반,
           특정경제범죄가중처벌법상 횡령 및 증거인멸 교사.
원철   (끄덕이는)
차장검사   나머지도 넘겨주겠다고요, 결심만 하시면?
원철   내가 이연재한테 손만 벌리면.
차장검사   그럼 빼박인데, 이성재, 이번엔 진짜 갈 수 있겠는데요?
원철   증선위에선 뭐래, 왜 엔지니어링에서 소명 자료만 받고 후속타가 없어?
차장검사   거래 정지까진 안 갈 거 같아요.
원철   ...
차장검사   보고 오셨단 자료가 실물로 검사장님 손에 들어오면 얘기가 달라지죠.
원철   해야 될까? 한조가 그냥 줄 리가 없는데,
차장검사   그쵸, 미끼 던진 거겠죠.
원철   (하고 싶은데...) 변호사 말마따나 내가 이거 한다고 이연재가
           소송에서 갑자기 이기는 것도 아니잖아?
차장검사   득세는 하겠죠. 지금은 이름만 한조고 남매별로 계열사가 갈린 걸
           검사장님께서 배다른 오빠를 무너뜨려주려면 이연재가 그땐 진짜
           왕회장이 되겠죠. 지 애비처럼.
원철   하지 마?
차장검사   .. 남매 중에 어차피 하나는 나가떨어지지 않겠어요?
           검사장님께서 받으나 안 받으나 결과는 같을 텐데요?
원철   ... 아무래도 응?
차장검사   (좀 고민하지만) 예.

S#28. 삼계탕집 입구 - 낮

냅킨으로 입 닦으며 급히 나오는 오변호사,
손에 쥔 전화에 발신자 - 〈동부지검장 강원철〉이다.

오변호사   (들고 나는 사람들 있는 입구를 빗겨서 받는) 예!.. 예..

잘 생각하셨네! (눈썹 높아지며 만면에 미소) 그래요, 알겠습니다!
(끊고 바로 'H박상무' 찾아서 문자 한다)

S#29. 연재의 차 안 - 낮

뒷좌석에 나란히 앉은 연재와 박상무.
박상무, 연재에게 본인 휴대폰을 보여주고 있다.
내용은 보이지 않지만 연재, 끄덕이면 박상무, 폰 거둔다.

S#30. 대검찰청/법제단장실 - 낮

태하와 사현, 함께 TV 본다.
TV 화면 - Live 표시와 함께 〈이 시각 주요 뉴스〉라는 자막이 보이고,
동부지검 차장검사가 1층 출입구 앞에서 기자들에게 말하는 모습이 나오고 있다.

앵커E　　**서울 동부지방검찰청은 조금 전 발표를 통해 한조엔지니어링의 시장
질서 교란행위와 부정거래 등 위반소지를 포착하고 금융당국과 연계해
위반 여부에 대한 수사에 착수할 것임을 시사했습니다. 검찰의 이러한
수사 의지 표명에 정재계 일각에선 엔지니어링 본사에 대한 압수수색도
피할 수 없을 거란 전망이 나오고 있습니다.**

사현　　저기는 한조하고 웬수가 졌나.. 동부 가봐야겠네?
태하　　보냈어.
사현　　황시목? 그놈 자식이 그래서 안 보이는구만.
태하　　왜 그놈 자식이야? 쉴드 쳐줄 땐 언제고.
사현　　(TV만 보는)

S#31. 동부지검/주차장 - 낮

시목, 차를 세우면서 보면 건물 1층 출입구 앞이 복작복작하다.
녹음기를 켠 서넛의 기자들 가운데에 동부지검 차장검사가 있다.
두 대의 방송국 카메라가 양쪽에서 서로 다른 각도로 차장검사를 잡고 있다.

차장검사   저희 지검의 포커스는 한조엔지니어링 법인의 회계부정 또 어,
          자본시장법 위반 여부에 맞춰져 있기 때문에 저희가 그쪽 지배구조에
          대해서 언급을 할 상항은 전혀 아니라고 보이고요, 예.

카메라 뒤편으로 해서 1층 출입구로 향하면서 차장검사 쪽을 쳐다보는 시목,
그런데 그 시선의 끝에, 차장검사 뒤에서 이쪽을 보는 오변호사가 걸려 들어온다.
그를 본 순간 뭐지? 하는 표정이 되는 시목.
오변호사, 웃고 있다. 마치 본인이 키운 자식 보듯 이쪽을 향해 띤 흐뭇한 미소.
시목, 오변호사의 눈길을 따라서 쭉 보면 인터뷰 중인 차장검사에게 향했다.

차장검사   자 아직 구체적인 게 나온 게 아니고요, 진행 상황은 다음 기회에
          차차 말씀드릴 겁니다. (가볍게 헤치며 자리 뜬다)

기자들, '이성재 사장도 조사 대상인가요?', '본사를 압수할 예정인가요?' 등등의 질문.
시목, 차장을 흐뭇하게 바라보는 오변호사를 다시 보면,
카메라 뒤에 떨어져 선 시목이 보일 리 없는 오변호사는 차장을 따라 이내 자리 뜨고.
시목도 지검 건물로 들어간다. 오변호사를 굳이 따라가며 쳐다보거나 하진 않는다.

S#32. 동/지검장실 – 낮

시목   (문가에서 목례)

원철   (테이블에 흩어진 서류를 무작위로 그러모으는 손길이 좀 서둘고 있다)
        우부장이 보냈구만? 한조 땜에?

비서   (방금 다 마신 커피 잔 거둬 나가는데)

시목   (그걸 보는 눈길. 커피 잔 모두 3개다)

원철	(서류를 책상으로 가져가 빈 결재 판으로 눌러 덮고서야 앉으란 손길)
시목	(앉는) 보도로 나갈 정도면 증선위하고도 얘기가 되신 겁니까?
원철	감사 기준 위반으로 회계법인 고발 들어올 거야.
	이성재 깝죽댈 때 내가 그랬잖아, 다음은 그놈이라고.
시목	공보관께서 한조 지배구조를 언급하실 정도니 이번엔 이성재도
	꼼짝 못 할 걸 확보하셨나 보네요.
원철	우리 차장이 그런 소릴 했어? (무심히 자세 바꾸는)
	근데 넌 왜 자꾸 나한테 볼일이 생기니? 지난번엔 왜 오려고 했는데?
시목	...
원철	(가볍게) 음?
시목	박광수 변호사 아시지요? 대전지검장을 하셨고 두 분 동기이신데요.
원철	... 죽은 사람 이름이 니 입에서 왜 나오는데?
시목	서검사께서 실종 직전에 주목했던 건 중에 하납니다, 박변호사 죽음이.
원철	(.. 일어난다. 창으로 가지만 책상 위로 눈이 가는) 그게 왜 거기로 튀지?
시목	글쎄요. (책상 위 서류를 향한 원철 눈길 알아차린다)
	누군 그분이 술은 입에도 안 댔다 하고 누군 원래 좀 했다고 하고,
	(일어나 원철 뒤에 좀 떨어져 선다) 계속해서 뭔가 맞질 않네요.
원철	박선배가 술은 무슨? 누가 잘 알지도 못하면서 떠들었나 보네.
시목	박변호사 아내분한테 들었는데요?
원철	으응?
시목	비서가 맞았네요.. 금전적으로 쪼들렸단 것도 그럼 사실이었을까요?
원철	그걸 니가 어떻게 알아?? 우리끼리만 알고 말기로 했는데?
시목	누구랑 그러기로 하셨는데요?
원철	박선배 장례식에서 동기, 몇 명. 선배 막냇동생이 사업을 아주 대차게
	말아먹었나 봐, 박선배랑 친했던 동기 하나가 장례식에서 막내놈
	면상을 딱 보더니 그러더라고, 심장마비 저놈 땜에 왔을 거라고,
	형제들이 보증도 서준 모양이던데. 근데 넌 누구한테 들었어?
시목	... 그 얘길 다른 사람한테도 하셨죠? 박변호사 금전 문제요.
원철	... 우리끼리만 알기로 했다니까. 퍼져서 좋을 얘기도 아니고.
시목	로펌 비서는 돈 문제가 형제 사업 때문이란 것도 알고 있었습니다.
	돈 쪼들린단 소릴 변호사가 비서한테 했을까요?

원철	... 전에 어떤 로펌 변호사 하나가, 박선배에 대해서 물은 적이 있어.
	선배가 하던 걸 자기네 회사에서 하게 됐다고,
	그래서 대충 얘기한 적은 있는데..
시목	(순간 스치는 기억)

Flashback.1〉 - 10회 S#28. 카페 - 낮

로펌비서	흔친 않지만 그러기도 합니다. 클라이언트 요청이 있을 때요.
로펌비서	상당한 VIP지 않았을까, 그런 말이 잠깐 돌았습니다.

시목	그 클라이언트, 박변호사 로펌에서 넘어왔다는 고객, 누군지 아세요?
원철	거까지 내가 어떻게 알아.
시목	제가 물어보죠, (전화 꺼내며) 일을 넘겨받았단 변호사,
	연락처 부탁드립니다.
원철	... 서동재랑, 관련 있다고?..

Insert〉 - 동부지검/지검장실 - 낮(방금 전 상황)

테이블엔 서류가 흩어졌고 3개의 커피 잔을 놓고 각각 오변호사, 차장, 원철 앉았다.

원철	걱정 마세요, 소스를 밝히지 말란 청은 오히려 제가 드릴 판입니다.
	이게 (손에 든 서류) 어디서 나왔는지 새어 나가면 전 뭐가 좋겠습니까?

원철	... 오주선.
시목	(응?) 오주선..?..

Flashback.2〉 - 2회 S#8. 통영지검/시목의 검사실 - 밤

여진F	이야 그 사람 디게 직빵이네.
시목	(?)
여진F	오주선이라고 알아요? 부장판사였다는데, 고등법원.

시목	.. 그때도 동부지검이었네요? (폰에서 인터넷 켜는)
원철	무슨 그때?
시목	(검색창에 '오주선' 입력한다)

검색 결과 뜨는 순간 '변호사, 전 판사' 같은 경력과 함께 오주선의 프로필 사진 뜨는데,
(검색창 밑에 뜬 기사에 '노래방 주인 집단폭행 남양주 중학생 검찰 송치' 제목도 있다)

Flashback.3〉 – 방금 전 동부지검 입구에서 본 오주선.

시목   .. (원철이 덮어놓은 결재 판 보는) 오주선이죠? 방금 전까지 얘기
        나누신 사람, 이성재가 꼼짝 못 할 걸 가져온 사람, 오주선 변호사죠?
원철   (당황하더니 굳어지는. 굳게 다무는 입)
시목   이성재한테 타격을 주면 누가 가장 이득일지 잘 아시잖아요.
        검사장님께선 오변호사가 아니라 이연재하고 거래를 하신 겁니다.
원철   대외적으론 아냐. 한조랑 오변호사 사이에 공식적인 루트는 없어.
시목   오변호사, 한조 사람 맞죠?
원철   더 이상은 묻지 마, 나도 몰라.
시목   .. 제가 알아보겠습니다.

S#33. 카페 – 낮

10회 S#28의 카페에 앉은 시목. 곧 박변호사의 로펌 비서가 들어온다.
시목, 일어서고 이쪽으로 와서 앉는 로펌 비서.

시목   갑자기 뵙자고 해서 죄송합니다.
로펌비서   괜찮습니다, 근데 제가 점심시간이 금방 끝이라, 무슨 일이시죠?
시목   전에 여기서 뵀을 때 박변호사 재정 문제를 언급하셨는데요,
        김비서님께 그 얘길 전달해준 사람, 오주선이란 변호사죠?
로펌비서   (? 하는 표정이 되는)
시목   그때 고인한테 돈 문제가 있었는지 나중에 알았다고 저한테 말씀하신
        건, 비서님께서도 박변호사 사후에 찾아온 오변호사를 통해서 들었기
        때문입니다. 그렇죠?
로펌비서   왜 전달이라고 하세요? 오변호사가 저한테 그 얘길 전달해줬다고.

시목	그쪽도 남한테 들은 거니까요? 오변호사도 고인하고 생전에 친분이 있던 사람한테 들은 걸 전한 거니까 전달이라고 했는데, 왜 그러시죠?
로펌비서	아 그럼.. 오주선 변호사란 분은 저희 변호사님하고 생전에 친분이 없었단 말씀이시네요..
시목	.. 두 분이 친했다고 하던가요, 오변호사가?
로펌비서	예, 저희 변호사님 돈 문제도 그분이 먼저 꺼냈고.. 그런 걸 알 정도면 상당히 친했나 보다, 저는 그렇게 생각했죠..
시목	미끼로 썼나 보네요, 오주선은 라이벌 로펌 사람인 데다 돌아가신 분에 대해서 (비서 가리키는 손짓) 술술 말해줄 리 없으니까 두 분이 생전에 친했구나, 믿게 한 다음 얘길 끌어내려고.
로펌비서	라이벌 로펌이라고 하기엔 좀, 저희는 업계 1위입니다.
시목	라이벌로도 안 치는 데에다 고객을 뺏겼으니 말이 많았겠네요. 누굽니까, 그 클라이언트?
로펌비서	무슨 고객을 뺏겨요 저희가?
시목	박변호사 고객이 오변호사 로펌으로 빠져나갔잖습니까?
로펌비서	(웃는) 어디서 그런 소릴 들으셨어요? 한 분도 안 비었습니다.
시목	... 혹시 로펌 고객 중에 한조도 있습니까?
로펌비서	한조그룹이요? 있으면 저희 대표님이 좋아하셨을 텐데요.
시목	... 오변호사가 고인에 대해서 뭘 묻던가요?
로펌비서	그냥.. 돌아가시기 전에 회사에서 특별히 스트레스받는 게 있었는지, 친구가 갑자기 그렇게 된 게 안 믿긴다고, 그래서 제가 먼저 여쭸죠, 왜 1년이나 지나서 안 믿기게 되셨냐고요.
시목	잠깐만요, 두 분 만나신 게 최근입니까? 작년에 사망 직후가 아니고요?
로펌비서	검사님 뵙기 불과 며칠 전이었는데요? 오변호사님이 절 찾아오신 게. 그래서 전 갑자기 두 분이나 연달아 와서 이러시는 게 혹시 저희 변호사님 죽음에 뭐가 있나? 재조사하려나? 그랬던 건데.
시목	...

S#34. 동/외경 - 낮

카페에서 로펌 비서가 나온다. 그 뒤로 창가에 보이는 시목, 노트북을 꺼내고 있다.

S#35. 카페 – 낮

시목, 노트북을 켜며 생각을 정리 중이다.

Flashback.1〉- S#32. 동부지검/지검장실 – 낮

시목　　**검사장님께선 오변호사가 아니라 이연재하고 거래를 하신 겁니다.**

원철　　**대외적으론 아냐, 한조랑 오변호사 사이에 공식적인 루트는 없어.**

시목　　**오변호사, 한조 사람 맞죠?**

시목　　(마음의 소리) 결국 한조인가? 오주선이 박광수의 비공식 후임일까?
　　　　한조에서 박광수 일을 비밀에 부쳤고 그래서 오주선이 캐고 다니나?
　　　　무턱대고 한조 손을 잡았다간 자기도 어느 지방 도로에서 객사할까 봐?

시목E　　**그 클라이언트가 만약 로펌 내 고객이라면,**
　　　　소속 변호사가 굳이 월차를 내고 미팅을 갈 필요가 있었을까요?

Flashback.2〉- 10회 S#28. 카페 – 낮

시목　　**대표께서도 소속 변호사가 누굴 만났는지 모르세요?**

로펌비서　**(고개 젓는)**

시목　　**몸은 로펌에 있으면서 뒤로는 각개전투, 클라이언트를 따로 만났다,**
　　　　로펌 고객을 빼돌린 건가요?

시목　　(마음의 소리) 로펌 내 고객을 몰래 빼돌린 게 아니라 처음부터
　　　　한조가 박광수를 물밑 자원으로 활용한 거라면... 왜 박광수지?

S#36. 남양주 국도/박광수의 차 안 – 낮(시목의 상상)

박광수, 차를 몰고 매우 한적한 시골길에 와 선다. 그의 차 안에서 본 바깥 풍경엔,

미리 와서 정차 중인 차 한 대도 앞 유리 너머 보인다.
박광수와 거의 동시에 그 차에서 내리는 사람, 박상무다.
차에서 내리는 박광수, 그쪽으로 가는 게 유리창 너머 보이는데,

로펌비서E 한자리에 모이다 보면 어쨌든 1초라도 찍힐 확률이 있으니까요.
어떤 종류든 영상이 남는 걸 굉장히 꺼리시는 분들이 있습니다.

박상무, 박광수 차를 가리키며 뭐라 하고,
박광수는 걱정 말라면서 제 차로 오더니 아예 문을 열어 블랙박스로 손짓한다.
박상무가 상체를 숙여 확인하면 블랙박스는 이미 꺼져 있다.
차 문 닫히고 차 밖의 두 사람, 들리지 않는 대화 몇 마디 주고받는다.

시목E   (마음의 소리) 왜 남양주일까? 공식적인 접점이 없어야 되는 박광수가
         한조 사옥에 출몰하면 안 돼서?... 한조라면 이목을 차단할 장소 정돈
         서울 한복판에도 즐비한데... 박광수 때문이 아니었던 건가?

S#37. 남양주 국도 - 낮(시목의 상상)

길에 서서 뭔가 얘기하던 박상무, 자기 차로 고개 돌린다. 박광수도 이를 따라 보면,
박상무 차 뒷좌석에 누군가 있다. 검은 실루엣으로만 보이는 어떤 사람.
박광수, 얼른 그쪽에 대고 인사하는데.

시목E   (마음의 소리) 아니야.. 판검사 출신한테 기업이 손을 대는 이유...

두 사람, 길에 서서 얘기하는 이전 상황으로 다시 바뀌는데.
박광수가 자기 차로 손을 안내하듯 뻗는다. 박상무가 그쪽을 보면,
박광수의 차 뒷좌석에 누군가 앉아 있다.

시목E   (마음의 소리) 인맥. 법조계 인사.

뒷좌석 그에게 짧은 목례하는 박상무.

시목E   (마음의 소리) 서검사는 어디까지 알았을까,
             박광수 죽음에 한조가 섞여 있다 해도 사인은 어디까지나 심장마비다.

S#38. 카페 - 낮(현재)

시목   (마음의 소리) 서검사 실종하고 정말 관련이 있을까, 타살이 심장마비로
          날조됐고 이걸 서검사가 알아차렸다, 정말 이런 쪽일까?

시목, 인터넷에 〈남양주 금남리 45번 국도〉를 입력하고 엔터 키 치는.

시목   (마음의 소리) 한창 소송 중인 한조가 박광수를 통해서 비밀리에
          접촉한 법조인, 그가 배후에 있다면.. 내가 그걸 모르는 게 패인인가?
          그래서 이렇게 못 찾고 있나?
여진E   **박광수, 25기라고 나오는데요?**
시목   (45번 국도 주변 지도를 크게 키우던 손, 문득 멈춘다)
시목E   **지검장님 25기시죠?**
원철E   **성문하고 한조 이성재, 내가 끝까지 밟아줄 거야. 좋지?**

Flashback〉- 2회 S#36. 동부지검/지검장실 - 아침
시목   **왜 계속 한조를 상대하십니까? 중앙지검에 안 넘기시고.**
원철   **한조 본사 우리 관할이야! 내가 여기까지 어떻게 끌고 왔는데?**

시목의 시선, 〈남양주 금남리 45번 국도〉 지도에 머물렀지만,

Insert〉- S#37. 남양주 국도 - 낮(시목의 상상)
박광수 차 뒷자리에서 내리는 이, 원철이다.
각기 마주 선 박광수, 박상무 그리고 원철.

정말 그랬을까?.. 시목, 생각하다.. 항공뷰 아이콘 클릭한다.
상공에서 내려다본 지도, 우거진 숲, 띄엄띄엄 시골집 지붕.
지도 좀 더 살피던 시목, 전화한다.

의정부검사F .. 안녕하십니까, 정민합니다, 선배님.

S#39. 의정부지검/복도 - 낮

의정부검사 (통화) 현장 근처에요?.. 골프클럽은 있는데 그런 데 말씀하시는 건
아니죠?.. 박변호사님 사망 현장 근처는 비밀리에 회동하고 그럴 만한
음식점 같은 건 없는데.

S#40. 카페 - 낮

의정부검사F 거기가.. 전원주택 단지랑 별장들이 좀 있나 그래요.
시목 별장이요? (마우스 움직여 항공뷰 이리저리 보는데)
의정부검사F 예 저 근데요, 혹시 오늘, 이따 시간 좀 되세요?
시목 무슨 일 있어요?
의정부검사F 아뇨, 그냥 별건 아닌데 여쭐 게 있어서요,

S#41. 의정부지검/복도 - 낮

의정부검사 서선배님 (주변 살피는 기색) 실종수사 관련해서요.
시목F 그걸 정민하 검사가 맡았습니까? 수사담당이에요?
의정부검사 아뇨, 실은 그 담당 문제 때문에...

S#42. 카페 - 낮

시목   무슨 담당 문제요?

의정부검사F 제가 그쪽으로 가서 뵙고 말씀드려도 될까요?

          근데 진짜 별건 아닐 수 있어요.

시목   알았어요. 출발 전에 전화하세요. (끊는.. 뭐지?)

S#43. 대검찰청/1층 로비 - 밤

의정부 검사, 검찰 신분증 차면서 들어선다. 같은 검사지만 대검은 익숙지 않은 듯.

S#44. 동/형사법제단 사무실 - 밤

시목, 불투명 유리문 열어준다. 의정부 검사가 들어온다.

의정부검사 안녕하셨어요? (사무실 짧게 둘러보다 부장들 문이 보이자 멈칫)

시목   (중앙에 탁자로 손짓) 다 퇴근하셨습니다. (앉는)

의정부검사 예에. (앉는. 가방에서 캔커피를 2개 꺼내 하나를 내민다)

시목   (받아만 놓는) 말씀하세요.

의정부검사 어, 서선배님 방 배당 건 중에 중학생 학폭사고가 있었는데요.

시목   실종 당일에 마지막으로 수사한 거요?

의정부검사 네. 그거 가해학생들이 며칠 전에 또 입건됐거든요.

          총 세 명이 노래방에 몰래 술을 반입했다가 주인한테 걸렸는데

Insert.1〉- 노래방. 흔들리는 카메라로 찍은 거친 동작을 이어 붙인 듯한 질감의 화면. 화면 아래엔 노래방 주인이 웅크린 형상이고 그 위로 소화기가 빠르게 휘둘러지고 있다.

의정부검사 노래방 주인을 등 뒤에서 소화기로 가격하고 창고에 가둔 다음에

          도주했습니다.

Insert.2〉 - 학생들에 의해 창고에 던져지는 주인, 쾅 닫히는 문.
역시 많이 흔들려서 눈 코 입이 잘 구분되지 않는 거친 질감의 화면이다.

의정부검사   수법이 좀 마음에 걸려서 학폭도 다시 봤더니 이때도 비슷했어요.
          죄송합니다, 서류는 반출이 안 돼서 제가 사진만 갖고 왔네요.
          (가방에서 파일 꺼내 펼쳐서 제일 위에 있는 사진 2장을 보여주면)

사진, 피해학생이 가격당한 머리 부위 사진과 대걸레로 막아놓은 화장실 문 사진이다.

의정부검사   피해학생을 1차로 머리를 가격하고선 화장실로 몰아넣고 2차 가해를
          한 케이스요.
시목   (사진 보다가 파일에 같이 들어 있는 다른 사진도 보이자 들어서 보는)
의정부검사   이건 그냥 참고로 받은 건데 애네들 학교 담임이 자기네 반엔 왕따
          없다고 얘네들이 이렇게 친하다고 증거로 보내준 거래요.
          서선배님이 이것도 철을 해놨길래 일단 가지고 와봤습니다.

시목, 사진 2장 보면,
사진1〉 칠판에 써진 '가죽공예 특강' 글씨가 보이는 사진.
남학생1, 2, 3, 4가 색색의 팔찌를 한 4개의 팔을 탑을 쌓듯이 겹쳐서 쭉 뻗었는데,
남학생4만 앉았고 남학생1, 2, 3은 그 위에 서서 팔을 뻗었기 때문에 남학생4의 어깨와
머리를 남학생1, 2, 3이 제각각 누르고 있거나 팔꿈치를 얹은 포즈다.

사진2〉 열 명 남짓의 소풍 사진. 남학생1, 2, 3, 4, 모두 같은 쪽에 몰려 섰는데,
남학생1, 2, 3이 맨 끝 남학생4를 팔 혹은 어깨로 누르는 바람에 그쪽 대열이 무너졌다.
남학생1, 2, 3은 거리낌 없어 뵈지만 어색한 미소의 남학생4, 목이 불편하게 꺾였다.

사진 위로 들어오는 손가락, 사진2의 남학생4를 가리키는 시목의 손이다.

시목   피해학생입니까?
의정부검사   예. 여기 셋(남학생1, 2, 3)이 가해자들이고요.
시목   …

의정부검사	서선배님이 어떤 형태로 공격당했는지 확실하진 않지만 이런 형태가 아니었을까 싶어서요. 뒤에서 맞고 감금된.. 혹시나 해서 선배님 실종 당일 날 애네들 동선을 알아봤더니 검사님, 이태원역에서 보광동 현장까지 엄청 가깝죠?
시목	10분이요. 도보로. 그날 애들이 이태원엘 갔어요?
의정부검사	예. 셋 다 교통카드가 이태원역에서 찍혔어요. 3월 26일에 8시쯤 찍고 나가서 녹사평 지하철로 다시 들어온 게 밤 10시 11분이요.
시목	2시간 10분..
의정부검사	(가죽공예와 소풍 사진 보는) 그래도 애들인데.. 검사님이 보시기에도 제가 너무, 갔나요?
시목	... 어떻게 만났을까요.

S#45. 이태원 골목 - 밤(시목의 상상)

각양각색 사람들로 꽉 찬 밤의 이태원 골목.
그 속에 신난 남학생1, 2, 3이 서로 툭툭 치기도 하고 거들거들 쏘다니지만 대부분 가게 앞을 기웃댈 뿐 선뜻 들어가지 못하는 모습 위로, 반투명한 GPS 지도가 겹친다.
의정부지검에서 보광동 현장까지 동재가 운전하는 모습과 함께 동재 차가 지나온 동선이 지도에 그어지는데, 의정부에서 쭉 내려온 라인이 약수역을 지나 이태원으로 진입, 보광초등학교 앞길을 거쳐 현장에서 끝난다.
cut to. 혼잡한 이태원로. 오도 가도 못하고 줄지어 선 차량. 그중 하나, 동재 차다.
막힌 길을 살피던 운전석 동재, 인도를 메운 인파 속 남학생1을 발견한다.

Flashback〉- 7회 S#24. 동재에게 조사받던 학폭 혐의 남학생1 모습.

운전석 창문 내리고 남학생1이 맞나, 확인하는 동재 모습. 옆에 친구들도 본다.

시목E   우연히 동선이 겹쳤다 해도 현장까지는 어떻게...

S#46. 대검찰청/형사법제단 사무실 - 밤

시목　여기 올 때 외곽순환 타고 오지 않았어요? 시내는 너무 막히니까.

의정부검사　저 지하철 타고 왔는데요.

시목　.. 서검사는 실종 당일에 여의도 근처에서 약속이 있었습니다.
그런데 그날 차량 GPS엔 약속 시간보다 3시간 정도 더 빨리,
그 시간에 제일 막히는 이태원 길로 들어온 걸로 나와요.

의정부검사　범인을 먼저 만나려고.. 여의도 전에 보광동 현장으로 가려다 보니까..?

시목　그랬을 확률이 크죠.

의정부검사　선배님이 중학생 애들하고 이태원에서 만날 약속을 했을 린 없으니까
그럼 애들이 납치를 했을 리는 (묻는 눈길로 보지만 본인도 고개 젓는)

시목　(일어나 책상으로 가서 동재 사건 파일을 가져온다) 이게 서검사
통화기록인데, 아이들하고 만날 예정이었으면 통화를 한 번은 했겠죠?
(기록 보여주는) 여기 얘네들 이름이나 번호 같은 거 있어요?

의정부검사　(유선과 핸드폰 기록을 둘 다 쭉 보다가) 없네요. .. 죄송합니다.

시목　학교폭력을 정검사가 인계받았어요?

의정부검사　예.

시목　(동재 통화기록을 책상에 도로 놓는) 실종수사는 다른 사람한테 갔고?

의정부검사　(사진 챙겨 가방에 파일 넣으며) 저희 부서에서 수사 제일 잘하시는
선배님한테요. 위중한 거니까. (일어서는)

시목　(외투도 입고, 퇴근할 모양) 베테랑 선배라 정검사 의견을 안 받아줬어요?
중학생들 의심하는 게 말이 되냐고.

의정부검사　(엇) 저도 무리다 싶긴 했는데 그래도 겹치는 게 있어서,
저희 선배님도 얘긴 들어주셨어요.

시목　얘길 들어줬으면 여기까지 안 왔을 거 같은데.
(나가려다 의정부 검사가 준 캔커피는 제 책상에 옮겨놓고 문으로 간다)
그 선밴 김문식 교수 수업을 안 들은 분인가 보네.

의정부검사　(따라가는) 법철학 강의요?

S#47. 동/복도 - 밤

의정부 검사와 시목, 법제단에서 나와서 간다.

시목   죄와 벌 다음으로 그 시간에 많이 인용된 게 악마는 작은 데에
       숨어 있단 말이었는데.
의정부검사 .. 제가 너무 오바한 건 아닌가요, 그럼?
시목   (가면서 곁눈으로 짧게 볼 뿐)
의정부검사 근데 그 교수님은 주제 하나로 몇십 년을 우려드셨나 봐요?
       황검사님은 그 강의 되게 옛날에 들으셨을 거 아녜요.
시목   (같이 곁눈으로 보지만 그 말엔 좀 쓰윽 보는)

S#48. 동/승강기 안 - 밤

승강기 타는 두 사람. 의정부 검사, 1층 누르고 시목은 지하 2층 누른다.
둘 다 내려가는 내내 말 없다.
층수 표시나 올려다보던 의정부 검사, 트렌치코트 주머니에 손 넣어 더듬더듬하는데,

시목   (그 손에 걸려 나오는 교통카드가 보이는) ... 정민하 검사 몇 살입니까?
의정부검사 에?

1층에 도착 안내음.

시목   아닙니다.
의정부검사 .. 스물여덟이요. (목례하며 내리는) 오늘 감사했습니다.
시목   (가볍게 끄덕. 닫힘 버튼 누른다)

닫히는 문 사이로 길게 묶은 머리를 트렌치코트 뒤로 내린 의정부 검사가 사라지고.
뭔가 생각하는 시목.
시목, 지하 2층이란 안내음에 고개 든다.

S#49. 대검 앞/길 - 밤

대검 정문에서 나오는 시목의 차. 창밖에 의정부 검사가 지하철역으로 가는 게 보인다.
시목, 차를 세워 그 앞에 멈춘다. 차 유리창도 내리는.

의정부검사　(무슨 일인가 허리 굽혀 보는) 네?

시목　아까 중학생들 학교 사진 저한테도 보내주세요.

의정부검사　(학교?) 소풍 사진 같은 거요?

시목　예, 서검사한테 통영 관련해서 뭐 들은 거 있습니까?
　　　3월 초에 익사사고 난 거요, 대학생들.

의정부검사　.. 아니요 딱히..

시목　예. (창 올리는데)

의정부검사　서선배님 방에다도 물어볼게요!

시목　(별 대답 없이 출발)

의정부검사　갑자기 통영은 왜..

S#50. 시목의 차 안 - 밤

시목　...

시목E　**이건 뭡니까? 통영이요?**

Flashback.1〉 - 7회 S#37. 용산경찰서/강력반 회의실 - 낮
동재의 〈핸드폰〉 통화 목록 중 시목의 손끝이 멈추는 곳.
날짜 C.U. - 〈2019/03/25 15:38〉 전화번호 맨 뒤에 적힌 손글씨는 - 〈김후정(통영)〉

Flashback.2〉 - 7회 S#37. 용산경찰서/강력반 회의실 - 낮
시목　**그때 생존자한테 서검사가 전화를요?**
최팀장　**얘가 그러는데 서검사한테 연락 온 게 이게 처음이 아녔답니다.**

묵묵히 운전하지만 여러 가지 생각이 깃드는 시목의 얼굴선.

S#51. 경찰청/외경 - 낮

오늘도 높은 건물과 드나드는 차량 많은 경찰청의 낮을 내려다본 모습.

S#52. 동/회의실 - 낮

빈 회의실에서 도시락 까먹는 시목과 여진.
지금은 시목이 내민 폰을 여진이 들여다보고 있다.
시목 폰에는 S#44에서 본 남학생1, 2, 3, 4의 가죽공예 사진1과 소풍 사진2가 떴다.

여진	(긴가민가하는 얼굴) 모르고 봤다면 그냥 친구들 같이도 보이고,
	근데 피해학생이란 소릴 듣고 보니까 다르게 보이긴 하네요.
	근데 갑자기 통영은 왜요?
시목	남학생들 사이엔 가끔 서열이 생길 때가 있습니다. 친구 사이라도요.
여진	통영 애들 사진에서 서열이 보였어요?
시목	처음엔 아뇨. 그런데 어제는 좀 다르게 보였어요.
여진	남양주 학생들 사진을 보고 나니까.
시목	예.
여진	(자기 폰을 켜는)

곧 여진 폰에서 뉴스소리가 난다. 여진, 스크롤을 움직여 동영상을 멈추면,
2회 S#16의 통영 뉴스 중에 대학생1, 2, 3 사진이 여진 폰에 떴다.
여진, 자기 폰을 시목 폰 옆에 대보면 시목, 액정 다시 켠다. 남양주 학생들 사진 뜬다.
얼굴은 모자이크 돼 있지만 사망한 대학생2, 3 역시 대학생1을 팔과 머리로 누르고 있다.
두 대의 휴대전화에 뜬, 각각 친구라는 무리의 사진 4장.
나이도 배경도 인물도 다르지만 한 명이 다른 이들에게 눌려 있다는 공통점이 있다.

여진   .... 근데 서검사가, 이름 뭐라고요, 통영 애?

시목   김후정이요.

여진   어, 김후정한테 전화한 거는 최빛이란 경찰이 검찰에 대해서
       안 좋은 말 하라고 시켰냐, 그거 떠보려고 한 거였잖아요.

시목   그 말을 김후정이 했죠. 서검사한테 두 번 전화가 왔다,
       한 번은 최빛 부장님이 유족을 찾아간 직후에, 한 번은 실종 전날에.
       서검사 통화기록도 그렇고요, 그런데.. 그런 생각이 들었어요.
       처음 전화는 그럴 수 있는데 왜 한참이나 지나서 서검사가 다시 전화를
       했을까, 또 똑같은 얘길 하자고, 그것도 김후정한테만.

여진   뭐든 찔러서 부스러기라도 잡자, 이거였다면요, 그럴 사람이니까.

시목   그런 거라면.. 만약 경감님이라면 어딜 찔러볼 거 같으세요?
       김후정? 아니면 전에 최부장님이 직접 찾아간 죽은 아이 집.

여진   죽은 아이 집. 으음... 그래서 얘가 용의자 같아요?

시목   글쎄요, 아직은.. 통화기록에서 처음에 김후정 이름을 봤을 때
       내가 왜 그냥 넘겼을까, 어젯밤에 그 생각이 문득 들었어요.

여진   그땐 별거 아니게 보였겠죠.

시목   실제로 별거 아닐 수도 있죠, 그래도 짚고 넘어갔어야 했습니다.

S#53. 의정부지검/동재의 검사실 - 낮(실종 하루 전)

데스크탑에 뜬 남양주 중학생들 학교 사진. 이를 보고 있는 동재.
의문을 담은 얼굴로 사진 보다가 뭔가 입력하고 클릭한다.

**시목E   서검사는 지난 몇 년 동안 청소년 학교폭력을 전담했어요.
       만약 이 사진을 받아보고 떠오른 게 있었다면.**

동재, 클릭 멈추고 모니터 들여다본다. 2회 S#16의 TV 뉴스 영상이다.
그중 얼굴이 모자이크 된 통영 대학생들이 한껏 엉켜 찍은 사진에서 영상이 멈춰 있다.
사진 보는 동재 표정, 오묘해진다.

여진E   그럼 만약에 서검사가 김후정한테 두 번째 전화를 한 건 통영 애들도
평범한 친구 사이는 아닐 수도 있겠단 느낌을 받아서라면.

S#54. 경찰청/회의실 – 낮(현재)

여진   김후정한텐 그 전화 한 통이 세상 무너지는 소리긴 했겠네,
완전범죄라고 안심하고 있었을 텐데 딴 사람도 아니고 검사가.

시목   의정부지검에선 통영에 대해서 서검사가 별말 없었다고는 했습니다.

여진   원래 자기 방 사람들하고 뭘 공유하는 편은 아니라면서요.

시목   수사관들 말고 서검사 후배요.
그 후배한테는 꽤 이런저런 얘길 하고 지낸 거 같더라고요.

여진   마지막으로 같이 밥 먹은 그 거기, CCTV 후배요? 둘이 친했나?

시목   ... ...

여진   왜요? 거기도 뭐가 이상해요?

시목   1살 차이더라고요.

여진   누구랑요? 검사님이랑? (푹 터지는 웃음) 나이 맞춰봤어요?

시목   영은수요.

여진   (앗, 웃음이 싹 사라지는)

시목   서검사 후배를 보니까 그 생각이 들었어요. 영은수가 그렇게
안 됐다면 어딘가에 지검에서 이렇게 지내고 있었겠구나.
바닷가든 소도시든 매일매일을, 살고 있었겠구나.
(표정 변화는 없는) 굉장히 간단한 거란 생각이 들었습니다.

여진   뭐가요.

시목   사람이 살고 죽는다는 게요.

여진   (평소와 다를 바 없는 시목 얼굴을 물끄러미 바라보다)
간단하죠, 한순간에 갈리니까. 그래서 더 안타깝고.

시목   ...

여진   흠! 가만있어봐, 뭐부터 알아봐야 되지?
통영 애들 셋이 중학교가 같다고 했죠?

시목   예. 고등학교 대학교는 갈라졌던 거 같지만.

여진	그러면은 인제 와서 학교를 찾아가봤자..
	아 김후정이 혹시 보광동 근처 사나? 그럼 확률이 확 올라가는데.
시목	집 주소가 (떠올리는) 광장동이었던 걸로 기억합니다.
여진	머네... 옛날 일진들을 바다에 데려가서 빠트려 죽였다?
	중학교 때 애들을 대학생이 돼서? .. 슛..
시목	...

Flashback〉- 1회 S#5. 용남해안로/바닷가 - 밤(시목의 회상)
경찰1에게 상황 설명하는 대학생1, 손끝을 다 덮을 정도로 내려온 기다란 소매로
이젠 완전히 터져버린 눈물을 누르던 모습이다.
그러다 결국 목을 놓고 울던 그 모습의 대학생1, 김후정.
시목의 시선에 담긴 모습들.

시목	헛발질일 수도 있고요.
여진	수사에 헛발질이 어딨어요, 글구 세곡에다간 그렇게 헛물을 켰는데. 아!
시목	예?
여진	시청엘 가봐야겠다. (시계 보더니) 어 1시 다 됐어!
	(도시락 빨리 먹기 시작) 여기 온 거 우부장님이 알아요?
시목	아뇨. (역시 빨리 먹는)
여진	우이씨 우리가 못할 짓 하는 것도 아니고 범인 좀 잡겠다는데.
	(물도 꿀떡! 마시는)

S#55. 대검찰청/형사법제단 사무실 - 낮

시목	(빠르게 들어오며 단장실 가리키는) 들어오셨어요?
수사관	아뇨.
시목	(자리에 앉아 컴퓨터 켜는데 전화 온다. 받는) 예.
여진F	검사님 저 지금 시청인데요, 주택등기부 열람했더니 김후정,
	보광동 살았었어요.
시목	...

S#56. 구의동 주택가 골목 - 낮

90년대 스타일의 커다랗지만 좀 오래된 주택들이 연이은 골목.
그중 하나, 셔터 내려진 차고에 경차가 한 대 선다.
차에서 내린 대학생1, 셔터 올리고 차를 후진시켜 안으로 들어간다.

S#57. 작업실/차고 - 낮

안으로 푹 꺼진 구식 차고인데 제법 깊다. 구석엔 반지하로 통하는 작은 철문도 있다.
아직 운전이 미숙해 겨우 들어오는 차.
대학생1, 안전벨트로 고정시켜서 보조석에 싣고 온 드럼머신 상자를 들고 내린다.
어루만지듯 상자 품으며 셔터를 닫고자 입구로 몸 돌리다가 깜짝 놀라는!
입구에 우뚝 선 여진, 안을 내려다보고 있다.

대학생1	(보고만 선)
여진	(들어오는..) 김후정씨?
대학생1	(이하 대학생1 대신 후정으로 표기) ... .. 누구세요?
여진	(경찰 신분증 들어 보이며 오는)
후정	(그것만으로도 숨이 멎을 듯한)
여진	얘기 좀 할까요?

어느새 차고 안으로 다 들어온 여진.
여진을 보던 후정의 눈, 스르르.. 그 너머를 본다.
셔터 밖으로 보이는 골목엔 일단 아무도 없다.

후정	(다시 여진 보는. 목젖이 꿈틀.. 철문 돌아보더니) 들어오실래요?...

여진을 스쳐 셔터로 가는 후정, 하얗게 된 얼굴과는 별개로 걸음은 침착하다.

셔터 잡는 후정, 다시 한 번 골목에 사람 있는지 확인. 좌우를 보는 눈동자.
놓치면 당장 죽기라도 할 양, 드럼박스 상자 밑을 꽉 쥔 한 손.
남은 손으로 셔터 내린다. 무릎까지 다 내렸는데 그 밑으로 남자 신발이 쑥 들어온다.
놀란 후정, 저도 모르게 셔터 놓치고 두어 걸음 물러나는데,
밖에서 들어온 손가락이 셔터 밑을 잡더니 다시 밀어 올린다.
시목이다.
후정이 그를 본 순간,

Insert.1〉- 통영 앞바다. 1회 S#5의 상황. 후정, 울먹이며 경찰1에게 상황 설명하는데
경찰1 뒤에 서서 후정을 내내 응시하는 시목.
후정, 시목 목에 걸린 신분증 알아차리지만 괴롭고 정신없어 못 본 척한다.

Insert.2〉- 경찰1의 차 뒷좌석에 탄 후정. 경찰1은 밖에서 다른 경찰과 얘기 중.
후정, 안전벨트 하다 소매가 올라가면 드러나는 손등에 상처가 있다.
벌겋게 부어오른 빗금 같은 상처. 후정, 얼른 소매 내리며 창밖 경계하면,
통화 중인 시목이 창밖에 있다. 때마침 돌아보는 시목.
눈 마주치는 두 사람. 후정, 뒷좌석 어둠 속에 웅크린다.
경찰1이 탄다. 출발하는 차.
후정, 눈알만 돌려서 보면 이젠 전화 내리고 떠나는 차를 바라보는 시목.

시목   (차고 안 여진을 일별하며 신분증 들어 보인다)
후정   .. 왜..
여진   서동재 검사 아시죠?

둘을 번갈아 보는 후정, 시야가 울렁대기 시작한다.
급기야 여진과 시목의 모습 위로 겹쳐 보이는 대학생2, 3의 모습.
지금 시목 여진과 비슷한 구도로 딱 이 장소에 서 있는 대학생2, 3. 시간은 밤이었던 듯.
후정 본인 귀에만 들리는 본인 목소리가 '안 돼..'라고 울리고 있다.

여진   김후정씨. (다가오는데)

후정, 드럼머신 박스를 내던지는 동시에 차고 밖으로 튀어나간다.
시목도 달려 나가고 여진도 반사적으로 몸이 쏠리지만 아니다, 급히 철문으로 간다.
여진, 철문 열려고 있는 힘 다하지만 크기는 작아도 철문이라 꿈쩍도 안 한다.

여진　　(철문 두드리는) 검사님! 서검사님! 안에 있어요?! 서동재! 서동재!

여진, 철문 부술 수 있는 걸 급히 찾는데 바닥에 열쇠꾸러미 보인다.
후정이 드럼박스를 쥔 손에 쥐고 있던 차 키와 다른 열쇠 하나가 묶인 꾸러미다.
드럼박스와 함께 떨어진 열쇠 낚아채 철문에 밀어 넣으면 열리는 문.
여진, 뛰어 들어간다.

S#58. 동/반지하방 - 낮

여진　　(뛰어 들어오는데) 아! (무슨 냄새를 맡았는지 코부터 틀어막는)

S#59. 인근 길 - 낮

후정, 죽기 살기로 도망친다. 뒤를 홱 돌아보는 겁에 질린 얼굴, 눈.

14회

통영에서 죽은 애 아버지가 자기가 신발 한 짝을 못 사줬다고

했어요, 근데 죽은 아들이 자기가 알바 구하면 된다고 했다고,

그걸 제가 분명히 들었는데, 그랬으면 생각을 했어야죠.

알바 구하면 된단 얘긴 아직 안 구했단 얘긴데

어디서 그럼 이 애는 그 비싼 운동화가 생겼을까?

그때 그 생각만 했어도, 왜 놓쳤을까요?

S#1. 후정의 작업실/반지하방 - 낮

어두운 실내. 여진이 뛰어 들어오는데 강렬한 냄새에 코를 틀어막는다.
기침을 터트리면서도 안쪽에 문이 보이자 거기부터 달려간다.
문 밀어젖히면 방이 아니라 작은 화장실이다. 여진, 화장실 불 켜면,
그 빛에 확연히 드러나는 방 안 풍경. 작은 부엌과 마루, 화장실이 끝이다.
간이침대와 책상, 그 위에 고급 PC와 신시사이저 같은 전자 음악 장비들.
구석에 커다란 붙박이장. 방은 따로 없다.
침대와 책상 외에 다른 가구는 전혀 없는 마룻바닥엔 싸구려 장판이 깔렸다.
여진, 붙박이장으로 달려가 열어젖히는데 아무것도 없다.

S#2. 동/차고 앞 - 낮

차고에서 튀어나오는 여진, 차에 올라 빠르게 출발한다.
활짝 열린 차고 셔터. 환한 낮에서 밤으로 바뀐다. 셔터도 굳게 잠긴 상태.

S#3. 동/반지하방 - 밤(약 한 달 전)

소리E） 　（쾅쾅! 셔터 두드리는 소리）

비닐 포장 푼 신시사이저를 스탠드에 올리려던 후정, 놀라서 문 쪽을 본다.
셔터 두드리는 소리. 철문 두드리는 소리완 또 다르게 시끄럽다.
쾅쾅쾅! 이 소리에 완전히 굳은 후정.
아직 풀지 않은 이삿짐 박스가 몇 개 있고 막 청소 끝낸 일회용 물걸레가 수북하고.
후정, 컴퓨터와 신시사이저 짐부터 풀어서 세팅하던 중인데,
차고 셔터를 거세게 두드리는 소리에 핏기가 사라졌다.

대학생2E 　친구야 이거 좀 열자. 여긴 거 다 알고 왔다아.
대학생3E 　（셔터 발로 차는）야 춥다 좀!!

S#4. 동/차고 – 밤(약 한 달 전)

불 켜진 차고 안. 긴장으로 숨소리가 거칠어진 후정이 섰고
대학생2, 3은 이미 차고 안으로 들어와 있다.
13회 S#57에서 여진과 시목의 모습에 겹쳐 보이던 그 구도가 지금 이 장면이다.

대학생2 　친구야 섭섭하다, 진짜.
대학생3 　섭섭하지, 튀면 못 찾을 줄 알았어? 넌 우리한테 모욕감을 줬어.

대학생2, 3, 제 집인 양 철문 안으로 몰려 들어간다.
'야 전보다 넓다.' '옥탑방보다 훨 난데?' 하는 소리가 안에서 들린다.
속이 울렁대는 후정, 토가 나올 것 같다.

S#5. 구의동/골목 – 낮(현재)

후정, 도망치며 돌아보더니 다시 앞을 보고 더 죽을 힘 다해 달린다.

저 뒤로 쫓아오는 시목이 이제 희미하게 프레임에 들어오고 있다.

S#6. 후정의 작업실/반지하방 - 밤(3월 초)

도둑이라도 들었던 것처럼 잔뜩 어질러졌다. 과자 봉지, 먹고 팽개친 배달음식 용기들.
낮게 흐느끼는 소리. 후정, 울고 있다.
그 앞에는 빈 스탠드만 놓였다. S#3에서 설치했던 신시사이저가 없다.
책상 공간엔 컴퓨터도 없이 무선 키보드와 마우스 패드만 덩그러니 남았다.
몸을 말아 웅크린 후정의 등과 어깨가 흔들린다.

S#7. 동/골목 - 낮(3월 초)

후정, '초보운전' 붙인 차를 몰고 오는데 셔터 열렸다. (13회에선 초보 표시 없다)
문 열린 것만 봐도 벌써부터 신경이 곤두서는 후정, 아니나 다를까,
안에는 대학생2, 3이 피우던 담배를 던져버리고 골목으로 나온다.

대학생2	친구야 왜 인제 와. 한참 기다렸잖아.
대학생3	(불쑥 후정에게 손 내미는)
후정	(무슨 뜻인지 아는. 처음이 아니다) ...
대학생3	(후정이 가만있자 너무 당연하게) 키이.
후정	.. (차 키 내밀면)
대학생3	(가져가는데)
후정	너네, (잡는) 내 PC랑 장비 진짜, 팔았어?
대학생3	(웃는) 친구야, 지금 나 잡았니?
후정	... (손 놓는다)
대학생2	미안하다 친구야. 돈이랑 바꿨는데. 화났어?
대학생3	미안하다 친구야. 그러게 알아서 좀 빌려주지.
후정	내가 운동화도 사줬잖아?
대학생2	(신고 있는 운동화 들어 보이고) 그니까, 여기에 코디할 옷이 없더라고?

후정	(들이받고 싶은 마음이야 굴뚝같지만...) 누구한테 팔았는지만 말해줘.
	작년부터 작업한 거 다 거기 들었단 말야. 내가 다시 사 올게.
대학생3	대애박. 클라우드 백업 안 했어?
대학생2	야 친구야, 넌 공부만 잘하면 뭐 하냐? 쓸 데가 없어 애가?
	(차로 가며, 성의 없이) 중고나라에 팔았는데 알아는 볼게.
후정	(올리지 못하는 주먹 그러쥐는) 목요일까진 가져와!
대학생2	(홱) 팔았다니까!
후정	아니 차, 내가 좀 쓰려고..
대학생2	뭐에다가?
후정	바다 가려고. 보고 싶어서,
대학생3	(차 문 열다 말고) 야 우리도 가자.
대학생2	여자애들 부를까?
후정	아냐! (높아진 소리에 본인이 더 당황) 나 아직 운전이 서툴러서 안 돼.
대학생3	(듣지도 않는) 뭘 아는 애들을 불러. 바다에 깔린 게 여자애들일 텐데?

지들끼리 낄낄 웃는 대학생2, 3.

대학생3	친구야 호텔 좋은 데로 잡아놔라?
대학생2	무슨 호텔, 요즘은 펜션이지. 바베큐도 하고. 야 펜션!
후정	진짜 갈 거야? 꼭 같이 안 가도 돼. 싫으면..

대학생2, 3, 뭐래니? 짧게 볼 뿐, 본인들이 더 들떠서 풀 빌라가 어떻고 하며 차에 탄다.
내 차가 나 없이 떠나는 것을 멍하니 보는 후정.

| 후정 | .. 그래, 데려가줄게. |

S#8. 고속도로/후정의 차 안 - 낮(3월 초)

핸들에 코가 닿을 듯 운전석을 바짝 당긴 후정, 양손은 핸들을 꽉 쥐었다.
옆 차선에 차들이 윙! 지날 때마다 고개는 못 돌리고 눈만 흘깃흘깃, 이마는 번들번들.

초보운전에 고속도로를 달리자니 온 정신을 집중해도 모자랄 판인데.
같은 공간의 대학생2, 3은 후정의 상태 따윈 안중에 없다.

대학생2   기어가네, 기어가
대학생3   야 노래 좀 크게 해봐. 뒤엔 잘 안 들려.
대학생2   뭐?
대학생3   (몸을 쑥 앞으로 내밀어 차체가 울릴 정도로 음악 크게 튼다)
대학생2   (선루프 건드리며) 이거 뭘로 열었더라?

대학생2, 여러 버튼 제멋대로 누른다. 깜빡이가 켜졌다가, 실내등도 켰다가 한다.
결국엔 선루프가 열리긴 열리는데,

대학생3   (뒤에서 운전석에 대고 발길질) 닫아 춥다고! 뒤는 바람 장난 아냐!

이 모든 것에 옆을 스치는 큰 트럭, 내비 안내 소리까지 후정을 미치게 한다.
폭발하지 않으려고 핸들을 죽어라 틀어쥔 후정, 정면만 주시한다.

S#9. 휴게소/후정의 차 안 – 낮(3월 초)

기진맥진한 후정, 운전석에서 쉬고 있다. 심적인 부담도 있어 몸이 녹을 지경.
입에 핫바 물고, 주로 술이 든 주전부리 봉지를 든 대학생2, 3이 차에 오른다.
휙 던져주는 신용카드. 힘없이 카드 넣는 후정, 다시 출발.

S#10. 통영/용남해안로 – 저녁(3월 초)

용남해안로를 달리는 후정의 차. 그 위로 이미 짙게 깔린 안개.
어둑어둑해진 하늘을 하얗게 가릴 정도다.
후정의 차가 달리자 안개 흩어지지만 곧, 흔적을 감추듯 스멀스멀 다시 깔린다.

S#11. 펜션 앞 - 밤(3월 초)

안개에 쌓인 2회 S#2의 펜션. 후정 혼자 트렁크에서 먹을거리 등 꺼낸다.
대학생2, 3은 이미 펜션 현관 안에 들어간 게 보인다.

대학생3 에이씨, 이게 무슨 펜션이야, 그지 같네.
대학생2 날씨도 그지같이 골랐네, 안개 미쳤나 봐?

대학생2, 3, 안으로 사라지며 저 새끼 하는 게 다 그렇지, 하는 소리 들리고..
휴게소에서 산 것 외에도 주전부리 봉지를 여러 개 쥔 후정,
트렁크 닫는데 커다란 봉투 하나는 온통 소주다.
안개 속에 완전히 묻힌 주변을 훑는 후정,
차가운 공기, 차가운 시선, 관광객은커녕 동네 개도 없는 사방.
천천히 펜션으로 들어가는 후정, 현관을 닫으면서도 경계하는 눈초리.
문 닫히고 안에서 애들 떠드는 소리도 끊어진다.

S#12. 구의동/시장 인근 골목 - 낮(현재)

엇비슷한 담벼락들이 줄지은 골목.
시목이 쫓아오자 급히 시장으로 방향 꺾는 후정.

S#13. 재래시장 - 낮

방문객 별로 없다. 차 한 대 정도 지날 중앙 통로가 거의 비었다.
통로를 질러 달리는 후정과 시목, 상인들 무슨 일인가 싶은데.
이를 못 보고 커다란 통이 실린 카트 밀고 나오던 상인과 후정, 부딪힌다.
미끄러지는 후정. 통에서 쏟아진 물이 얼굴에 쏟아진다.

S#14. 용남해안로/바닷가 – 밤(3월 초)

온통 안개에 뒤덮인 모래사장. 말소리 들린다. 알아들을 수 없을 정도로 취한 발음.

대학생3E 아 추워. 드럽게 춥네.

하얗게 내려앉은 안개를 흐트러뜨리며 후정과 대학생2, 3이 나타난다.
후정, 술이 떡이 된 대학생2, 3을 양팔로 꽉 잡고 거의 끌고 오다시피 해서 데려온다.

대학생3　야 코앞이라며.
후정　　(앞만 보며 가는. 어딘가 꽉 눌린 소리) 다 왔어.
대학생2　(돌연 멈추는. 뿐만 아니라 후정의 팔을 밀쳐버린다)
후정　　(놀라고 초조한 그러나 목소리 작게) 정말 다 왔어, 쫌만 가면 돼!

흐느적대는 대학생2, 그래도 운동화는 하나하나 벗는다.
그 동작에 천만다행 안도하는 후정, 그러면서도 요 잠깐 사이라도 누가 볼까 불안한데,
대학생3은 모래사장에 주저앉고 후정은 그것도 잡아줘야 하고, 혼자 땀이 비 오듯 한다.
취하긴 했어도 벗어놓은 운동화 위에 폰도 올려놓는 대학생2.
그걸 보던 후정, 이젠 대자로 뻗어버린 대학생3의 바지 주머니에 삐죽 나온 폰을 빼본다.
그래도 모르는 대학생3, 완전히 곯아떨어졌는지 후정이 얼굴을 건드려도 모른다.
후정, 대학생3의 폰을 운동화 옆에 던져놓고는 휘청하면서도 바다로 가려는
대학생2에게 달려가 그를 꽉 잡고 함께 바다로 간다.
모래사장에 잠든 채 남겨진 대학생3. 그의 옆에 운동화. 핸드폰…
멀리서 들리는 첨벙대는 소리, 잠깐이지만 울리는 젖은 비명은 곧 물소리에 가려지고.
그렇게 얼마나 지났을까, 대학생3의 옷 위로 떨어지는 물방울.
거친 숨 내쉬며 물에 흠뻑 젖은 후정이 대학생3을 끌고 다시 바다로 향한다.
대학생3, 인사불성이다.

S#15. 동/바다 – 밤(3월 초)

후정, 얼핏 보면 허리 정도까지 차는 바닷물 속에 그냥 서 있는 것 같다.
하지만 파도가 모래에 부딪히는 해변에서 그리 멀지 않아 수심이 깊지는 않을 터인데.
후정, 실은 앉아 있다. 물밑엔 후정의 누르는 힘에 깔린 대학생3의 등이 보인다.
물속에 어른어른하는 대학생3, 기포는 올라오지만 의식이 없는 몸은 물체에 가깝다.
눈을 꼭 감고 고개 돌린 후정.
저 앞 칠흑 같은 바다엔 뭔가 둥둥 떠 있다. 엎어진 형상의 대학생2이다.

S#16. 동/수풀 - 밤(3월 초)

해안로 너머 나무가 빽빽한 수풀에서 바라본 시선,
짙은 안개와 어둠으로 해안로 너머는 잘 보이지 않지만 파도소리는 들린다.
하얀 안개 흐트러지며 나타나는 검은 형상. 후정이 해안로를 건너오고 있다.
가쁜 숨소리, 토해지는 입김. 머리에서 발끝까지 젖은 몸에서 떨어지는 물.
바닷물인지 눈물인지 모를 물이 얼굴에서 줄줄 흐르고.
몸이 얼어붙을 지경인 후정, 새파래진 입술을 덜덜덜 떨며 가면서도 사방 살피고
젖은 신발, 양말을 벗어 손에 들고 수풀로 온다.
나무 밑에 미리 갖다 둔 봉지에서 마른 옷과 마른 신발 꺼내 갈아입고
젖은 양말로 발바닥 모래를 털고 마른 신발까지 신으면 끝.
후정, 젖은 옷가지는 봉지에 급히 넣고 얼른 자리 뜬다.

S#17. 펜션/화장실 - 밤(3월 초)

후정, 젖은 머리를 드라이로 말리고 있다. 손 떨린다.
어느 정도 말려지자 거울을 가만 보는 후정. 급하던 숨이 가라앉고...
기분, 나쁘지 않다. 뭔가 이뤄낸 거 같다. 어깨도 펴지고 눈은 또렷해지고.
하지만 아래를 보면 손은 여전히 남의 손인 양 떨린다.
떨리는 손 꽉 쥐는데, 손등에 붉은 상처 발견한다.
부어오르기 시작한, 손톱에 긁힌 상처.

지금 입은 후드티 소매를 잡아 내리면 손등을 덮고도 남는 소매 길이.
확실히 가려지는지 팔을 올려도 보고. 거울 통해 확인하는 후정.

S#18. 용남해안로/바닷가 - 밤(3월 초. 1회 S#5의 전 상황)

후정이 모래사장에 다시 섰다. 시커먼 바다를 멍하니 지켜보다 폰에서 시간 확인하더니.

후정　　(입에 손 대고 크게 외치는) 승준 (하다 멈추더니..) 야!! 친구야!!!!

.. 후정, 물로 간다. 운동화 밑창이 젖을 정도로만 들어갔다가 몸을 뺀다.
일부러 물을 차서 물방울이 옷에 튀게도 하고.
물에서 나온 다음 폰에 119 누른다.

후정　　(전화. 울먹이는) 애들이요.. 바다 본다 했는데 없어요, 빠졌나 봐요.
　　　　술을, 술을 마셨는데 없어졌어요. 도와주세요.. 도와줘요.

상대방, 다급함에 쉬지 않고 이어 말하고 있다.
확실히 들리진 않지만 거기 어디냐, 침착해라, 몇 명이냐? 웅웅 울리는 상대 질문.

S#19. 캠퍼스 - 낮(열흘 전)

날이 조금씩 풀려가는 캠퍼스. 아직은 바람이 있어 학생들 옷차림이 아주 가볍진 않다.
청바지에 체크무늬 셔츠, 그 위에 진회색 경량 패딩을 걸친 후정,
가벼운 걸음으로 가는데 전화 온다. 모르는 번호다.

후정　　.. (일단 받는) 여보세요?
동재F　　김후정씨, 여기 의정부지검인데요
후정　　(O.L) 관심 없습니다. (끊으려는데)
동재F　　보이스피싱 아녜요, 나 서동재 검삽니다. 기억나죠?

전에 통영 일 때문에 나랑 통화한 적도 있는데.

후정 　　! (통영 소리 나자 얼굴 굳는..) 예.

동재F 　물어볼 게 있는데 오늘 시간 돼요?

후정 　　저 오늘 바쁘고요, 그리고 그때 다 말씀드렸는데요.

동재F 　아니 그 얘기가 아니라 뭐 좀 확인할 게 있어서.

후정 　　(입이 마른다) 무슨 확인이요?

동재F 　내일은 돼요? 만나서 얘기합시다, 어디가 좋아요?

후정 　　(당황하는)

동재F 　학생 집으로 내가 갈까요?

후정 　　아뇨!.. 아뇨..

동재F 　그럼 어디요?

후정 　　... 이태원 쪽, 아세요?..

S#20. 재래시장 - 낮(현재)

젖은 머리로 달리는 후정.
갑자기 옆 통로에서 날아드는 차.
시장 중간에 난 골목 통로로 여진 차가 돌진해 들어왔다.
부딪힐 듯 멈추는 후정. 거의 동시에 뒤를 잡아 후리는 시목.
여진도 득달같이 달려와 시목과 함께 후정을 차 보닛에 눌러 제압한다.
몸이 눌려진 후정, 더 이상 저항할 여력도 없다.

S#21. 후정의 작업실/반지하방 - 낮

철문이 거칠게 열리고 시목과 여진이 수갑 채운 후정을 끌고 들어온다.
시목, 들어오는 순간 숨을 들이키게 되는.

여진 　　(후정에게) 어딨어? 어딨어!

시목 　　(문 활짝 열린 화장실은 보면서 스치고 반쯤 열린 붙박이장을 활짝

여는데 순간 찡그리는. 냄새가 진동을 해 기침이 나올 정도다)

후정　(여진 손아귀에서 흔들릴 뿐 다른 반응 없다. 다 포기한 사람 같다)

여진　이 자식이 당장 말해!

시목　(밖으로 나가면서 누런 장판이 깔린 마루 본다)

S#22. 동/차고 - 낮

아직 철문에 꽂힌 열쇠꾸러미를 뽑는 시목.
최소한만 손이 닿게 해서 후정의 차 문 여는데, 블랙박스는 없이 연결선만 남았다
시목, 시동 걸고 내비 켜서 목적지 검색 이력을 누른다.
제일 위에 뜨는 것이 2019-04-04 12:35 광진구 구의동 365.
그 밑으로 2019-04-04 11:22 강동구 길동 무라하 악기사.
그다음으론 2019-04-02 14:17 강남역사거리.
2019-03-24 19:46 광진구 광장동 빌리지 APT.
2019-03-24 10:22 광진구 구의동 365.
더 이전 기록도 주로 연세대와 구의동, 광장동 아파트를 오간 기록이다.

시목　악기사.. 강남역..

차고 바닥에 떨어진 드럼머신 상자에 가닿는 시목의 시선, 곧 다시 내비로 돌아온다.
그가 보는 내비 위로 장갑 낀 손이 나타나면서.

cut to. 시간 경과. 동 장소.
장갑 낀 장형사, 차량 전면부 디스플레이를 해체 중이다.
차 뒤쪽엔 트렁크를 검사하는 과학수사대도 보인다.

시목E　**표백제 냄새가 방 전체에서 진동합니다. 청소한 지 하루 이틀도
안 됐단 얘긴데 그럼 서검사가 옮겨진 것도 최근일 수 있어요.**

장형사가 디스플레이를 해체하자 그 안에서 내비게이션 본체가 모습을 드러낸다.

내비 본체를 조심스럽게 뜯어내는 장형사.

시목E **오늘 이전 주행기록 중에 하나가 서검사를 옮긴 동선입니다.**
　　　　역순으로 추적해주십쇼.

S#23. 주인집/마당 - 낮

지상 2층집 마당이다. 아래 차고 공간이 후정의 작업실.
최팀장과 얘기 중인 집주인, 과학수사대가 마당을 쑤시는 게 마뜩잖지만 그보다 무섭다.

최팀장　　나갔다 왔더니 흙 색깔이 일부만 달라진 데가 있었다거나 그런 적
　　　　　없으셨어요?
집주인　　아뇨, 아휴 설마 우리 없을 때 열다 갖다 묻었을라고요?
최팀장　　이상한 소리는 못 들으셨어요? 아래층에서 올라오는 썩는 냄새나?
집주인　　(썩는이란 표현에 진저리치지만) 아뇨오, 근데 락스 냄새 아주 골치가
　　　　　아플 정도로 올라오길래
최팀장　　언제요?
집주인　　어제 아침인가? 일어나서 나왔더니 냄새가 아주 (하다)
　　　　　어머 그럼 그게 어머 무서워라!
최팀장　　아래 학생한테 무슨 냄새냐고 안 물어보셨어요?

S#24. 후정의 작업실/차고 앞 길 - 낮

내비 본체가 든 투명비닐을 들고 차로 가는 장형사, 함께 오는 최팀장.

최팀장　　반지하라 곰팡이 땜에 뿌렸다고 했대, 소독을 한 게 어제 새벽이
　　　　　맞으면 사람 치워버린 것도 거기서 한참 전은 아닐 거야.
장형사　　근데 차에 따라서 (비닐 보는) 내장 메모리가 어떤 건 금방 삭제되던데.
최팀장　　아예 내비 회사에다가 주행기록을 달라고 해. 저장한 거 있어 걔네.

장형사   그건 오래 걸리잖아요. 간당간당하는 사람 갖다 버린 거면 어떡해요.
최팀장   간당간당하는 게 끝나서 갖다 버린 걸 수도 있어.
장형사   .. 다녀오겠습니다.

장형사, 차에 오르고 최팀장은 차고로 들어간다.

S#25. 동/반지하방 - 낮

과학수사대, 붙박이장 바닥에 루미놀 시약을 꼼꼼히 분무한다.
순창은 후정의 컴퓨터 기록을 집중해서 훑고 있다.
커튼 모두 치고 불 끄면 붙박이장에 형광색이 나타나지만 흐릿하고 드문드문.
신발 덮개, 마스크, 장갑 끼고 이를 지켜보는 서형사, 표정이 안 좋아진다.
최팀장 들어오면서 마루 돌아보지만 이쪽 마루도 형광색은 점점이다.

최팀장   그 나무 무늬가 아니네.. 유리 테이블도 없고.
          범인 메시지에서 본 나무 바닥이 아냐.
순창   (컴퓨터 보며) 메시지 그거 여기서 찍은 게 아닌가 봐요.
여진E   **이런다고 안 달라져!!**

S#26. 용산경찰서/조사실 - 낮

여진, 시목을 대하고 앉은 후정, 입을 완전히 다물었다.

여진   (답답한 마음에 탁자 두드리는) 너 못 빠져나가, 니 자취방에서도
          혈흔 나왔고! 니 차에서도!
후정   (고개 숙이고 눈도 안 마주치는)
시목   차가 아주 신형이던데요, 요즘 내비는 전원을 꺼도 업체하고 교신이
          됩니다. 차량 위치, 운행 시간, 심지어 공회전 시간까지 알 수 있어요.
          김후정씨가 어딜 다녔는지 결국엔 나온단 말입니다. 입을 다물어도.

여진	니 주행기록에 찍힌 데서 실종자가 발견되면 그때 정말 빼도 박도 못 해.
	그 전에, 말하자. 서검사, 지금 어디 있니?
후정	(안 들리는 사람 같다)
여진	그럼 이것만 묻자, 이건 정말 대답해야 돼, 응? 서동재 검사 살았니?
	…. 죽었어? 그래서 치웠어? 흔적도 지우고?
후정	….
여진	야! (복장 터질 것 같다. 시목 보는)
시목	(같이 보지만…)

S#27. 대검찰청/법제단장실 – 낮

태하	(스피커폰 통화 중) 살았는지 죽었는지도 모른다고 그래서?
사현	(같이 듣고 있는)
시목F	예, 그래서 지금 사무실에 들어갈 수가 없는데 반차를 써도 될까요?
태하	지금 어딘데.
시목F	보광동이요, 용의자가 살았던 집에 갑니다.
태하	반차는 뭘 반차야, 자백 받아내서 와. (끊는)
	죽여버린다고 할 수도 없고.
사현	황프로요? 손 떼라고 했는데 지가 나서서 잡아서?
태하	범인!
사현	(딴청) 범인이 엉뚱한 데 있었네요?
태하	그러네. 어쨌든.. 끝났네, (혼잣말 비슷한) 잡았으니까.

S#28. 보광동 주택가 골목 – 낮

차에서 내려 어느 한 집으로 곧장 가는 시목.

S#29. 다세대 주택 대문 앞 – 낮

대문은 열어줬지만 대문 안에 선 1층 여인, 밖에 선 시목.
시목, 1층 여인에게 휴대폰 속 후정 사진을 보여준다.
뉴스에 나온 모자이크 사진이 아니라 신분증 사진이다.

1층여인 예 맞아요, 이 학생. 여기 젤 꼭대기 방에 얼마 전까지 세 살았어요.
시목 (대학생2, 3의 증명사진도 차례로 보여주며)
        이 학생들은 본 적 있으세요? 여기 자주 놀러 왔다든가?
1층여인 글쎄요? 나도 같이 세 들어 사는 마당에 남에 집 올라갈 일이 있는
        것도 아니고, 얼마 안 살다 갑자기 나가서 윗방 학생 자체도 별로
        못 봐나서요.
시목 갑자기 나갔습니까?
1층여인 한두 달 살았나? 집주인이 어느 날인가 와선 나갔다고 하더라고요?
        난 이사 가는지도 몰랐네.
시목 갑자기 나간 이유가 뭐였는지 아세요?
1층여인 그때 계약한 게 하필 젤 추울 때 와선 추워서 못 살겠다고 했다나,
        집주인이 그럼 한겨울에 춥지 덥냐고 뭐라 하대요? 집이 추우면 고쳐줄
        생각은 안 하고..
시목 (위를 보는. 여기선 꼭대기는 잘 안 보인다) 혹시.. 이 동네 유명한 배달
        맛집이 있을까요, 대행 쓰는 데 말고 가게에서 직접 갖다주는 데요.
1층여인 있죠? 우리 애들이 허구헌 날 시켜 먹는 그놈에 치킨집. .. 배고프세요?

S#30. 용산경찰서/강력팀 – 낮

장형사 자리에서 휴대폰 통화하는 여진. 펼쳐놓은 수첩엔 여러 이름과 번호가 적혔다.

여학생F 통영에서 죽었단 애들이 걔네들이라고요?!

S#31. 동/조사실 – 낮

여학생F	(여진 폰에서 흘러나오는 목소리) 후정이가 원래 조용한 편이었고
	공부는 잘했지만, 집도 잘살고요, 그니까.. 타겟이 되기 딱 좋았죠.

다시 앉은 여진, 시목, 후정.

후정	(고개 숙이고 표정 잃은 채 그저 앉았다)
여진F	그 셋이 중학교 때부터 친했어요?
여학생F	저는 오히려 걔네가, 대학 가서도 연락하고 지냈다는 거에 놀랐는데요,
	중2 때 후정이가
후정父E	**(밖에서부터 쩌렁쩌렁 울리는) 김후정!!**

후정, 순간 뻣뻣해지는 게 눈에 보일 정도다. 잡혔을 때만큼 긴장한 듯.
여진, 일단 녹음파일 끈다.

후정父	(정복경찰이 열어주는 문으로 거침없이 들어온다) 김후정 어딨
	(아들 보더니 맞은편 여진과 시목에게 홱 돌려지는 시선)
여진	(일어나는) 보호자 되십니까?
후정父	무슨 죄목으로 남에 자식을 긴급체포예요 벌건 대낮에!
여진	긴급체포는 벌건 대낮에 도주해서고 추정 죄목은 살인 납치 및 유기요.
후정父	(잠깐 말이 막히는. 하지만 곧 고래고래!)
	사람을 잘못 봐도 유분수고 뒤집어씌워도 말은 돼야지 이 사람들아!
	인제 겨우 막 스무 살짜릴 갖고 살인? 유기?!
	애가 서울대 갈 거 마다하고 연대 공댈 전액장학금 받고 들어간 애야!
여진	(아놔 어쩌라고)
후정	(많이 겪은 상황인지 아래만 볼 뿐)
시목	(일어난) 지금 조사 중입니다. 성년의 피의자 조사에 있어서 보호자
	동석은 수사기관의 의무조항도 아니고요.
후정父	누가 벌써 피의자예요? 누구 승인이요 이거? 수사 지휘 누가 했어?
시목	접니다.
후정父	(그제야 시목 목에 신분증이 경찰과 다르다는 게 눈에 들어온다. 대뜸)

누군 서초동 안 있어봤어? 너 몇 기야?
나 얘 애비 말고도 얘 변호인이야!

후정 옆에 당당히 자리 차지하고 앉는 후정父, 어디 해봐라 하는.

여진   .. (앉는. 후정에게) 중학교 2학년 김후정 학생이 담임한테 고백을 했어,
        왕따를 당하고 있다, 아이들이 괴롭힌다, 특히 두 아이가.
후정父 (전혀 몰랐던 얘기다. 정황상 크게 티는 못 내지만 분명 놀랐다)
여진   그런데 돌아온 게 뭐냐, 담임이 셋을 묶어서 짝을 만들어줬어,
        친하게 지내라고. 15살 소년 김후정은 자길 때리고 부려먹고
        놀려대는 두 애들이랑 하루 종일 붙어 앉아 있어야 했던 거야.
        이번 주는 이 아이 다음 주는 저 아이, 돌아가면서.
후정父 지금 얻다 대고 멀쩡한 애를, 누가 왕따를 당해요!
여진   (폰에 녹음파일을 다시 켠다. 아까 끊은 데서 조금 더 지나서 틀면)
여학생F 인제 생각해보면 쌤이 걔네 둘한테, 통영에서 죽은 애들이요,
        경고를 한 거 같아요. 내가 알고 있다, 다 지켜보고 있다,
        후정이가 면담 시간에 왕따 고백한 게 다 퍼져버렸으니까요,
        나름 대책이었는지 모르겠지만, 당하는 사람은요? 어떻게 친해져요?
여진   (파일 끄는) 절대 안 친해지지, 대학을 가든 바다를 가든, 못 친해지지.
후정父 지금 이게 왜 나옵니까, 백 번 양보해서 좋아, 무슨 왕따가 있었다
        칩시다, 살인에 납치라더니 물에 빠져 죽은 애들 얘기가 왜 나오는데?
여진   물에 빠져 죽은 게 아니라 물에 빠뜨려 죽였을 가능성이요.
        친구가 아니라 철천지원수였고.
후정父 !!... 니가 말해. 친구였니 원수였니? 말해!!
        (후정이 대답할 틈도 없이 아들 어깨를 움켜잡는 손이 먼저 나간다)
후정   친구요. 친했, 친해졌어요.
후정父 중학교가 언제 적 얘긴데, 흐른 시간이 얼만데 친해지고도 남지!
여진   보광동에 방은 왜 얻어주셨어요? 광진구 아주 좋은 아파트 사시던데.
        아니 그보다 방은 왜 뺐니? 한 달도 안 살고 나갔다며?
후정父 이봐요 형사님, 애가 멋모르고 보광동 집이 좋다고 했다가 막상
        살아보니까 못 살겠어서 옮겼어요, 그것도 죕니까 응?

살다 살다 무슨 형사가 월세 기간 안 지켰다고 추궁을 해?

여진　자주 시켜 먹었다며, 마늘치킨.

후정父　뭐 하자는 거야? 마늘치킨이 왜 나와요 마늘치킨이!

시목　집단동거를 했습니까? 혼숙도 하고?

후정父　아니 어디서 그딴,

S#32. 후정의 작업실(보광동) - 낮(2019년 초)

양손에 든 치킨을 대학생2에게 건네주는 배달원. 헬멧 안에 눈이 흘낏 실내로 향한다.
한눈에 들어오는 원룸은 쓰레기장이다. 마구 뜯은 과자, 술병.
전자악기 옆에 놓인 소파 겸 침대엔 배달원이 있든 말든 누워 있는 여성과 대학생3.
치킨 건넨 배달원이 나가는 뒤로 현관 옆 작은 문에 대고 외치는 대학생2,
'치킨 왔어!' 하면 화장실 안에선 '어!' 하는 여자 목소리와 물 내리는 소리도 난다.

배달원E　거기처럼 맨날 술판 개판인 데도 드물었거든요,
　　　　　일주일에 몇 번도 시켜 먹었는데 남자애들만 있을 때도 있고,

S#33. 보광동 골목 - 낮(2019년 초)

배달원, 오토바이 타고 가는데 동네 편의점 의자에 후정이 앉았다.
배달원, 후정을 알아봤는지 그쪽으로 짧게 돌아가는 헬멧.

배달원E　주로 그 학생이 나와서 치킨을 받았는데 걔 없이 딴 애들만
　　　　　있을 때도 꽤 있었던 거 같아요. 여자애들도 있고.

배달원이 간 다음에도 후정, 멍하니 앉았다. 위는 롱패딩인데 발은 슬리퍼 바람이다.

S#34. 용산경찰서/조사실 - 낮(현재)

후정父	(표정이 더 안 좋아졌다. 아들 보는)
후정	제가 오라고 했어요.
시목	여자들도?
후정	네.
여진	음악 하는 작업실 같던데, 작업실을 보광동에서 지금 있는 구의동으로 옮기고 나서 그 친구들한테 얘기했어, 나 옮겼다고?
후정	아뇨 따론
후정父	(탁자 밑에서 후정 허벅지 꽉 잡는다. 입 다물어, 강한 응시)
후정	(즉시 입 다무는)
여진	친구라면서, 친해졌다면서, 남자 셋이 여행도 갈 정도로 친한데 하루아침에 작업실을 바꾼 걸 왜 말 안 했을까?
후정父	셋이 친구든 아니든 얘가 무슨 잘못이 있고 무슨 책임이 있다고 한 얘기 또 하고 또 해요?
시목	책임을 넘어서 동집니다. 동기를 묻고 있습니다. 김후정씨, 3월 26일 오후 7시에서 밤 11시 사이 어디 있었습니까.
후정父	이봐요!
시목	서동재 검사, 작업실로 데려갔죠? 지금 어딨어요?
후정父	서동재 검사라니?

S#35. 동/복도 – 낮

찌뿌둥한 얼굴로 오는 서형사, 조사실 문을 열기 전부터 커다랗게 울리는 소리.

후정父	무슨 시신이 나오길 했어, 범행도구가 있길 해! 이게 지금 검사 없어졌다고 아무것도 모르는 애 하나 잡아다가 종주먹 들이대서 어떻게든 빨리 종결시키겠다는 거지!

S#36. 동/조사실 – 낮

서형사가 들어와도 계속되는 후정父의 호통.

후정父   애 아빠에다 검찰 선배에다 변호사인 내가 바로 옆에 있어도 이러니
           을마나 많은 사람을 뒤집어씌워서 골로 보냈을까!
서형사   (열받는) 차에 블랙박스 왜 꼈어요? 왜 떼버렸어?
후정父   아 증말 골고루 하네, 형사 양반님들! 블랙박스는 사유재산에 해당하며
           영상 공개가 의무도 아니고 제출을 거부할 수 있다!
서형사   현장 마룻바닥이고 장롱 안이고 혈흔투성이에요, 차 트렁크도.
           우리가 뭘 뒤집어씌운다고, 아무것도 모르는 건 댁이시네!
후정   개 피예요.

아버지 기세에 말을 잊은 듯하던 후정 입에서 나직이 나온 말이 너무 황당한 사람들.
후정父마저 당황하지만 곧, 그것 보라는 듯 고개 쳐든다.

후정   (믿든 안 믿는... 별로 애쓰지 않고 천천히 말한다)
         개를 차로 쳤어요. 그거 피예요.
여진   개를 쳤으면 병원엘 데려가야지 옷장 속에 박아놔?
         니 귓구멍엔 그게 말이 되는 걸로 들리니?
후정   병원에 갔는데.. 가망 없다고 해서 도로 데려왔어요.
시목   개 어딨습니까.
후정   죽었어요.
시목   사체는.
후정   묻었어요.
시목   어디다.
후정   (고민하는 기색도 없이) 생각해보니까 버렸네요.
시목   어느 병원.
후정   기억 안 나요.
여진   이게 진짜! DNA 돌리면 짐승 편지 사람 편지 다 나오는 걸 어디서
         장난질이야? 너 이럴 때가 아냐! 서동재 어딨어!
서형사   (여진에게 눈길 주는데 뭔가 아니라는 눈길)

서형사E   목숨 걸고 빡빡 닦았나 봐요.

S#37. 동/복도 - 낮

조사실 팻말이 저 앞에 보이는 복도 끝의 여진, 시목, 서형사.

서형사   온갖 표백제 종류란 건 다 섞여서 혈액 반응은 있는데 너무 많이
           오염돼갖고 DNA가 검출될지는 장담 못 하겠대요.
여진   누구 핀지가 문제가 아니라 사람 핀지 아닌지도 장담 못 한다고요?
서형사   그걸 아니까 쟤도 저렇게 날 잡아잡수 나오겠죠.
시목   ... 용의자하고 보호자부터 분리합시다.
           계속 붙어뒀다간 말 한 마디 못 듣겠어요.
여진   .. 잡았는데도 찾을 수가 없으니, 분명히 코앞까지 온 걸 텐데.

S#38. 동/조사실 - 낮

후정父   (마음 급한) 너 왜 체포되는지 쟤들이 말해줬어?
후정   예.
후정父   변호인 선임 권리는? 변명할 기회는? 다 고지했어?
후정   예.
후정父   아빠 봐 후정아, 아빠 봐. 절대 입도 뻥긋하지 마. 저쪽에서 뭐라고
           하든 절대. 아빠가 다 알아서 할 거니까 넌 가만히만 있음 돼, 알았어?
후정   예.
후정父   검사가 구속영장 청구해도 넌 혐의가 뚜렷하지 않으니까 영장심사 때
           석방될 수 있어, 아니 아빠가 영장 기각시킬게. 너 구속 안 돼.
           그러려면 절대 아무 말도 하면 안 돼. 그거 니 권리야, 알았지?
후정   예.
서형사   (들어온다. 후정 일으켜 세워 데려 나간다)
후정父   (따라 나가는)

S#39. 동/복도 - 낮

후정父 (사람들 들으라는) 뭐라고 하든 다 무시해! 별것들 아냐!

후정 (후정父를 돌아보며 서형사 따라간다)

후정父 (옆에 선 여진에게 험한 눈길 던지고 돌아서는데)

여진 걔 피란 말을 믿으세요?

후정父 내 아들 말인데 왜 안 믿겠어요? (코웃음 치고는 가버리지만)

여진E **왕따를 당하고 있다, 아이들이 괴롭힌다, 특히 두 아이가.**

서형사E **현장 마룻바닥이고 장롱 안이고 혈흔투성이에요.**

후정父 (실은 충격받았다. 불안하고 초조한 마음 누르며 서둘러 간다)

S#40. 경찰청/수사혁신단장실 - 낮

최빛 (전화 중) 내가 이런 일로 전화한 적 있어? 오죽 급하면? (듣다가) 검사가 실종된 게 중요한 게 아니라 긴급체포 했는데 변호사 끼고 세게 나와서 놔줘야 되게 생겼으니까 그러지. (듣다) 아냐, 이거 빼박이야, 이거 놔주면 진짜 큰일 나. DNA 결과가 흐리멍텅하게 나와서 경찰이 범인 놓쳤단 소리 나 안 들을래, 부탁 좀 해요, .. 고마워, 부탁해!

최빛, 전화 끊고도 찌푸린 이마가 펴지지 않는다.

S#41. 대검찰청/법제단장실 - 낮

태하 (전화) 아니 차장님, 저희도 방금 황프로한테 사정을 들었는데요, 이거는 직권남용이 아니라 (입 다물고 듣는..) 예 그렇지만 (다시 입 다물리는. 그러다 성큼성큼 나간다)

S#42. 동/사현의 방 - 낮

사현, 일하고 있는데 태하가 통화하면서 다짜고짜 들어온다.

태하　（허리에 손 얹었지만 말투는 공손） 예 신중하게 처리하라고 하겠습니다.
　　　 예예 차장님, 신경 쓰이게 해드려서 죄송합니다.
　　　 （끊자마자 말투 달라지는） 이것들이 언다 대고 씨.
사현　 어떤 것들이 또 무슨 지랄을 했는데요?
태하　 너 고법에 김규만 판사 아냐?
사현　 아뇨?
태하　 용의자 아빠가 김규만일 찾아가서 하두 지랄을 해갖고 김규만이
　　　 영장 담당한테 전화하고 영장 담당이 다시 차장님한테 어떡하냐고
　　　 전화했단다.
사현　 어느 용의자 아빠?
태하　 서동재. 주임검사가 실종자랑 친분이 있어서 객관의무를 저버렸다고
　　　 영장 내주지 말라고, 표적에 과잉에 편파라고 아주 생난리를 쳤나 봐.
사현　 주임이면 황시목? 무슨 과잉에 편파는 지 얘기구만. 암만 자식이라도.
태하　 언다 대고 외압질이야? 직속도 아니면서 선배면 다야?
사현　 그래도 기각은 안 될 거 아녜요?
태하　 위에다 찍 전화하면 내가 바짝 엎드릴 줄 알았나? 날 뭘로 보고.
사현　 아니 지금 그게 중요한 게 아니라 영장이요, 풀어주라곤 안 하겠지?
태하　 그럴지도 모르겠어.
사현　 에?
태하　 너 그 국회 파견 판사, 이름 뭐지? 그 사람이 김규만보다 위 아니냐?
사현　 김규만이 몇 긴데요?
태하　 몰라. 근데 우리보다 쪼금 위였던 거 같아, 별로 차이 안 나.
사현　 그러면.. （전화 잡는） 신정호가 위겠네. （전화한다） 기각은 안 되지.
태하　 신정호가 파견 판사야?
사현　 （끄덕. 신호 가는 동안 기다리다..） 신위원님, 통화 괜찮으세요?
태하　 （듣는）

사현   그럼 빨리 말씀드릴게요, 위원님 혹시 김규만 판사 아세요?..
      아 같이 한 적 있으세요? ... 그쪽이 후배시네 그럼, 예에...

됐다, 시선 교환하는 사현과 태하.

S#43. 용산경찰서/강력3팀 - 낮

시목과 여진이 장형사 자리에서 데스크탑을 마주하고 있다.
여진의 마우스 움직임에 따라 모니터 속 지도는 스카이뷰 모드로 전환된다.
상단 검색란에 입력된 주소는 - 〈서울시 광진구 구의동 365〉
워커힐 아파트 아랫길 부분에 파란색으로 검색 위치가 마킹됐다.

여진   (파란색 마킹 가리키며) 여기 작업실 주변은 다 빌라 촌이고..
      (옆으로 화면 돌리면 굽이치는 한강과 울창한 아차산이 드러난다)
      근처에 강하고 산이 다 있으니...
      얻다 숨겼을까, 이러다 정말 시신 없는 살인 되면 (말하다, 아차)
시목   (모니터만 보는)

S#44. 후정의 작업실/차고 - 밤(시목의 상상)

빈 차에 트렁크만 열려 있는데,
철문에서 나오는 후정, 얇고 커다란 천으로 둘러서 묶은 무언가를 끙끙 맸다.
아무래도 이불 안엔 사람이 든 형체다.
후정, 이불 형체를 트렁크에 넣는다. 이불 속 사람 형체, 꿈틀도 없다.
트렁크 닫고 차고 셔터 여는 후정, 차에 올라 차고를 나간다.
다시 차에서 내려 셔터 닫는다. 닫힌 셔터 밖에서 들리는 차 떠나는 소리.

S#45. 용산경찰서/강력반 - 낮(현재)

시목, 마우스 커서 잡고 지도 위를 움직인다.
아차산 위치에 뜬 스카이뷰 비행기 표시를 누르면 아차산의 빽빽한 나무숲이 뜨고
다시 한강의 비행기 표시 누르면 광진교와 천호대교를 낀 한강이 보인다.

시목   (마우스 커서 잡고 지도 위를 움직이는. 마음의 소리) 어디로 갔을까.

여전히 너른 아차산과 한강. 도저히 가늠할 수 없다.

여진   (폰 울려서 받는) 예. .. 예! (바로 일어나 나가며 시목에게) 주행기록.

S#46. 동/복도 + 계단 – 낮

강력반에서 빠른 걸음으로 나오는 여진과 시목.

여진   (전화) 예, .. 예. (끊는) 오늘 새벽 3시에 성수동1가로 찍혔대요.
           김후정이 낮에 악기사 간 거 빼면 그게 제일 최근

계단 트는데 올라오고 있는 서형사. 여진, 그를 보자마자 몸 돌려세워서 데려간다.
서형사, 왜인지 모르지만 일단 재빨리 합류한다.

여진   기록이라니까 새벽 3시면 눈에 안 띄고 뭐 옮기기 딱이지.
서형사   맞나 보네요 그럼, 그때 들어와서 소독을 했으니까 아침까지 냄새가
           진동을 했지. 근데 용의자 본가 집에도 마루가 사진에 찍힌 그 마루가
           아니라는데요, 지금 문자 왔는데?

S#47. 여진의 차 안 – 낮

서형사   서검사를 여기다 갖다 버렸나?

사이렌 울리며 바삐 가는 차. 앞에는 여진과 서형사, 뒷좌석에 시목이 앉았다.

서형사　(폰으로 검색하는) 한강변인데요, 성수동1가?
여진　　그럼 결국 한강인가?
서형사　어 산도 있네? 어어 서울숲이랑 개천도 있네??
여진　　미치겠네.
시목　　...

S#48. 성수동1가 골목 - 낮

최팀장　뭐가 이래 증말.

1층엔 가게, 그 위론 살림집인 평범한 집들이 다다다닥 붙은 흔한 골목.
이리저리 뒤지는 최팀장도 장형사와 순창도 주위 풍경이 당황스럽다.
정복경찰들이 이리저리 탐문은 하고 있지만 가게도 많고 보는 눈도 많고,
무엇보다 사람을 몰래 숨겨놨을 만한 장소가 없어 보인다.
이곳으로 빠르게 달려오는 여진의 차.
여진 일행도 내리지만 둘러보면서 오는 얼굴들, 여기가 유기 장소야? 하고 있다.

여진　　(좀 떨어진 데 있는 최팀장에게 목례하며 장형사 쪽으로 오는)
서형사　여기가 맞아? 아무리 새벽 3시라도 이런 데다 유기를 했다고?
장형사　여기서 2분 정도 정차한 거 맞아.
시목　　(2분..)
장형사　걸어서 한 10분 거리에 서울숲이 있긴 한데..
　　　　　여기서부터 차를 내려갖고 이고 지고 가진 않았을 텐데?
순창　　근데 딱 2분만 정차했단 거는 뭐만 딱 버리고 튀었단 거 맞지 않나요?
여진　　.. 찾아보자고, (가며) 남에 집 계단 밑에라도 숨겨놨는지 알아?
장형사　(가지만) 벌써 싹 다 훑었어요, 근데 없어.

형사들은 가도 그 자리에서 계속 사방을 살피던 시목, 돌연 발을 뗀다.
최팀장, 시목이 본인 쪽으로 오자 고개 드는데 그를 그대로 지나친 시목이 향하는 곳엔
재활용 쓰레기 공동배출시설이 있다.

S#49. 재활용 공동배출시설 - 낮

재활용과 일반 쓰레기함이 커다란 곳에 시목이 들어서는데,

최팀장　　(뒤에 따라온) 여기 봤어요, 없어. (하며 커다란 재활용함을 보는데)

시목, 그쪽은 쳐다보지도 않고 곧장 초록색 의류수거함으로 간다.
크기는 크지만 입구가 길고 좁아서 옷이나 신발 정도만 넣을 수 있는 의류함.
시목, 입구에 얼굴을 갖다 대더니 숨을 들이켜 냄새를 맡는다.
이어 겉면을 보면 수거함 하단에 걸린 자물쇠.
시목, 쓰레기 날아가지 말라고 괴어놓은 커다란 돌을 집어 자물쇠 내리친다.
그 행동에 최팀장도 수거함 냄새를 맡아보더니,

최팀장　　(얼른 밖에 대고) 여기 연장! 아무거나 갖고 와 빨리!

그 소리가 들렸을 것임에도 내리치는 걸 멈추지 않는 시목, 결국 돌이 깨져 나가면서
시목 손에 상처를 남긴다.

최팀장　　있어봐요! (하면서도 본인도 급한 마음에 자물쇠를 발로 차는)
장형사　　(장도리 비슷한 걸 갖고 뛰어온) 여기요!
최팀장　　이거 저기 따!!

장형사가 연장으로 힘을 주고 곧 서형사까지 와 힘을 보태자 떨어져 나가는 자물쇠.
의류수거함 밑이 열리자 시목, 바로 헌옷을 끄집어낸다.
다른 경찰들도 다 몰려오는데.

여진   락스 냄새.

쏟아져 나오는 옷더미 사이 눈에 띄는 대용량 종량제 봉투, 제일 큰 사이즈다.
봉투 찢는 시목. 그와 동시에 형사들이 봉투 안의 옷을 헤치면,
아직도 축축하게 젖은 흰 터틀넥, 검은색 진, 양말, 마구 쑤셔 넣은 흐린 색 담요,
잔뜩 뭉쳐진 일회용 물걸레, 진회색 경량 패딩(S#19 패딩과 동일).
패딩은 락스에 심하게 비볐는지 군데군데 색깔이 바랬고 섬유조직이 많이 해진 상태다.
최팀장, 급히 패딩을 펼쳐보지만 혈흔의 흔적은 없자 해진 곳을 찢어본다.
패딩 안 구스 충전재는 변질된 모양새다. 표백제에 녹아 형체도 망가졌다.
형사들도 다른 옷을 살피는데 검은색 진도 락스 때문에 얼룩덜룩 아주 망가졌다.
얇은 담요를 살피던 여진, 담요 가장자리 시접 부분에 아주 약간 붉은 기를 발견한다.
여진이 담요를 가까이 보자 옆에 있던 서형사도 들여다보지만,

서형사   이것도 DNA는 어려울 거 같은데..
순창   .. 사람을 버리러 온 게 아녔구나.
장형사   그럼 여기 전이란 얘기잖아, 서검사부터 옮기고 청소까지 한 다음에
              옷을 갖다 버렸을 테니까.
최팀장   청소야 빨가벗고 했을 수도 있고.
              여기 이전 주행기록들 빨리 내놓으라고 해, 전부 다.
장형사   이거 하나도 몇 시간이 걸렸는데. (전화 꺼내는)
최팀장   (전화 꺼내는 걸 봤는데도) 사람 목숨 달렸다고 해!

최팀장이 버럭 화내자 조용해지는 경찰들.
쓰레기장에 한데 모여 선 수사 인원을 행인들만 힐끔거리며 지나칠 뿐이다.

S#50. 용산경찰서/조사실 - 낮

시목, 혼자 앉았다. 한 손에 사진 몇 장을 쥐었지만 그걸 보고 있진 않다.
펼쳐놓은 상태가 아니라서 무슨 사진인진 안 보이는데 문 열린다.
유치장 보호관이 후정을 데려다 앉힌다.

보호관이 나가도 한동안 입을 열지 않는 시목,
역시 그저 꾸부정히 앉은 후정.

시목   .. 서검사가 말을 해주던가요? 어디서부터 의문이 싹텄는지?
후정   (망연하게 아무 데도 안 보는)
시목   집단 괴롭힘처럼 오래 지속되는 억압이 폭력 대 폭력으로 번지는
        케이스 드뭅니다. 오히려 피해자가 자해를 하는 경우가 더 많아요.
        그게 정신적으로 굴복됐기 때문이라는 사람들도 있지만 나는
        그러면서 최후의 보루를 기다리는 거라고 생각합니다. .. 시간.
        졸업하면 끝나겠지, 이 집단하고 끝나는 날 괴롭힘도 같이 끝나겠지.
        자길 해치면서라도 그날을 기다리는 겁니다.
후정   왕따를 글로 배우셨네요.
시목   나도 기억 속엔 있습니다, 느낌은 사라졌지만.
후정   (여전히 안 본다)
시목   김후정씨는 드디어 어른이 됐습니다. 아버지가 당당하게 이름을 밝힐
        수 있는 대학에서 전액장학금을 받는 모양 좋은 어른. 그런데 뭐가
        달라졌을까. 모욕당하고 착취당하던 사춘기 소년에서 한 발짝도 나가지
        못했어요. 댁한텐 기다릴 날이 없었어요. .. 기다리지 않기로 했죠.
후정   (잠깐 시목을 보나 싶지만 시선 다시 흩어진다)
시목   기분이 어떻던가요? (빨아들일 듯 응시하는)
        본인 손으로 끝내고 나니까?
후정   (그 눈길에 불안해진다. 여기저길 봤다가 눈을 깜빡였다가 결국) 전,
        저.. .. 몰라요, 아네요.
시목   서동재... 죽었나?
후정   몰라요. (다시 껍데기 속으로 들어가듯 시선 떨구는 순간)
시목   (벼락같은) 어떻게 했어!!
후정   (깜짝 놀라는)
시목   찔렀어? 목 졸랐어? 토막 냈어?! (손 안에서 구겨지는 사진)
후정   (놀라서 상체가 최대한 시목한테서 멀어진)
시목   시신은 끝까지 못 찾았고 피고인도 전면 부정했지만 간접증거
        정황증거만으로 살인죄가 인정된 판례는 얼마든지 있어.

네 방에선 혈흔이 나왔고 수사관을 보자마자 도주했고 네 옷도 찾았어. 새벽 3시에 8km를 달려가서 아무 연고도 없는 동네에 버려야 했던 옷들. (후정 앞에 사진 놓는다) 피를 지우려고 했던 흔적까지 다 있어.

후정   !! (꽁꽁 싸매 버렸던 옷들이 찍힌 사진)

시목   너는 반드시 기소될 거고 실형이 선고될 거야. 네 아버지가 무슨 말을 해줬든 남은 평생 입을 꿰매고 산다 해도 넌 못 빠져나가.

후정   (고개 떨구는데 울먹울먹, 하지만 꾹 참는다. 울지 않는다)

시목   남은 건 하나야, 어떤 죄목으로 기소되느냐, 너한테 달렸어. 3건의 살인이냐, 나머지 하난 미수에 그치느냐. 어제 새벽에 서검사가 살아 있었다면 살인미수가 될 가능성은 아직 있어. 어떻게 했어? 죽였어? 훨씬 전에 사망했어? 의식이 있는 사람을 버렸나?

후정   모르는 얘기예요.

시목   ...

후정   (이젠 고개 들어 쳐다보며) 하나도 못 알아듣겠어요.

벌컥 열리는 조사실 문. 여진이 돌진해 들어와 바로 후정을 낚아채선 끌고 나간다. 사진 걷은 시목, 일단 묻지 않고 따라 나간다.

S#51. 동/복도 - 낮

여진   (묻기 전에) 이 새끼 로그 기록 찾았어요, 공개수사 동영상에 수십 번 접속하고 목격자 제보에 댓글도 달았어.

S#52. 동/주차장 - 낮

후정父, 차에서 내리는데 여진이 후정 뒷덜미를 움켜쥐어 끌고 온다.

후정父   어딜 데려가!

후정   (여지껏 끌려오다 아버지를 보자 벗어나려고 몸을 후리는)

여진	(후정을 차에 밀어붙인다) 주작하지 마. 니가 진짜 봤으면 형사 번호도
	있는데 왜 걷다 제보 안 해, 왜 공개적으로 이래, 넌 그냥 관종 새끼야.
후정父	(후정한테서 떼어내려 여진을 잡아채는데)
시목	(후정父를 강하게 잡아 제어하는)
여진	니가 이거 달았어, 목격자 제보 밑에 니가 직접 쓴 댓글이야.
후정	아녜요!
여진	관종 새낀 너야. (보조석에 태우는)
후정父	야! (여진 잡으려 시목을 뿌리치지만)
시목	(묵묵히 놓지 않는)
여진	한 번만 더 하면 댁도 공무집행 방해야, 검찰 선배지 내 선배야?!
	(수갑 꺼내는)
후정父	(아들 손에 수갑이 채워지는 장면에 충격받는)

후정을 보조석에 구겨 넣고 벨트 채운 여진이 운전석에 탄 후에야 후정父를 놓는 시목,
사진을 후정父에게 쥐여버리곤 여진 차 뒷좌석으로 간다.
후정父, 얼결에 사진 보는데 첫 장은 담요다.
피가 나온 부분을 확대해서 찍었지만 아직은 감이 안 오는 후정父,
하지만 다음 장의 뜯겨진 경량 패딩은 확실히 알아보겠다. 숨이 콱 막히는.
그사이 시목까지 타면 곧장 출발하는 여진의 차.
잠시 멍하던 후정父, 자기 차로 달려간다.

S#53. 여진의 차 안 - 낮

정문을 지키고 선 의경이 창밖으로 빠르게 흐른다.
빠른 속도에 흔들리는 차 안. 후정, 손목 아프다.
그 뒤로 후정父의 차가 쫓아오고 있다.

여진	니 작업실 근처지? 옷도 근처에 버렸고 서검사도 거기 있지?
	어디야?
후정	.. .. 음악이 하고 싶었어요, 아주 전부터.

시목   (준비했던 사람처럼 전화 꺼내 녹음 시작)

후정   아빠가, 스카이 중에 하나만 가면, 대학만 들어가면 다 하게 해준다고,
       그다음은 공부 안 해도 된다고.. 죽어라 했어요. 걔들하고 다른 학교를
       가려면 개네는 특목고를 못 가니까 걔들을 안 보려면 나는, 특목고를
       가야 되니까 이 악물고 했어요.

후정, 다시 한동안 말이 없다. 이미 많이 지쳤다.

후정   그렇게라도 생각하려고 했어요, 아니면 내가 그동안 맞은 게 너무..
       걔들 땜에 내가 특목고 간다, 라고 생각하려고... 끝이 없었어요,
       고등학교로 바뀌어도 대학을 와도 (눈물이 방울방울 떨어진다) 계속,
       따라와서.. 중학교만 졸업하면 고등학교만 졸업하면, 대학만 가면..
       첨 작업실이 생겼을 때 미치게 좋았어요, 다, 다 보상받은 거 같았어요.
       근데 걔들이 거기 나타났어요, 내 작업실에.

여진   (앞만 보며 운전하지만 핸들 쥔 손에 힘이 들어간다)

후정   (고개 떨구고 운다) 저는 어디로 가요? 다음이란 게 있어야 되잖아요..

여진   죽여야 끝날 거 같았어? 그래서 떠올린 게 바다야?

후정   (답 못 하는)

여진   서검사는 어떻게 했니.

후정   ..

여진   강이야 산이야?

후정   (목소리가 잘 안 나오는) 산이요.

여진   (바로 최대한 속력 올린다)

후정   그냥 산에 던졌어요. (울음이 더 북받친다) 편지가 왔다고 하고
       봤다는 사람이 나타나니까 너무 무서웠어요. 그냥 옷장에 뒀었는데,
       너무 무서워서 그냥 뒀는데 목격자가 있다고 하니까 어떻게든 해야
       될 거 같아서 건드려봤는데.. 움직이질 않는 거예요. .. 죽었어요.

여진   !.. 피 흘리고 쓰러진 사람을 그 좁은 데 그냥 둬?
       먹을 건? 물은? 물은 줬어?

후정   (눈물만 떨구는데... 뒤에서 들려오는 낮은 목소리)

시목E   굶어 죽었다고..?

녹취가 계속되는 시목 전화엔 이젠 후정의 흐느낌만 흘러 들어간다.

S#54. 강변북로/천호대교 - 저녁

상공에서 바라본 여진의 차, 한쪽엔 높은 아파트가 즐비하고
다른 한쪽엔 늦은 오후 햇살이 반짝이는 한강변의 강변북로를 달리고 있다.
천호대교를 지나는 차, 도로 우측으로 빠진다.
빙 돌아 들어가는 도로를 따라 광장사거리 방면으로 들어선다.
후정父의 차는 여전히 따라오고 있다.
화면, 더 넓게 올라가면 저 위를 아차산이 차지하고 있다.

S#55. 산길 + 여진의 차 안 - 저녁

경사로 오르는 차. 교통에 방해 안 될 정도로만 천천히 간다.

여진 어디야?
후정 (밖을 보지만) 모르겠어요.
여진 버린 놈이 모르면 누가 아는데?
후정 밤이라서, 다 비슷해서,

Insert.1〉 - 산길/후정의 차 안 - 밤(이틀 전)
경사가 있는 산길이지만 아직 옆에는 아파트 불빛이며 상업시설이 가깝다.
후정, 뒤를 보면 뒤에도 다른 차가 오고 있다.

후정E 정하고 온 게 아니라 무작정 사람 없는 데로 가서, 어딘지,

Insert.2〉 - 산길/후정의 차 안 - 밤(이틀 전)
마침내 나무만 우거진 산길. 가로등을 벗어나면 금방 어둡다.

차 세우는 후정, 엔진도 끈다. 헤드라이트 불빛 사라지면 고요하다.
잠시 그대로 앉아 앞뒤 살펴도 오가는 차 없다.
내리는 후정. 그 동작에 살짝 기울었다가 수평을 찾는 차체, 화면.
트렁크 여는 소리, 부스럭대는 소리가 나더니 트렁크가 쾅 닫히는 소리.
트렁크 닫힐 때 화면이 또 조금 쿨렁한다.
차창 프레임 안으로 후정이 들어온다. 옅은 색깔 담요로 두른 형체를 멨다.
가로등 빛을 벗어나는 후정이 차 안에선 이젠 형체 정도만 보인다.
길 옆 끝으로 담요 안에 든 것을 산길 아래로 던지고 있다.
담요를 쥐고 뒤도 안 돌아보고 달려오는 후정. 담요, 수거함에 버려진 것과 같다.
차에 오른다. 담요를 옆에 놓을 새도 없이 급히 출발.

여진의 차도 더 높은 길로 올라왔는데,

후정E   여긴가 봐요.

급브레이크. 여진, 시목, 내린다.
후정父도 가까스로 멈추고 내린다.
여진이 조수석 열고 후정 끌어내려 길 끝으로 데려간다.

여진   똑바로 봐. 여기 맞아? 확실해?
후정   (잘 모르겠는)
여진   잘 봐!
후정   (마침내 끄덕이는..)
여진   (전화 꺼내는)
후정父   후정아 왜.. 왜 말 안 했어, 왜, 아빠한테..

고개 떨군 후정과 아들 잡고 망연히 선 후정父.

여진   (전화) 위치 파악됐습니다. 아차산 중턱이고요,
         수색견 의경 가능한 지원 다 보내주세요. 수색 범위, 굉장히 넓습니다..

동재가 있을 저 아래를 보던 시목, 하늘 본다. 어두워지고 있다.

S#56. 산길 - 밤

칼라콘을 세워 통제한 길. 통제구역이 상당히 길다.
남은 차선이 하나뿐이라 오가는 차량을 번갈아 보내는 경찰, 늘어진 교통.
통제된 레인 안에 줄지어 선 경찰 차량, 구급차.
구조대원과 소방청 수색견들이 하차, 가드레일 넘어 신속히 그러나 조심스레 내려가고.
가드레일에 매어 고정시킨 줄을 몸에 묶은 경찰은 이제 천천히 하강한다.
상반신이 가드레일을 훌쩍 넘기도록 길 제일 끝에 붙어 선 여진,
한 손엔 손전등, 다른 손엔 무전기 들고 세밀히 아래를 살핀다.
무전에서 간간이 흘러나오는 상황 보고 중엔 장형사 목소리도 들린다.
'희생자 신발은 아닌 것 같다. 그냥 버린 신발로 보인다.'
'나무가 상당히 빽빽하다. 가지에 걸렸을 가능성도 있겠다. 지면 말고 위도 봐라.'
'줄이 너무 짧다, 이제부터 줄을 풀고 내려가겠다.' '조심하라.' 등등.
산 아래 비추면, 어둠 깔린 산의 나무들 사이로 손전등 불빛만이 바쁘게 움직인다.
수색대 움직임에 따라 플래시 불빛이 여러 방향에서 움직이고 있는 것.
그 외엔 캄캄하다. 하나도 보이지 않는다.
주변이 시끄러운 와중에도 저 아래 밟힌 낙엽들이 바스러지는 소리도 들리고.
여진 뒤에선 최팀장이 정복경찰 몇 명과 노트북 지도를 보며 얘기하고 있다.
지도를 확대해 구간 구간 나누면서 1차 수색 지역과 여기서 성과가 없을 경우
다음 수색 지역을 나누는 것에 대해 얘기 중이다.
더 길어지면 지난번처럼 기동부대 불러야 한다는 의견도 나온다.

여진   (전화 울린다. 받더니) 다 오셨어요? (길 돌아보는) 네! (끊고)

여진, 교통통제선으로 나아가서 살피면,
다가오고 있는 민간 차량 한 대에서 운전석 사람이 손짓한다.

여진   (교통경찰에게) 저 차 안으로 들어오게 해요, 장비 차량이요.

교통경찰 (여진 말에 따라 호루라기 불며 민간 차량을 안으로 안내한다)

민간 차량이 통제선 안에 서고 담당자 두엇 내리며 장비부터 꺼내는데, 드론이다.

여진   전부 몇 개예요?
드론담당자 밤이라서 열 감지 센서 달린 건 지금 2개고요,
            내일 만약에 해 뜰 때까지 이어지면 열 추적 아니고 일반은 더 있고요.

민간인 드론 담당자들, 드론과 모니터 장치를 셋업 한다.
최팀장을 비롯한 다른 경찰 몇 명도 와서 들여다본다.
여진도 셋업 하는 걸 보느라 허리 숙인 사이, 통제선 안으로 차량 한 대가 들어오는데,
교통통제 경찰이 운전석에 대고 경례 붙인다.
운전석에서 내려서 여진에게 오는 이, 정복 갖춰 입은 최빛이다.

최빛   한주임.
여진   단장님! (정복 보고는) 어디 갔다 오세요?
최빛   음. (최팀장 등이 급히 목례하는 것 눈으로만 받고 가드레일 너머 보는)
여진   아직은 흔적 없습니다.
최빛   (주변 짧게 보더니 입 크게 움직이지 않고 낮게) 여기는 확실한 거야?
여진   (역시 주변 안 듣게, 낮게) 범인이 왔다 갔다 해요.
최빛   이런 빌어먹을 새끼...

다시 교통 호루라기 소리 바빠진다. 냄새 맡은 방송국 차량들이 속속 모여들고 있다.
방송 차량을 못 들어오게 하자 기자들, 카메라들이 칼라콘 밖에 내려선다.
이들이 차량 흐름과 섞이면서 더 복잡하고 시끄러워진다.
드론 담당자의 "됐습니다!" 소리와 함께 드론 셋업 끝났다.
공중으로 띄우면 드론 카메라가 잡은 장면이 모니터에 나오는데,

여진   오른쪽이요.

공중의 드론 카메라, 오른쪽으로 돌면 모니터에도 화면이 잡히고..

여진　　(모니터 가리키며) 여기 너머가 지금 접근이 안 되고 있어요.
　　　　풀숲이 깊어서. 여기로 가주세요.

두 대의 드론, 여진이 말한 방향으로 날아간다. 사람들, 날아가는 드론 바라보는데,
크기도 더 크고 소리도 큰 비행물체가 따라붙는다.

최팀장　　뭐야 저건? (돌아보면)

길 건너편에서 방송사가 헬리캠을 조종하고 있다. 헬리캠, 드론을 쫓아간다.

최팀장E　　방송국 헬리캠이네. 되게 시끄럽네

S#57. 산 위/공중 샷 - 밤

드론이 날아가며 찍은 구도다. 복잡한 도로에서 멀어져 산을 훑는다.
이를 찍는 방송국 카메라도 작게 보이고.
산 아래를 훑는 지면 수색대 조명 빛이 화면을 점점이 차지하고 있다.

S#58. 대검찰청/형사법제단 사무실 - 밤

프린트 앞의 시목, 지금 나오는 인쇄물 확인한다.
시목이 녹취했던 후정의 자백을 단어 하나 안 빼고 프린트한 내용이다.

실무관　　(녹취 듣느라 이어폰 끼고 입력하다가 이어폰 빼는) 다 나왔죠?
시목　　예, 수고하셨습니다.
사현　　(방에서 나오는)
시목　　(인쇄물 거둬 자리로 가는데)
사현　　지금 속보 나오고 있어, 구조현장.

시목	예 압니다. (실무관에게) 이거 파일로도 보내주세요.
사현	괜찮냐?
시목	네?
사현	풋.. (나가며) 너한텐 돈 빌리면 안 되겠다, 야.
시목	(실무관이 보낸 파일 확인하는)

S#59. 산길 - 밤

주차된 본인 차 운전석 차 문 열고 옆으로 걸터앉은 최빛, 통화 중이다.

최빛	니가 몇 살인데 숙제하란 소릴 해야 되니, 엄마가?
	.. 그럼 쫌만 먹고 숙제 다 해놔? 엄마 가서 볼 거야 늦어도? .. 음.
여진	(이쪽으로 온다)
최빛	(끊는)
여진	단장님 들어가세요. 제가 계속 보고드릴게요.
최빛	(코가 빨개진 여진 보는) 춥냐?
여진	뭐. (훌쩍) 들어가세요. 단장님까지 계실 거 있나요.
최빛	(.. 일어나는) 사람이 사느냐 죽느냐 하는 마당에 이런 말은 좀 그렇지만 옛날엔 나도 진짜 지겹도록 이 짓 했는데.
여진	(같이 이 모습 보는)

두 사람 눈에 들어오는 주변, 어수선한 광경.
가드레일에 붙은 많은 형사들, 지친 수색견한테 물 먹이는 수색대원도 보이고,
어느 소방관은 나무에 긁힌 얼굴을 응급대원에게 맡기고 있다.

최빛	그런 말 있잖아, 사건은 책상이 아니라 현장에서 일어난다.
여진	.. 이 현장까지 오지 말았어야 했어요.
최빛	?
여진	통영에서 죽은 애 아버지가 자기가 신발 한 짝을 못 사줬다고 했어요. 근데 죽은 아들이 자기가 알바 구하면 된다고 했다고, 그걸 제가 분명히

들었는데, 그랬으면 생각을 했어야죠. 알바 구하면 된단 얘긴 아직 안
구했단 얘긴데 어디서 그럼 이 애는 그 비싼 운동화가 생겼을까?
그때 그 생각만 했어도, 왜 놓쳤을까요?...

최빛   (어...)

Flashback〉- 2회 S#13. 대학생2의 집/안방 - 낮
최빛이 가져다준 대학생2의 운동화를 끌어안고 우는 대학생2의 아버지.

아버지   이걸 못 사줬어요, 애비가 자식 운동화 하날.. 그래도 괜찮다고,
           지가 알바 구한다고.. 얼마 신지도 못하고!..

최빛, 말은 않지만 이런 나도 놓쳤네, 싶은데,
산 아래 멀리서 억!! 하는 비명소리 들린다.
모두 그쪽 쳐다보고, 가드레일 근처에 있던 사람들은 가드레일로 몰려간다.

여진   (무전기로) 어디야? 누구야? (가드레일로 달려가는)
최빛   (뒤로 차 문 세게 닫으며 달려가고)
여진   (가드레일에 붙어서 아래 보면)
최팀장   뭐 미끄러지는 소리 같은 게 났는데? 다쳤나?
드론담당자   이쪽에서 났어요? (드론 움직이는)

무전기를 통해서가 아닌 산 아래 어디선가 생목소리가 올라온다.

수색경찰E 여기요! 여기 뭐 있다!!

일순간에 부산해지는 현장. 아래에서는 '어디? 어디!' 소리 들리고.
드론이 그리 날아가고, 그러다 펑! 위치 알리는 신호탄 터진다.
그리로 달려가는 경찰. 바빠지는 구급대원, 응급차.
신호탄을 잡느라 일제히 하늘로 올려진 방송 카메라들.

S#60. 동재의 아파트/거실 - 밤

거실 TV에 속속들이 전개되는 속보 화면. 아차산 현장 상황이 중계되고 있다.

자막 – 〈실종 검사, 아차산에서 발견〉

전화를 귀에 댄 동재妻, 겉옷을 입는 건지 벗는 건지 정신없이 반만 걸치고 허둥댄다.

눈은 계속 뉴스를 보면서 선반이며 콘솔 위며 쓸듯이 더듬는 손.

그러다 자동차 키를 찾아 쥐고선 이번엔 발치에 떨어진 지갑을 그러쥔다.

기자E   지금 보이는 곳이 바로 납치한 서모 검사를 유기했다고 용의자가 자백한
            장소입니다. 보시다시피 많은 인원이 동원돼서 수색을 하고 있지만
            날이 어두워진 데다 현장이 너무 넓고 경사가 가팔라서 수색에 어려움을
            겪고 있습니다. 서모 검사의 생사 여부는 아직 밝혀진 것이 없으며 한편
            경찰 발표에 따르면 지난 3월에 통영에서 발생한 대학생 익사사고
            역시 서모 검사를 납치 유기한 용의자의 계획 범죄일 가능성이 있다고..

TV 화면 – 방송사 헬리캠이 산길 위에서 찍은 화면이다.

자막은 두 개가 번갈아 나온다. – 〈구조작업 진행 중〉〈아직 생사 여부 알 수 없어〉

동재妻   (울먹울먹) 엄마 경준이 못 보게 해, 못 보게 해, 엄마...

동재妻, 같은 말만 반복하며 시선은 TV에서 떼질 못한다.

S#61. 산길 – 밤

TV 화면, 고스란히 현장으로 바뀐다. 여전히 시끄러운 소리 내며 찍고 있는 헬리캠.

최팀장   (고개 빼고 아래 보지만) 뭐가 보여야지? 찾았어? 아냐?

최빛   (이쪽도 어두워서 하나도 안 보인다. 에이씨! 길 건너 기자에게) 거기!

기자   네??

최빛   조명 가져와요!

길 건너편에서 뭐? 하던 방송국 사람들, 이때다 싶어 얼른 조명 들고 가드레일로 온다.
최빛이 부른 기자뿐 아니라 모든 방송국 조명, 기자, 카메라들이 달려온다.
때문에 미디어 통제선이 무너지고 가드레일이 더 복잡해졌지만 방송국 조명이
한꺼번에 비친 산 아래는 훤해진다. 이제 아래가 보인다.
그러자 누군가 '저깄다!' 소리치고 갑자기 분주해진다.
구급차에서 가져온, 끈에 묶은 들것이 산 아래로 급히 이동된다.

S#62. 동재의 아파트/거실 – 밤

뉴스 화면에 보이는 산 아래도 밝아졌다.
산 아래로 길게 내려간 줄이 보이는데, 줄 끝에서 마침내 들것이 나타난다.
줄 끝에 묶여 서서히 올라오는 들것엔 분명 사람 형태가 실려 있다.
모포로 전체를 덮고 줄로 단단히 고정해서 안에 사람은 안 보인다.
산 위에선 줄을 당기고 있고 산 아래선 기슭에 일렬로 버텨 선 사람들이 들것이
최대한 안 흔들리도록 손을 모아 위로 나르고 있다.
위에서는 줄을 당기고 아래에선 사람들이 손을 들어 들것을 옮기고.
들것, 천천히 위로 올려진다.

동재妻, 무릎 꺾이며 그냥 주저앉는다. 전화 쥔 손도 내린 채 눈물범벅 된 얼굴로
엉엉 울면서, 모포에 완전히 싸여 보이지 않는 남편을 본다.

S#63. 산길 – 밤

방송국 카메라 앵글에 잡힌 최빛,
경무관 제복을 입은 그녀가 일선경찰 속에 섞여 구조에 최선을 다하는 모습.

cut to. 현장. 이제 들것이 거의 다 올라왔다. 카메라 포커스가 일제히 모인 가운데,
힘을 합쳐 줄을 당기던 경찰들, 가드레일 안으로 들것을 받아 내린다.
머리부터 발끝까지 모두 모포로 감싸진 들것은 지체 없이 응급차로 옮겨진다.

여진까지 들것을 따라서 응급차에 타면,
부쩍 힘차진 통제 호루라기의 비호를 받으며 질주해 나가는 응급차.
사이렌 소리 속에 응급차를 떠나보내는 최빛, 최팀장, 경찰들...

S#64. 용산경찰서/유치장 - 밤

쇠창살 안의 후정, 무릎을 꼭 안고 의지한 채 벽에 기대앉았다.
그 위로 지는 그림자, 머리가 좀 흐트러진 장형사다. 창살 밖에서 묵묵히 내려다본다.

후정　　(차마 묻진 못하고 그렁그렁 보기만)
장형사　.. (수색 중에 긁혔는지 뺨에 상처도 살짝 난)
후정　　어떻게 됐어요?
장형사　(냉랭한...)

후정, 모래성이 무너지듯 와르르 무너지며 흐느낀다.
두려움, 후회, 원망의 울음.
연민과 경멸, 비난이 섞인 눈으로 내려다보는 장형사.

S#65. 대검찰청/형사법제단 사무실 - 밤

시목 혼자다. 휴대전화를 뚫어져라 보고 있다.

여진E　　**서검사 손목에 묶여져 있었어요.**

시목이 보고 있는 것, 여진이 구급차 안에서 찍어 보낸 사진인데 동재 넥타이다.
피가 묻고 매듭지은 부분이 쪼글쪼글하고 그 위에 다시 테이프를 감았었는지
군데군데 덕테이프가 들러붙었지만, 온전한 형태다. 잘리지 않았다.
시목, 저장된 사진을 넘기면 범인 메시지가 나온다.
분명히 위가 거칠게 잘린 넥타이 일부가 편지 위에 놓였다.

다시 여진이 보낸 사진으로 돌아오면, 잘리지 않은 넥타이.

15회

부장님은 법을 구현하는 사람입니다,

누구나란 말 뒤에 숨어서는 안 되는 집행자예요.

그런데도 계속 변명만 하고 난 아니라고 하시는데

그럼 박변호사 시신은 혼자 걸어서 그 먼 길을 갔습니까?

죽은 손가락이 119를 눌렀어요?

S#1. 대검찰청/법제단장실 - 밤

아차산 구조현장이 나오는 Live 화면이 TV에 흐른다.
들것이 응급차에 실리는 순간인데 소리도 무음에 TV 앞 소파를 비춰도 보는 사람 없다.
대신 테이블엔 아직 김이 올라오는 커피 잔이 놓였는데.
가까이서 휴대폰 진동음이 울리고 있다. 소리가 들리는 쪽을 보여주면,
책상 가에 선 태하, 손에 폰을 쥐고선 발신자가 뜬 액정을 보고만 있다.
TV에선 이제, 여진이 타는 게 얼핏 보인 응급차가 급히 현장을 떠나고 있다.

태하   ... (전화 받는) 예..

S#2. 응급차 안 - 밤

아차산 구조현장을 막 빠져나오고 있는 응급차 안. 사이렌 소리.
구급대원, 머리끝까지 덮인 모포를 젖히면 입에 재갈 물린 동재.
(12회 S#12에서 범인이 잘라낸 재갈과는 다른 천이다)
손도 뒤로 묶인 채라 제대로 눕혀지지 않았다.
구급대원들, 입에 재갈을 가위로 끊고 산소호흡기 끼우느라 바쁘고

여진은 그사이 손목에 포박을 풀려고 애쓰는데.
덕테이프로 묶여진 손, 그 밑에 노란 넥타이도 보인다.
먼저 넥타이로 손을 묶고 다시 한 번 테이프로 동여맨 것인데.

여진　　(테이프 끊고 넥타이 매듭 풀려다) 어? (이때 쑥 들어오는 가위)

입에 재갈을 끊어낸 구급대원이 넥타이에 가위를 바로 갖다 댄 것인데,

여진　　아뇨!! (응급차에 구비된 장갑 낚아챈다. 재빨리 끼고서)

장갑 낀 손으로 넥타이 매듭 푸는 여진, 꽉 묶인지라 여간 힘이 드는 게 아니지만
결국엔 풀린다. 들어보면 온전한 넥타이.

S#3. 아차산 산길 + 최빛의 차 안 - 밤

구조 활동이 끝난 산길은 현장을 빠져나가는 많은 차량이 뒤엉키어 복잡하다.
차 운전석에서 차창 밖으로 고개 내민 최빛, 언제 빠져나갈 수 있나 앞을 살피는데,

최빛　　(전화 울린다. 한여진 주임이다. 받는) 음, 왜? (듣는데) !!
　　　　… 잠깐만. (짧게 생각 정리하더니) 당장 목격자 잡아와,
　　　　가짜 편지 가짜 제보, 둘 다 노리는 게 하나야. 절대로 우연 아냐.

S#4. 응급차 안 - 밤

여진　　(전화 끊으며) 여기 잠깐 세워주 (동재 보는)
구조대원　세워달라고요?

산소호흡기 단 동재, 핏기 하나 없이 완전히 감긴 눈.

여진   아닙니다. (전화 다시 누르는)

S#5. 아차산 아랫길 - 밤

운전석에 최팀장, 전화 내리는 게 보이더니 사이렌 울리며 속력 높인다.

S#6. 대검찰청/형사법제단 사무실 - 밤

시목, 전화에 뜬 넥타이 사진을 보고 있는데 수신화면으로 바뀐다. 원철 전화다.

시목   (받는)
원철F   어떻게 됐어?

S#7. 동부지검/지검장실 - 밤

원철   살았어? (대답만 기다리는데)
시목F   예.
원철   (아!... ..) .. 상태는.
시목F   의식이 없습니다. 출혈로 저체온 쇼크가 왔고 수분 공급이 안 돼서
원철   (급한 마음) 그래도 깨어난다지?
시목F   깨어나도 떨어질 때 충격이 있을 거랍니다.

S#8. 대검찰청/형사법제단 사무실 - 밤

시목   골절 쇼크가 보인다고요.
원철F   됐어, 됐어.
시목   예.

원철F   고생했다, 그래, 어. (끊기는)

시목, 전화 내리면 여진이 보낸 넥타이 사진이 원래 보고 있던 액정에 다시 뜨는데,

사현E   살았네. (자기 방에서 나오던 길인)
시목   (액정 뒤집어서 폰 놓으며 일어나는) 네.

태하가 단장실에서 나오는데 재킷을 입을 새도 없었는지 나오면서 걸치며 곧장 나간다.

사현   (같이 나가며) 어디 가요?
태하   어딜 가, 집.
시목   (두 부장이 보든 안 보든 뒤에 대고 짧은 목례)

S#9. 다세대 주택/골목 – 밤

최팀장 차가 골목으로 들어온다. 지금은 사이렌 껐다.
서형사와 순창, 다세대 주택 바로 아래서 2층에 불 켜진 창문을 보고 있다.
최팀장, 차에서 내려 형사들에게 오며 저기? 손짓으로만 가리킨다.
서형사와 순창, 끄덕이는.

S#10. 동/복도 – 밤

구형 빌라. 인터폰에 안 잡히려 최대한 고개 숙인 순창이 현관 벨 누른다.
최팀장과 서형사도 문 양쪽 벽에 완전 붙어 섰다.
대답 없다. 순창, 다시 한 번 누르는데.

목격자E   (인터폰이 아닌 생목소리) 누구세요.
순창   아랫집인데요. 누수가 있는 거 같아서요.
목격자E   저희 집 아녜요.

순창   지금 물이 너무 떨어져서요, 세탁기나 그런 데 잠깐만 보면 안 될까요?

대답 없는... 벽에 붙은 최팀장, 너무 세지 않게 문 두드려 재촉한다.

목격자E (짜증 섞인) 이 밤에 무슨..

철컥! 문 열리는 소리. 목격자가 문 사이로 채 보이기도 전에 최팀장, 발부터 들이민다.

서형사   (얼른 문 잡아당기며) 전기혁씨 얘기 좀 하시죠?
목격자   (형사들 알아본 눈치. 곧장 문 잡아당기지만)
최팀장   (완력으로 밀고 들어가는데 돌연) 어?! (집 안에 뭔가를 본)
서형사   (같이 본) 저 뭐야!

최팀장과 서형사, 집 안으로 뛰어든다.
둘을 막으려던 목격자, 망설이는 것도 찰나일 뿐 도망치려고 튀어나오는데,
덩치 큰 서형사 뒤에 가려져 있던 순창이 팔을 벌리고 막는다.

순창   (목격자 제압하며 이젠 거의 닫혀가는 문 너머로) 뭔데요? 뭔데요?!

S#11. 용산경찰서/유치장 - 밤

얼굴에 긁힌 상처 달고 급히 들어오는 장형사, 유치장으로 오면,
쇠창살 안의 후정, 무릎을 꼭 안고 의지한 채 벽에 기대앉았다.

후정   (인기척에 올려다본다. 그렁그렁해지는 눈빛)
장형사   ...
후정   어떻게 됐어요?
장형사   (냉랭한...)
후정   (모래성이 무너지듯 와르르 무너지며 흐느끼는데)
장형사   .... (유치장 담당에게 유치장 문을 가리켜 보이는)

유치장담당 (와서 문 연다)

S#12. 동/조사실 - 밤

왼손으로 〈나는 설거지를 한 것이다, 너무 늦었다〉를 다 쓴 후정, 장형사에게 내민다.
장형사, 범인 메시지 사진하고 후정 글씨를 비교하면 너무 다르다.
펼쳐진 서류에 눈길 주는데, 아차산 길에서 여진과 후정의 대화를 인쇄한 녹취록이다.
장형사가 보는 부분을 C.U.하면.

〈녹취록 밑줄 부분 C.U.〉
수사관 : 강이야 산이야?
김후정 : 산이요. 그냥 산에 던졌어요. 편지가 왔다고 하고 봤다는 사람이 나타나니까
너무 무서웠어요. 그냥 옷장에 뒀었는데...

장형사   ('편지가 왔다고 하고' 부분을 볼펜으로 톡톡 치다가)
          진짜 이거(범인 메시지) 너 아냐?
후정   (언제나처럼 시선 떨구고 고개 젓는)
장형사   .. (문자 온다. 폰 꺼내며) 숨은 붙었어, 서검사.
후정   !...
장형사   (탁자 아래로 문자 확인하는 눈이 돌연 커진다)

S#13. 동/앞마당 - 밤

목격자를 차에 싣고 온 순창과 서형사 차가 먼저 서고 그 뒤에 최팀장 차가 선다.
최팀장이 목격자를 데리고 경찰서로 들어가면서 차 키를 서형사에게 준다.
서형사, 1층 입구 바로 앞에 세운 최팀장 차에 올라 차를 입구에서 치운다.
입구 앞에 잠깐 차를 세웠던 순창도 차를 이동시킨다.

S#14. 동/조사실 - 밤

최팀장 돈에 팔려서 구라나 까는 놈인지 알았지 이럴 줄까진 몰랐네.
　　　　이게 왜 니네 집에 있냐?
장형사 (인쇄한 사진을 탁자에 하나하나 내려놓는데)

첫째 사진, 범인 메시지에서 얼핏 보였던 마룻바닥을 전체적으로 찍은 것이다
그다음 장은 마루 문양이 확실히 보이게 접사해서 찍은 사진,
마지막은 메시지가 올려졌던 걸로 추정되는 유리 테이블을 마루랑 같이 찍은 사진이다.

최팀장 경찰시계는 사진만 찍고 갖다 버렸냐? 넥타이는, 니 돈 주고 샀어?
목격자 무슨 넥타이요?
장형사 (마지막으로 범인 메시지 사진 내려놓으면)
최팀장 마룻바닥에 탁자까지 다 니 집이야. 이거 니 집에서 찍어 보냈어.
목격자 네에?? (범인 메시지 보며) 이게 뭔데요?
최팀장 어디서 순진한 척이야? 현장 목격하고서 양심에 찔려서 뉴스 찾아
　　　　봤다고 니 입으로 말했어, 범인이 보냈다고 공개돼서 이게 얼마나
　　　　난리가 났는데 정작 니가 이걸 첨 본다고?
　　　　야 구라를 쳐도 본인 주둥이에서 나온 말은 좀 기억해가면서 쳐라.
목격자 아니 마룻바닥 이런 집이 전국에 한둘이에요?
최팀장 잡아떼려면 집 밖에 갖고 나가서 찍었어야지,
　　　　밖에서 누가 볼까 봐는 걱정되고 잡혀서 들킬 걱정은 안 되디?
목격자 어 우리 빌라에 집들 다 이 바닥잰데 우리 빌라 사람이 범인인가 봐요?
최팀장 니네 빌라 사람들이 다 범인 봤다고 그짓말 했어?!
　　　　백경사랑 무슨 사이야!
목격자 (화들짝) 저 그 사람 알지도 못해요!
최팀장 그럼 누구야? 누가 알지도 못하는 사람 범인으로 찍으라고 시켰어?
목격자 시키다뇨? 어 왜 얘기가 점점 이상해지죠?
최팀장 이 자식이 진짜 야, 넌 이걸 보내자마자 목격자라고 나섰고 실수인 척
　　　　우연인 척 경찰 마크를 노출시키고선 범인으로 찍은 것도 경찰이야,
　　　　이게 어느 눈깔로 봐서 우연이냐? 누가 시켰어!

목격자	돈 때문이라고 했잖아요, 그건 인정한다고요, 인정.
	근데 무슨 마룻바닥 갖고 이 난리야?
최팀장	이 난리야? 니가 깜빵이 그립지? 이 길로 보내줘?
목격자	(고개 숙이며 머리 감싸는 척하는데 매우 찰나지만 피식하는)
장형사	(그걸 얼핏 봤는데)

노크도 없이 조사실 문 열린다. 시목이다.

| 최팀장 | 어?.. (왜..) |
| 시목 | 두 분 나가시죠. |

에? 하는 최팀장. 장형사도 왜? 하는 얼굴로 최팀장 처다보지만
시목이 어서 나가라 하는 태도로 처다보자 두 형사, 내키지 않아도 나간다.

S#15. 동/조사실 앞 – 밤

최팀장	뭐야..
장형사	.. 저 자식이 쪼개는데요? 빵에 보내준다니까?
최팀장	평생을 경찰 앞에서 쫄기만 하다 얼마나 신나겠어 지금..?..

서로 보는 장형사와 최팀장, 무슨 말인지 피차 안다.

S#16. 동/조사실 – 밤

시목	전기혁씨, 나 기억하죠?
목격자	(흘깃 보는)
시목	(보란 듯 탁자에 놓인 모니터 끈다) 기억 안 나요?
목격자	(시선 똑바로 안 마주치며) 연극하신 검사님이잖아요? 차 번호판 갖고.
시목	연극이라.. 내가 벌써 10년 차인데요, 대검 법제단에.

목격자	(마지막 말에 짧지만 획, 시목을 다시 보는 눈길)
시목	방금 말한 그 연극이란 걸 하고 나서 이상한 전화 한 통을 받았어요?
	(거기까지만 말하고 더는 말을 안 하자)
목격자	... .. (별 관심 없는 척, 툭) 무슨 전화요?
시목	내부적인 거까지 알려고 할 필은 없고.. 우리 쪽에 아는 사람 있죠?
목격자	제가요? 제가 누굴 알아요? (괜히 손 같은 델 문지르는)
시목	자.. 내가 이걸 건드리면 나한테 영향이 있냐, 내가 피를 보느냐,
	그걸 묻는 겁니다. 만약에 댁이 우리 쪽에 믿는 구석이 있다,
	그럼 지금 말합시다. 어디에요, 중앙지검?
목격자	아이 검사님 제가 무슨, 저 그냥 잡범이에요, 보심 아시잖아요?
	(말과는 달리 입 끝은 미세하게 실룩대고 있다)
시목	.. 그래 없죠? (문으로 가는) 만약에 내가 댁을 기소해서 내부적으로
	나한테 피해가 온다 그럼 각오해야 될 겁니다. (나가려는데)
목격자	근데 그걸, 전화로 받았어요?
시목	... 전화로 안 받으면.
목격자	아니 뭐, (아차 싶은. 손을 모아 이마 짚는 척하며 눈길 피한다)

시목, 지금까지 좀 짜증나 보이던 기색은 사라지고 감정 없이 고요해진 눈길.
검사를 대면하고도 어딘가 여유 있던 목격자, 뒤늦게 뭐가 잘못됐나 싶어진다.
에이씨, 딴 데 보는 눈길 불안하다.

S#17. 주택/골목 - 밤

연재가 밀담 장소로 이용하는 주택에 방금 누가 들어갔는지 차고 문이 내려지고 있다.

S#18. 동/거실 - 밤

연재가 똑바로 앉았고 그 앞을 비추면 마주 앉은 이, 태하다.

태하	(외관과 전혀 다른 실내를 일별) 이런 데가 있었네요?.. 좋네요.
연재	예 좋아요, 일 얘기 합시다. 같은 자리 다시 만드는 데 1년을 허비했으니.
	그사이에 1심을 패소해버렸잖아.
태하	...
연재	2심 어떻게 할 거예요?
태하	왜 저한테 한조 재판 얘기를 하십니까?
연재	이제 우리 사람이시잖아요.
태하	제가요?
연재	음! 얼마를 원해요?
태하	(뜨악한)
연재	돈 얘기 불편해요? 나 돈 얘기 잘하는데, 늘 하는데.
	워낙 처가가 빵빵하시니 웬만해선 성에 안 찰 거고.. 불러봐요.
태하	돈, 필요한 만큼 제가 법니다, 있습니다.
연재	(영혼 없는) 와 멋있다.
태하	(자존심..) 시간이 (허리 펴고 미묘하지만 당당해진다) 허비됐지요,
	그때 짜놓은 라인이 지금은 다 흩어졌으니.
연재	그때?
태하	1년 전, 박선배가 제 앞에서 한조 일을 하게 됐다고 했을 때요,
	선배 말을 그대로 옮기자면 한조가 자기한테 부탁을 했다고 했고,
	그렇다면 부탁이 아니라 하달을 받았겠지 속으로 생각은 했지만
	전 그 자리에서 그건 지적 안 했습니다.
연재	그럼 뭘 지적했을까?
태하	그런 말을 맨입으로 하면 누가 좋아하느냐, 나야 이해한다지만.
연재	(뭔가 의문스러워하고 있다. 얼굴에 그 표정이 짧게 스친다)
태하	어려서부터 깨끗하고 같이 논 친구가 오래가는 건 서로 볼 꼴 못 볼 꼴
	다 봤기 때문이다, 사람들이 왜 룸살롱엘 몰려가고 단체로 사우나를
	가는지 아시느냐, 혼자 잘난 척 깨끗한 척 못 하게 되니까.
연재	그러니까.. 별장에 사람들을 모은 게 우부장 아이디어라고요?
태하	예 접니다, 제가 했습니다. 그날뿐 아니라 앞으로 누굴 더 부를지,
	이런 자린 몇 번이나 더 가질지 전부 제가 만드는 중이었습니다.
	회장님께서 제 면전에 대고 돈 얘길 하시기 훨씬 전부터요.

연재   왜요.

태하   .. 정치를 하려고요, 저는.

연재   (순간 헛웃음) 정치...

태하   (돈 얘기가 나왔을 때부턴 꿀리지 않겠다, 라는 자세였다면 이젠 조금
진심을 토로하는 말투가 된다) 작년에 수사권 문제가 시끄러워지면서
누가 저 힘든 총대를 메려나 했는데 그게 저한테 온다는 거예요,
이번엔 검찰 뜻대로 안 될 겁니다. 이렇게 옷을 벗게 되나 싶던 차에
갑자기 박선배가 보자길래 용건부터 캐물었죠, 선배가 부른다고 아무
데나 달려가고, 저 그런 거 안 하거든요, 그랬더니 한조 얘길 꺼내는데
.. 진짜 죽으란 법은 없구나, 그 생각이 들었습니다.

연재   정치인 후원이 품은 많이 들지만 우리도 그쪽 커넥션이 나쁠 거 없죠,
근데, 박변호사는 자기가 다 했다고 했는데?

태하   전부 후배가 시켰고 나는 돈만 냈다, 그 말은 저도 안 할 거 같은데요.

연재   그렇지.

태하   제가 이제 다시 나선다 해도 소송을 완전히 뒤엎을 순 없습니다.

연재   뒤엎으라는 게 아니라, 추징금을 이성재 돈으로 내려고요.
그게 맞잖아, 걔가 한 짓인데.

태하   그러려면 그쪽 걸 가져오셔야 하는데요.

연재   가져오려면 난 실탄이 필요하고.

태하   추징이 먼저 돼버리면 안 되겠네요?

연재   그래서 동부지검이 귀찮아요. 그리고 거기도 그래,
아직도 중대범죄수사과에서 심심하면 한조 이름을 거론하는 모양인데
뭐가 중대범죄라는 거야, 경제 활동이지.

태하   중대범죄수사과는 경찰청에 있습니다만.. 무슨 말씀인지 알았습니다.

연재   (돌연 태하 쪽으로 몸 기울여 좀 가까이 보며) 여기가 좋아요?

태하   예, 뭐 예.

연재   아무나 안 만나요, 여기선.

태하   그러시겠죠.

연재   우부장님은 앞으로 여기로 오시면 돼요, 호텔 같은 데 번거롭잖아.

태하   .. 불러주시면 언제든지요.

연재   수고하세요.

태하	(일어나 인사하고 문으로 가는데)
연재	.. 왜 싸웠어요?
태하	네? (무슨?)
연재	안 싸웠어요? 근데 왜 그렇게 죽었지.
태하	... 의견 충돌이 좀 있었습니다. 그래서 제가 박선배보다 먼저 나오긴 했지만 그게 마지막일 줄은 꿈에도 몰랐습니다, 회장님.
연재	(그 말을 들은 건지 아닌지 물끄러미 어딘가만 보는)
태하	(무슨 말이든 해야 할 것 같다. 부자연스러운 미소) 범인 잡힌 거 보셨죠, 회장님? 완전히 끝났습니다, 내일부터 황검사는 법제단 일로 엄청 바쁠 예정이고요.
연재	(끄덕)
태하	.. (인사하고 나가면)

소파 등받이에 팔을 댄 채 틀어 앉은 연재, 그대로 앉았다.
잠시 후 차고 문이 열렸다 닫히는 소리 난다.

S#19. 태하의 차 안 - 밤

연재E	**안 싸웠어요? 근데 왜 그렇게 죽었지.**
태하	(찜찜한... 전화 들어온다. 발신자 '김사현'. 받는) 응, 왜?
사현F	왜라는 거 보니까 아직 못 보았나 보네.
태하	뭘 봐야 돼? 나 운전 중이야.
사현F	라디오 틀어봐요.

S#20. 경찰청/복도 - 밤

여전히 정복 차림인 최빛과 정장 입은 수사국장, 큰 보폭으로 온다.
옆 복도에서 나타나는 여진, 빠른 걸음으로 와 합류한다.

여진　(최빛에게, 낮게) 전기혁 압색영장 신청했답니다.

수사국장　(안 돌아보는) 영장이 순순히 나올지 보자고.

누가 사주했든 언제든 진범이 드러날 수 있는데도 이딴 짓을 했어.

수단 방법 안 가리겠다는데 우리도 인정사정 봐줄 거 없어.

회의실에 다다르자 여진, 먼저 뛰어가 회의실 문고리 잡는다.

최빛이 들고 있던 파일을 수사국장에게 건네주고 이에 국장이 끄덕이면 문 여는 여진.

회의실 안에는 대기 중인 기자들이 보인다.

S#21. 동/대회의실 - 밤

경찰청 엠블럼 앞에 앉은 수사국장, 위압적인 태도 대신 옆에서 설명하는 투다.

수사국장　언뜻 들으면 복잡해도 이게 결국 누가 이런 짓을 했겠느냐,

이거거든요? 아니 무슨 저기 아무 상관 없는 부서에, 물론 이 수사권

이란 게 검찰 전체에 관심사긴 하지만 그냥 어느 지방청 검사 하나가

수사권 사수를 위해서 내 한 몸 희생해야겠다, 갑자기 이 생각이 들어서

가짜 편지 보내고 가짜 목격자 내세우고 그랬겠습니까? 이게 엄한 사람은

장난칠 수도 없는 게 실종자가 검사란 말예요, 근데 이걸 보시면

(범인 메시지 사진 든다) 이게 도박꾼에다가 위조범 출신 전과자가

자기가 범인인 척하고 보낸 거예요, 여기서 뭐가 나왔느냐,

여러분 여기 이게 경찰 마크랍니다, 글쎄.

수사 중간결과 발표 때 여진이 공개한 건 글씨만 있고 피 묻은 넥타이는 없었지만

지금 수사국장이 공개한 건 넥타이까지 모두 보이는 원본 사진이다.

수사국장, 동재 손목에서 발견된 온전한 넥타이 사진도 그 옆에 같이 들어 보인다.

수사국장　그리고 이게, 오늘 저희가 구조한 검사한테서 나온 거예요,

저 뒤에도 보이세요? 작아서 저 뒷분들은 안 보이시려나?

기자들　(사진기자를 빼곤 모두 힐끗할 뿐, 노트북에 머리 박고 입력만 한다)

수사국장 (나름 웃어 보이며) 다들 입력하시느라고 정수리만 보여주셔서.

기자들   (반응 없다. 계속 입력)

수사국장 그리고 여기 이거 마룻바닥, 이거 테이블, 이거 전부 다 경찰이 검사를
       납치하는 현장을 봤다고 주장한 가짜 목격자 집으로 판명 났습니다.
       (기자들에게 잘 보이라고 펜 끝으로 범인 메시지의 마루를 가리키는)

최빛과 여진, 수사국장과 같은 화면에 잡히지 않게 떨어져 서서 듣고 있다.

여진   (최빛에게만 작게) 저건 아직 판명 난 거 아닌데요, 조사 중

최빛   (하지 마라, 팔꿈치로 살짝 치는)

수사국장 그래도 저희 경찰은 발뺌 안 했어요, 범인으로 지목된 경찰 잡았어요.
       근데 이게 다 거짓말이란 말야, 누가 꾸몄겠어요? 이 나라 현직 경찰이
       이 나라 현직 검사를 때리고! 납치하고! 이렇게 이런 피를 묻혀갖고 응?
       이런 짓을 한다, 이익 보는 게 누구겠냐고요.
       이 짓을 해서라도 수사권은 못 준다 이겁니다, 법제단 검사들이!

그 말에는 몇 명의 기자들이 손은 쉬지 않으면서 눈을 잠깐잠깐 든다.

수사국장 증명하는 거 간단해요, 가짜 목격자 컴퓨터, 폰, 다 압색해서
       이 사람하고 검찰이 연락 주고받은 게 있느냐, 이거 보면 돼요.
       대포폰도 조사하면 다 나와요, 요즘 세상에.

수사국장이 열변을 토하는 사이사이, 여진과 최빛의 무언의 대화가 들린다.

여진E   정말 법제단에 있다면, 누굴까요?

최빛E   누구든 상관없어.

수사국장 법제단 검사들께선 억울하다 그러면 이거 영장 내주면 돼요.

최빛E   우태하든 김사현이든, 배후에 있기만 하면 돼.

수사국장 이건 범죄예요, 범죄.

최빛E   그럼 우리가 이겨.

여진   ...

S#22. TV 토론 스튜디오 - 낮

스튜디오에 설치된 커다란 모니터로 수사국장 모습이 옮겨진다.

수사국장 당연히 나와야 될 영장을 내달라고 촉구해야 되는 게 현실입니다.

이 장면에서 멈추는 모니터. 이를 보고 있던 세 명의 패널이 보인다.
스튜디오에서 영상을 보던 세 사람, 영상이 끝나자 정면으로 시선 든다.
사회자를 가운데 두고 검찰과 경찰 양측 대변 패널들이 앉은 삼각 구도다.
모니터는 남산이 보이는 서울 전경에 〈검경내전〉이란 커다란 자막 화면으로 바뀐다.

사회자 방금 보신 거처럼 경찰청에서 직접 나서서 이번 일에 검찰이 개입했다란
        발언을 했는데요. 그 근거로 든 게, 여기서 잠깐 법제단에 대해서
        말씀드리자면 여기가 검찰에서도 수사권 사수를 위해서 만들어진
        부서 잖습니까? 그러다 보니 경찰을 궁지로 몰아서 수사권 조정에 대한
        시대적 요구를 분쇄시키려고 법제단에서 꾸민 거다, 이런 뜻인데요.
검찰측 참 말이 안 되는 게요, 어느 검사가 사기범죄자랑 작당을 해갖곤
        이런 짓을 꾸미겠어요?
경찰측 말 안 되는 행보를 여태까지 검찰이 얼마나 많이 보여줬는데요?
사회자 잠깐 더 토론을 나누기 전에, 배후로 지목된 검찰에서도 여기에 대한
        응대랄까, 반응이 오늘 아침에 나왔는데요, 보시고 얘기 계속하시죠.

모니터에 다시 화면 뜬다. 법제단에서 한 인터뷰인데 상반신만 보이는 사현이다.
자막 - 〈대검찰청 형사법제단 김사현 부장검사〉

사현   어떤 전과자 하나가 이렇게 적극적으로 특정 경찰을 범인으로 몰았다면
        둘이 혹시 불미스러운 일로 얽힌 적이 있나, 원한 관계는 아닌가,
        이걸 먼저 봐야지 저희한테 화살을 돌리는 게 말이 되느냐..

화면 바뀌어 이번엔 많은 책이 꽂힌 책장을 배경으로 앉은 태하 인터뷰가 이어진다.
자막 – 〈대검찰청 형사법제단장 우태하 부장검사〉

태하　　상식적으로 생각해서 사건이 해결되면 바로 드러날 사안인데 이런
　　　　얇은 수를 쓰겠냔 말입니다. 그런데도 그 밤중에 기자회견을 자청해선
　　　　경찰 치안감이란 분이 추측성 발언을 남발하시는데 과연 이런 분이
　　　　치안을 책임질 자격이 있는가, 저는 이게 안타까워요.

태하의 답답해하는 얼굴에서 화면 멈추고 남산 배경 사진이 다시 나온다.

사회자　　네, 경찰에서 배후로 지목한 대검 형사법제단에 담당 검사들이 직접
　　　　나서서 아니다, 부정했습니다. 그런데 방금 전에 저희 같은 일반사람들도
　　　　납득할 수 없는 소식이 들어왔는데요,
경찰측　　영장이 기각됐죠, 검찰에서 가짜 목격자 전기혁에 대한 압색영장을
　　　　거부했습니다. 방금 검사가 상식 운운했는데 떳떳하다면 수사를
　　　　통해서 진실을 밝히는 게 그게 진짜 상식이죠.
검찰측　　그 영장은 중앙지검에서 기각한 거고요, 안 내준 게 아니라 중대한
　　　　건이니까 보완수사가 필요하다, 뭐 하나 밝혀진 게 없으니까 경찰은
　　　　수사를 더 해 와라, 이겁니다.
경찰측　　밝히려고 영장이 필요한 거지, 다 밝혔으면 영장이 왜 필요해요?
검찰측　　가짜 목격자에 대한 수사는 처음부터 중앙지검 몫이었고요,

S#23. 경찰청/수사혁신단장실 – 낮

표정이 썩은 최빛, TV 토론 보는 중인데 유선전화 울린다.

검찰측　　이걸 무슨 법제단에서 중앙지검에다 영장 내주지 말라고 한 거처럼
최빛　　　(전화 울리자 TV 꺼버리는. 전화 받는) 예,
수사국장F　(분 안 풀린) 우태하 털 거 없어? 김사현이나?
최빛　　　네?

수사국장F   정보국이잖아! 약점 잡아놓은 거 없냐고?!

최빛   ... 찾아보겠습니다.

수사국장F   저 새끼 겉만 곰이지 순 여우새끼! (뚝 끊는 전화)

최빛   (분하기로 치면 못지않은데)

Insert.1〉 - 남양주 별장/거실 - 밤

태하   **(왔다 갔다 멘붕 상태다) 차라리 아까 바로 신고할걸,**
         왜 여태까지 있었냐고 하면 어떡하지?

Insert.2〉 - 남양주 별장/거실 - 밤

최빛   **가만 좀 있어봐요!**

태하   **지금 내가 가만있게 생겼어!!**

최빛   (이거만 밝히면 태하는 끝인데.. 도끼로 제 발등을 찍고 싶은 심정이다)

S#24. 대검찰청/형사법제단 사무실 - 낮

수첩 들고 단장실로 가는 사현, 시목도 수첩 챙겨서 일어나는데,
서류봉투 들고 들어오던 실무관, 사현을 보자 봉투 살짝 내린다.

실무관   (사현이 단장실로 들어가자 시목에게 와 작게) 나왔어요,

시목   (봉투 안 확인하고) 감사합니다. (맨 아래 서랍에 넣고 단장실로 간다)

수사관   (실무관이 자리로 오면) 뭔데 은밀해요?

실무관   영장이요, 아침에 오자마자 따로 부탁하시더라고요?

수사관   어휴 아침에 카메라가 갑자기 들이닥쳐서,
         나는 뭔 영장이 들어가는지도 몰랐네.

실무관   근데 그거는 진짜 아니겠죠? 설마 그렇게까지..?..

S#25. 동/법제단장실 - 낮

단장실 탁자에 모여 앉은 태하, 사현, 시목, 회의 중이다.

태하   총장님께서 중앙지검이랑 3곳을 뺀 나머지 전국 지검에 특수부 해체를
            건의하실 거야. 그거랑 검찰 본래 업무에 맞게 형사부 강화도 같이.

시목   (메모만 하는 것 같지만)

Flashback.1〉 - S#16. 용산경찰서/조사실 - 밤

목격자   근데 그걸, 전화로 받았어요?

태하   넌 총장님 건의안 나오는 대로 각 항목마다 취지랑 의의, 뭐 앞으로의
            영향 이런 걸 좀 예쁘게 정리해 와.

시목   (태하 보는) 예.

Flashback.2〉 - 12회 S#13. 대검찰청/법제단장실 - 낮

태하   형사소송법에 개정은 없다, 직을 걸고 개정을 저지시킨다,
**   그 마음으로 임한다, 알았나?**

사현   (수첩에만 시선 주며) 우리 직접수사권은 사수하는 거 맞죠?

시목   (사현에게 눈동자 옮기는)

Flashback.3〉 - 13회 S#18. 대검찰청/법제단 복도 - 밤

사현   사진에서 경찰시계가 나온 건 사실이잖아.
**   그럼 여전히 범인이 그쪽이란 얘긴데?**

태하   그건 무슨 일이 있어도 지켜야지, 인지수사를 없애면 수사권 포기한단
            얘긴데. 그리고.. 3차 협의회는 지금 분위기로 봐선 물 건너갔고
            그러면.. 음! (경쾌하게 수첩 덮는)

사현   (바로 일어나 문으로 몸 돌리는데)

시목   전기혁은 용산서에서 풀어줬답니다.

사현   (멈추는)

시목	영 입을 안 열어서 풀려나면 누구랑 접촉하는지 지켜본다고요.
사현	(내뱉듯 퉁명스런) 바로 접촉을 하겠어? 바보가 아니고서야.
태하	(사현에게 돌아가는 눈초리가 안 좋다)
시목	바보라서가 아니라 접촉할 상대가 없어야 하는 거 아닌가요?
	전과자랑 특정 경찰 사이에 개인적인 원한 때문이면요.
사현	(날카롭게 쳐다보는)
시목	말씀대로 전기혁이 그 경찰한테 체포됐다거나 해서 앙심을 품었을 순
	있죠?.. 근데 검사 실종에 용의자가 현직 경찰이라고만 알려졌지 그거
	외엔 보도된 게 없는데 그 용의자가 바로 자기가 원한 품은 경찰이다,
	전기혁은 이걸 어떻게 알고 나섰을까요.
사현	자기들끼린 아는 수가 있나 보지.
태하	무슨 자기들?
사현	(쳐다보지만 대꾸 않는, 나가려는 몸짓이다)
시목	(일어서는) 목격자 전기혁은 17년도에 사행행위로 기소됐습니다.
	성남지청 형사2부에서요.
사현	(지금 처음 안 듯한 표정!)
태하	(사현에게 돌려지는 시선)
사현	... 넌 니가 있던 지점에서 일을 다 기억하냐고 되묻고 싶지도 않다.
	(눈은 태하 보는) 그래 나도 이게 원한이라고 생각 안 해.
태하	(관망하듯 앉은 자세는 그대로) 그럼 왜 그쪽으로 몰았는데?
사현	제가 왜 그랬을까요?
시목	(부장들의 대치를 가만 지켜보는)
사현	부장님 왜 가만 계세요? 부장님이야말로 제일 흥분해야 되잖아요?
	어떤 미친놈이 이런 짓거릴 해서 우릴 엿 멕이는지 색출해야죠?
태하	.. 만약 정말 우리 중에 누군가가, 이번엔 정말 역부족이다,
	지금까지 방식으론 도저히 안 되겠다, 그게 절감돼서 손을 더럽혔다면
	난 박수를 쳐줄 거야, 은인의 희생을 고마운 줄 알아야지.
사현	.. 은인이란 소리가 나와요?
태하	우리한텐 독립투사도 왜놈들한테 테러범이야.
사현	(너무나 뜨악한)
시목	(지금까지 중 제일 새삼스럽게 태하를 쳐다본다)

태하	(보란 듯 일어서는데)
사현	황시목 자리 좀. (.. 시목 쳐다보는)
시목	... .. (나간다)
태하	무슨 대단한 말을 하자고 사람을 내보내?
사현	형님.

S#26. 동/형사법제단 사무실 - 낮

단장실에서 나온 시목... 자리로 간다. 맨 아래 서랍 연다.

S#27. 동/법제단장실 - 낮

사현	서동재는요.
태하	??
사현	(밖에 안 들리도록 눌러 말하는) 걘 죽었어요, 형님 계획대로면
태하	누군가.
사현	.. 누군가의 계획대로 지구대원이 범인으로 끝났으면 수사는 계속 그 주변만 맴돌았을 거고 자기 짓이 아니니까 그 사람은 자백도 못 하고 그럼 서동재는 죽었어요, 피를 흘리고 뼈가 부러져서도 지금은 살아 돌아온 사람이 죽었다고요. 지구대원은 어땠겠어요?
태하	부패경찰?
사현	우리 동료를 죽이고도 자백은 고사하고 일절 반성도 안 하는 놈한테 어떤 검사든 법정최고형으로 갚아줬을 거예요, 형님이 고마워해야 될 사람은 검찰 얼굴에 똥칠을 한 누군가 새끼가 아니라 황시목이에요, 걔가 전기현 안 골라냈으면 형님은 살인자라고, 두 집안이 파탄 났어!
태하	.. 누군가.
사현	...
태하	... 처음엔 그랬을 거야, 검사가 실종됐다니까 그 사람도 걱정됐을 거야. 근데 흘러가는 걸 지켜보자니 다시없을 기회다, 이건 핵폭탄 급이다,

이걸 깨달았겠지. 근데 아무것도 안 해야 했을까? 그 사람이라고
나중에 곤란해질 수 있단 걸 몰랐겠어? 그래도 나섰어, 전부를 위해서.

사현   ..

태하   아무도 안 죽었잖아.

사현   (더는 못 들어주겠다. 나가버린다. 쾅! 닫히는 문)

태하   ... (창가로 돌아서는 얼굴, 혼자 남게 되자 지쳐 보인다)

S#28. 동/형사법제단 사무실 – 낮

단장실에서 거칠게 나온 사현, 시목 책상이 빈 게 보인다. 쳐다보면,

수사관   (심상치 않은 분위기에 조심스레) 은행 가신다고요..

사현   (허! 여기저기 다 이해 안 간다. 자기 방으로 들어가버리는)

S#29. 도심/대로 – 낮

복잡한 도심의 거리. 그중에 한 건물, 커다란 시중은행 간판 아래로 드나드는 사람들.

S#30. 시중은행/2층 상담 창구 – 낮

개방형 사무실 하나에 한 사람씩 들어가는 1:1 상담 자리다.
팀장, 한 손엔 시목이 가져온 봉투를 들었고 다른 손엔 영장을 훑어보고 있다.

팀장   사망자 자유입출금 통장 내역이 필요하시단 내용인데..

시목   사망일자 2018년 4월 6일부터 한 달 전까지면 됩니다.

팀장   어.. 잠깐만요, 저희도 사망자 계좌 조회를 수사기관에서 직접 요청하는
게 흔한 일은 아니라서, 잠깐만 기다려주세요. (나가다 다시 와서)
이거 혹시 유족분들 동의는 받으신 거죠?

시목	네.
팀장	예에. (영장 챙겨서 얼른 간다)
시목	(홀로 가만 앉은) ...

S#31. 박광수의 아파트/앞마당 - 오늘 아침

아파트 벤치에 광수妻와 나란히 앉은 시목.

광수妻	의정부 검사님도 찾았다는데 아침부터 무슨 일이신지..
시목	왜 의정부 얘기를 하시죠?
광수妻	지난번에 그러셨잖아요? 실종된 검사님 때문이라고?
시목	.. 그날 제가 올 걸 알고 계셨죠?
광수妻	!.. 아뇨.
시목	갑자기 찾아와선 죽은 남편 얘길 묻는 저한테 사모님 첫마디는 말씀 하세요, 였습니다. 무슨 일이냐, 이제 와서 그걸 왜 묻냐, 이게 아니라.
광수妻	제가요?...
시목	그날 저보다 먼저 누군가 여길 왔습니다. 제가 올 거라고 하면서 남편분 얘길 했겠죠, 의정부지검 때문이란 말도 그때 이미 들으셨죠?
광수妻	아녜요, 저는 이만, (일어나는데)
시목	(일어나는) 저를 왜 로펌 비서한테 보내셨어요?

S#32. 시중은행/2층 상담 창구 - 낮(현재)

바쁘게 다가오는 발소리. 시목, 돌아보면 팀장이 온다.

팀장	(자리에 앉으며) 입출금 내역 전부 다 필요하세요?
시목	예, 출력 부탁드립니다.

팀장이 숫자 키 누르고 마우스 클릭하는 소리가 여러 번 반복된다.

S#33. 박광수의 아파트/앞마당 - 오늘 아침

시목   제가 비서를 만나면 질문이 더 많아질 걸 아셨는데요.
광수妻   (망설이는 얼굴이지만 자리 뜨는)
시목   여기 찾아왔던 사람을 사모님께선 안 믿으셨던 거죠?
      저도 그 사람 안 믿습니다.
광수妻   (결국 돌아본다) .. 뭘 말씀드리면 되는데요?..

S#34. 시중은행/2층 상담 창구 - 낮(현재)

팀장 옆에 프린터가 모터 돌아가는 소리 낸다.
팀장이 주는 종이 한 장 받아드는 시목.
내역도 길지 않지만 맨 아래 4월 5일부터 짚어보는 시목 눈에 금방 띄는 출금 내역.
4월 5일 주유 기록 위로 4월 4일 기록 - 〈신서연〉 〈양유빈〉 〈장수정〉 이름이
불과 1, 2분 차이로 연달아 찍혔고 일관되게 200만 원씩이 입금됐다.

시목   (팀장 테이블로 손 뻗으며) 저,
팀장   에?
시목   (테이블 볼펜 통에서 형광펜을 골라 뽑아 셋 이름에 줄 긋는다)

S#35. 경찰청/수사혁신단 - 낮

폰에 뜬 사진 확대해보는 여진. 방금 시목이 형광펜으로 줄 그은 출금 내역이다.
주변 쓱 보더니 일하는 파일이 뜬 컴퓨터 하단으로 슬금슬금 문자 보낸다.

S#36. 대검찰청/형사법제단 사무실 - 낮

여진과의 채팅창이 열린 시목의 컴퓨터.

여진E   **외곽에서 술 먹고 죽은 사람이 사망 이틀 전에 여자 셋한테**
         송금을? 2백씩?
시목   ('길바닥에서 마셨을 린 없고'까지 입력하는데)
여진E   **(이어서 뜨는 문자) 어디서 많이 맡아본 냄새가 나는데요?**

태하가 단장실에서 나와 사람들은 쳐다보지도 않고 휙 나간다.

시목   (슥 볼 뿐. 입력된 데까지 전송 누른다)

S#37. 경찰청/수사혁신단 - 낮

시목E   **(문자 내용) 길바닥에서 마셨을 린 없고**
여진   (서류 넘기며 모니터를 힐끔. 다음 문자 기다리면)
시목E   **(금방 뜨는) 서비스업 결제 내역이 나오면 장소를 탐방하려고**
         했었는데요.
여진   (입력) 사람 탐방을 해야겠네요. (전송)
         (입력) 근데 지금은 곤란. 우리 단장님 완전 저기압이라. (전송)
시목E   **(몇 초 후) 저도요. 부장님 둘이 다.**
여진   (소리 내서) 으이그. (하다 소리 거두고 다시 입력)

S#38. 대검찰청/형사법제단 사무실 - 낮

시목 모니터에 여진 문자가 뜬다. '이따 봐서 알아볼게요.'
시목, '감사합니다. 저도요.' 입력, 전송.
1초 만에 오는 답장, 코믹한 OK 이모티콘이다.
시목, 잠시 그걸 좀 바라보다 채팅창 끈다.

S#39. 클럽/입구 - 낮

아직 오후 시간이라 잠긴 입구. 연륜이 살짝 비치는 여성 매니저가 와서 입구 여는데,

여진   (기다리다 다가와) 안녕하세요.

매니저   ?.. 안녕하세요?

S#40. 동/카운터 - 낮

여진   1년 전에 박광수씨 계좌에서 송금 받은 세 분이 그때 다들 이 클럽에서 일했어요. 양유빈, 신서연, 장수정, 기억하시죠?

매니저   (친절하고 천연덕스런 말투) 글쎄요? 일할 땐 본명을 안 써서요?

여진   일할 땐 안 써도 박광수씨한테 돈 보내라고 할 땐 세 분 실명이랑 계좌번호 보내셨잖아요? 아가씨 보내달란 의뢰받고 당시 종업원들 중에 이 셋을 골랐고 누구누구가 갈 거니까 얘네들한테 돈 보내라, 박광수씨한테 연락하셨죠?

매니저   형사님 저희 그런 거 안 해요.

여진   작년엔 하셨죠? 자 매니저님, 다시 묻습니다. 작년 2018년 4월 6일, 박광수 변호사 요청을 받고 남양주로 아가씨 셋 보냈죠?

매니저   .. 아! 그거면 파티 도우미 파견인데?

여진   (참...) 도우미 일당들이 쎄시네. 남양주 어디로 파견했는데요?

매니저   (아이 참...)

S#41. 클럽2/룸 - 낮

시목, 양유빈과 마주 앉았다. 유빈, 치장을 하다 말았는지 한쪽 머리는 구불구불한데 한쪽은 생머리에 가깝다. 뒤통수엔 아직 헤어롤이 매달려 있다.

시목   강남에서 일하시는 분이 시 외곽까지 출장 나가는 경우가 그렇게
       흔합니까? 남양주 간 게 기억 안 날 정도면?
유빈   .. 저희 업소 안 벗어나요.

시목, 안주머니에서 사진 두 장을 꺼낸다. 첫 번째 사진 내려놓으면 박광수인데.
유빈, 곁눈질이지만 보긴 보는. 시목이 놓는 두 번째 사진, 우태하다.
유빈, 박광수 사진을 봤을 때랑 거의 똑같은 표정으로 본다.

시목   이 사람(태하) 거기서 봤죠?
유빈   ...

S#42. 박광수의 아파트/앞마당 - 오늘 아침

시목   제가 그날 여기 올 걸 알 수 있던 지검은 두 곳입니다. 의정부지검,
광수妻   (응?)
시목   (반응 본) 대검.
광수妻   (아주 찰나지만 눈을 내리까는)
시목   법제단이죠? .. 우태하 부장.

S#43. 클럽2/룸 - 낮(현재)

시목   1년 전에 그날 이후로 이 사람(태하) 다시 본 적 있으세요?
유빈   (고개 흔드는) 1년 전에 한 번 본 사람을 어떻게 기억해요?
시목   한 번 보셨네요.
유빈   ...
시목   양유빈씨가 송금 받은 내역이 이미 나왔는데 남자들을
       감싸줄 필요가 있을까요,
유빈   감싸주는 게 아니라요...

S#44. 클럽1/카운터 - 낮

여진	파견도 몇 시간짜리다, 아니면 1박이다, 이런 거 다 세분돼 있죠?
	거기 맞춰서 돈도 달라지고. 200만 원이면 몇 시간짜리예요?
매니저	밖에서 왜 만나게 해요? 우리 매출 아닌데, 와서 먹게 해야죠?
여진	파견 보냈다면서요. (전화 오자 받는다) 예 검사님!
매니저	(검사 소리에 힐끔)
여진	(일부러 들어라?) 아가씨가 인정했어요? 아.. 에.. (듣는)
	매니저가 시키는 대로 남양주에 갔구나, 알았습니다. (끊는)
매니저	제가 시켰대요? 누가요?
여진	매니저가 준 주소로 다 같이 콜 불러서 한 차로 갔다는데요?
매니저	... .. 가끔 저희 손님으로 오시는 분들한테서 그런 연락이 와요.
	어디로 몇 명 보내달라. 파티에 노래도 부르고 그럴 사람 필요하죠?
	우리 아가씨들이 또 대학가요제 출신도 있고 그러니까 얼마나 잘해요?
여진	언제 적 대학가요젭니까?
매니저	왜요? 2012년까지 있었어요? 내가 나갔는데?
여진	그때 연락 주고받은 메시지 남아 있죠?
매니저	죽은 사람이랑 오간 걸 왜 갖고 있어요, 무섭게?
	애들한테 얘기 듣자마자 께름칙해서 (말 멈추는)
여진	.. 얘기요?
매니저	(어...)
여진	뭘 들으셨는데요.

S#45. 클럽2/룸 - 낮

유빈	갔더니 별장 같은 데였고 이분(박광수 사진)이 기다리고 있었어요,
	여기도(태하) 금방 왔고 다른 한 사람은 맨 나중에 왔어요.
시목	다른 사람이 또 있었어요? 누굽니까?

유빈	그걸 어떻게 알아요?
시목	(폰에 뭔가 입력하더니 액정 보여주는데 사현의 프로필 사진이다)
유빈	.. (고개 젓는)
시목	(폰 걷는) 서로 호칭을 뭐라고 하던가요?
유빈	오빠 아니면 사장님이죠.
시목	자기들끼리 뭐라고 불렀냐고요.
유빈	그건 진짜 기억 안 나요 검사님, 1년 전에 아주 잠깐 본 사람들이 자기들끼리 뭐랬는지를 누가 기억해요?
시목	왜 아주 잠깐이죠? 자리가 자린데 몇 시간은 같이 있었을 텐데요?
유빈	...
시목	별장에 얼마나 있었어요? 몇 시에 가서 몇 시에 나왔습니까?
유빈	(곤란하기도 하고 슬슬 짜증도 나고) 금방 나왔어요.
시목	그쪽에서 가라고 했습니까? 여성분들 접대를 거부했나요?
유빈	(뭔 소리야? 태하 사진을 손톱 끝으로 톡톡 찍으며) 앉자마자 손이 얼마나 바빴는데요.
시목	(태하 사진에 절로 시선이 가는데 문자 온다. 읽는) 양유빈씨.. (박광수 사진 들어 보이는) 별장을 나올 때 이분 상태가 어땠습니까?
유빈	(흠! 가볍게 숨 토하더니) 입 다물라고 한 건 그건 아니니까.
시목	?
소리E)	(악! 하는 비명소리, 유리 깨지는 소리)

S#46. 남양주 별장/거실 + 현관 - 밤(1년 전)

- 황금빛 액체가 담긴 유리잔이 누군가의 손에서 미끄러진다.
  바닥에 부딪혀 산산조각 나는 유리잔. 여자의 비명소리.
- 박변호사를 다급히 붙잡는 손, 태하다.
  쿨럭하며 태하에게 몸이 쏠리는 박변호사, 반동으로 고개가 젖혀지는데
  얼굴은 이미 시커먼 보라색이다.
- 이젠 바닥에 눕혀진 박변호사. 눈 감겼고 움직임도 없다.
  그 옆에 무릎 대고 앉아 박변호사 목을 짚어보는 태하, 고개 든다.

앞에 앉은 또 하나의 남자를 본다. 카메라에 등을 댄 남자 얼굴은 보이지 않는다.
(그 뒤로 흐리게 보이는 유리창. 밖이 어스름하다. 아직 완전히 밤은 아니다)
- 이들을 유빈의 시점에서 본 모습.
많이 놀란 지금 그녀는 나머지 두 여성과 함께 구석에 몰려 섰다.
남자들과 그녀들 사이엔 잘 차려진 술상이 자리하고 있다.
- 등을 보이는 남자 너머로 태하가 여자들을 쳐다본다.
유빈과 눈 마주치자 일어나 이쪽으로 성큼 오는 태하, 무서운 얼굴, 호랑이 같은 안광.
그러자 다른 남자도 이쪽을 돌아보는 동작이지만 다가오는 태하에 얼굴은 가려졌다.
유빈과 여자들, 쓰러진 박변호사보다 태하가 더 무섭다.
- 이제는 어두워진 집 밖으로 서둘러 나가는 세 여성,
양손마다 꽉꽉 채워진 커다란 종량제 봉투가 들렸고 어느새 술상은 흔적도 없다.
- 그중 마지막으로 나가는 유빈. 나가기 직전 돌아보지만 밖에서 들리는 남자
목소리가 '빨리 타!' 하는 소리에 태하가 홱 돌아보자 유빈, 얼른 나간다.

S#47. 클럽1/카운터 - 낮

매니저　애들이 너무 놀래서 왔더라고요. 사람이 그렇게 금방 죽는지 몰랐다고,

S#48. 클럽2/룸 - 낮

유빈　소화제 좀 달라 그러더니 갑자기.. 1분도 안 걸렸을걸요?

S#49. 클럽1/카운터 - 낮

매니저　근데 담 날 기사에는 찻길에서 그랬다고 뜨니까,

S#50. 클럽2/룸 - 낮

유빈   별장에서 본 데까지가 다인 줄 알았지 그다음은 진짜
      상상도 못 했어요.

시목   ....

여진E   장수정이란 여자분도 비슷한 얘길 했어요.

S#51. 남양주 국도 - 밤(1년 전)

앞뒤로 나란히 달리는 차 두 대가 선다. 헤드라이트 끈다.
어두운 길엔 이 두 대의 차량뿐. 앞에 선 것이 박변호사 차인데
넥타이로 감싼 손으로 차 문 열면서 박변호사 차에서 내리는 태하,
지문 조심하면서 보조석에 늘어진 박변호사 시신을 운전석으로 옮기는 동안,
얼굴 식별이 안 되는 또 다른 남자는 그 뒤에 어두운 차 안에서 이를 지켜본다.

**여진E   우부장이 죽은 사람을 선배라고 불렀대고, 맨 마지막에 사람은 잘
      기억이 안 난대요, 그 사람 오고 바로 그담에 일이 터지는 바람에.**

태하, 등받이 등의 지문을 미리 준비한 휴지로 닦고 박변호사 옷에 묻은 짧은 머리카락을
떼어내 본인 주머니에 넣더니 시신에서 전화 꺼내 119를 누르는 일련의 동작까지.
상대가 받는 소리 들리자 즉시 바닥에 전화 던지고 몸으로 밀어 차 문 닫는가 싶더니
잠깐, 다시 휴지로 손 감싸고 차량 내비에 최종적으로 입력된 목적지(별장)를 지운다.
이제야 뒤에 대기하던 차로 가는 태하. 그가 타면 바로 떠나는 차.

여진E   사체 유기도 모자라서 죽은 사람 전화로 장난질을 했네..

S#52. 도로/여진의 차 안 - 낮(현재)

여진   (운전. 스피커폰 통화) 장수정씨가 지금까지도 제일 또렷하게 기억하는
      게 뭐냐면, 자기들한테 술상을 치우게 했대요, 우부장이.

S#53. 도로/시목의 차 안 - 낮

여진F 흔적도 없이 치우라고 시켰다고. 그런 거 보면 그쪽도 첨부터
유기하려고 한 건 아닌가 봐요. 시신 옮기고 여자들 입 막으면
별장은 수사선상에 뜨지도 않았을 거니까.

시목 (스피커폰 통화 중) 그럼 처음엔 우부장도 119를 부를 생각이었고
그래서 술자리도 치우게 한 거고,

여진F 그걸 치운 여자들도 현장에서 치웠고,

S#54. 도로/여진의 차 안 - 낮

여진 우부장 말고 나중에 왔단 사람이 여자들을 자기 차에 태워갖고
멀리 가서 내려줬다고 했으니까.

시목F 장수정씨도 그 차 번호 기억 못 하죠?

여진 그건 나라도 못할 거예요,

S#55. 도로/시목의 차 안 - 낮

시목 경감님 부탁 하나만 더 드려도 될까요? 다른 사람 손이 필요한데요,

여진F 무슨 다른 사람?

시목 우부장이랑 만난 적 없는 사람이요, 얼굴 모르는 사람.

S#56. 대검찰청/지하주차장 - 낮

시목이 차에서 내려 주변 차량들을 빠르게 훑는다.
어느 기둥 옆에 세워진 차를 보더니 기둥과 차가 나오게 사진 찍고 문자 보내면서 간다.

S#57. 동/법제단장실 - 낮

태하	(전화 중) 대한변호사협회 관계자들하고.. 전부 12명입니다.
소리E)	(노크)
태하	지금까지 회신 온 사람만요. (들어오란 대답 안 했는데)
시목	(들어와 책상 앞까지 오는)
태하	(나가라는 빠른 손짓에도 시목이 그대로이자 빠직!..) 차장님 제가 바로 알아보고 다시 전화드려도 될까요? .. 예 바로 드리겠습니다. (끊는) 어디서 배워먹은 버릇이야, 넌 갈수록 눈에 뵈는 게 없나?
시목	....
태하	야!
시목	그 자릴 만든 게 한조라는 거 아셨습니까?
태하	!
시목	박광수 변호사 심장이 너무 빨리 멈춰서 한조 얘기까진 미처 못 갔나요?
태하	...
시목	박변호사하고 한조가 왜 한 묶음으로 나오는지, 되묻질 않으시네요.
태하	뭘 알아야 되묻지? 무슨 소리 하니?
시목	우태하 당시 중앙지검 공정거래조사부장, 2018년 4월 6일 故박광수 변호사 외 1인과 함께 남양주 위치 별장에서 회동한 사실을 확인했습니다. 부장님 손이 아주, 바쁘셨다고요?
태하	야. (스윽 일어나는)
시목	예. 이제 무슨 변명을 하실 건가요?
태하	내가 변명해준 걸 고마워해, 이만큼 상대해준 걸. 그냥 쳐버리면 그만일 새낄. 술 안 받아먹는 사람 있냐? 내가 어디서 처먹든 말든 니가 뭔데 간섭질이야?
시목	부장님을 피의자, 참석자들을 공동 피의자1, 2, 3으로 하여 성매매로

성매매 소리가 나오기 무섭게 유선전화기가 시목에게 날아온다.
태하 손에서 던져져 선을 잃은 전화기는 바닥에 부딪히며 플라스틱 파편을 날린다.

S#58. 동/형사법제단 사무실 – 낮

단장실 안에서 뭔가 박살 나는 소리에 고개 드는 수사관과 실무관.

실무관   또 뭐야?..

S#59. 동/사현의 방 – 낮

사현 역시 일하던 키보드 위에 손 멈췄다. 단장실 쪽을 응시하는.

S#60. 동/법제단장실 – 낮

태하   (얼굴 시뻘게진)
시목   성매매가 억울하시면 사체 유기는 어떻습니까.
태하   나 아냐!
시목   박변호사 즉사는 맞습니까? 별장에서 119를 불렀다간 신분이 드러나
버리니까 일단 죽었다 하고 숨넘어갈 때까지 기다리신 건 아니고요?
태하   이창준이 왜 죽었는지 알겠네.
시목   ?
태하   거기 대고도 이랬냐? 몰아붙이고 지랄 떨어서 지 몸 지가 안 던지곤
못 배기게 만들었어? 어차피 선밴 글렀으니 빨리 하직하세요 그랬어?
야 황시목이 무섭네! 걸리면 뼈나 추리겠나!
시목   군이 거기 비교한다고 해서 부장님 소행이 희석되는 건 아닌데요.
태하   난 사람은 안 죽였어? 하필 내 앞에서 죽은 거지. 지 병을 못 이겨서.
이런 건 그냥 더럽게 재수 없었다 하고 끝내는 거야.
시목   애초에 별장엘 안 갔으면 재수 따질 것도 없습니다. 처음부터 아셨죠?
보통 모임이 아니란 걸. 뭘 기대하고 그 먼 델 군이 가셨을까요.

태하   그 상황에선 백이면 백 다 나처럼 해, 누구나 그런다고!

시목   부장님은 법을 구현하는 사람입니다, 누구나란 말 뒤에 숨어서는
       안 되는 집행자예요. 그런데도 계속 변명만 하고 난 아니라고 하시는데
       그럼 박변호사 시신은 혼자 걸어서 그 먼 길을 갔습니까?
       죽은 손가락이 119를 눌렀어요?

태하   나 아니라고 했잖아! 난 전화 안 했어!

시목   누굽니까 별장에, 세 번째 남자.

태하   ....

Insert.1〉 - 남양주 별장/거실 - 초저녁(1년 전. 태하의 회상)

현관으로 급히 향하는 남자. 어딜 가요! 하며 남자 어깨를 잡아 휙 돌리는 태하.

얼굴 드러난 남자, 경찰청 정보국장 김명한이다.

정보국장   쟤들부터 치워야죠! 지금 콜을 불러도 한두 시간 후에나 온다는데
          그럼 우리가 쟤들 몇 시간씩 끼고 있던 게 돼요, 빼도 박도 못한다고.

태하   (현관 쪽에 몰려 선 여자 셋에게 향해지는 눈길)

정보국장   내가 일단 내 차로 태우고 나가서 멀리 내려놓고 곧장 올 테니까
          잠깐만 지키고 있으라고요, 에?

태하   (맞는 말이라 갈등되는데)

정보국장   가면서 내가 저것들 입도 단단히 틀어막아야지 않겠어요?

시목   나중에 왔다는 사람 누굽니까?

Insert.2〉 - 남양주 별장/거실 - 초저녁(1년 전. 태하의 회상)

현관 옆 창가에서 커튼 사이로 밖을 내다보는 태하.

정보국장의 차에 종량제 봉투를 쥔 여자 셋이 서둘러 오르고 있다.

곧 서둘러 빠져나가는 차 꼬리의 붉은 등.

태하... 돌아보면, 술상이 깨끗이 치워진 거실에 반듯하게 눕혀진 박변호사의 시신.

태하   치사한 인간.

시목   ?

태하   정보국장 김명한.

시목	경찰청이요?
태하	(가볍게 한 번만 끄덕)
시목	(바로 나간다) 관련자 입건하고 정식 수사로 전환하겠습니다.
태하	야! .. ... (미치겠는)

S#61. 동/사현의 방 - 낮

책상에 가만 앉은 사현. 그 너머 창밖에선 단장실에서 나온 시목이 스쳐 나가고 있다.

Insert〉- 9회 S#49. 대검찰청/형사법제단 사무실 - 낮
- 시목이 의정부지검과 통화 중에 '별장지대요?'라고 말하는 순간,
  귀신이라도 본 듯 백지장이 되는 태하.
- 시목이 전화할 때 수사관들 웃음이 시목 말과 엉키자 노기로 가득 차서 노려보는 태하.
  정작 웃은 두 직원은 이를 못 보지만 사현은 옆에서 분명히 본...

사현	(한숨...)

S#62. 도로 - 낮

저 멀리 경찰청 건물이 보이는데 차 안에 여진, 블루투스 이어폰 꽂는 게 보인다.

여진	... 우리 정보국장님이요? 지금 남부구치소요. 왜요? ...

여진의 차가 차선을 바꾼다.

S#63. 대검찰청/법제단장실 - 낮

눈에 불을 켜고 책상에 마우스 잡은 태하, '문서' 클릭하면 여러 폴더가 쭉 뜬다.

그중 '자료조사' 폴더 클릭하는데, 보안이 걸려 있다.
암호 입력창에 긴 암호 입력하고야 나타난 파일 클릭하면 사진과 인적사항이 뜨는데,
별장 여자들1, 2, 3의 사진과 이름, 전화번호, 주민번호가 좌르르 뜬다.

태하   (메모지 쭉 찢으며 여자들 사진 훑는데)
시목E   **부장님 손이 아주, 바쁘셨다고요?**

유빈 사진에 꽂히는 눈. 메모지에 유빈 번호를 옮겨 적고 재킷 낚아채 나간다.

S#64. 동/대검 차장검사실 – 낮

대검 차장검사 일하는데 노크소리. 음, 대답 소리에 태하가 들어와 인사부터 한다.
그다음 책상으로 가 〈차장검사 유승경〉 명패 앞에 선다.

대검차장   (일어나려는데)
태하   사죄드립니다 차장님! (90도 절)
대검차장   …
태하   (허리 펴는) 저희 법제단에 평검사가 박광수 일을 알게 됐습니다.
           물론 제 선에서 충분히 통제 가능합니다만, 그래도 차장님껜 말씀
           올리는 게 도리인지라 염치 불구하고 왔습니다. 죄송합니다.
대검차장   (눈썹이 꿈틀하지만 말 없다)
태하   (반응 기다리다 먼저) 작년에 제가 말씀드린 변호사 일, 기억하시는지..
대검차장   (안경집에서 천 꺼낸다. 탁 터는 동작. 천천히 안경을 벗어 닦으며)
           인간아, 그러게 죽은 사람은 왜 손 대냐?
태하   그땐
대검차장   (O.L) 그리고, 뭘 각을 잡고 그래? 간만에 식겁할 뻔했네. 그게 다야?
태하   예 답니다, 차장님.
대검차장   너희 쪽 평검사면.. 개야? 전에 서부지검?
태하   예 황시목입니다.
대검차장   그렇게 피아식별 사리분별이 안 되니까 어린 게 나대고 난리지.

뭐가 문제야? 딴 데로 치워, 잘라버리든가.

태하　네!

대검차장　조용히 시킬 입들은 조용히 시키고.

우부장, 내가 이 명패 달고 그런 거 하나하날 챙겨야 돼?

태하　죄송합니다, 제가 싹 다 정리해서 다시 오겠습니다. (인사. 나간다)

대검차장　(찍 보는. 좀 한심해하는 표정이지만 그뿐이다)

S#65. 동/복도 - 낮

대검 차장실에서 나오는 태하, 차장실 올 때보다 더 사나워졌다. 걸음도 빠르다.

S#66. 남부구치소/접견신청실 - 저녁

배치된 접견신청서를 집어드는 시목, 어두워지는 입구 본다. 아직 여진은 안 보인다.

cut to. 휴대폰 보관함에 폰을 넣는 시목, 폰을 쥔 다른 손이 뒤로 불쑥 들어온다.
여진이다. 본인 폰도 보관함에 넣으며 시목 보지만 표정 굳은.
시목, 보관함을 열쇠로 잠근다.

정보국장E　**진짜 몰랐다니까 그러네!**

S#67. 동/접견실 - 저녁

8회 S#51과 동 장소. 정보국장과 마주 앉은 여진과 시목.

정보국장　나도 그담 날 뉴스 보고 알았어, 어디로 뭘 옮기고 장소를 바꾸고
그런 건 나랑 하등에 상관이 없다니까?

여진　저 방금 그때 국장님 옆에 앉았던 여자분한테 확인하고 왔습니다.

그날 별장에 마지막으로 온 사람, 세 번째 남자, 국장님 맞다고요.

정보국장 한주임! 그렇게 말귀를 못 알아들어서 일은 제대로 해?
　　　　내가 거길 간 거까진 인정한다고 했잖아, 동창 놈이 한 번만 와달라고
　　　　사정사정을 하길래, 나도 내 발등 찍고 싶어, 그치만 어 그래, 여자들
　　　　만났다며? 그럼 내가 걔들 데리고 먼저 뜬 것도 들었을 거 아냐?

S#68. 남양주 도로 + 정보국장의 차 안 - 밤(1년 전)

지방 시내 정도의 거리. 차창 밖으로 별장 여성 셋이 서둘러 멀어지는 게 보인다.
들고 가던 쓰레기봉투를 버스정류장 벽에 버린 여성 한 명이 먼저 택시를 잡자
나머지들도 쓰레기를 던지듯 버리고 택시로 달려간다.
길 한 켠에 숨듯이 차를 대고 여성들이 떠나는 것까지 지켜보는 정보국장.
정보국장, 앞에 표지판 보면 오른쪽은 서울/다산동, 왼쪽은 춘천/가평으로 갈렸다.
정말 가기 싫은 표정이지만 그래도 출발하는데, 춘천 쪽이냐 서울 쪽이냐를 가르는
갈림길까지 온 국장, 더는 가지 못하고 엑셀에서 발 뗀다.

정보국장E **광수가 죽어 누운 데로 다시 갈 생각을 하니까 정말 죽기보다 싫었어.**
　　　　처음부터 혼자 빠지려고 했던 건 아냐, 그렇지만 막상 도로 가려니까..

국장 차가 오도 가도 않자 비껴서 가는 뒤차들이 스칠 때마다 국장을 흘겨보지만
국장, 이런 건 문제도 아니다. 갈등하다가... 서울 쪽으로 확 핸들 꺾어 가버린다.

시목E **그대로 서울로 오셨다고요?**
　　　그럼 현장엔 우태하 부장 혼자만 남았단 얘긴데요.

S#69. 별장 인근 도로 + 박광수의 차 안 - 밤(1년 전)

어두운 도로를 홀로 달리는 박광수의 차. 차 안엔 운전석의 태하만 보이는데.

cut to. 차 안. 휴지를 쥐고 운전대를 잡아 지문 안 묻게 운전하는 우부장.
그 옆으로 잠이 든 듯이 실려가는 박변호사.

시목E　　국장님이 배신한 걸 안 우부장이 혼자만 뒤집어쓸 수 없단 결론하에
　　　　시신을 옮겼다면, 그분은 혼자서 차 2대를 동시에 운전했어야 합니다.
　　　　박변호사 차, 본인 차.

S#70. 남양주 국도 – 밤(1년 전)

박변호사 폰을 차 안에 떨구고 문 닫는 태하, 시신 옮기는 작업은 모두 끝났는데..

시목E　　현장에서 별장은 최소 차로 15분 거립니다. 우부장이 혼자 움직였다면
　　　　박변호사 차를 현장에 버린 다음 별장까지 내내 걸어와야 하는데요,

S#51 상황과는 달리 작업을 끝낸 태하를 기다려주는 차는 없다.
어둡고 끝없는 국도를 난감하게 바라보는 태하.

시목E　　차로 15분이면 사람 걸음으론 2시간 정돈데 택시도 불러선 안 되는
　　　　국도를 그 밤에 걸어서 2시간이요? 우부장이?

S#71. 남부구치소/접견실 – 저녁(현재)

시목　　　운전자는 두 명이었습니다.
정보국장　뒷일은 모른다니까요.
여진　　　검찰한테 뒷일을 죄다 맡기셨다고요? 그쪽이 어떻게 나올지 알고요?
　　　　　국장님한테 전부 뒤집어씌울 수도 있단 생각이 드셨을 거 아닙니까?
정보국장　나는,
여진　　　다시 가셨죠? 여자들 내려주고 별장 도로 가서 사망 현장 조작하셨죠?
시목　　　우부장은 지금 119를 누른 건 국장님이라고 주장하고 있습니다.

정보국장	나는 그걸 나중에 들었다고 했잖아!
시목	우부장이 어떻게 처리했는지 국장님께 사후 보고까지 했다고요?
정보국장	(답답한 한숨. 고개 젓는다)
시목	다른 사람이 있었네요, 누굽니까?
정보국장	내 (입이 바짝바짝 마르는) 내 사람 하나를 보내서 정리하라고 했어요.
여진	(설마!)
정보국장	그래 정리하라 했지 그렇게 처리하라고 하진 않았다고. 나는 정말, 별장에서 누굴 어떻게 하지도 않았고 청탁받고 뭔 특혜 준 것도 없고 내가 마지막으로 봤을 땐 광수는 죽은 자리 고대로 누워 있었고, 그니까 난 그날 일로 걸릴 게 하나 없는 사람이야.
시목	누굽니까 국장님 사람.
정보국장	그 사람도 진짜 내가 부탁을 하니까, 구체적으로 말은 안 했거든, 그냥 여기 사람이 죽었으니 빨리 와달라, 그래서 온 거죠.
여진	.. 저희 단장님요?
시목	(여진 보게 되는)
여진	최빛 단장님?
정보국장	아니 생각을 해봐, 나로선 그게 너무 당연하지? 시체는 어찌 됐든 신고가 들어갈 거고 그럼 최부장이 직통이지? 거기 거기 서장인데?
여진	그래서, 지방경찰서장에서 본청 정보부로 스트레이트로 올라온 건가요, 정보국장 뒤를 닦아준 대가로 정보국 부장이 됐어요, 우리 단장님이?
정보국장	.. 뭐 누군 안 그래?
여진	...

Flashback〉– 6회 S#36. 경찰청/정보국장실 – 낮

최빛	**진짜 끌어들인단 게 뭔지도 모르면서. 니가 겪은 건 아무것도 아냐.**

S#72. 남양주 국도 – 밤(1년 전)

핏기 하나 없이 운전석에 스러진 박변호사. 탁! 닫히는 운전석 차 문.
눈 감은 박변호사에 겹쳐 유리창에 비치는 얼굴, 최빛이다.

박변호사를 냉랭히 내려다보고 있다.

Flashback〉- 2회 S#6. 경찰청/정보국장실 - 밤

최빛   **넌 어떻게 할 거 같아, 한주임?**

여진   **네?**

최빛   **내가 잡혀가면 넌. 두고 봐?**

S#73. 남부구치소/접견실 - 저녁(현재)

배신감에 실망감이 밀려드는 여진. 시목, 여진을 가만 보는.

S#74. 동/휴대폰 보관함 - 저녁

보관함 커버 사이로 들어오는 일직선의 아주 가는 빛만 있고 굉장히 어두운데,
진동 소리와 함께 폰에 불 들어온다. 시목 폰이다.
발신자 - 〈우태하 부장님〉 내용은 딱 3음절. 〈들어와〉
그런데 그 빛이 사라지자마자 여진 전화에도 울리는 문자 도착음.
액정 밝아진다. 〈숨겨진 콘텐츠입니다〉

S#75. 대검찰청/법제단장실 - 밤

책상에 앉은 태하, 폰 내려놓는데 그 옆에 놓인 명함, 여진 명함이다.
버티듯, 의지에 기대앉는 태하.

16회

.. 제가 팔아먹은 사람이면 그걸 매물로 내놓은 사람도 있겠네요.

70년이나 유지해온 권한을 흥정의 대상으로 만든 사람들

말입니다.. 남용하고 오용해서 제대로 지키지 못한 사람들.

S#1. 남부구치소/접견신청실 - 밤

휴대폰 보관함 쪽에서 문으로 오는 시목과 여진, 이미 폰을 찾은 후다.

시목   (태하가 보낸 '들어와.' 세 글자의 문자 확인하는데)
여진   (폰 보다가) 우부장이 왜 나를?
시목   경감님도요?
여진   …

S#2. 대검찰청/형사법제단 사무실 - 밤

사무실 어둡고 아무도 없다. 발소리 다가오고 곧 시목과 여진이 들어온다.

여진   (느낌 안 좋은) 원래 이렇게 일찍 퇴근해요?
시목   (고개 젓는. 불빛이 새어 나오는 단장실 노크한다)

문 열리는. 태하가 우뚝 섰다.

S#3. 동/법제단장실 - 밤

태하가 먼저 자기 폰을 서랍에 넣고 두 사람 보면, 여진과 시목도 폰을 넣는다.

태하   (서랍을 소리 나게 닫더니 서랍에서 되도록 멀리 떨어진다)
       한여진 주임, 국회의원 아들 범행을 무마해줬어? 마약사범이 우스워?
여진   (이게 무슨)
태하   기소권이 검찰한테 있다는 게 뭔지 보여줄게. 나 너 기소할 거야,
       실형 받게 할 거고. 비리경찰로 범죄자 전과자가 되게 해주겠다고,
       내가 혹시 옷을 벗게 된다 해도 너 하나 매장시키는 거? 일도 아냐.
       마음에 들어 황프로?

시목과 여진, 충분히 가능한 얘기라는 걸, 공갈이 아니란 걸 안다.

태하   한주임, 넌 나한테 도끼눈 뜨면 안 돼? 나 지금 최부장 구제해주겠다는
       거야. 니들 구치소 갔다 왔잖아, 아무 상관 없는 후배 불러다 지가 싼 똥
       치우게 하고 튄 인간이 후배 이름 숨겨줬을 리도 없고, 애초에 시신
       옮기자고 한 사람이 누군데? 장소 바꾸자고 한 거, 박광수 폰으로
       119에 건 거, 다 최빛이라고. 못 믿겠음 니네 부장한테 물어봐.
여진   !
시목   치사한 인간.
태하   이게!
시목   정보국장이 치사하게 혼자 내빼서 벼르고 계셨나요?
       얼마 전 구속이 그 연장선입니까?
태하   정보국장은 유죄야. 어차피 빨간 줄 쳐질 사람한테 몰아줘야지,
       한주임, 꼭 최부장까지 끌어들어야겠니? 꼭 추락시켜야겠어?
여진   저희 단장님하고도 얘기된 겁니까? 그분이 이거 동의하셨어요?
태하   한주임, 최부장 실망시키지 마요. 그분 지키고 싶잖아?
       내 후배야 선배 지킬 맘 죽어도 없어 뵈지만 난 후배님 지켜줄게.
       황프로 너도 항명한 죗값 굳이 안 묻고 곱게 강원도로 보내줄게.

자, 황프로는 한주임을 지키고, 한주임은 본인 상사를 지키고,

나는 나를 지키고, 아주 아름답지? ... 두 사람만 입 다물면 돼.

끔찍한 살인사건도 대단한 비위 건도 아니야. 지병으로 돌아가신 분이

여기서 죽었냐 저기서 죽었냐, 겨우 그걸로 여러 인생 박살 나야 될까?

설사 그렇게 된다 쳐. 내 자랑 아니고 사실인데 나, 대검 부장이야.

당장 관둬도 오라는 데 줄 섰어.

시목   그러면 될 걸 이 구구절절은 뭡니까?

태하   할 수 있으니까. 니 둘을 다 나는, 작살낼 수 있으니까.

      .. 오케이! 좋게 타이르는 것도 오늘까지.

      (서랍으로 가 열고서 자기 폰 꺼내더니 두 사람 폰을 휙휙 던져주는데)

시목   (폰을 받자 받은 문자 여는) 전화로 처리하면 녹취당할까 봐 걱정

      되셨어요? (태하 앞에 폰 드는)

여진   저흰 전화로 끝내실까 봐 걱정했는데요.

태하   (폰으로 시선 내려지는데) !!

Insert.1〉– 대검찰청 지하주차장/서형사의 차 안 – 낮(몇 시간 전)
기둥 옆에 주차된 차에 오르는 태하. 이를 지켜보는 서형사와 순창, 시동 건다.

Insert.2〉– 클럽2 앞/서형사의 차 안 – 낮(몇 시간 전)
멀리 정차된 태하의 차가 카메라 앵글 안에 들어온 모습. 줌 인을 최대치로 당기자,
차 앞자리 태하와 유빈의 얼굴이 또렷하게 드러난다.
유빈 쪽으로 몸을 틀고 위협적으로 말하는 태하를 찍는 카메라.
이를 사진 찍는 서형사, 옆자리 순창은 채증용 캠코더로 그 모습을 전부 녹화한다.

태하 앞에 내밀어진 시목 폰엔 서형사가 찍은 태하, 유빈의 스틸 컷이 선명하다.
태하, 저도 모르게 폰으로 커다란 손을 뻗는데 시목, 재빨리 거둔다.

태하   너, 너 지금까지 뭘 배웠어? 대한민국에 검사는 한 덩어리야,

      어떻게 같은 검사끼리 사람을 붙여!

여진   홋, 되게 당연한 건데 되게 황당해하시네요? .. 그동안 어땠길래.

      (문으로 가는. 문 열지만 안 나가고 시목 돌아본다)

시목   (태하를 좀 더 묵묵히 보다가... 몸 돌린다)

태하   (잠깐은 망연자실했지만) 무슨 일이 닥쳐도 상관없다는데야. 알았어.

시목   (돌아보지 않고 나가는)

S#4. 동/복도 – 밤

시목   (천천히 가는) 빈말 아닙니다. 경감님, 전과자 만든다는 거.

여진   알아요, 할 수 있는 사람이란 거.

시목   절 언제 어디로 보내는가도 부장 단독의 결정권이 아닌데.

여진   위하고도 얘기 끝났나 보네요.

시목   예..

S#5. 여진의 집/난간 – 밤

멀리 흐르는 도시의 불빛. 난간에 기댄 여진, 맥주 캔 들이켠다. 오늘따라 쓰다.
돌연 캔을 놔버리고 계단 내려간다.

S#6. 관사/시목의 방 – 밤

깊은 생각에 잠긴 시목... 일어선다.

S#7. 동/마루 – 밤

재킷과 차 열쇠 쥐고 방에서 나와 현관으로 가는 시목.
관사는 여전히 좁고 세탁기는 덜덜 돌아가고 있다.

S#8. 최빛의 아파트/단지 앞마당 - 밤

주차장에 세운 차 문 잠그고 아파트 공동현관으로 가는 최빛, 낯빛이 굉장히 어두운데.

여진E   오래 걸리셨네요?

최빛, 멈추는 동시에 보면 근처 의자에서 끄응 일어나는 여진, 홍조 띤 얼굴.

여진   (몇 걸음 다가오는) 사무실에선 아까 나가셨다고 하던데.
최빛   ... (여진 앉았던 의자에 놓인 찌그러진 맥주 캔 두어 개 보는)
여진   오실 때까지만 마시려고 했는데.. 단장님이 늦으셨어요.
최빛   누굴 좀 만나서.
여진   아아.. 그럼 벌써 다 들으셨겠네요, 우부장한테.
최빛   원망하러 왔어? 남재익이 아들, 그때 내가 참으라고 해서
        우부장한테 지금 니가 발목 잡혔다고?
여진   그래선 안 되는 거였어요, 밀고 나갔어야 했는데. 원망 아녜요,
        그땐 정말 단장님 말씀이 맞는 거 같았어요. 사람이 진짜 융통성이
        있어야지 원칙만 고집할 게 아니라고... 다신 안 그럴 거예요.
최빛   이 일에도, 내가 관련된 일에도 원칙대로 가겠다고?
여진   사체 옮기자고 한 거, 119, 정말 다 단장님이에요?
최빛   그래 나야.
여진   ...
최빛   (천천히 다가가는) 그런 생각 안 해봤니? 이젠 너하고 내 차례야.
        나하고 국장님처럼, 인젠 내가 니 손을 잡고 널 끌어줄 수 있어.
여진   왜!.. 왜 그러세요 진짜? 왜 스스로를 후려치세요? (본인이 더 속상한)
        그딴 손 안 잡았어도 단장님은 좋은 자리 가셨어요,
        원하는 만큼 되셨을 거라고요 단장님은. 몇 년 빠르긴 했겠지만
        대신에 내내 남이 앉혀줬다고 생각하잖아요? 본인이 따낸 게 아니라?
최빛   ...
여진   별장 일이 공론화된다고 해도 흐지부지될지 어떻게 될진 모르겠어요,
        그치만 만약에 그걸로 단장님이 타격을 입게 된다면 저도 이렇게 끝날

최빛	줄은 몰랐어요. 경찰이 되고 처음으로 따르고 싶단 마음을 갖게 해준 분 커리어를 제 손으로 끝낼 줄은 몰랐어요.

최빛   ... 니가 날 모르는구나. 니 손으로 날 끝내는 일은 없어.

여진   ...

헤드라이트가 이쪽을 비춘다. 근처에 멈춘 택시 안에서 아파트 주민 내리는 중인데.

여진   여기서 관둬야겠네요, 누구처럼 끝에 가서 추태 보여주실까 봐
      겁이 나기 시작해서요. (택시로 간다)

최빛   ... ... (돌아서다 의자를 본다. 여진이 두고 간 캔을 거둬들이는 손...)

S#9. 남양주 별장/거실 – 밤(1년 전)

눕혀진 박광수 시신. 이를 보며 전화 중인 최빛, 하지만 상대방 전화기는 꺼져 있다.

태하   (왔다 갔다, 멘붕 상태다) 안 받아 안 받아, 튄 인간이 받을 리가 없지.

최빛   (가뜩이나 신경 곤두섰는데 안절부절못하는 태하 흘기며 끊는다.
      시체 보는. 도대체 어떻게 해야 될까...)

태하   차라리 아까 바로 신고할걸, 왜 여태까지 있었냐고 하면 어떡하지?
      (갑자기 화를 내며 최빛 잡는) 김명한이 뭐라고 했어? 둘이 짰지!

최빛   (뿌리치는) 나도 국장님이 여기 계신 줄 알았다고 했잖아요!
      현장에서 건 전환 줄 알고 왔다고!

태하   그러니까 더 가만두면 안 된다고!

최빛   지금 그게 문제예요?!

태하   .. (또 이리저리 움직이는. 혼자 묻고 혼자 답하는) 두고 갈까?
      누군간 발견할 거 아냐? (하다) 아 통화기록! 마지막이 날 텐데!

최빛   가만 좀 있어봐요!

태하   지금 내가 가만있게 생겼어!!

최빛   7524, 부장님 차예요?

태하   왜요?

최빛	블랙박스가 꺼져 있어요. 들어올 때 봤는데 7524 블박이 아예 꺼졌어요.
	본인 차예요?
태하	아뇨.. (시신으로 향해지는 시선) 그래서요?..
최빛	(불안한 눈빛이지만..)

S#10. 별장 인근 길 - 밤(1년 전)

어두운 길. 태하가 운전하고 최빛이 옆에 탔다. 둘 다 앞만 본다.

태하	(한참만에야 입 여는) 마지막에 119에 전화해서 더 진짜같이 됐어요.
최빛	진짜 같으라고 한 거 아녜요.
태하	그럼 전화 왜 했어요?
최빛	빨리 발견되라고요. 그런.. .. 모양으로 길에서 오래 있지 말라고.
태하	(잠깐 최빛 보지만 곧 앞을 본다)

그렇게 운전만 하다 보니 다시 별장이 나타난다. 앞마당으로 들어가는 태하 차.

S#11. 남양주 별장/마당 - 밤(1년 전)

최빛의 차만 주차됐다. 최빛, 태하 차에서 내려 자기 차로 간다.
그걸 잠시 바라보지만 먼저 떠나버리는 태하. 곧 최빛도 떠나고 완전한 어둠만 남는다.
이제는 창문에서 새어 나오는 불빛 하나 없이 괴괴해진 별장.
칠흑 같은 밤이 낮으로 변하며 움직임 하나 없던 앞마당이 부산해진다.

S#12. 동/마당 - 낮(현재)

방송국 로고 붙은 차량들이 분주하게 마당을 차지했다.
방송 준비하는 말소리, 분주한 손길들.

벌써 자리 잡은 한 기자는 별장 등지고 서서 손에 쥔 종이 읽으며 방송 준비한다.

기자	제가 서 있는 이 뒤가 바로 1년 전인 2018년 4월, 지검장 출신 변호사가 심장마비로 사망한 별장입니다. 당시 이곳에 있던 것으로 추정되는 검경의 간부가 불미스런 회동을 은폐하기 위해 사체를 옮긴 사실이 뒤늦게 알려져 충격을 주고 있는 데다 이들은 또한 현직 국회의원 아들의 마약 투약혐의를 인지하고도 수사를 중단한 사실이 밝혀져..

S#13. 국회의원회관/3층 복도 - 낮

'남재익 의원' 팻말이 앵글 가득 담긴 화면.
팻말 아래엔 많은 대포카메라가 저격수처럼 의원실을 향해 렌즈를 겨누고 대기 중이다.

S#14. 동/남재익 의원 집무실 - 낮

집무실 소파에 눌러붙게 앉은 남재익 의원, 이대로 소파 속으로 꺼졌으면 좋겠다.

S#15. 한조 본사/회장실 - 낮

박상무	최부장이나 우부장이나 둘 다 회장님을 뵀을 때 거짓말을 한 겁니다. 박광수는 애초에 별장을 떠나지 않았습니다, 살아서는요.
연재	멍청한 것들, 지들 무덤 파는 건지도 모르고..
박상무	다행히 아직 어디에도 저희 그룹 이름은 나오지 않고 있습니다.
연재	이성재 귀에 들어가는 게 문제지. 쌍수를 들고 써먹으려고 할 텐데.
박상무	퍼질 가능성이 크긴 하죠, 자기가 완벽하게 컨트롤하겠다고 장담했던 우부장이 제일 크게 한 방 먹은 걸 보면.
연재	컨트롤.. 컨트롤 맡길 사람이 마지막으로 하나 있긴 한데.
박상무	오변호사 움직이라고 할까요?

연재   (쳐다보는) 그 말 하려던 참인데?

박상무   죄송합니다, 듣겠습니다.

연재   그게 아니라, 가끔 박상무한텐 내 생각이 읽히나 봐.
          지금은 내 사람이라 다행이지만 행여나 남에 사람 되면 큰일 나겠어.

박상무   ...

연재   약속은 오변호사가 잡게 하되 우리 뜻은 박상무가 직접 전해.

박상무   알겠습니다. (소파에서 일어선다. 그렇지만 좀 머뭇대더니)
          회장님께서 큰일 나실 일 없으십니다. 어떤 경우에도요.

말을 마친 박상무, 얼굴이 좀 빨개져서는 뒤도 안 보고 호다닥 나간다.
연재, 잠시 그가 나간 쪽을 보지만.. 다시 일한다.

S#16. 건물 지하주차장(12회 S#23의 장소)/오변호사의 차 안 - 낮

차를 향해 서둘러 오는 오변호사, 불만스런 표정이다.

오변호사   (차에 올라 시동 켜지만 입맛 쓴) 누굴 백수로 아나, 어딜 딱 전화해선
          사람을 오라 가라, 이것들아 내가 부장판사까지 했던 인물이야!

그 소리, 폐쇄된 차 안에서만 울려 퍼질 뿐. 맥없이 차 출발시키는 오변호사.

S#17. 경찰청/수사국장실 - 낮

수사국장   언론에 공개를 하려도 먼저 보고를 해야지! 맘대로 무슨 짓이야!

여진   죄송합니다만, 보고드렸습니다.

수사국장   최부장한테 한 게 보고야 통보지? 재가를 받았어야지, 재가!

여진   ...

수사국장   잘못된 발표로 할 거니까, 검찰이 지들끼리 한 짓에 우릴 엮은 걸로 할
          거니까 너도 그렇다고 해, 아니 암 말 말아, 외부랑 일체 접촉하지 마!

여진	.. 왜 미리 재가를 청하지 않았는지 지금 몸소 증명해주고 계십니다.
수사국장	말 들어, 한주임. (무섭게 보는데도)
여진	.. 죄송합니다.

S#18. 동/수사혁신단장실 - 낮

수사국장F	안 되겠어.
최빛	(유선전화 중) ... 알겠습니다.

S#19. 대검찰청/법제단장실 - 낮

태하	나 우태하는 남양주 별장의 존재조차 인식 못 하고 있었으며 따라서 보도에 언급된 검찰 관계자는 본인이 아님을 명백히 하는 바이고!
실무관	(태하 자리에 앉아 태하가 부르는 걸 엄청 빠른 속도로 입력 중이다)
태하	의원 아들 마약 투약혐의는 경찰이 해당 사건의 혐의점을 포착했음에도 불구하고 내사를 종결시켰단 사실을 우리 검찰에서 먼저 인지했다. 하여 경찰이 법사위원장 남재익 의원을 핸들링하기 위해 아들의 투약 혐의를 이용했을 연계성에 대해 조사 중이었다. 함구해준 게 아니라!

S#20. 동/사현의 방 - 낮

사현, 어이없는 얼굴로 결재 판 보고 있고 그 앞엔 시목이 가만 섰다.
옆방에서 고함치는 태하 목청이 간간이 둘 사이를 파고든다.

사현	(결재 판 놔버리는) 어떻게 우부장님 구속영장을 넌 나한테 가져오냐?
시목	우부장님께 가져가나요?
사현	저 소리 안 들려? 나는 뭐가 되라고?
시목	뭐 더 되실 필요 없는데요, 이미 결재 권한을 가진 부장검사십니다.

사현	영장까지 막 이러고 그러진 말자 진짜.
시목	우태하 부장님은 나쁜 죄질, 충분한 의심의 증거라는 구속 조건에 모두 해당하며 증거인멸은 이미 시도하셨습니다. (결재 판 열려는데)
사현	(동시에 덮는) 이건 부장 전결로 되는 일이 아냐.
시목	(끄덕..) 되는 전결을 받아 오겠습니다. (결재 판 거둬 문으로 가는)
사현	... 아 그놈 참! (양복 상의를 확 잡아당기는)

S#21. 동/법제단장실 - 낮

프린터에서 종이가 뱉어져 나오기 무섭게 낚아채는 태하.
그가 인쇄 내용을 빠르게 검토하는 사이 실무관, 숨죽여 일어나 단장실을 나간다.
태하, 인쇄물을 다 훑자 이를 결재 판에 끼우고 양복 재킷 입는다.

S#22. 동/형사법제단 사무실 - 낮

수사관	(실무관에게 속삭이는) 방금 김부장님이랑 황검사님 나갔는데
태하	(단장실에서 당당히 나와 결재 판 끼고 곧장 가며) 기자실은?
수사관	예 다들 대기 중이랍..
태하	(말 다 끝나기 전에 이미 문을 나선)
수사관	니다.. 너무 당당하신데 진짜 아닌가?..

S#23. 동/대검 차장검사실 - 낮

사현	사법경찰관한테 해를 가하겠단 우부장의 협박, 결과적으론 우부장의 사체 유기를 입증한 게 된 김명한 전 정보국장의 구치소 접견녹취록, 전부 당사자 증언으로.. 영장 신청 사유에 첨부돼 있습니다.

대검 차장 앞에 나란히 선 사현과 시목.

S#20의 결재 판을 펼치고 있는 대검 차장, 똥 밟은 얼굴이다.
그의 눈길이 닿은 페이지는 서형사가 찍은 태하와 유빈의 스틸 컷을 인쇄한 것인데,
시목이 태하에게 보여준 것 이외에도 여러 장이 더 있다.
유빈이 태하 차에 타는 순간, 유빈에게 을러대는 태하, 태하 차 번호판을 C.U.한 것 등.
몇 장을 뭉텅이로 더 들추면 정보국장과 시목, 여진이 구치소에서 나눈 대화가 쉼표
하나까지 기록된 것도 모자라 '우부장'이란 단어가 나올 때마다 형광색으로 칠해놨다.
대검 차장. 결국 유선전화 든다.

S#24. 동/기자실 앞 복도 - 낮

태하, '기자실' 팻말 붙은 문으로 성큼성큼 온다. 문 열어젖히는데,

S#25. 경찰청/대회의실 - 낮

플래시, 카메라, 기자들 눈 전부, 지금 열리고 있는 줄입문을 향했다. 최빛이 들어온다.

S#26. 대검찰청/기자실 - 낮

아무도 없다. 기자들이 상주하는 곳이라 각종 물품으로 탁자는 어지럽고
노트북들은 켜져 있지만 사람은 하나도 없다. 문을 잡은 채 그대로 정지된 태하.

S#27. 경찰청/대회의실 - 낮

최빛 (준비해온 원고 읽는) 고 박광수 변호사의 사인은 사망 당시의 부검
발표대로 심근경색이 맞습니다. 사인이 아닌 사망 장소에 대한 의혹에
있어서는, 시신이 옮겨졌다는 경검의 내사 결과 발표는 사실입니다.
사체 유기의 목적이 남양주 별장에서의 부적절한 회동을 은폐하기

위해서였단 내용 역시, 사실입니다.

Insert.1〉- 경찰청/로비 - 밤(어제. S#8 전 상황)
최빛, 보안게이트 통과해 나오는데 앞에서 오는 시목. 그의 짧은 목례. 멈추는 최빛.

Insert.2〉- 동/빈 회의실 - 밤(어제. S#8 전 상황)

시목   빈말하실 분 아닙니다. 영향력과 도덕성, 둘을 다 고려해볼 때
        우부장은 한여진 경감의 인생을 충분히 망가뜨릴 수 있는 분이에요.

최빛   (지금 처음 듣는 얘기다. 말은 않지만 당황한 기색 역력하다)

시목   저희들 입은 틀어막아도 김명한 국장까지 입 다물게 하실 순 없습니다.
        그분이 빠져나갈 길은 오로지 최부장님뿐이니까요. 별장에 있었단 걸
        부인할 수 없게 된 지금 상황에서 그분이 사체 유기를 피할 길은 최부장
        님을 또 한 번 물고 늘어지는 것뿐입니다. 박광수가 죽은 그날처럼요.

최빛   남에 도덕성 운운하는 분이 나쁜 건 금방 배웠네. 상사가 한주임한테
        하는 걸 보니까 나도 경찰청 가서 그대로 해야겠다 싶던가요?

최빛   사건 당일, 남양주 별장에 있던 경찰청 간부의 요청을 받은 저는 당시
        남양주경찰서장의 신분으로 사태를 수습하기 위해 별장으로 이동했고,
        별장에 남아 있던 당시 중앙지검 고위관계자와 함께 박변호사의 시신을
        남양주 국도변으로 옮겼습니다.

Insert.3〉- 동/빈 회의실 - 밤(어제. S#8 전 상황)

최빛   이러나저러나 내가 끝장날 거라면서 굳이 난 왜 찾아왔는데요?

시목   어떻게 끝날지는 최부장님이 선택하실 수 있습니다.
        본인이 개입된 걸 끝까지 부인하신다면 부장님은 정보국장 손에
        한경감은 우부장 손에 두 분 다 나락으로 떨어지겠죠.
        그렇지만 부장님께서 스스로 밝히시고 자의로 내려오실 수도 있습니다.

최빛   더불어서 한주임도 지키고요? 검사님 사람 참 볼 줄 모르시네.
        내가 한주임 때문에 자폭할 사람으로 보여요?

시목   전에 한경감이 화를 내는 걸 본 적 있습니다. 상대가 최부장님께
        경칭을 쓰지 않았다는 이유만으로요, 욕을 한 것도 아니었는데요.

한경감님은 사람한테 마음을 잘 열지만 아무나 끝까지 받아들이진
않습니다. 두 분 사이 그런 유대감이 일방적일 리 없다 생각했습니다.

최빛　　…

시목　　**저는 최부장님의 양심에 기대를 걸어서가 아니라 한여진 경감의
안목을 믿고 여기 왔습니다.**

최빛　　더 이상의 연루자는 없으며 이 시각 이후로 저는 모든 직무에서 물러나
일말의 의혹도 남기지 않도록 성실히 조사에 임할 것을 약속드립니다.
마땅히 법을 수호해야 할 공직자로서 사망 현장에 혼란을 야기한 점에
대해 국민 여러분께, 유족분들께 깊은 사죄드립니다.
(90도로 허리 굽힌다. 플래시 세례)

S#28. 대검찰청/대검 차장검사실 - 낮

대검차장　(사현과 시목이 보는 가운데 사인하고 결재 판 들어 보인다)

사현　　(받으려는데)

대검차장　(결재 판을 싹 비키고 시목에게) 같은 팀에서 사이가 되게 별로였나 봐?
맘에 안 드는 상사 조질 기회 한 번 줘? (시목에게 결재 판 내미는)

사현　　우부장님 조사를 황프로가요?? (곁눈으로 받지 마라, 신호 보내지만)

대검차장　직접 해.

시목　　.. 네 알겠습니다. (결재 판 받는)

대검차장　김부장.

사현　　예.

대검차장　(시목에게 나가란 눈짓)

시목　　(목례하고 나간다)

대검차장　(시목이 완전히 나가면) 우부장이야? 가짜 목격자? 가짜 편지?

사현　　.. 그래 보입니다.

대검차장　(안경 닦는) 쟤도 알고?

사현　　예.

대검차장　(계속 안경만 닦는 동작. 눈을 내리고 있어 무슨 표정인지 알 수 없다)

S#29. 동부지검/지검장실 – 낮

공손히 인사한 박상무가 나가고 그 뒤로 오변호사가 따라 나가는데,

원철   (문 밀어 닫아버리고 오변호사 콱 잡는)
오변호사   (작게) 좋게 생각합시다, 이만한 파트너가 또 어딨어?
원철   지금 저 사람이 하는 소릴 듣고도 파트너 소리가 나와요?
오변호사   거참 나는요, 강지검장, 딱 하나 바라보고 삽니다. 나, 애들 대학만
         졸업하면 은퇴한다, 은퇴해서 이 땅이랑은 연 끊고 어디 남태평양 같은
         데서 죽을 때까지 먹고 놀 거다, 이거 하나. 나나 지검장같이 일생을
         이만큼 아득바득 살았으면 그런 사치 부려도 되잖아요? (잡힌 팔 풀며)
         그러려면 지금은 참아야지, 부탁 좀 합시다, 에? (얼른 나간다)
원철   (황망한...)

S#30. 동/복도 – 낮

기다리지도 않고 먼저 가는 박상무. 오변호사가 서둘러 쫓아오는데.

차장검사   (맞은편에서 오다 오변호사 알아보고 곧장 인사) 오부장님!
오변호사   어어. (박상무 때문에 멈추지 못하고 가면서 인사받는)
차장검사   (따라오는) 아참 변호사님이라고 해야 되는데 자꾸 옛날 버릇이 나와서,
오변호사   괜찮아요. (박상무에게) 여기 차장검사요, 내 후배기도 하고 이쪽은
박상무   (목례만 하고 가는)
차장검사   (변호사에게) 언제 괜찮으시면 식사라도,
오변호사   그래요. 조만간 합시다. (가는)
차장검사   또 뵙겠습니다.

박상무 옆으로 따라붙은 오변호사, 깍듯한 대우에 어깨가 많이 올라갔다.

오변호사   차장도요. 이 지점에서 엄청 높은 거라고? 근데 참 깍듯해요 선배한테?

박상무   (가면서 곁눈으로만 일별한다. 무슨 말을 하고 싶은지 빤히 보인다)

오변호사   (나름 으쓱한)

S#31. 동/지검장실 – 낮

소파에 앉은 모습에서도 고민이 느껴지는 원철. 탁자엔 식어버린 찻잔이 세 개인데.

박상무E   **동부지검은 더 이상 저희 그룹을 건드리지 마십시오.**

가장 문에 가까운 자리에 놓인 찻잔을 보는 원철, 그 앞에 박상무가 나타난다.

Insert〉– 동 장소/같은 자리. 방금 전

박상무   **저희 청을 거부하신다면, 한조에 여러모로 감정적 앙금이 있으신
강원철 지검장께서 급기야 저희 계열사 재무제표를 불법으로 빼낸 게
될 겁니다. (옆에 오변호사 손짓) 여기 증명해주실 분도 계시고요.**

오변호사   ...

박상무   **제가 법을 몰라서 여쭙습니다만, 개인정보도 동의 없이 유출하면 5년
이하던가요, 징역이? 궁금하네요, 지검장님하고 저희 그룹이 정식으로
붙게 되면 지검장님 검찰 동료들은 최후엔 누구 편에 설지.**

원철, 한조 자료를 받기 전으로 돌아가고 싶지만 너무 늦었다. 어찌해야 할지...

S#32. 경찰청/수사혁신단장실 – 낮

최빛, 단장실을 쭉 보며 눈에 남기는데 폰 울린다. 발신자 안 봐도 뻔하다. 받으면,

태하F   혼자만 살아남으니까 좋아요?

최빛　　내가 살아남은 건가요, 이게?

태하F　난 그래도 최부장, 당신은 빼주려고 했어.

최빛　　...

S#33. 대검찰청/기자실 - 낮

태하　　(텅 빈 기자실에서 혼자 전화) 그때가 내 평생에서 최악의 순간이었어,
　　　　오늘 이전까진. 다시 오겠단 인간은 완전 잠적이고 옆에 시체는 있고
　　　　별별 생각이 다 드는데 니가 거길 왔어, 아무것도 모르고 상사 전화
　　　　한 통에. .. 30분도 안 넘을 거야, 그날 우리가 서로 얼굴을 봤던 시간.
　　　　그 짧은 동안 우린 동지였어, 완벽한 동지. 그게 아직 남아서 기억나서
　　　　너는 내가, 제외시켜주려고 했어,

최빛F　넌 날 이용했어.

태하　　이용을 해? 내가 너 끌어들였니? 그딴 소린 니네 국장한테나 해!

S#34. 경찰청/수사혁신단장실 - 낮

최빛　　넌 애들을 일부러 구치소로 보냈어. 정보국장을 만나게 하면 반드시
　　　　걔들 귀에 최빛 이름이 들어간다. 1년 전에도 그딴 식으로 내뺀 인간이
　　　　그 이름을 감춰줄 리 없다, 처음부터 자기 입으로 말하는 대신
　　　　국장을 이용했어, 그리곤 기다렸겠지, 구치소에서 한주임이 나오길.
　　　　이번엔 날 이용하려고. 한주임을 협박하는 덴 내가 필요하니까.
　　　　정말 날 빼주려고 했다면 넌 국장을 언급해선 안 됐어.

태하F　그럼 나는!

S#35. 대검찰청/기자실 - 낮

태하　　그 인간을 언급 안 하면 누가 남는데? 나! 나만 남아!

내가 왜 뒤집어써야 되는데?

최빛F   그럴 수야 없지, 그러지도 않았고. 그래서 이거야. .. 이렇게 끝.

태하   .. 죽어야 끝이지 나는 안 끝나. (끊어버리는) ...

S#36. 경찰청/빈 회의실 - 밤(어제. S#8 전 상황)

시목   경찰로서 마지막 봉사의 기회라고 말씀드린다면 어떨까요.
        가짜 목격자는 우부장이 지금 위치에 건재하는 한 절대 입 안 엽니다.
        평생 감옥을 들락대던 잡범한테 대검 부장이란 빽이 생겼는데요.

최빛   ... 그놈 입을 열게 하려면 우부장부터 끌어내려야 한다고요.

시목   예.

최빛   그걸 나더러 하라고.

시목   유일하게 가능하신 분이니까요. 같이 사체를 옮긴 경무관의 증언만큼은
        우부장도 부인할 방법 없습니다.

S#37. 경찰청/수사혁신단장실 - 낮(현재)

최빛, 어제를 떠올리는 것도 잠시, 옷걸이에 걸린 제복만 챙겨서 문으로 간다.

S#38. 동/수사혁신단 - 낮

최빛, 단장실을 나오는데 기다리고 있던 혁신단원들, 전부 자리에서 일어선다.

최빛   이러지들 마. 밖에서 보면 욕해. (걸음 떼는데)

주임1   (돌연) 충성! (경례!)

주임2와 다른 단원들도 충성! 하나 된 목소리 경례한다.
담담한 척했던 최빛, 순간 울컥한다. 그 마음으로 돌아보다 여진에서 멈춘다.

여진, 혼자만 경례 동작이 아니다.

최빛, 그런 여진을 바라보다 돌아선다. 거수경례 올린 부하들을 뒤로하고 나간다.

여진, 최빛 뒤로 닫히는 혁신단 문을 바라만 볼 뿐인데.

S#39. 동/복도 - 낮

최빛, 빠르지도 느리지도 않게 간다.

S#40. 동/수사혁신단 - 낮

최빛이 사라진 혁신단, 직원들은 제 자리 찾느라 어수선한 분위기다.

주임1 옛날 말 틀린 거 없단 말이 이래서 안 없어져?.. 검은 머리 짐승.

주임2 지 버릇 개 못 준다는 아니고? (보란 듯 여진 겨눠보지만)

여진 (눈길도 안 주는. 최빛이 나간 쪽만 본다)

S#41. 대검찰청/법제단장실 - 밤

시목, 폰에 녹음 기능 켠다. 폰 내려놓는 탁자 맞은편에 태하가 버텨 앉았다.

시목 별장에 동석했던 분들 증언에 대해서 하실 말씀 있으면 지금 하시죠.

태하 (어깨를 쫙 펴고 기대앉아 쳐다보기만)

시목 증언에 대해서 다른 의견이 없으신 걸로 하겠습니다.
　　　　전기혁은 어떻게 아는 사이시죠?

태하 ... 완벽했어. 서동재만 아녔으면, 그놈 행적을 뒤질 일만 없었으면
　　　　박광수가 다시 포커스에 오를 일도 없었고 나한테 옮겨붙을 일도
　　　　없었어. 어떤 식으로든 문제가 될 이유는 하나도 없었어.

시목 서동재 검사 납치 수사에 개입하고 혼란을 야기하신 점 인정하십니까?

태하   황시목, 까불지 마.

시목   .. 경고판 끊은 사람들만 없었다면, 사진만 올리지 않았다면
        그게 전관예우로 번지지만 않았다면 서검사 눈에 띄지만 않았다면.
        납치범 논리하고 뭐가 다르죠?.. 그쪽은 끊임없이 괴롭힘을 당했단
        핑계라도 있습니다. 부장님 핑계는 무엇입니까.

태하   (숨 거칠어지는. 의자 박차고 일어나는데)

시목   내일 계속하실래요?

태하   (어떻게 해버릴 수도 없고!!)

시목   (문자 온다. 모르는 번호인데 내용 짧다. '잘 돼가나?') ... (문자 보는)

S#42. 동/대검 차장검사실 - 밤

시목   (노크하고 들어와 목례하는)

대검차장 이제 좀 시원해? 맨날 당하기만 하다가 까니까?

시목   무얼 말씀이십니까?

대검차장 내가 왜 황프로한테 우부장을 맡겼겠냐고.

시목   ..

대검차장 나 두 번 말 안 한다. 단건으로 끝내. 우부장 개인 일탈로.
        그래 걔 실수했어. 박변호사 일은 진짜 잘못한 거야.
        그치만 대검 부장이 검경 문제 땜에 사건을 조작했다, 이건 차원이 달라.
        정 소원이면 우부장 해임시켜줄게. 사체 유기까지만 가자. (대답 없자)
        왜, 나는 입 다무는데 경찰이 들고일어나면 어쩌나 걱정이야?

시목   아니요.

대검차장 그래야지, 그래야 맞지. 나도 너 이거 엄청 신경 써준 거야.
        다른 놈 같으면 두 번도 안 보고 짤랐어. 평검사 하나 붙잡고 이러지
        않는다고. 경찰을 범인으로 몬 게 진짜 우부장으로 공식화돼버리면
        그땐 진짜 수사권 날아가. 경찰 세상이 돼. 넌 그게 괜찮아?

시목   괜찮지 않습니다.

대검차장 그러니까. 우부장하고 검경 문제는 완전 별개야. 아무 상관 없어. 됐지?

시목   그럴 순 없습니다.

대검차장 야, 누가 지금 너랑 흥정하재? 하라면 해.

시목 죄송합니다. (일어서는데)

대검차장 너 진짜 70년 검찰 역사에 수사권 팔아먹은 놈으로 완전 찍히게 해줘?

시목 .. 제가 팔아먹은 사람이면 그걸 매물로 내놓은 사람도 있겠네요.

대검차장 ??

시목 70년이나 유지해온 권한을 흥정의 대상으로 만든 사람들 말입니다.
       남용하고 오용해서 제대로 지키지 못한 사람들.

대검차장 (일어나는) 지금 누구 들으라고 하는 소리야?..

시목 (대답 대신 차장검사 쳐다보면서 목례. 문으로 가는)

대검차장 저게 어디서!!

S#43. 동/복도 - 밤

"너 그러고도 무사할 줄 알아?!" 외치는 대검 차장검사의 고함이 문 사이로 사라진다.
시목, 긴 복도를 천천히 가는데 그 복도가 저 끝에서부터 밝아지며 늘어지는가 싶더니,

S#44. 서부지검/복도 - (시목의 꿈)

몽환적인, 길이가 잘 가늠 안 되는 복도. 이곳을 천천히 오는 시목.
어디선가 말소리가 흐리게 울려온다. 웃음소리도 섞인 듯.
시목, 고개 돌려도 복도는 텅 비었다. 소리 나는 곳을 찾아 구름 위를 걷듯 걷는데,
흰 복도에 검은 실루엣들이 작은 점처럼 나타난다. 그리로 가는 시목.
그러자 점차 실루엣들이 구체화되면서 이쪽을 보는데 창준, 은수, 원철, 윤과장이다.
웃으며 얘기하던 네 사람, 말을 멈추고 아직 웃음기는 남은 얼굴로 시목을 본다.
시목, 자리에 서서 이들을 바라보는데.. 어깨에 얹히는 손.
시목이 미처 고개를 다 돌리기도 전에 동재가 그를 스치며 앞으로 나아간다.
네 사람을 향해 미소 띤 동재, 나아가는 걸음에 동재 손은 시목 어깨에서 떨궈지고.
창준, 은수, 원철, 윤과장도 동재를 바라보는데.
시목도 따라가지만 제자리다. 아래를 보면 발은 분명 걷는데 거리는 좁혀지지 않는다.

그때 문득 창준이 손을 들어 보인다. 동재를 향한, 멈추라는 손짓.
시목의 눈에 동재가 복도 중간에서 멈추는 게 보인다.
그런 동재를 보는 창준.. 그 눈길은 동재 뒤편으로 옮겨지고 시목에게 닿는다.
잠시 서로 보는 창준과 시목. 시목, 그 상태로 옆을 보면 창준 옆의 이들도 시목을 본다.
은수, 원철, 윤과장..
그러다 창준이 먼저 돌아선다. 이어 은수, 윤과장, 원철도 돌아서 자리 뜬다.
시목, 겨우 손 정도를 움직이지만 네 사람은 멀어질 뿐.
함께 가던 원철은 옆길로 갈라져 사라지는 게 보이고 이제 창준과 은수, 윤과장만 간다.
이를 보고 선 복도 중간의 동재와 더 뒤의 시목. 화면은 점점 백색으로 변해가고.
은수, 완전히 사라지기 전 마지막으로 시목 쪽을 돌아보지만 곧 하얀 빛으로 흩어진다.

소리E〉　(휴대폰 진동음)

S#45. 관사/시목의 방 - 밤(현재)

눈 뜨는 시목, 침대다. 익숙한 관사 천장이 보이는데..
휴대폰이 마구 진동하고 있다. 그제야 소리 들은 듯, 어렴풋한 상태에서 받는다.

시목　(목이 잠긴) 네.
원철F　황시목.
시목　부장님 (다시) 검사장님.

S#46. 병원/중환자실 앞 - 밤

중환자실 표식 아래 상단은 투명하고 하단은 불투명한 자동유리문 앞에 선 원철.

시목F　여보세요?
원철　...
박상무E　**동부지검은 더 이상 저희 그룹을 건드리지 마십시오.**

하나 더, 검경이 관련된 별장 얘기가 떠돌고 있습니다.

시목F   말씀하시죠?

박상무E 거기에 저희 그룹명이 거론되는 일이 없도록 말씀 잘 전달해주십쇼.

원철   황프로 (다음 말 망설이는)

시목F   무슨 일 있으세요?

일단의 의료진이 각종 기기가 달린 침상을 급히 밀며 중환자실에서 나온다.
소음에 돌아보며 빠르게 비키면서도 이송되는 환자 얼굴부터 확인하는 원철.

S#47. 관사/시목의 방 - 밤

시목   (전화 너머 병원 소음이 희미하게 들린다) 어디십니까?

원철F   바빠 끊자.

시목   (끊기는 전화) ....

S#48. 병원/중환자실 앞 - 밤

원철, 전화 넣는.. 돌아서는데 중환자실 안으로 간호사가 한 침상으로 뛰는 게 보인다.
다른 간호사도 총총대는 침상에 환자, 동재 같다. 목을 빼는 원철, 하지만 유리문
상단에 붙은 커다란 병원 마크하며 아래는 불투명이라 확실하지가 않다.
이때 의료진이 들어가면서 문이 열리고 안이 보이는데 간호사들 사이로 보이는 얼굴,
분명 동재다. 원철, 들어가고 싶지만 맘대로 그럴 수도 없고 곧 닫히는 문.
원철, 고개 이리저리 빼다가 어디론가 급히 간다.

S#49. 동/중환자 보호자실 - 밤

원철, 급히 들어온다. 여기저기 지친 보호자들 사이로 '서동재!' 하다 '경준이 어머님!'
외치는데 돌아보는 사람들 중에 찾는 얼굴 없다. 원철, 급하게 훑다 나간다.

S#50. 동/중환자 보호자실 앞 - 밤

보호자실에서 나오는 원철, 주변 둘러보며 '경준이 어머님!' 찾으면서 간다.

S#51. 동/중환자실 - 밤

동재, 눈 떴다. 아직은 초점 없지만 분명히 눈 떴다.
간호사, 계속 말 시킨다. '서동재님 저 보이세요?' '들리면 눈 움직여보세요.' 등등.
별로 급할 거 없이 체크하는 간호사들 사이로 힘없이 나온 동재 손을 쥐는 손.
동재妻가 왔다. 그녀가 남편 손을 감싸면 동재도 이쪽으로 조금 고개가 돌려진다.
동재妻가 '여보.' 하자 동재의 손도 아내 손을 잡는 듯.

동재妻　(간호사에게) 여기 손, 아나 봐요, 잡았어요. 들리나 봐요.
간호사　(기계적 검사하며) 여기 계심 안 돼요, 선생님 오실 거니까 나가주세요.

동재妻, 간호사의 건조한 말에 예, 예, 하면서도 동재 손 꼭 쥐고 소리 없는 눈물 터진다.
그녀 뒤로 보이는 문밖에서 고개 빼고 선 원철.
문이 잠깐 열릴 때 동재 상태 알아보는 원철, 기쁨과 동시에 안도하고 있다.

S#52. 관사/시목의 방 - 밤

불도 켜지 않은 방. 창가에 선 시목...

S#53. 카페 - 아침

장형사　(하품 참으며 전화 중인) 알았어, 사 갈게, 나도 졸려죽겠어,

(커피 4개 포장 나오자) 감사합니다. (들고 나가는)

S#54. 용산경찰서/강력3팀 – 아침

출근하는 장형사, 아직 아무도 없다. 가져온 커피 하나를 최팀장 책상으로 가져가는데
책상 밑에 웅크리고 있다가 눈을 뚱그렇게 뜨고 올려다보는 최팀장.

장형사	뭐 하세요, 아침부터?
최팀장	(책상 아래 엎드려서 서랍에 꿍쳐놨던 새 양말로 갈아 신고 있다)
장형사	어제 결국 못 들어가셨어요?
최팀장	응.. 협의회 좋났다고 아까 전화 왔더라. 안 한대, 인제.
장형사	윗대가리들이 둘이나 고꾸라졌는데 계속 가는 게 이상하죠.
	(서형사와 순창 자리에도 커피 놓는)
최팀장	(커피 마시는) 진짜 수사권이 절실한 건 우린데, 위에 것들이 망쳐놨네.
장형사	계속했어도 뭐가 될 거 같진 않았어요. 지지고 볶고 싸우기나 했겠지.
최팀장	거야 뭐 사방이 안 그런 데가 있어야지. 나라가 어떻게 되려고.
장형사	.. 그래도 생각해보면요, 옛날엔 교통경찰한테 걸리면 1, 2만 원씩 쥐여주는 게 당연했는데 인제 그럼 큰나잖아요, 우리나라가 겉보기엔 갈수록 개판인 거 같아도 좋아지는 점도 있으니까 다들 살겠죠.
최팀장	(커피 마시더니) 교통경찰 그거 없어진 거, 다 자동이체 해서야, 범칙금.
장형사	(어...)
최팀장	협의회 좋난 기념으로 이따 한잔할까?
서형사E	예!
순창	예약하겠습니다!

최팀장과 장형사, 소리에 보면 출근하면서 대답하는 서형사. 순창도 함께 오고 있다.
'어딘 줄 알고 예약하겠대?' '그게 무슨 기념 꺼리예요?' '그래서 싫어?' '아뇨.' 등등,
언제나처럼 친근하게 아침을 시작하는 형사들.

S#55. 경찰청/수사혁신단 - 낮

수사국장이 와 있고 혁신단원들은 모두 일어나 있다.

수사국장   우리 정보국장은 별장 일이 양심에 걸려서 자진해서 밝히려던 중에
          이걸 알아차린 검찰이 국장을 사찰해서 다른 죄목으로 구속한 것이다.
모두   (묵묵히 듣는)
수사국장   협의회는 해체됐다. 경찰도 검찰도 다 자격 없다고, 법사위랑 정부가
          수사권은 자기들끼리 알아서 하겠다는데 어쩌겠어. (여진 힐끗)
          해서, TF팀인 수사혁신단도 곧 해체다.
단원들   (당황스런!)

여진, 역시 속으로 놀랐다. 그런데 수사국장을 쳐다보는 길에 얼굴이 걸리는 주임1, 2는
눈을 내리깔고 있을 뿐 놀란 기색이 없다. 미리 알고 있던 걸까? 생각이 드는 여진.

수사국장   대부분 인력은 정보국에서 흡수할 거야.
          그 전까지 여기 보고는 나한테 해.
모두   예.
수사국장   (나간다)
여진   (목례하는 심경 복잡한데...)
주임1   얘기 좀 합시다?
여진   (고개 들면 주임1뿐 아니라 주임2도 쳐다보고 있는) ...

S#56. 동/회의실 - 낮

주임1, 2와 여진, 함께 들어온다.

여진   (허리 딱 펴고 둘을 대한다. 좋은 얘기 안 나올 걸 안다)
주임1   혁신단이 대부분 정보국으로 흡수될 거란 게, 아이러니하죠?
여진   뭐가요.

주임1 우리 단장님이 하필 정보부도 겸직이셨으니까. 정보부에서도 자기네
      부장을 날린 게 누군지 아는데 거기로 한주임이 온다니까 어떻겠어요?
주임2 우리가 그쪽이랑 얘길 좀 했는데 한주임, 꼭 본청에 있어야겠어요?
주임1 갈 데가 없다면 모를까?
주임2 그치, 내가 봐도 한주임은 일선에서 뛰는 게 딱이에요, 수사해야지.
주임1 말만 해요, 내가 국장님한테 말씀드려서 용산서로 보내줄게.
여진   .. 난 두 사람이 어딜 가든 상관없는데 둘은 왜 날 상관할까요?
주임2 아니 까놓고 말해서 이 짓을 해놓고 어느 부서에서든 환영받을 거 같나?
      이거 민폐예요, 한주임. 몰라?
여진   예지력들이 있으신가? 이 짓 하기 전부터 날 견제했는데?
주임2 혹시 출세 땜에 그래요? 본청에 붙어 있어야 출세할 거 같아서? 한주임,
      (가르치는 말투) 경찰청이 승진 코스란 것도 다 빽 있고 줄 있는 사람
      한테나 해당되는 말이에요, 솔직히 한주임 빽이야 우리 단장님 아녔나?
주임1 우리가 생각해서 말해주는 거니까
여진   (O.L) 나야말로 생각해서 그동안 넘어가줬습니다. 근데,
      (나아가 두 사람 코앞에 딱 서는) 기어코 선을 넘네.
주임1 해보자는 거야?
여진   뭘 할 건데, 해봐. 내가 댁들이 맞았단 걸 보여줄게. 날 견제하고
      밀어내려고 했던 게 기우가 아녔다는 걸 보여줄게. 빽 없이도.
주임2 ... 나중에 내 팀원 돼서 울지나 마.
여진   (풋, 이젠 헛웃음 나는) 아 열나 유치해.
주임1 야 상대를 말자. (주임2 데리고 나가는)

나가버리는 주임1, 2. 혼자 남은 여진, 앞에선 태연한 척했지만 뱃속이 떨린다.
창가로 가 창턱을 짚고 진정하려 애쓰는데,

여진   (전화 울린다. 발신인 보더니 음!.. 받는) 예 장형사님.
장형사F 전화 괜찮아요?
여진   예 말씀하세요.
장형사F 저녁에 시간 돼요? 우리 한잔할 건데 올래요?
여진   .. 나도?

장형사F 서 앞에 곱창 어때요? 곱창 안 먹던가?

여진 (대답하려는데 갑자기 울컥한다. 자기도 모르게 눈물 핑 도는)

장형사F 여보세요? ..

여진 나는, 난 이따가 음, .. 거긴 별일 없어요?

장형사F 경찰서가 별 일 없으면 문 닫아야지, 참 김후정인 구치소 갔어요.
    실컷 억울해하다가.

여진 (목소리가 좀 갈라져 나오는) 그랬구나.

S#57. 봉고차 안 - 낮

순창이 운전하고 3팀 형사들 출동 중인지 모두 봉고차에 타고 가고 있다.

장형사 (통화하며 창밖을 향한 시선) 운이 없었다고.

여진F 운?

봉고차 창밖은 이미, 동재와 후정이 만난 현장 골목이다.
차 안쪽은 현실이지만 차창 밖으로는 모두 당시의 상황이 흐르고 있다.
어두운 골목에 세운 차 안에서 초조해하던 후정, 결국 차를 몰아 자리를 떠버리는데
몇 초 가지도 않아 맞은편에서 차량 한 대가 온다. 동재 차다.

장형사 (마치 현장을 눈앞에서 바라보는 시선으로)
    관두려고 했다나? 만나기론 했지만 마음 바꾸려고 했다고.

두 대의 차가 스칠 때 후정을 발견한 동재가 운전석에서 돌아보는 게 보이고.
동재가 김후정! 부르는 소리, 그 소리에 끼익 서는 후정.
동재 차도 급하게 서는 소리, 이어 차에서 내리느라 문 열고 닫는 소리 나고.
후정도 결국 결심하고 내리면 동재가 이쪽으로 오고 있다.

장형사 상대가 쫌만 늦게 왔으면 그렇게 안 됐다고요.

두 사람 사이에 차고 셔터 앞에 내놓은 화분 보인다. 벽돌 4개가 올려진 화분.

최팀장　(옆에 타고 가면서 딴 데 보지만 혼잣말처럼) 얻다 대고 남 탓이야..

S#58. 경찰청/회의실 - 낮

장형사F　죽은 애가 사진만 지 아빠한테 안 보냈으면 뉴스에도 안 나갔고
　　　　그럼 서검사가 그거 보고 자길 이상하게 생각도 안 했을 거라는데.
여진　예..
장형사F　.. 경감님 어디에요? 괜찮아요?
여진　(속에 뜨거운 것 꿀꺽 삼키고) 어딘긴.

S#59. 봉고차 안 - 낮

창밖은 이제 정상적인 한낮의 바깥 풍경이다.

여진F　일하지. 어 나 지금 가야 돼서, 나중에 다시 할게요. (끊는)
장형사　(끊지만..) 안 좋은 거 같은데요.
최팀장　뻔하지, 잘못한 게 최부장이 아니라 한여진이 돼가고 있겠지.
서형사　사람들이 갈구는 거 같아요?
장형사　대놓곤 못 물어보겠어서.
최팀장　에이, 드러운 꼴 보지 말고 빨리 와라 그냥, 쯧.

S#60. 경찰청/회의실 - 낮

여진, 전화 끊자 눈물이 왈칵 쏟아진다. 그러나 다부지게 닦고 심호흡하는.
창가에서 경찰청 발아래 펼쳐진 대로를 내려다보는 얼굴이 점차 굳어진다.

S#61. 대검찰청/사현의 방 - 낮

사현   협의회는 무너지고 검경은 개혁의 주체가 아니라 개혁 대상이란 인식만
        더 심어줘버렸어. 변명거리도 없지만... 그리고 (좀 머뭇)

시목   (기다리는)

사현   너 원래 부임지로 돌아가게 됐어. 원주였지?

시목   예.

사현   다음 주부턴 거기로 출근이야.

시목   알겠습니다.

사현   그게 다야? 더 하고 싶은 말 없어?

시목   (뭐..) 준비해야겠네요.

사현   .. 너 내가 정말 전기혁일 성남에서부터 알았을 거라고 의심했어?

시목   50대 50으로 봤는데요.

사현   쳇!.. 우부장으로 판명 났으니까 별장 일이랑 엮을 수 있었지만
        만약에 나였으면? 내가 전기혁 뒤에 있었으면 난 어떻게 잡을 건데?

시목   저는.. 두 건 다 한 사람으로 결론 난 게 우연은 아니라고 생각합니다.

사현   ?

시목   그분은 스스로한테 면죄부를 주는 게 상당히 익숙해 보였어요.
        그 습관이 하루아침에 스며든 건 아닐 겁니다.

사현   ... (벌떡 일어나 책상으로 가며) 넌 니 일 해라, 난 여기서 내 대책을
        세울게. 법제단이 언제 없어질진 모르지만.

시목   (일어나는) 죄송합니다.

사현   (지갑 챙겨) 밥 먹자!

시목   예.

사현   (문으로 가며) 너랑 한주임처럼만 하면 수사권 조정이 필요 없을 텐데.
        (잠시 멈추는) 하긴 그쪽도 공조를 하긴 했어? 우부장이랑 최부장.
        왜 그렇게 끝이 달랐을까.
        (나가서 밖에 직원들에게 하는 소리) 밥 먹고 합시다!

S#62. 동/로비 - 낮

법제단 사람들 로비를 나가는데, 앞에 대검 차장검사 일행이 온다.
다들 목례하고 당연한 목례에 당연히 가던 차장, 돌연 눈꼬리만 시목에게 향한다.
그 눈에 가득한 경멸, 밉살스러움이 노골적이라 고개 들던 사현도 알아차릴 정도.
시목도 차장 눈초리를 못 봤을 리 없는데 차장, 이런 눈길조차 길게 주지 않는다.
가버리는 대검 차장. 수사관과 실무관도 시목 기색 살피지만 그냥 가는 시목.

사현　　(.. 다시 가며) 강원도 가선 좀 죽은 듯이 있을 수 없겠냐? 눈에 안 띄게.
시목　　(잠깐 볼 뿐 대답 않는)
사현　　(앞만 보며 가는) 없구나.. (왠지 착잡하게 들리는 혼잣말)
　　　　　그래, 너라도 다르게 살아라..

S#63. 한조 본사/외경 - 낮

바람 부는 어느 날. 사옥 앞의 나무가 많이 흔들린다.

S#64. 동/회장실 - 낮

연재, 일하고 있는데 밖에서 말소리가 들려온다. 시끄럽진 않지만 고개 드는데,

박상무　　(노크. 들어와) 죄송합니다, 밖에 강원철 지검장이 왔습니다, 회장님.
연재　　？
박상무　　약속 없이 왔는데 돌려보낼까요?
연재　　... (일어난다. 일하느라 벗어났던 재킷 걸치는데)
박상무　　방금 전에 강지검장이 사임했다는 발표가 났습니다.
연재　　(쳐다보다가.. 소파 상석에 와 앉아서 다리까지 꼬면)
박상무　　(연재가 완전히 앉은 후에 문 연다)
원철　　(들어온다. 목례하지만 앉으란 말 없어도 먼저 와서 앉는다)

연재   (인사 후에 앉으란 손짓하려다 거두는) 인수인계로 바쁘실 텐데요.

원철   빠르시네요, 검찰 인사이동을 당일로 아시고.
        한조에서도 저희 지검을 방문해주셨는데 저도 한 번은 와야죠.

연재   그래서 뭘 기대하고 오셨어요?

원철   남양주 불법접대 수사는 중앙지검에서 할 겁니다. 곧 알게 되시겠지만
        박광수가 별장에 검경 관계자를 모은 건 한조그룹의 지시로 추정된단
        점도 내사팀이 작성한 조서에 명기됐습니다.

연재   내사팀, 음. 누군지 알겠네.

원철   건드리지 말아주십쇼. 전 떠납니다만 황검사는 손대지 마세요.

연재   헛! 떠나건 끌어내려지건 결국 자기들 탓 아닌가?
        그것 때문에 왔어요? 후배 지켜주겠다고?
        내가 감동해서 눈물 줄줄 흘릴 줄 알았나?

원철   이창준 선배 끝까지 틀리셨네요.

연재   (뭐?)

원철   박무성을 잘라내지 못한 게 딱 한 번 실수라고 하셨지만 아닙니다,
        그분 일대일생의 실수는 한조가로 팔려간 겁니다. 회장님을 만난 거.

연재   !!

박상무   그만 나가시죠. 일어나세요. (잡아 세우는)

원철   (일어나 뿌리치지만) 회장님께서 이창준 선배를 한조로 데려가지
        않았다면 그래서 그분이 검찰에 쭉 남아 계셨다면 그분 안 죽었어요,
        우리 조직은 더 나은 길을 가고 있을 거고.

연재   나는!! … 난 남편이 떨어져 죽었어, 내 아버지 내 집안 사람, 돈,
        사업하느라 술 취해서 한 얘기, 온갖 추태, 이 안에 거 다 까발리고!
        그 사람이 날 안 만났음 다르게 살았겠지, 그래도 나 하나도 안 미안해!
        그이 마지막이 내가 하는 일에 영향을 끼쳐야 돼?
        내가 회사를 위해서 하는 결정을 그 사람 뜻에 맞춰야 돼? 천만에!
        나은 길을 가? 사람 하나에 좌우되는 게 무슨 빌어먹을 조직이야!

원철   조직은 다 사람이에요! 회사도 조직이고요, 이선밴 중단했지만
        회장님은 완성시킬 수 있어요!

연재   …

원철   회장님은 바꿀 수 있습니다. 언제까지 아버지 세대 하던 대로

뒷구멍에 뇌물에 편법에! 회장님부터 안 그러면 돼요.

연재   (더는 안 듣고 책상으로 가버린다)

박상무   지금 안 나가면 끌려 나갑니다.

원철   서동재도 어떻게 될지 몰라요, 의식은 잠깐 돌아왔지만 아직 장담
못 합니다. 황시목인 돌아가신 부군께서 신뢰했던 마지막 검사고요.
제발 걔네들은 놔두십쇼, 흔들지 마세요. (나간다)

연재   (나가는 걸 돌아보지 않다가 문 닫히자) 미친놈... (속이 좋지 않다)

박상무   (기다리는)

연재   (눈가 눈썹에 살짝 눈물 짓는다. 이렇게 선 상태가 길어지는데)

박상무E   .. 회장님께선

연재   ...

박상무   이성재 사장하고의 경영권 경쟁에서 겨우 한발 앞섰을 뿐이십니다.

연재   ... ... 중앙지검.

박상무   예,

연재   주임검사 알아내요.

박상무   알겠습니다, 회장님.

S#65. 한식주점 - 밤

시목이 먼저 와 기다리고 있는데 이 자리로 오는 여진.
그런데 길던 여진 머리가 단발로 확 바뀌었다.

여진   (앉으며) 뭐 좀 시켜서 먼저 먹고 계시지?

시목   .. 머리가,

여진   (흘기는 척) 또 이상해요?

시목   .. 바뀌셨다고요.

여진   (웃는) 저희 여기 밤막걸리 주시고요. (시목에게) 파전?

시목   (끄덕)

여진   파전 하나 주세요. 아, 배추도 많이용.

시목   처음 봤을 때 같네요. (본인 머리 끝 정도 가리키는) 짧아지니까.

여진   그쵸? 하나도 안 변했죠? (장난스럽게 머리 획, 헷! 하는 표정)
        근데 왜 갑자기 보쟀어요? 무슨 일 있어요?

시목   저 강원도 갑니다.

여진   어.. 언제?

시목   이번 주말이요.

여진   그렇게 금방?

시목   전 협의회 때문에 온 건데 협의회가 무산됐으니까 대검에 둘 이유가
        없겠죠.

여진   ... 그렇게 갑자기 가면 검사님 하던 건 누가 해요? 별장 건이라든가.

시목   어차피 정식 수사로 전환됐는데 넘겨야죠. 오늘 중앙지검으로 갔습니다.

종업원, 막걸리부터 가져온다. 막걸리 흔들어서 자기 잔에 따르는 여진. 마시진 않는다.

여진   .. 협의회가 이런 식으로 무너질 줄은 몰랐어요. 1년 반을 그거에만
        쏟아뒀는데.. 밖에 나가서 나쁜 놈들 열심히 잡으면 윗물이 그동안
        맑아져 있을까요?

시목   그 둘을 왜 같은 선상에 놓고 말씀하세요?

여진   (... 딴말) 눈도 빨갛고 피곤해 보이시네. 인수인계 때문인가?

시목   아뇨, 어젯밤에 중간에 깨곤 잠이 다시 안 들어서요. 꿈을 꾸는 바람에.

여진   무슨 꿈? 무서운 꿈요?

시목   서부지검 꿈이요.

여진   으 회사가 꿈에 나오다니 최악이다, 거기에 상사까지 나오면 더 최악.

시목   나왔어요, 다, 그때 사람들. 영은수, 지금 동부지검장.. 윤과장,
        이창준 검사장, 서검사까지.

여진   ... 나와서 뭐 했어요?

시목   (그냥 덤덤한 어투) 다 같이 어딜 가던데요. 서검사는 중간에 멈췄지만.
        동부지검장님도.. 다른 길로 갔고.

여진   으응. (술잔 잡으려) 잠깐만?

시목   네?

여진   (손가락으로 세는) 영검사, 동부 (하면서 손가락 다섯 개를 접는)
        검사님 빼고 다섯이 있었는데 서검사는 멈췄고, 오늘 깨어났다며요?

시목	예.
여진	동부지검장은 딴 길로, 이분 검사 관두셨잖아요? (손가락 2개까지 편)
시목	예.
여진	근데 셋이 같이 갔다고요? 이창준 검사장이랑 영검사랑, 윤과장이?
시목	예. 셋이 같이 사라졌어요.
여진	... .. (술잔 잡지만) 슷, 주말 이동이면.. 그 전에 뭐 어디 가고
	그럴 시간은 없겠네요?
시목	예 그럴 거 같습니다.
여진	으음... 알았어요. (술 따라준다) 잘 가요.
시목	(받는)
여진	우린 맨날 이런 얘기만 하네. 잘 가라, 잘 있어라.
시목	잘 있으세요, 한경감님.
여진	나야 (웃어 보이며) 잘 있겠죠.
시목	... 아닐 가능성이 있나요?
여진	(고개 젓고) 건배!

시목, 쳐다보지만 더는 묻지 않는다. 잔 부딪히고, 같이 마시고.
마침 아주 커다란 파전이 나오고 맛있겠다, 젓가락 드는 여진. 그런 여진을 보는 시목.

S#66. 관사/주차장 - 낮

편한 옷차림으로 차에 짐 싣는 시목, 차에 올라 출발한다.

S#67. 병원/2인실 - 낮

커튼을 반만 둘러친 침상 자리.
동재妻, 부목을 댄 팔만 빼고 동재 팔 다리 등을 열심히 주물러주고 있다.
동재, 자가 호흡은 가능해 기기들은 다 뗐지만 눈 감았는데.
동재妻, 힘을 주어서 주무르자니 힘든데 인기척이 느껴져 돌아보는.

동재妻   (잠깐 누구? 하는 얼굴이다가 어!) 안녕하세요?..

연재가 보고 섰다. 그 뒤엔 사온 선물을 내려놓고 문 닫고 나가는 박상무가 보인다.
연재, 눈인사. .. 커튼 안으로 또각또각 들어온다. 동재 내려다보는.

동재妻   .. 하실 말씀 있으시면 하세요.
연재   (의문을 담고 쳐다보는데)
동재妻   다 알아들어요, 알아듣는 거 같아요.
          (남편 머리와 이불을 조금이라도 깔끔하게 만져주고 자리 비켜준다)

연재 뒤로 커튼을 완전히 쳐주는 동재妻. 침상 커튼 안엔 연재와 동재, 둘만 남는다.

연재   (보호자용 긴 의자에 앉는) ... 약속, 밥 먹기로 했잖아요? ... ..
          지금 가면 어딜 벌써 오려고 하냐고 그이가 화내요.
          .. 사람들은 그이가 끝까지 황검사를 믿었다고 하지만, 아녜요,
          난 직접 들었잖아요, 그인 서검사도 참 아꼈어요.

cut to. 2인실 창가에 선 동재妻.
문 쪽이 커튼 쳐진 동재 침상이고 창가 쪽 나머지 병상은 잠깐 사람이 비운 듯하다.

연재E   그 후배는 본인이 알아서 참 잘 사는데 근데 왠지 마음이 쓰인다고,
          잠깐 멀리할 순 있어도 완전히 눈밖에 둘 순 없는 사람이라고 했어요.
동재妻   ....

cut to. 동재의 침상.

연재   빨리 돌아와요. 전처럼.. 때 빼고 광내고 다녀야죠.
동재   (고요하다. 들리는지 아닌지 알 수 없는데)
연재   (스륵 몸 기울여 동재 귀에 입을 가까이 한다. 속삭이는)
          서동재만 남았어. 죽은 변호사하고 날 연결시킬 수 있는 건.

변호사 가족은 잘 정리했으니까. .. (몸 바로 하는) 쾌차하세요.
(일어나 커튼 젖히고 나간다)

cut to. 동재의 침상 밖. 2인실
연재가 나오자 동재妻가 창가를 떠나 다가온다.

연재   힘드시겠어요.
동재妻   아닙니다, 회장님, 와주셔서 감사합니다. (따라 나가려는데)

연재, 됐다, 있어라 하는 낮은 손짓. 마지막으로 동재를 쳐다보다가.. 문 연다.
밖에 대기하던 박상무가 더 열어주는 문으로 나가는 연재.
뒤에 대고 '안녕히 가세요.' 하는 동재妻에게 박상무, 짧게 목례하고 문 닫히면,
동재妻.. 연재가 앉았던 의자에 내려앉는다. 잠이 깊게 든 남편을 바라보다 다독이는..

S#68. 안양교도소/접견실 - 낮

멀리서부터 철문 열리는 소리가 가까워지다 접견실 문이 열리더니 윤과장이 들어온다.
희미한 미소 띠며 앉는 윤과장을 가로막는 아크릴판에 여진 얼굴이 비친다.

윤과장   다시 오셨네요.
여진   (더 나빠진 흔적이 있는지 윤과장 얼굴, 표정 등을 살피게 된다)
윤과장   (눈길 느껴진다. 왜..) 서검사님 무사히 찾으셨단 뉴스 봤어요.
여진   아직 무사히 아녜요. 의식이 완전하지가 않아서.
윤과장   아... 오늘도 여기 볼일이 있으셨던 거예요?
여진   ... 소포, 누가 보냈는지 알았어요.
윤과장   소포요? 아 저한테 온 물품, 누구요?
여진   담에 말씀드릴게요.
윤과장   에..? 누군데요?
여진   ... 경완이요, 박무성씨 아들.
윤과장   (전혀 예상 못 한 대답에 잠시 머릿속이 엉킨..) 뭔가 착오가,

여진	착오 아니고 이유가 있더라고요.
윤과장	무슨 이유요?
여진	글쎄요, 가끔 피해자 중에 그런 경우를 봤어요, 감옥 간 가해자한테 뭘 보내는 경우를. 그렇게 하면 혹시 마음이 평화로워질까 해서. 그니까 윤과장님이 있어주는 게 경완이한텐 나름.. 의미가 있는 거예요.
윤과장	...
여진	근데 이건 내 생각이고! 경완이 진짜 의도는 직접 들으시든가.
윤과장	여길 온다고요??
여진	전에, 윤과장님 선택은 분명히 잘못이라고 말씀드린 거, 그 생각은 지금도 그래요, 그치만 그것만으로 윤세원이란 사람을 설명할 순 없겠죠. .. 언젠간 발신인이 적힌 소포가 올지도 모르겠어요. 언젠간 발신인이 여기, 앉을 날이 올지도 모르겠고. 그날을 기다리실 거죠?
윤과장	...
여진	내가 한, 두어 달 정도 후에? 여기 다시 볼일이 있을 거 같은데 그때 또 봅시다, 오케이?
윤과장	(대답 없자)
여진	(웃어 보이며 혼자 대답하는) 오케이.
윤과장	(그냥 볼 뿐, 웃음기도 눈물도 없다)
여진	(불안해지는 눈빛..)

S#69. 용산경찰서/조사실 - 낮

장형사	(목격자를 대하고 앉았다) 뉴스 봤죠? 우태하 검사, 파면된단 거.
목격자	(그렇지 않아도 죽을 맛이다)
장형사	압색영장 다시 들어갔거든요? 이번엔 분명히 나올 건데 전기혁씨 주변 싹 다 털 건데 그래도 계속 혼자 뒤집어쓸래요?
목격자	(아후!...)
장형사	(은근한 눈으로 바라보는) 내가 진짜 궁금해서 그러는데, 설거지니 뭐니 그건 왜 그렇게 썼어요?

목격자	... 내용은 그냥 헷갈릴 만한 거면 되고 경찰 표시가 중요하다고,
	너무 또 잘 보이면 안 된다고 해서..
장형사	우검사가 시켰구나? 둘이 첨에 어떻게 알았어요, 우검사랑?
목격자	.. 옛날에 알던 형님이랑 좀 싸워서 그걸로 조사받다가요..
장형사	그랬구나.. (눈이 반짝반짝)

S#70. 동/강력3팀 - 낮

장형사가 오면 순창, 거의 짐칸으로 쓰다시피 하던 여진 책상을 정리 중이고
최팀장, 서형사는 회의실에서 나온다.

최팀장	(장형사 보자) 어떻게 됐어?
장형사	(단칼에 목 치는 시늉)
최팀장	검사한테 뭐 받기로 하고 협조한 거래?
장형사	앞으로 웬만한 걸론 구속 안 되게 해주겠다고 했대요.
최팀장	얼어죽을 법이 지 껀가.. (순창에게) 아직도 안 왔어?
순창	지금 서장실에서 복귀신고 하고 있대요.
서형사	(아구구 소리 내며 자리에 앉으며) 얼마 만에 보강이야, 이게.
전입형사E	안녕하셨습니까!

파티션 자리로 오는 전입형사, 꽤 경력이 돼 보인다.
3팀 형사들뿐 아니라 1, 2팀에서도 아는 얼굴인 듯 서로들 인사한다.

최팀장	어떻게 더 까매졌어? 오는데 허연 이만 둥둥 온다 야.
	(악수하며 여진 자리 가리킨다)

지금 막 짐 다 치운 순창, 맨 밑에 깔려 있던 여진의 그림이 나타나자 얼른 구겨버리는데
그게 눈에 들어온 장형사, 씁쓸해지는 얼굴. 그러나 곧 전입형사와 반갑게 인사한다.

S#71. 경찰청/정보국 - 낮

정보국 사람들, 전화를 하거나 모두 컴퓨터만 보고 일한다.
이들 사이로 여진이 개인 짐을 싸서 들어오고 있다.
아무도 맞아주는 사람이 없어 빈 책상을 스스로 찾아서 짐 내리는 여진.

여진   .. 안녕하십니까? 오늘부로 같이 일하게 된 한여진입니다.

전혀 반응 없다. 마치 여진이 안 보이고 안 들리는 듯.

여진   많은 지도편달 바랍니다. (꿀릴 것 없이 앉자)

그 주변 사람들, 마치 자연스러운 척 커피 마실래? 등등 얘기하며 싹 나가버린다.
주변이 싹 비워진 여진, 나가는 이들을 보다가 뒤에 책상이 눈에 들어오는데,
정보부장 명패가 놓인 자리다. 아직 그대로인 최빛의 명패.
여진.. 고개 돌린다. 일 시작하는 그녀 뒤에서 초점을 잃어가는 최빛의 명패.

S#72. 낚시터/물가 - 낮

낚시꾼 차림에 모자 눌러쓴 남자의 뒷모습. 낚싯대는 마냥 드리우고 폰을 보고 있다.
폰에는 뉴스가 흐르는데, 태하가 조사를 받으러 들어가는 포토라인 모습이다.
〈대검 검사, 증거 조작 혐의로 조사〉〈경찰 모함하려 가짜 목격자 내세워〉라는
2개의 하단 자막이 번갈아 나오고 있다.
남자 뒤로 다가오는 인기척. 인기척에 고개 돌리는 남자, 수염 덥수룩해진 원철이다.

원철   어 진짜 왔네? (폰 끄고 이어폰 빼는) 와 니가 인사를 다 오고.
         (오랫동안 구부린 무릎 짚고 일어나는) 너 사람 됐다 야, 다 내 덕이야.
시목   (목례. 고개 숙인 결에 통이 보이는데, 비었다)
원철   나 아무래도 극락왕생할라나 봐. 살생을 하나도 못 했어.
시목   점심때마다 매운탕을 그렇게 드셨는데요.

원철   어 그러잖아도 잡아서 끓여 먹으려고. 너도 먹고 가.

시목   오늘 내로 가야 돼요.

원철   .. 너도 참 에지간히 옮겨 다닌다. (앉는)

시목도 원철 옆에 앉아 나란히 물을 바라본다. 낚싯대도 물도 고요하다.

원철   우태하는 그 짓을 하고도 구속 안 됐더라?

시목   기소는 결정됐습니다.

원철   흥, 개도 로펌 술은 못 받아먹겠네. 그래봤자 당분간이겠지만.

시목   지검장님께선 로펌을 다 거절하셨다고 하던데요.

원철   바로 가면 전관이잖아. .. 약발 떨어지려면 얼마만 이러고 있음 되겠냐?

시목   여기 얼마를 계시든 전적은 지워지지 않습니다.

원철   (쎄리는) 매정한 것.

시목   .. 한조 때문입니까?

원철   나 때문이야.

S#73. 동/초입 - 낮

차 돌려서 나가는 시목. 보내며 손 흔들어주는 원철, 잠시 지켜보다.. 물가로 간다.

원철E   서동재는 여전히 말 못 해? 못 걷고?..

S#74. 시목의 차 안 - 낮

시목, 사이드미러로 멀어지는 원철을 잠깐 본다.

원철E   죽을 사람이면 벌써 죽었어, 걔가 우리 중에 제일 오래 살 거야.

S#75. 낚시터/물가 - 낮

물가로 돌아오는 원철.

원철E 전관예우 맞아. 내가 통영 건을 빨리 끝냈어. 한 번이라도 더 봤으면
경고판 뽑은 놈들이 아니라 범인 아이가 이상하단 걸 포착했을 거야.
그랬으면 동재 그렇게 안 됐어. 개뿐만이 아니라 내가 저지르고도 내가
모르는 희생자, 피해자, 얼마나 많을까? 시간이 지나도 내 전적은 안
지워진다고 한 거, 넌 내 경력을 말한 게 아냐. 니가 진짜 하고 싶은
말은 검사 강원철이 해놓은 짓은 그림자가 아주 길 것이다, 그거지..

다시 자리 잡은 원철, 맥없이 낚싯대를 올려본다. 아무것도 없다.

S#76. 고속도로 - 낮

뻥 뚫린 고속도로를 달리는 시목의 차.

S#77. 의정부지검/복도 - 낮

서류봉투 우편물을 뜯으며 오는 의정부 검사, 안에 편지봉투와 연두색 파일이 보인다.
연두색 파일은 동재가 만든 세곡지구대 파일인데.
의정부 검사, 편지봉투 꺼내보면 겉에 포스트잇으로 메모가 붙었다.

시목E **세곡지구대에서 집단 괴롭힘이 있었습니다. 경찰청은 덮으려 할 거고
저는 이동을 하니 이젠 완전히 관할지검 뭇입니다. 진척시켜주세요.**

의정부 검사, 봉투 안의 종이 꺼내서 펼치면 손으로 직접 쓴 송경사 유서의 카피본이다.
'여기는 지옥이다.'로 시작되는 그의 유서.

의정부검사 여기는 지옥이다.. (좀 더 아래로 눈을 옮겨보면)

'이 지구대에서 내 편이 되어줄 사람은 단 한 명도 없었다.
나 혼자선 절대 그들을 이길 수 없다.'란 문장도 보인다.
읽으면서 천천히 가던 의정부 검사, 복도에 〈304호 검사실 검사 : 서동재〉라고 붙은
벽의 표식을 본다. 유서 다시 넣고 우편물을 꼭 안고 간다.

S#78. 원주지청/인근 도로 - 낮

뻥 뚫린 8차선 도로를 달리는 시목의 차. 잘 가꿔진 소나무 너머 석조 건물이 나타난다.
서울과는 달리 차단기도 없는 널찍한 정문으로 들어가는 차.
5층 정도 규모의 세련된 신축 건물 맨 위에 붙은 마크는, 〈춘천지방검찰청 원주지청〉

S#79. 동/야외주차장 - 낮

차를 세운 시목, 뒷좌석에 걸어놨던 재킷 꺼내 걸치며 원주지청 올려다본다.
시목, 이제 다시 새로운 근무지로 발걸음 뗀다. 그 모습에서 점점 올라가며.
하늘에서 찍은 지청의 전경. 널따란 부지엔 춘천지방법원이 펼쳐졌고 주변도 깨끗하다.
저 아래 시목이 지청 건물로 들어가고 있다.

에필로그

1. 경찰청 정보국.

여진을 포함한 정보국 직원들이 모두 자기 책상 자리에서 서 있다.

누군가 들어오면서 '국장님 오세요!' 하더니 곧 신임 정보국장이 들어온다.

직원들과 악수하는 신임국장. (여진 뒤 책상에 최빛 명패는 치워졌다)

여진 차례가 돼서 인사하자, 신임 정보국장 힘차게 악수하더니 시원하게 말한다.

"최부장한테 얘기 많이 들었어요, 앞으로 같이 잘해봅시다, 한여진 주임."

여진, 예상치 못한 말에 살짝 당황했지만 씩씩하게 예, 대답하면서 신임 국장 보면,

환하게 웃는 신임 국장, 국장실로 들어간다.

주변 정보국 직원들끼리의 말 없는 눈빛 교환을 모르는 척 자리에 앉는 여진,

다시 일하는데.. 슬쩍 미소가 떠오른다.

2. 〈서울고등검찰청 서울중앙지방검찰청〉 정문 표식 C.U.

- 중앙지검 1층 출입구.

매미소리 왕왕대는 한여름 중앙지검 본관 앞으로 차 한 대가 들어온다.

운전석에 동재妻, 그 옆에 동재가 탔다.

대기하던 기자들, 마구 몰려들진 않지만 동재가 내리기 전부터 일제히 찍을 준비 한다.

아직 한쪽 팔에 캐스트를 한 동재, 그래서 가운 두르듯 어깨에만 걸친 재킷을 망토처럼

휘날리며 내린다. 그 모습에 쏟아지는 스포트라이트.

기자들 질문, "남양주 별장 일을 언제 아셨어요?"

"통영 살인범이 항소를 결정했는데 어떻게 생각하세요?"
말할 수 없다는 제스처로 대신하는 동재, 만면에 여유롭고 부드러운 미소 흐른다.

- 차 안.
운전석에 앉은 동재妻 눈에도 동재가 이 순간을 만끽하는 게 보인다.
차암, 기막혀하면서 차 돌리는 동재妻, 창밖의 동재는 중앙지검으로 들어가고 있다.

- 조사실.
누군가 동재에게 "죽은 박광수 변호사가 한조그룹하고 관계가 있습니까?" 묻고 있다.
동재 앞에 앉은 검사 뒤통수 보인다. 동재와 중앙지검 검사, 마주 앉았다.
동재가 대답 않자 검사가 다시 질문한다.
"박변호사가 한조 일을 한다는 얘길 들은 적 있어요, 서동재 검사?"
점점 클로즈업되는 동재 얼굴. 질문 던진 검사를 응시하는 갈색의 눈.
그러다 드디어 대답을 하려나? 동재가 호흡하며 입술을 여는 찰나.

3. 원주지청. 형사부 복도.
일하느라 걷어 올린 셔츠 차림인 시목, 파일 보면서 오는데 누군가 '황검사님!' 부른다.
돌아보면, 서부지검 시절 같이 일했던 수사계장이 손 흔들며 복도를 다다다다 온다.

시목	김호섭 계장님?
김계장	(시목 덥석 잡는. 손이 아니라 양복 소매 끝을 잡는다)
	맞네 맞어, 진짜 여기 계셨구나!
시목	원주로 오신 거예요?
김계장	예 저 지금 왔다가 방금 저기 검사님 이름 보고 어? 이 이름이 아무 데나
	있는 이름이 아닌데? 했다니까요? 여기서 뵐 줄이야.
시목	어느 방이세요? (다시 걷는다)
김계장	(함께 오며) 507호요, 검사님은요?
시목	506호요.
김계장	바로 옆이네요! 아참 최영 실무관 소식 들으셨어요? 화순으로 갔대요.
시목	고향으로 갔네요.
김계장	어 기억하시네요? 그럼 혹시 제 고향도?

시목   충북 제천이요.

김계장   우리 검사님 여전하시네! (허리 젖히며 좋아하고)

그런 김계장을 보던 시목, 돌연 싱긋 웃는다. 그러자 김계장도 더 활짝 웃고.
함께 웃으며 복도를 오는 두 사람.
시목, '제 고향은요?' 묻는 순간 자리에 뚝! 멈추는 김계장, 뜨아!...
그런 김계장을 뒤로하고 약간의 미소가 남은 얼굴로 화면을 향해 다가오는 시목,
따라오며 '서울?' '제주도?' 생각나는 지명 다 던지는 김계장.
엔딩.

〈비밀의 숲2 끝. 감사합니다.〉

작가 인터뷰

Q. 시즌제 드라마를 집필해본 소감, 무엇이 가장 어려웠나?

스스로 만든 제약이 제일 걸림돌이었습니다.
자체 검열이 이미 설정돼 있었다고 할까요,
비슷하면 안 돼, 숲1을 우려먹는 것처럼 보이면 안 돼, 다른 구성으로 가야 돼,
라고 처음부터 길을 많이 막아놓고 시작했습니다.

구체적인 줄거리로 말씀드리자면 가장 대표적인 게 또 큰 그림을 그리는 이야기는
피하겠다, 였습니다. 전체 설계자가 있었다는 구성은 한 번만 쓸 수 있는 것인 데다 또
대한민국이 어떻고 그런 소릴 하는 건 제가 위정자도 아닌데 주제넘잖아요.

그런데 방송이 끝나고 모든 피드백을 받아본 지금으로썬,
시청자들이 원하는 포인트가 뭔지 알았으면서,
그게 숲1 때의 매력인데 굳이 외면할 필요가 있었을까, 하는 생각도 듭니다.
방송 초반 인터뷰에도 썼는데요, 판타지는 피해 가겠다고 했지만 저도 드라마는 판타지가
들어가야 재미있다는 것을 아는데 말이지요.

그런데 이건 시즌제가 아니라 다른 드라마를 쓸 때도 마찬가지이긴 합니다.
드라마에서 자꾸 말이 되는 걸 찾으려 하다 보니 통쾌함 속도감 같은 게 없어집니다.
다음번엔 좀 이런 성격을 벗어나서 쓰고 싶습니다. 가능해야 되는데 말이지요??

Q. 전편 드라마에 이어 시즌2를 만들어가며 새롭게 느낀 재미나 매력이 있다면?

우리가 안 보는 동안에도 1의 인물들은 이렇게 저렇게 자기 인생을 살아왔다,
생각하고 쓰는 게 완전히 새로운 드라마를 쓰는 것과는 달랐습니다.

새로 쓰는 건 캐릭터 하나하나를 구축해야 하고 없는 환경을 일부러 만들어줘야 해서
진짜 살아 있는 인물처럼 느껴지는 건 대본이 몇 회는 진행된 후이거든요.
그런데 이번엔 시목이는 또 이러고 있구나, 음 여진이는 지금 마음이 어떨까?
식으로 접근됐습니다.

자기 인생이 이미 있는 캐릭터이기 때문에 이를 바탕으로 변화나 성장도 가져올 수 있었고,
새로 등장하는 캐릭터와의 관계 형성도 여러 방향으로 할 수 있었습니다.
우리는 이 인물이 어떤 성격인지 아는데 그걸 아는 사람 모르는 사람이 뒤섞여 나와서
쓸데없이 부딪히기도 하고 설명 필요 없이 화합하기도 하는 것도 시즌제를 쓸 때만
느낄 수 있는 묘미라고 생각합니다.

Q. 이번 시즌에서 유독 안 풀려서 고뇌했던 장면, 또는 대사가 있다면?

대본을 쓸 때 가장 고심했던 곳은 역시 경검/검경협의회 장면입니다.
내내 앉아서 대사만 하는 설정이기 때문에 어떻게 해야 지루하지 않을 것이냐,
이게 첫 번째 관건이었습니다.

도대체 무슨 얘길 할 것이냐, 두 번째 관건은 이거였고요.
너무 전문적이어서도 안 되고, 그렇다고 이 빵빵한 전문가들이 앉아서 완전 기초적인
얘기를 할 수도 없고 각자 '우리가 더 잘해.'를 주장해야 하는데 한쪽으로 기울어서도
안 되고요.

협의회에 신중을 기해야 했던 또 하나의 요소는, 시목의 캐릭터에서 기인합니다.

시목은 분명 어느 쪽에도 치우치지 않은 발언을 하겠지만 이게 자칫하면 기계적인

중립으로 보이기 쉬웠어요. 맞는 말이긴 한데 하나 마나 한 소리요.

10년간 검사생활을 하면서 시목이 느꼈던 문제점, 그걸 어떻게 해결할 것이냐에 대한 본인만의 근본적인 고민이 있으면서도 그도 검사이기 때문에 왜 이런저런 권한이 검찰에게 있는가, 있어야 하는가는 분명히 인지하고 있고 그래서 51:49 정도로는 검찰 쪽에 수사권이 있어야 한다는 마인드를 표현하고 싶었습니다.

수사라는 건 결국 인권과 직결되기 때문에 이걸 인권하고 연결시키면서도 또 시목이 너무 인본주의자/휴머니스트처럼 보여선 안 된다는 전제도 충족시켜야 했고요.

여진의 경우는 주장의 방향성은 분명하지만 그렇다고 너무 최빛이나 수사국장과 똑같은 노선으로 보여선 안 되는 것도 있었습니다.

그런데 첫 번째 관건이라 말씀드린, 어떻게 해야 지루하지 않을 것이냐,
이건 결과물을 보니 완전 기우였네요.
그 자리에 모인 분들은 연기를 정말 팽팽하게 하시는 분들이었고,
이 연기를 또한 감독님께서 더할 것도 덜할 것도 없는 최적의 연출로 뽑아주셨습니다.
완벽한 딕션, 말로 하는 격투, 뺏느냐 뺏기느냐의 대결을 보는 재미가 상당했어요.
다들 인상들도 참으로 만만치 않아서 나는 저기 꼈으면 어버버 하다 끝났겠구나,
싶었습니다.

이건 물론 팔이 안으로 굽은 저의 개인적 감상입니다.
보신 분들도 마음에도 드셨기를 바랍니다.

Q. 시즌1에서 보여주었던 시목의 예리함과 스마트함이 시즌2에서는 조금 무뎌진 것 아닌

가 하는 평도 있는데, 정말 그런가?

저는 시목의 캐릭터 변화라기보다는 환경의 변화라고 생각했습니다.
시목은 변하지 않았고 그대로지만 주변 상황이 변한 것이요.
시목이 싸움닭도 아닌데 처음 보는 우태하나 김사현을 상대로 시작부터 날을 세우고 있을
필은 없으니까요. 대신 계속 관찰하고 저 사람은 어떤 사람일까,
판단을 내리는 과정이었다고 생각합니다.
그래서 우태하를 물끄러미 쳐다보고 무슨 말을 듣든 처음엔 예? 정도로 대꾸하고요.

그런데 이건 저만의 생각이긴 합니다. 예리함이 무뎌졌다고 느끼셨다면 제가 의도하지
않았다 해도 결과적으론 그렇게 썼기 때문입니다. 시청자들께서 보고 싶은 시목은
예민하고 철저하고 감이 남다른 인물인데(귀여운 건 덤이지만 그건 제가 그렇게 쓴
게 아니라 조승우 배우님 연기와 얼굴이니까 그건 빼고요) 그럴 기회를 주지 않은 건
역시 처음부터 제한을 뒀기때문입니다. 지금 상황은 이러저러하니까 당분간은
이래야 해, 라고. 좀 더 극성을 강조하는 대본이 되도록 다음부터는 더 노력하겠습니다.

Q. 시목이 김후정을 취조하는 장면에서 그동안 한 번도 보여주지 않은 화를 폭발시키는
데, 앞으로 시목이 감정을 회복해갈 것이라는 복선으로 받아들여도 좋을지?

아닙니다. 1 때도 그 정도 폭발은 했는데요.
개 피다, 모른다, 계속 되는 거짓말과 말도 안 되는 변명에 쌓이고 쌓이다 폭발한 것이지
변화는 아닙니다. 조승우 배우님 연기가 워낙 강렬하니까 이미 봤어도 볼 때마다
새롭다 보니 그렇게 느껴졌을 수는 있겠네요.

Q. 서동재와 이연재는 이창준의 죽음 이후에도 크게 변하지 않았다. 인간의 본성, 또는

처한 위치 등은 그리 쉽게 바뀌지 않는 걸까?

그렇기도 하겠지만... 대본을 쓰는 입장에선 또 둘이 너무 확 바뀌면 재미없지 않겠습니까?
둘이 개과천선을 했다면 저는 쓰기가 너무 어려워요! 에피소드가 백 개는 사라질 거예요.
동재가 깨달음을 얻어 점잖아지고 연재가 자각해서 양심적 일만 하면 드라마가 얼마나
지루해지겠습니까.
본질에 대한 질문을 주셨는데 이런 답변 죄송합니다.

Q. 드라마를 보는 시청자뿐 아니라 배우들조차 작가님 대본이 어렵다고 한다. 앞부분에서 각기 다른 (달라 보이는) 사건들이 이어지면서 수많은 질문과 의문점을 남기다가, 결국 후반부에 이르러 그 미스터리들이 일시에 풀리는 방식이 엄청난 카타르시스를 선사하지만, 그러기까지의 과정이 여타의 드라마 화법과 달리 무척 복잡하고 난해하다. 구성에서부터 집필, 수정, 탈고까지 작가님도 지난한 과정을 거쳐 완성할 것 같은데, 어떤 방식으로 쓰는지 궁금하다.

무어... 대본 쓰는 사람은 다 거치는 방식으로 쓰지 않나.. 싶습니다.
얘기의 방향을 정했놨고 결말도 다 구상했다 해도 처음 1, 2회를 쓸 땐 아아아 앞으로
16회를 뭘로 채우지 하는 고민은 장르에 상관없이 다들 머리 터지게 하는 고민일 테고,
구성 방식에 있어서 일부러 난해한 방식을 택한 건 아닙니다. 아직도 미숙한 탓입니다.
한 번이라도 방송을 했다면 그건 프로의 세계에 뛰어든 것이니 그 전에 완전히 터득하고
나왔어야 했는데 그러질 못 했네요.

그런데 이번에 방송을 하면서 앞으로 어렵지 않게 쓰겠다고 다짐은 했습니다.
대사가 너무 많아서 힘들다는 배우님들 반응을 보면서 이건 민폐라는 생각도 했고요.
저는 엄청난 액션물이 아니고서야 모든 드라마는 다 대사로 구현되기 때문에 저희

드라마나 다른 드라마나 다 비슷한 줄 알았거든요.

다음번엔 다르게 쓰겠다, 라고 위에도 몇 차례 말씀드렸는데 이래놓고 또 똑같이 쓸까 봐 걱정은 됩니다. 글도 결국 다 자기 승질머리대로 쓰는 거라서 성격 개조를 하지 않는 이상 내가 과연 이 단점을 극복할 수 있을까, 하는 의문이 드네요.

Q. 평소 좋아하는 드라마나 소설 장르가 추리물인가? 시나리오를 쓰는 과정에서 스트레스를 심하게 받는 편인가? 아니면 오히려 쓰면서 스트레스를 푸는 편인가?

추리물이나 홍콩 느와르 종류는 물론 좋아하고요, 스트레스는 잘 받지 않는 편입니다. 스트레스를 풀어야겠다, 라고 느낀 적이 없어서 어떻게 푸는 건지는 잘 모르겠네요. 이 일을 하겠다고 혼자 긴 세월을 웅크리고 있다가 이제야 본격적으로 일을 하게 됐으니 스트레스받을 이유가 없기도 합니다. 쓸 수 있는 게 다행이라서요. 아니 그런데 제 스트레스 관리가 뭐라고, 너무 길게 썼네요.

Q. 에필로그를 통해 각 인물들이 새롭게 시작하는 모습을 보여주었다. 이들이 살아갈 세상은 어떤 세상일까, 이들이 어떻게 살아가길 바라는 마음으로 떠나보냈는지, 16회 엔딩 장면 쓸 때의 마음이 궁금하다.

이들이 살아갈 세상은.. 드라마 설정을 떠나 실존인물이란 가정하에 답변을 드리자면요, 일단 평탄치는 않을 거 같은데 그래도 다들 기본 강단이 있어서 꿋꿋하게 살지 않을까? 그런 생각도 듭니다.

동재는 그를 지켜보는 우리들 마음 편한 것만 생각하자면 한조 법무팀으로 가서

이연재 회장 전담맨이 되는 게 제일 좋겠지만,
그건 맨 마지막 선택지였으면 좋겠고요.

시목은 개인적인 바람으로는 원주에선 좀 평범하게 있었으면 좋겠어요.
본인이 몸을 사려서가 아니어도 거기가 좀 조용해서.
더 이상 정 맞는 모난 돌이 됐다간 아무리 황시목이라도 삶 자체가 힘들어질 것 같아요.
다음 부임지를 향해서 원주를 떠날 땐 신경줄이 다시 튼튼해져서 갔으면 좋겠습니다.

여진은 정보국에서 일 기가 막히게 잘해서 여봐란 듯이 보여준 다음 용산서로
돌아오길 바랍니다.
여진이 자리에 새로 오신 형사님 인상 좋아 보이던데, 어차피 책상 자리도 여유분이
있고 하니 복귀해서 강력3팀 형사들이랑 몰려다니며 전처럼 수사하고 살았으면 합니다.
정보국을 떠날 때는 신임 정보국장님한테 덕담도 담뿍 듣는 사람이 되고요.

최빛은 나중에 조용해졌을 때 어디 지방청으로 복귀할 것 같습니다.
이대로 물러날 인물이 아니라서요.

강원철은 어디서든 발탁해 가지 않을까, 싶고요.

우태하는 감옥에 가든 안 가든 내상이 심할 거 같습니다.
겉으론 괜찮은 척해도 한 번 꺾인 자존심이 속을 계속 찌를 거 같아요.
몇 달 후엔 최빛한테 전화해서 술 마시자고 할 것도 같고.

이연재는 한조의 계몽군주가 될 것이냐, 아버지랑 똑같아질 것이냐의 문제인데,
이연재란 인간이 이창준 때문에 변하지는 않았으면 하는 마음과 새로운 기업인상을
제시해줬으면 하는 바람이 제 안에서 비등비등하네요.